钟道新文集

第八卷

短篇小说

二〇一七年

作家出版社
三晋出版社

一九八二年,钟道新在大同矿务局举办的“城市工矿题材创作会”

第一排左起:五罗雪柯

第二排左起:六李国涛、八焦祖尧、九西戎、十冯池

第三排左起:一周宗奇、三毛守仁、六柯云路、八张枚同

后排右起:右一钟道新

一九八四年十月五日～十二日，山西省作协会在太原唐明饭店召开创作会议合影

第二排左起：一周宗奇、三田东照、四焦祖尧、五胡正、六西戎、七冈夫、八马烽、九孙谦、十二马骏

后排左起：四王子硕、十一钟道新

一九九三年，由《黄河》杂志、《小说月报》共同举办的钟道新作品讨论会

目　录

继　承

一

“生命的秋天开始了！”这消息由父亲的死讯预告，而今已从连日来的一切得到证明。我无心再看窗外花园里凋残的秋景，转回身来。可这凄清空荡的房子里的一切更使人心烦。我颓然倒在沙发里，闭上了眼睛。

“今后该怎么办哪？”这个问题一直在折磨着我。以前我凭借着父亲一级教授的声望和他的高薪，昂首挺胸地生活着。可如今他去了，独自去那永恒的冥冥之中，只留下我一个人在这茫茫人世上挣扎。去索取我自己的那一份——少得可怜的一份。

唉！不要去想了，再想下去非得发疯不可。还是去休息一会儿吧，晚上还要上路。

我刚要去睡，突然想起该叫孩子也来睡一会儿。他此刻在哪？几天来的分家使我心力交瘁，根本无暇顾及孩子。我只是恍惚记得他一个人待在书房里，不知干些什么。

我踱进书房一看，英儿果然在那里。他两手抱着膝盖，坐在父亲常坐的那只深大的沙发里，凝望着父亲那张放大了的遗像出神。眼眶中盛满了泪水。唉，少小亦识愁滋味，况成人乎？

我伸手轻轻地抚摸着他那一头柔软的卷发："去休息一会儿吧，晚上还要坐火车。"

"我……再待一会儿。"他没有抬头，童稚的声音中露出一种颤动的悲哀。

我没再勉强他。自从生下来他就一直在父亲身边，至今已是十个寒暑。他与父亲的感情自然要深一些。但孩子毕竟是孩子，过几天就会忘记的。我独自歇息去了。

朦胧中我猛地惊醒。抬腕一看，距开车只有两个小时了。得抓紧，否则我赶不上车了。我喊了几声英儿，见无人答应，就匆匆走进书房找他。

他依旧在沙发上坐着，还是我临睡前那个姿势，纹丝没动。我和颜悦色地对他说："咱们该走了。"他没作任何表示。我又重复了一遍，他才点头，以示听见了。

当我艰难地背上采购来的东西准备出门时，英儿提着一个纸包和一个父亲生前常用的手提袋从书房走了出来。东西很重。他身体倾斜，举步维艰。

我一看不禁有些光火："你拿的都是些什么破烂？"我自信凡是有价值的东西，也就是值钱的东西，我都已拿走，剩下的也只能是破烂而已。

他看了我一眼："不是破烂，是爷爷留给我的东西。"

我实在怕走不了，只得将背好的东西放下，草草打开孩子细心包扎的纸包。包内几乎都是书，有字书也有画书。许多已经磨损，但本本整整齐齐。垫底的是父亲用过多年的那个讲义夹，我一看就能认得。我打开一看，是英儿的家庭作业。在他那幼稚的字迹旁边，父亲用红笔作了许多细心的批注。篇首有提纲，篇末有总结。看来父亲用心良苦。虽说我认为书读得再多用处也不大，但也不好再说什么。"那是什么？"我指指那个提包问道。

"爷爷给我的飞机模型。"

我提了提也不轻，绝不止一个模型。但已顾不上打开。"转车的时候你自己提。"我没好气地对孩子说。

他没有看我，径自提起包出了门。

中午下起的绵绵秋雨丝毫没有停的意思。出门偏偏遇上这样的鬼天气，可又不能不走。我硬着头皮钻进无边的雨雾中。

英儿站在青石铺成的走道中间，凝望着这沉寂下去的住宅，小小的肩膀抽动着，薄薄的胸膛起伏着。脸上挂的不知是泪水还是雨水。我催他好几次，他才边挪步边回头顾盼。我也回头看了一眼，罩上雨雾的房子显得阴冷昏黄。书房窗子上还挂着夏天用的窗帘，夹着秋雨的风吹拂着它，仿佛有人在它后面向外窥探似地。

再耽搁就赶不上火车了。我问英儿："你到底走不走？"

"我要爷爷……"

他偏偏在这个节骨眼上又节外生枝。积存的火气一下子又喷发出来："那你就留在这好了！"我向他吼道。

"留就留！"想不到我原以为温顺的他竟如此倔强。

我真想打他一下，但那会更不好收拾。所以只得转变口气对他说："爷爷死了，"我怕孩子不甚明了死的含义，就又补充道，"爷爷不在这了。"

"在！"他执拗地回答我。

"在哪？"我尽量和蔼地问他。

"爷爷就在窗子里看着我呢！以前我每天上学时他都这样看着我走远。"说完，他放下手中的东西，向屋子奔去。小皮鞋"咕唧、咕唧"地响着，踏入一汪积水，溅起一片水花。他扑倒在那业已关闭的大门上，使劲地擂着，用嘶哑的变了形的声音喊着："爷爷，爷爷……"

今天分明是走不成了。我只好打开门，把孩子放进去，独自进城去退票。有生以来，我头一次觉得北京秋天的路是这样的泥泞，天空是这样的阴暗。

我与英儿在这空荡阴森的住宅中又过了一夜。

秋风从客厅的壁炉内钻了出来，穿过书房那扇没有关紧的门，在整个住宅内盘旋哀鸣。真是人亡则家败呵！这里如今什么都没有了。童年、父亲、欢乐、宁静，一切的一切都荡然无存。只剩下不寐的我，梦中呜咽的英儿，和这秋雨夜的空虚、迷茫、凄清的寂寞。

二

回到我工作的小县城之后，生活复入常规。我应付着各种工作：课堂上漫不经心地讲授着，办公室内潦草地批改着。一到下班，我就把所有未办完的事统统锁在抽屉里，转而在自由市场起劲地挤着，回家认真地烹调着……时间对我丧失了意义，外面沸腾动荡的一切我也毫不关心。

我不愿去管英儿，更不愿与他谈及父亲。对于在京那难堪的一幕，他与我都讳莫如深，在这表面宁静的家庭中，父子之间却有堵不断加厚的墙。

英儿曾经是个活泼的孩子，可他却不肯与我多说话。只是在每晚我回家时礼貌地问我：“您回来啦？”而在我早晨上班时，他早已出门念外语去了。他自有一个准确的钟，从不用人叫他，至于这一切都是为了什么，我懒得去深究，有他母亲管他也就足够了。

一天晚饭后，妻子出去串门了。我则坐在从家中搬来的红木写字台前的皮转椅上，欣赏着刚写就的朱子治家格言，我书此并非无意，自从继承来一份家产之后，虽不敢妄称富裕，亦算得上个小康人家了。有得可治，也值得一治，在所有继承来的东西中，我最爱这张写字台和那个大玻璃书柜。每当我手触到写字台光滑坚硬的桌面和看到书柜里那一排排金碧辉煌的外文书的书脊时，心中不禁油然而生一种满足。当年分家时，哥哥要的是沙发和衣柜，而我要的是这两件。他比我实际，我也自觉不亏。因为这些东西一来标志着我书香门第的身份，二来也是风雅之士的必备之物。

我的目光从字上移开，用新式电子打火机点燃一支烟，深深地吸了一口。

英儿无声地走了过来，边走边系衣扣："您能给我两角钱吗？"他在我身后站定，低声对我说。他总是用这个讨厌的"您"来称呼我，纠正过他多次，他也没改，或许是不肯改。

"你干什么用？"我没有回过头去。

"我的本用完了，想买两个新的。"以前他总是问妻子要，这是头一次找我。

我顺手打开抽屉，从中取出印有"××中学公用笺"的两本稿纸递给他："你自己去订两个本吧。"我知道他会订，平常每逢有好的纸张，他都小心地收藏起来，用来订本或包书。

不料他没有接。

"难道这纸不好？"

"爷爷就从来不用公家的纸写字。有一次我从这桌上拿了几张，他还让我放了回去，另外给了几张他自己的纸。"这倒是实话。我从来不敢用印有公用笺字样的纸给父亲写信，不过父亲的许多做法固然正确，但早已不合时代，并不值得效法。

"没关系，别的学生都在用。"这也是实话。我们班上学生的作业本大都是用公用笺订的，抬头几乎包括了全县的大小单位。

英儿没有接也没有说话。我自知理亏，但硬给不是，收亦不是，于是我不讲理地对他说："那你只好找爷爷给你买去了。"他没有反驳我，眼中迅速掠过一阵失望的神色，无言地走了。

过了好半天，我才听见他在自己房中睡下了。我自觉刚才太粗暴了，为了弥补一下，就动手为他订了两个本，还特地用一张从英国工展会上抢来的说明书精心制作了两个封面。

我悄悄地步入他的房中，准备把本给他放进书包里，可我发现书包里已经有两个刚订好的本子，纸都是从没用完的本子上取下来的，虽然原来规格不一。

但都已细心裁剪过，孩子怕不够用，还加上几页用过的，不过上面的铅笔字他都小心地擦去了。

一个陌生的、幼稚的、天真的、纯洁的灵魂在我面前展开，像一朵充满露水的小花，毫无掩饰地向人们展示着它的美。我隐隐觉得良心的谴责。面对这样一朵美丽的幼花，你不去培植它就已经是罪过了，更不用说还要去践踏它了！

第二天，我什么也没有对他说。只是从这以后我非常留心他的作业本，在他没用完之前就给他预备好，而每当我把本子递给孩子时，他总是感激地朝我笑笑——那笑容酷似父亲，淡淡地，但很有感染力。

为了缩短两颗心之间的距离，我迈出了第一步。

转眼一年过去了。寒假中一天上午，我准备去菜场采购一些年货，在快出院门时，我听到大门外有两个孩子在说话。

“你能把《原子在我家做客》借给我看看吗？”这是英儿的声音。我站住脚，想听听他平常都玩些什么。

“我总是借书给你看，可你从来也没借给我什么！”听得出这是邻居的孩子。

“我把我那飞盘借给你玩好吗？”那个飞盘是我送给英儿的生日礼物，为选择一个物美价廉的礼品我颇费过一番心思。

“谁稀罕飞盘，我早就玩腻了。”

“那你要什么？”英儿看书心切，委曲求全地问那孩子。

“把你那个飞机模型借我玩几天，我就把书借给你。”

“那是爷爷最后送给我的礼物，他不会再送我东西了。我不想借给别人。”父亲是个空气动力专家，他制作的航模相当精致，英儿是很珍惜的。我只见他拿出来观赏，从不见他弹射。

“你什么都没有，又想看书，那你为什么不叫你爸爸给你买呢？”

“我爸，我爸，”英儿喃喃地说，“他没有钱。”我的脸开始发烧。

“哼，大学教授的儿子会没有钱？”那孩子可能听家里大人议论过我。

“真的，我爸真的没有钱。”英儿着急地替我辩解，我的脸一直烧到耳朵。

“没有钱你就不要看。”那孩子说完就一溜烟地跑开了。

我再也忍不住了，把手中偌大个菜篮扔在地上，两步奔出大门，将在寒风中站立的孩子一把搂在怀中，泪水夺眶而出，滴在他那绝无瑕疵的脸上。我流过不少次泪，但多少年来，这是因悔过而流泪。

“爸爸，”这是回来之后他第一次这样称呼我，“等您长了工资之后，也给我买一本《原子在我家做客》吧，我只要一本，书店就有，我去看了几次，都没敢跟售货员阿姨借。”孩子确实不知我是否有钱，他只是常听我与妻子议论最近升级的事。

我什么也没说，拉起英儿就走，连菜篮子也忘拿了。

我与英儿在城里书店转了半天，他只要对什么书多看上两眼，我就给他买下。这绝非施舍，而是赎罪。

直到书店关门时，我们才从里面出来，书很多也很重。我要替他拿，他不肯。孩子也许出自对我的感谢吧？殊不知，这原是我的本分，是我应该做，早该做，而没有做的事。

说真的，此时此刻我才意识到自己是个凡夫俗子，标准的凡夫俗子！虽然平时我也常吟诗作画，也爱与人讨论自然科学，但那都是附庸风雅而已。在内心深处我对物质生活的追求远远胜过对精神生活的追求。为几斤鸡蛋我可以和小贩讨价还价上半天，为买便宜些的处理货，我可以使出浑身解数……可我从来不买书，按说我是个教员，理应读书、买书、爱书，这样教起课来才能左右逢源，游刃有余，可我从来不肯在这些方面破费。

晚上，我把写字台让给英儿坐，我耻居其上。他先是不肯，因拗不过我，就坐到那舒适的皮椅上。起初还有些不自然，但慢慢地他就沉浸在书中，什么都忘了。他专心地读着，脸上漾出罕见的喜悦，使人看着有久旱的禾苗忽逢甘霖之感。

孩子虽小，却有他自己的精神世界，如果碰巧没有今天这一幕，那么孩子由爷爷培养起来的探索未知事物的好奇心，将会被窒息。而毁掉这精神之花的原因,就是区区几个钱。不!不是钱,而是我。若不是英儿有着自小养成的根深蒂固的好习惯,他早就被我的“言传身教”熏染成一个思想侏儒、一个庸人……我捧着沉重的头在默想、在悔过、在萌新。

英儿头一次打破了九点半准时睡觉的常规,后来在妻子的催促声中,他才离开桌子,把新买的书小心翼翼地放进他的书箱中(其实是我扔掉的一个旧纸箱),然后他恋恋不舍地看了书箱一眼才上床睡了。

我站起身,走到对面墙前,把自己手书的治家格言取下,揉作一团扔在字篓里。然后我从书柜中取出一张珍藏的宣纸平铺在桌上。研好磨、蘸饱笔,在纸上直书“永期上进”四个大字,这字虽不如前一幅写得华丽潇洒,但刚劲古朴,不失颜体本来面目。辞旧迎新,尽在这羊毫挥洒之中了。

我把横幅端端正正地挂在墙上,又走到书柜前,把其中最上一层摆的景泰蓝花瓶之类的小摆设统统取出,准备让孩子放他的书籍。然后我从书柜中抽出一本英文版的《物理学》读了起来。学业久已荒疏,读着颇为吃力,但我仍读到夜阑人静方休。

临睡前,我再次走到书柜前站定,凝望着那些书,我不再有我熟悉的那种满足感,而是感到,确切地说是看到:有一双眼睛透过书林盯着我,紧盯着我,它洞察一切,你要想避开它是不可能的。

我关心着英儿的学业,像生长在温柔乐乡的孩童多有音乐天赋一样,英儿有着一个杰出的数理头脑。今年高考时,他执意要参加,而且还要报考全国最好的理工大学——也就是父亲生前执教的那所学府。虽然他还差一年才毕业,但他还是顺利地通过了考试,以优异的成绩被录取。他的守护神——我的父亲——他的爷爷又一次地帮助了他。

三

临行的前一天晚上，孩子在收拾他的东西，我没有插手。他已经是大人了。他先把那个飞机模型装入了来时提的那个手提袋中，又放进几件旧衣服，随后他拿起那个飞盘看了看，也放了进去。然后，他慢慢地走到我跟前，递给我一支钢笔，这是去年全省物理竞赛优胜奖品。“爸爸，这个给您作纪念吧。”他声调中那种依依惜别的情感我明显地觉出来了。

“你留着用吧。”我真心想要，因为此物确是个纪念，也真心推辞，因为从孩子那里已经得到了很多。

他使劲把笔塞进我手中，然后猛地转过身，好像忍住了什么。

他睡下了，我把钢笔别在他外衣口袋里，然后倾听了好半天他那甜美均匀的呼吸才蹑手蹑脚地走出房门。

火车是凌晨五点的，我把闹钟上好弦，免得误车。然后我摊开书准备看一会儿，不料竟睡去了。待醒来定睛一看，已是四点半了，桌上放着那只笔，底下还压着张纸条：爸爸：笔您留下吧，我今后还会得到的。

孩子走了，为了让我休息，他把止闹键按了回去。

当年他默默地来，而今可不能让他默默地走。我把笔放进口袋里，匆匆出了门。

这是个秋天的清晨，街道上杳无行人。凋落了树叶的树上挂着一轮残月，闪着扑朔迷离的光。落叶在脚下沙沙地响着，这声音加深了寂静，我小跑起来。

当我跑上站台时,火车已经长鸣着进了站,看见我,英儿跑了过来。

“爸爸,我还以为您赶不上了呢!”

“赶得上,我一定得赶上你。”

列车员催促孩子上车,火车在小站只停三分钟。

“你要好好学习呵!”匆忙中我不知嘱咐孩子什么好。

“您放心!”还残存着童稚的声音在车出站后很久还在站台上回荡。

我望着在晨雾中火车逝去的方向,心想,孩子独自踏上了一条并不轻松的道路。但我相信,正如他所说的:他一定会走完的。

《汾水》 一九八一年十二期

应西安电影制片厂之邀改编为同名电影剧本

小说两篇

之一　交接

如果你一生中头一次担任一个真正的领导职务，而且正是在你学术生命的黄金时代，你能不高兴吗？自然，不用你是一回事，然而一旦启用你，你就应该竭力表现出你的才华、你的学识。从此你有了属于你的讲坛、属于你的实验室……反正该有的都会有。至于而后究竟是功成名就，还是默默无闻，除去运气之外，就全凭你的本事了——这也许是人之常情。

可是，如果你的前任尚在，他并没有高升，也不是平调，而是辞职，也许还是被迫的，而你却要与他面对面的交接工作，偏偏他还是你的老师，学术界有名的泰斗，那么，你那种“春风得意”的心情恐怕会一扫而光。这正如你分配到一套日盼夜想的住宅，它的富丽堂皇还出乎你所料。可就是因为你，这房子的老主人要搬出去，并且从此还无家可归，而他还是你应该终身尊之为父的人，那么你应该怎么办？定会使你进退维谷，欲罢不能，只剩下“别有一番滋味在心头”了。

——我就是怀着这样的心情在通往北方大学自控系主任办公室的长长道路上慢慢走着。

我停在办公室门前。

“他恐怕已经不记得我了，虽然当年在他门下读书时我也算个高才生。但教授桃李满天下，不知有多少得意门生，更何况近十几年来，从未谋面，生死两茫茫。如果真是这样也许会好过一些。”我带着侥幸心理推开那包有褐色人造革的沉重大门，门无声地在我后面关上了。

“坐下吧，怀中。”不想教授居然还记得我，称呼的还是我在大学读书时的老名字。此时已是黄昏，屋内静得出奇，使人觉得稍稍有些压抑。

“等你好久了，记得你一直是个遵守时间的人。”教授纯净的声音虽略显苍老，但还是使我马上想起他给我们上第一堂课时的情形，那时教授刚从美国回来——他是同期二十个考取“美庚款”公费留学生中回国的唯一一个。他用了两年时间在麻省理工学院读完全部电机研究生课程，获得博士学位。继而他又去哈佛攻读当时刚刚兴起的半导体物理。一年之后，又获得第二个学位。哈佛要留他在校任教。凡纳伐·布什（一八九〇—一九七四，美国著名电机工程师）也约他去他的实验室工作，几家大公司亦争相来聘，但他拂袖而去，回到了当时根本无“自控”可言的祖国。他才华横溢，自视甚高。看不起那班跻身官场的钻营之徒，对不学无术的同事亦报之冷眼。故此几位课任教师对他毁誉不一，所有这些使我们更希望能早日上他的课，好一睹风采。

他踏着铃声进来教室，从迈上阶梯教室长长的台阶的第一级起，他就开始讲课：“在默察近几十年来的电学领域内发生的巨大变化时，我认识到，”他停在黑板前，用一点不带虚饰的笔体，端正地写上“科学永远在前进”几个醒目的粉笔字，然后他开始滔滔不绝地讲了起来。他时而语调激烈，时而娓娓而谈。且旁征博引、清晰地给我们勾勒出一幅生动的科学进化图……他使我们忘记了时间、空间，忘记凡俗尘世中的一切……然后他从讲台上走了下来，正在这时，下课铜铃仿佛从天际外传来，召唤我们回到现实中。但教授朗朗的声音盖过了铃声：“你们如果有兴趣，可以读一读以下几本书。”他念了一串书名，有英文，有德文。当铃声未停，满座众生尚在惊诧之际，他已经不见了，留下的只是他那翩翩的风度、严整的板书、洪亮的余音、从容不迫的气氛和使我至今不忘的印象。

可如今呢？我端详着他的脸——他老了，而且老多了。华发稀疏，背也驼了。长期的智力工作在那原来极为生动的脸上刻下了不可磨灭的印迹。他那深沉的眼睛中，那种灵如电光的神情已经暗淡了，罩上了一层淡淡地疲倦。“他已经到了夕阳垂暮之年。”我心里想。只是他说话时的神情和他那富有感染力的微笑，还能使我想起当年的他。

“咱们现在把工作交接一下。”他递给我一个牛皮讲义夹，这个夹子已经很旧，手汗与粉笔灰深深地嵌进了封面，烫金的 MIT（麻省理工学院的英文缩写）几个字很难辨认。我翻开一看，里面是课程进度表和几项科研项目的说明。教授的字已经大不如前，有些颤巍巍。但他写的东西却依然条理清楚，行文流畅，且惜墨如金，没有十五分钟我就读完了。

他站在窗前沉思着，手里拿着一片不知什么时候飘进来树叶来回转动着。过了好一会儿，他才发现我在看他，就把手中的枯叶从窗户扔了出去，慢慢地踱过来，坐在我面前那只深大的沙发里。

他点燃一支粗大的雪茄，用劲地吸着，喷出淡蓝色、一点芬芳都没有的烟雾。那烟雾慢慢地散开，与爬满常青藤的窗户中泻进来的苍白阳光交织成一幅帷幕，使我看不清他的脸，只隐隐地看见他那硕大的前额和一闪一闪的烟火，他的思想好像飘到很远很远的地方去了……

我却什么也没想，只是在等待。而等待什么？我也说不清，反正不管什么也比这难堪的沉默好，哪怕是斥责。

“从有这所大学起，我就在这所大学服务，”终于开始了！教授的声音驱散了烟雾，“你愿意听一听一个老教师，一个过来人的忠告吗？”他声音低沉，语调苍凉，丝毫没有训导的意味。

“当然愿意。”我这话出自内心。

“你知道我为什么要辞职吗？”不等我回答他就接着说，“就身体而论我或许还可以干几年，主要原因就是我在学术上落后了，落后了整整一个时代。”他素喜开门见山，这次也没有例外，“前些时候，我见到了一位老朋友，他是搞医的，在波士顿的一家医院当院长。我问他:‘在你们美国当院长的条件是什么?’他告诉我:‘别人不能做的手术院长要能做。别人都能做的手术,院长要比别人做得好!’他的话使我震惊。我反躬自问,苦思良久,觉得我的确到了该辞去系主任职务的时候了。新问题、新科研项目,许多我已经搞不懂,就我所知而论,也不如别人。”他用微微颤动的手指弹了一下烟灰,“于是我推荐了你。虽然多年来我们没有见面,但你写的书,你的论文我都读过。我知道作为学者你是一流的,你是咱们这行中的佼佼者,你比我行。”作为一个学者,承认这一点是很不容易的。教授说的这些,原来我都不知道,他的语调开始提高。不知这阵赞扬的潮水退了之后,他还要说什么?“但我今天要对你说的是:你必须把这些保持下去,这绝非易事。我有一个朋友,一生都在编手册,我曾开玩笑地问过他为什么总也编不完,他说,当一本手册出版之日,也就是它过时之时,又该着手编新的了。这话很有哲理。科学就是这样,它健步如飞,一日千里,从不等人,只是要求你跟上它。可是跟上它,只有一个办法:就是不停地学习。”

他的语调又低了下来,好像在独白:“可哪里有时间啊!你要去出版社审阅书稿,要去参加全校教学计划的拟定,要去……”他顿了顿,“等你刚回来,科协的同志早已恭候多时,让你去主持一个讲座,并且告诉你:‘那里有许多红领巾在等着你。’你能推辞吗?然后又要分房子,调工资。三教九流、雅俗并混、日理万机。他们还要你去参加考察团,别人都认为这是美差,可我对这种走马观花式的‘考察旋风’视为畏途,但不容推辞,因为是部长签署的命令……每天你还没有到家,电话铃声就响了,它主宰着你的夜晚,你的明天。等你吃完饭刚想读书,又有人来敲门,这回是你十年前的学生,带着他的处女作战战兢兢地在敲。你与他讨论、切磋,等他走了,你已经筋疲力尽、欲读不能。你想:明天读吧,可明天呢?明天还是这样。你想推,推不开;你想躲,躲不了。”这的确是甘苦之言。

“在中国你一旦成了名人,就意味着你闭门读书的日子已经结束,你要还想清静,那非得天才才做得到。”

“但是,”教授的音调开始提高起来,用的是讲课强调重点时所用的语气,

"即使没有任何动乱来干扰你,即使你竭尽全力地读书,也会在某一天,发现你已经记不住别人对你说过的事,写在台历上也记不住。做精密实验,你的手会抖,到了晚上九点钟,你就会看不下书去。所有这一切都只说明一个问题——你老了,和我一样地老了。"他声调渐渐地低下来,艰难地说出最后这几个字,"那么你该做的第一件事,就是物色一个合适的人,一个有魄力、有学术成就、有领导才能的人,把系主任这个职务让给他。"教授的手在空中一挥,好像在为他的话打上一个惊叹号。然后他用力在茶几上那个大玻璃烟灰缸内将雪茄按熄,站起身来,结束了他的谈话。

"我会经常去看望您的。"我由衷地说。

"我还在系里教基础课,天天可以见面。"我真想不到是这样,这怎么能行?

他看出了我的心事:"科学是共同的事业,需要许多人。各尽所能,并无贵贱。"

他慢步走到衣架前,取下他那件英国呢大衣。这件质地优良的大衣从我认识教授那天起他就穿着,而今已是经纬可辨了。

在门口,教授凝视着我,那双疲倦的眼睛好像是天穹深处的两颗星。他的手热而潮湿,握起来比看上去要硬。

"祝你比你的前任干得更好。"他语气真挚地对我说。学者在著书立说谈到自己发明时,常是以第三者的口吻冷静地写下"某某于某时有某某发现",这原不足为奇,但教授今天这样的祝词,我是头一次听到。

我意欲送他回家,他挥手示意不用了。

我在门口一直目送着教授,直到他的背影隐没在走廊的拐弯处。然后我急速转回屋内,打开那扇临街的窗户,向外望去:一个背微驼,但步尚健的老人,在铺满黄叶的大道上默默地走着、走着……

之二　青山遮不住

“如果像蒲福给风力分级一样也来给自行车流分分级的话,那么眼下该是十级。”张总看着轿车外面的车流想道。他到过西德、日本、美国,那里的人差不多都有汽车代步。可眼下在中国,小轿车还被认为是社会地位极不寻常的标志。尤其令人费解的是:在这个一穷二白的国家(现在这个词已经没有多少人提了),却有不少大手大脚的“阔管家”,他们理财无方,又一掷千金……突然,他前倾了一下——哦,又是红灯。

“这该死的红灯……”司机小宋说。

“嗯。”张总应了一声,若有所思地看着窗外停车线前越聚越多的人群。

小宋从反光镜中看着张总,张总还是穿着那套虽然很旧但质地很好的中山装,白衬衫的领子恰如其分地露出一小截。“他为什么总好像有心事?”小宋自己问自己。他知道张总是个好学不倦的高级技术人员,对国外设备的熟悉程度使外国专家深为叹服,可他却看不出在这文雅的外表下还隐藏着办事绝不手软的决心。

“该不该去找部长?”这念头张总已经转了好些日子。如果他是这次谈判的组长,那就可以名正言顺地去找,可他连副组长都不是,只是个技术负责人。而技术负责人的权限到底有多大?用谈判组长王局长的话来讲:技术负责人就负责技术好了,至于价钱和到底是买 A 国还是 J 国的另有专家来决定。这些话的言外之意很明显。

“谁的也一样!”又是王局长的话,“我买了台录音机,是内部处理的,一样能录能收。机器这玩意儿就和手表一样,好赖还不走它个十年八年的!”

然而,一套大型的通讯设备并不是录音机,更不是手表。对它有特定的要求,每一项都是有具体指标的,可以逐一测定。眼下的通讯网络的复杂只有人的神经系统可以比拟。只要中间任何一环发生问题,轻则造成局部通讯中断,重则全局堵塞。所以对加入系统的每一部分都需要认真加以研究。

认真加以研究,这并不是一句空话。谈判三个月以来,他白天埋头在山一样的图纸资料中,晚上还要带一皮包回家去看。他研究图纸资料就像乐队指挥研究乐谱一样,哪处强、哪处弱、哪几个音符有潜在意义、哪几个音符可以发挥,讲究多得很。

经过对于价钱与设备性能、质量的权衡,张总得出一个结论:还是买 A 国的合算。

可王局长为什么执意要买 J 国的呢?

“因为他们的设备便宜六万美元。”王局长振振有词。

“可他们却少一整套数字传输设备。”数字传输设备是在计算机与自动电话联合使用时必不可少的设备,而在不久的将来必有大量计算机加入通讯系统——这已经是常识。

“要那玩意儿干啥?以前我修北京——莫斯科通讯线路时,光杆子、电线、增音站就够了,不一样能用?”这话不知王局长讲了多少次,反正张总是至少听过五次了。

“北京——莫斯科”那种简单的双路架空明线根本不能与眼下的八千路载波线路同日而语。张总想道,可他没有说出来。人在大部分时间内是不能意气用事的。

可越级向部长汇报算不算意气用事?不,不算!这是他多日来反复思索做出的决定。张总下意识地从口袋里取出一支烟在手里捏搓着。自从他十年前切除了四分之一个胃以来,他一直处于“准戒烟”状态,也就是说介乎于抽烟与不抽烟状态。

小宋取下车上的点火器，回过头来给他点上火。张总深深地吸了一口。

红灯换成绿灯，车慢慢地启动了。张总好用的头脑也随之飞快地开动起来。他要回忆一下谈判的全过程，以便在给部长汇报时有个头绪。

“你的英文真地道。”这是在第一次正式谈判后王局长对他说的话，“我要是像你一样也是名牌大学毕业，恐怕也能懂它三两国的。可惜咱是个大老粗，只扛过枪、打过仗，没念书的福分啊！”这话不知是贬是褒。但不解之怨，往往生于毫厘。老与外商讲一种局长听不懂的语言，岂不是有架空组长之嫌？在那之后，除非翻译被专业术语难住，张总才说上几句地道的英语。

枝节问题可以通融，但在关键问题上却不行。在到底买谁的设备的问题上，他终于与王局长爆发了争论。

争论无疑是激烈的。一天王局长对他说：“去北戴河休养上一个月吧。”同时大度地拍拍他的肩膀。

这分明是要把他支开，他没有同意。但在谈判的最后关键阶段，却派他去湖南施工现场考察——这是任务——而任务是不容推托的。

“我走了以后，技术问题谁来负责？”张总还是忍不住问了一句。

“这用不着担心，由李工负责好了。”反驳是尖锐而简单的，“再说你总还是要回来的嘛。”

李工？说起李工，张总脑子里立刻浮现出一副标准的知识分子面孔——高而宽阔的前额，明亮而充满智慧的眼睛，一九五八年莫斯科大学的毕业生。可他为什么一味苟同王局长的意见，也坚持买J国的呢？王局长可能是不太懂，而李工绝不会不懂。

张总回想起在他与王局长分歧初始时，李工曾请他去家里吃过一顿饭。李工家的餐室给人一种安宁、舒适的感觉。菜是各种小菜、正经大菜一应俱全；酒则是张总叫不上名来的法国名酒。两人把酒闲叙，李工着实谈了一番各国见闻，张总不善辞令，只是默默地听着。

“时代变了，老兄也不必过分认真，”待饭后，在书房品茶时李工推心置腹地对他说，“尤其是在王局长麾下。咱们都是谋士，只要能善为人谋就行了，分外之事不要多管。”

“可我觉得我管的是分内之事。”

“数字传输设备有用，这我知道。可你再坚持，他也不会听你的。”

“那我就去找部长，在部长那儿我还是有些影响的。”

“难道会比经委的王副主任影响还大？”李工笑着问。

“他与王局长是亲戚？”

“兄弟。”

听了这话张总好半天没作声，最后他还是说：“但工作总是工作。”

李工一时间没有再说话，书房内静得只听见那座顶上有个乌木雕女神像的座钟的行走声。张总环顾着四周，书房内有不少书：精装、简装、线装的都有，但最引他注目的是书柜顶上的那溜皮包。从皮包的英文字来看有法航的、加航的、泛美、汉莎……应有尽有。

“你要是一味地坚持下去，将来会后悔的。”李工慢慢地说。

张总好像领悟到一点什么，很快就起身告辞了。

这顿饭没能达到预期的目的。非但未能弥合他与王局长之间的分歧，反而把张总与李工的交情也赔了进去。

可他们为什么一味坚持要买 J 国的呢？这肯定是有内在原因的。张总想起一个老朋友给他讲过这样一件事：他们出国访问从巴黎回来，代表团的团长非坚持坐法航的飞机不可。当时，他很有些迷惑：一来法航的票价贵，而且得付外币；二来起飞时间也在中国航班的后面。后来他才明白是因为法航的飞机上除了电影外，还发一个皮包。这事听起来似乎太戏剧性——为一个包和一场电影而多花几千美元，令人不太相信。但事实总是事实。这些人的心目中另有一笔账：包是他们自己拿了，电影在国内看不上，钱却是花的国家的，而国家——他们认为——是有着无限支付能力的。

“唉！”张总浩叹一声，引得小宋回了一下头。“那是为了一个包，而这次是为了什么呢？也许是为了圆珠笔、打火机，充其量是电视机，或者什么都不为，只为决定权不能旁落。反正这些人各有各的理由，各有各的权力，各有各的名目，而要想分析清楚实在是一件徒劳的事。”

可就是为了这么一个谁也说不来的理由，国家却要损失二十万美元。如果说二百元、两千元，那在人们心中是具体的，可恐怕很少有人真正清楚二十万元到底是多少钱。如果不是他碰巧与一个财政部的高级会计师在一起插过队的话，张总也不会明白。他着实从那位“老管账”那里学到了不少东西，其中最主要的一条就是：不与钱联系在一起，那么无论施工也罢、生产也罢都是盲目的。所以在他再次出任总工时，他就不光是一个实干家、一个渊博的学者，而且同时也是一个门槛很精的生意人了。

可无论他是什么也没有用！张总从湖南回来见到王局长的第一句话就问：“定了没有？”

“什么？”王局长把耳朵凑了过来。世界上最聋的聋子就是装聋。张总只好又重复了一遍。

“定了。”王局长慢吞吞地回答。

“计委也同意买J国的。”李工简慢地补充说。这话加上语气就等于说——再也用不着你操心了。

“我建议把全部谈判过程写一个备忘录存档。”张总冷冷地说。等到将来再花二、三十万美元来增建数字传输设备时会有人来追究的。

“一来没有这个必要，二来也没有先例可循。”李工条理分明地回驳了他。碰上你的对手是个混蛋，而且还是个有知识的混蛋那可真是一件倒霉透顶的事。

定了就定了呗，普天之下权力终归是权力。这个项目的钱不算太多，计委一般不会再重新讨论，可张总总想弥补一下。他几次找外商研究，能否加上那套数字传输设备，或者退一步，把那频率范围放宽一些，以便将来有改装的余地。但那些精明的外国专家总是避而不答。他们非常清楚在这出戏里谁是主角，而谁仅仅是龙套。在他们那精致的鳄鱼皮的“经理箱”内装的肯定不光是技术资料，一定还有“中方谈判人员情况分析”——张总做了个唯心的推论。

在张总的再三要求下，又开了一次会，这会叫作“施工预备会”，从这名称也不难看出已经无力回天，只是场“安慰赛”罢了。但张总还是把缺少数字传输设备将来会出现的种种问题一一提了出来。

“就张总提出的问题，我以一个自动电话专家和一个计算机专业的毕业生的身份说上几句。”张总话音一落，李工就取出一张图表摊在桌上。他滔滔不绝地引用着大量的公式和数字来说明数字传输设备无关紧要。

张总默然听着。他没料到李工的这一手。他的专业是载波而不是自动电话和计算机。当然作为一个总工程师他是粗通大略的，但目前的专业分工日趋精细，一个人在有限之年是不能全部掌握的，所以张总一时拿不出有力的证据来驳回李工。“要是老徐还在就好了。”张总凄然地想起往事。

老徐是张总的大学同学，因为他在反右时有些“错误言论”，被内控使用，所以他一直只是个助理工程师。但这并不妨碍他是个出色的自动电话专家。俩人合伙干过不少项工程，形影不离地合作了二十年。从东北到华北，从中南到西南，最后还一起在塞外高原上插过队。在插队的日子里俩人可真叫相依为命，张总会做饭，而体力活则由老徐一人包了……

那时候张总真以为自己的一生真会消磨在黄土高原上。可有一天，忽然来了一封公函，调他去西北工地参加三百路载波线路的施工，并准许他从插队点带俩人同去。

“一起去吧。”他热切地对老徐说。那时老徐正在联系调回他的南通老家去教中学，可教中学怎么能和他倾注毕生心血的专业相比呢？

“我不去，我受够了。”不料老徐竟无动于衷。

他没有劝老徐，只是从墙上取下京胡：“咱们唱上它最后一回，明天我就启程。”

“唱什么？”老徐问他。

“随你便。”张总拿起定了定调。

“来段穆桂英挂帅吧。”老徐思索片刻答道。

“杨家将舍生忘家把社稷定,凯歌还人受恩宠我家添坟。庆升平,朝堂内群小并进,烽烟起却又把元帅印送至杨门……”

老徐在京戏上下过不少工夫,又在唱词内渗入大量情感,加上张总的胡琴的确伴得严丝合缝,把个穆桂英的矛盾心情表现得淋漓尽致。

最后老徐还是和张总一起去了。他离不开张总,张总也离不开他。

后来老徐得肝癌死在西北工地上。临死前他拉着张总的手说:“将来在骨灰盒上放相片时,你把这张放上去。”老徐拿出一张花纹边的相片来,这相片是他大学时代的女朋友在他问题定性之后退给他的。相片后面有一行潇洒的钢笔字:给我亲爱的。另外还有一行娟秀的小字:相片退给你,但我是永远不会忘掉你的。“我一辈子不顺心,死了也要贴上张笑嘻嘻的相片。你千万别忘了把骨灰盒给我妈带去。”挣扎着说完这些话后,老徐就再也不会说话了。

后来张总专程把骨灰盒送到老徐那山清水秀的故乡——这是老徐到西北二年来第一次回家探亲……一想起这些,张总的眼睛就不禁有些潮湿。

“到了,张总。”小宋稳稳地刹住车。

张总慢吞吞地取过旧牛皮公文包下了车。定了定神,然后按响了红漆大门边上的黑色电铃按钮。

部长是个杰出的听众,一声不吭地倾听着,并不时在本子上记点什么。

原定的约见时间是三十分钟,可俩人一直谈了一个小时。

在送张总出门时,部长意味深长地说:“等全部搞完了之后,你去南方休养上一个月,顺便也给你那个聪明的脑袋放个假,我实在不愿看你的脸色。”部长握了握张总的手,张总觉得一种结实的握力传了过来。

在去机关和张总家的路口分岔处,张总示意小宋停下。小宋没理他,打了一下方向盘,把车开上通往张总家的路上。在他短短的司机生涯中,他着实拉过不少人。他拉过罢宴微醺的首长,也拉过颐指气使的夫人小姐,有一次一位首长(小宋不愿提他的名字),因为买一把折扇多付了一元钱,硬让他多开十几里绕回去找后账。可他很少拉张总这样克己奉公，严于律己的人。

“您的运气不错，回来时一次红灯也没赶上。”小宋使劲踏了一下油门，车又加了速。发动机发出和谐的嗡嗡声。车窗外面仍是川流不息的自行车流。

“青山遮不住，毕竟东流去。”张总朗声颂道。这会儿他的心情特别好。

“您说什么？”小宋毕竟只念过初中。

“我说，”张总略思索片刻，“只要你一心想向前走，那无论什么也是阻挡不住的。”

《山西文学》 一九八三年第二期

第一次坐软卧

一

我挪动了一下深深地陷在舒适沙发里的身子，悠然自得地点上一支烟，环顾着四周：贝雕画下、盆景边、红木茶几前散坐着三三两两的人——他们有的在闭目养神，有的在低声细语。厚实的地毯吞食了闲杂人等的脚步声，整个大厅都被水晶吊灯中泻出的柔光笼罩着，显得静谧、典雅。

我的目光转向那沉重的大门。透过绣有翠竹的抽纱窗帘，可以看到外面有无数匆忙的、灰色的、杂沓的人影来来往往。他们一个个汗流如注，背着硕大无比的旅行包，摩肩接踵。争先恐后地涌过去又退回来……我赶紧把目光缩回来，顺手去掸那不小心落在灰呢大衣上的烟灰。烟灰和大衣的颜色差不多，好不容易才掸掉。

软席候车室内开满了被空调器散发出的热力催开的花。它是美丽的。然而绝没有人会请你来，通向这儿的道路不但充满荆棘，而且还是狭窄的，并不是人人都能走过来的……

候车室的门开了，一个不大的头先探了进来，随即是一身非常旧而且也不太洁净的衣服映入我的眼帘，然后一只枯黄的手轻轻地关上玻璃门。

“票。”穿雪白工作服的服务员伸开像铁路栏杆一样的手臂挡住来人的去路。万岁！软席候车室的守护神。若没有你，我们将一辈子不得安宁。

来人把手中的旧提包放在华贵的地毯上，解开蓝棉大衣的扣子，在制服棉袄的内口袋里使劲地掏了起来。他说不定有票，但肯定不是软席票。谁不想到这儿来候车？但你得付出相应的代价。我也是在度过了无数个呕心沥血的不眠之夜之后才获得这样的资格的……如今那段“冲刺”已过，到了可以休息一下的时候了。我心安理得地掏出第二支烟，按动那精巧的电子打火机的按钮：“吧嗒”一声，电子火花点燃了丁烷气，紫蓝色的火焰又点燃了牡丹烟。呵，牡丹烟——副教授的烟。我深深地吸了一口，然后百无聊赖，饶有兴趣地注视着来人的动作。

他终于掏出票来了。如今中国人为了防小偷，口袋是越发展越巧妙了：巧妙到有时自己也难于掏出来。

服务员接过票看了一下就让他进来了。奇怪！她莫不是看错了？不过恐怕不会：她天天干的就是这个。

他朝四周看了一下，显然是在熟悉新环境，然后沿着富有弹力的地毯走了过来。

一双穿着很不像样的皮鞋的脚，迈着极不自然的步伐从我眼前过去，停在一个离我不远的、很不显眼的角落，他拘谨地坐下了。

他低头去拉旧手提包的拉链，那满头霜发好不显眼。我原以为这银白色的光轮专为智者所有，看来错了。只要一到岁数，这圈光轮同样也会罩在随便什么人的脑袋上。

那外表不起眼的手提包内有不少纸张一类的东西。噢！我明白了。他肯定是某个集体企业的采购员，他们最神通广大，在计划的“缺口”里，在宪法允许的范围内，他们游得像鱼一样。他们大慷国家之慨，一掷千金。他们连吃饭都可以报销，就甭说是软卧了。文明古国就是有这样一种不可思议的怪诞：有的人要三十年苦读才能走完的路，而有的人却可以在一夜之间毫不费力地走完。

他没动那些纸，却拿出一架收音机，而且还是一架性能优良的“菲利浦”五波段收音机一九八〇年的产品，我一下子就认出来了。这么说来他不是采购员了，采购员可没有这种地道的洋货。那他是干什么的？走私商？也未定。反正不管他是什么人，他要五波段收音机有什么用？这是专为收听外语广播的人预备的。

但他却一本正经地，煞有介事地把耳机插入那听惯“山东快书”、“梆子”之类俗乐的耳朵里，真委屈了这架收音机。

墙上那座雕有人像的挂钟艰难地移动着……

一个身材纤巧的女服务员推着吸尘器走了过来，可那旧提包不知趣地挡住了她的路。

“同志，请挪一下。”

那人无动于衷。

“同志！”小姑娘原来媚好的声音最少提高了二度。

那人依旧。

“你的票！”小姑娘推了他一下。

“噢。”他如梦初醒，拔出耳机，开始掏那重兵防守的票。

吸尘器嗡嗡作响，把他面前那块地毯内的灰吸得干干净净，恐怕连渗到地毯最隐秘处的残灰也吸了出来。

不是评书，也不是地方戏曲，从他拔下的耳机中隐约传来了英语。英语讲座？肯定是！看来他还有点文化，或者说想学点文化。不过，现在再开始学英语有点晚了。“若待上林花似锦，出门俱是看花人。”眼下像样点的人哪个不会说几句英语？不！不对！耳机中传来的分明不是陈琳的牛津音。我竖起耳朵仔细一听，原来是《ENGLISH FOR TODAY》那播音员标准的美国口音。她在讲什么？我听不太明白，好像是宇航之类的事。你不要认为只要是英语就一样，这里面大有区别。新科技语汇的大量产生，美国式地连续，使我这个听惯老式英语的耳朵根本接受不了。在一位中央领导为大学教授会见美国专家还要带翻译一事批评我们学校领导之后，我也听过这个节目，准备攻一下现代英语，但后来我也和大多数同事一样，放弃了这个打算。可他听这个干什么？调错了台？

“当，当……”墙上的钟敲了九下，耳机中传出了“GOOD NIGHT”。

他收好了票，又把耳机插入，但旋即摇了摇头，把耳机拔了出来。

旧提包再次打开，他从中取出一本书来。什么书？从那优良的纸张，宽阔的天地来看，可能是本外文书。

他沉浸到书中。

我抬腕看了一下表，时间在闪亮的钢壳中无声地流逝着……

“15 次特快开始检票。”喇叭响了起来。不用着急，软席乘客自有出口。

他收起书，在我前面走向检票处，在检票员怀疑的目光下他第三次顺从地掏出票来。

二

“你去哪？”他恰好和我在一个包厢里，我递给他一支烟。

“广州。”他推让开。

“干什么去？”我推开他回敬的令人望而生畏的雪茄。

“出差。”他简略地回答。出差——包罗万象的词，含糊的词。他如果是去参加一个全国性的会议，或者是去和外国人谈判，是不会不说明白的。据我观察，全中国最能吹牛的人都集中在火车上。你随便问一个采购员模样的人去北京干什么，他都会告诉你是去部里开会。当然这是我从硬卧那里得来的经验，不能照搬到软卧，不过……

我懒得多想，很快地钻入暖和的“孔雀”毛毯内。新洗的被单的香味沁人心脾，要珍惜这来之不易的权力，赶紧睡。

……

“咔嚓”一根粗大的火柴点燃了雪茄，同时也惊醒了我。他还在看书，还是我临睡前那个姿势，睁着一双熬惯夜的眼。

他到底是什么人？改正右派？某个领导的朋友？不过看来像是有点学问的人。明天详细问问……对了！他肯定是个带机要文件出差的技术人员……勤能补拙……努力吧，同行。有一天你也会心安理得地睡在沙发床上，而不是坐在上面读书……

一阵困意袭来，它吞没了我。

三

第二天早晨，服务员只给我送来了早点。他还在看书，没有察觉。他们大概是把他当成我的随员了。真是岂有此理，以衣帽取人，皮相之至！

服务员收完餐具之后，他才抬头问我：“开过饭啦？”我点点头，他一个人去餐车了。

我顺手翻开他放在小桌上的那本包有牛皮纸的书：《海底通讯工程》——我艰难地读着上面的日文。通讯——我的专业，在我工作的领域内能读日文书的人我绝不会不知道，我着急地翻下去。

“华群”两个用不带一点虚饰的笔体签下的字映入我的眼帘。原来是他——电讯部的总工程师、理论界的权威、工程界的百科全书、好几本很有分量的书的才华横溢的作者——采购员？走私商？带机要文件的技术员？同行？——我真想不到在那平庸的外貌下有着第一流的头脑，还有着第一流的勤奋。

一阵惭愧……又一阵……

火车正驶在一段坡道上，右面是齐刷刷的山，左下方倒是平坦得很，但不远处有一条黄色的河流，挺宽的，说不定能使人灭顶。

我从提包中拿出一本书，不是这本《高尔夫球场上的疑云》，也不是这本《桥牌叫法大全》，最后我抽出一本读了起来。

四

"您是不是去主持这次会议？"待他回来，我简略地作了番自我介绍后问道。

"谈不上是主持，主要是想去向你们理论界的同志学些东西。"他又点燃起一支粗大的雪茄，默默地抽着。

他也许不喜欢应酬，大多数名人都有些落落难合。

"你在《电讯技术》八月号上发表的文章我读过了。"他从那个旧提包内取出一个磨损得挺厉害的布封面的笔记本，查了一下目录，然后很快地翻开。

"怎么样？"我问。这篇文章在评定职称的时候曾经起过不可估量的作用，在某种意义上来讲是奠定我后半生学术生涯的基石。

"除去文章的优点不说外，我认为主要问题在于你对中国的工程实践了解得少了。"

"还望指教。"我也说不清我为什么会冒出这句俗不可耐的应酬话。也许是对刚才他的那句"除优点不说外"而发的。他凭什么一句话将我的成绩全部打掉？

他迅速地眨了一下眼睛，然后开始列举我的理论在工程实践中应用时的不足之处。

“那该如何加以修正呢？”我对他的敬意在迅速增长着。人的思想，人的感情的确是瞬息万变。

他看了一下那个笔记本上的那些流畅的笔迹，然后就慢条斯理地讲了起来。我赶紧取出我的那个黑色柔皮面的笔记本——说良心话，我真有些不好意思把这个高级的舶来品拿出来——但我只是迟疑了一下，然后飞快地记了起来，就像我上大学时听教授讲课一样，生怕漏掉一个字。

他滔滔不绝地讲了不少有关工程方面的实例，并提供了不少精确的数据，最后又总结性地讲了他的观点。

“如果你有时间，可以再调查一下，再写上篇文章。”他合上了那个笔记本。

“您的有关工程素材我可以用吗？”我有些战战兢兢地提出这个问题。一般搞学术的人，很不舍得把自己的工程素材告诉人的，更何况是他这种经过总结归纳的素材。以他的理论水平，刚才的一席话，稍加润色，就是一篇好文章。

“全盘奉送。”他脸上露出一个极为生动的笑容，“当然，错的除外。”

“您每篇文章都读得这么仔细吗？”

“哪有那么多的时间，”他脱下上衣，“我在部里看到了这次会议的人员名单，就把有关人员的著作文章仔细读了一下。既然领导让我来组织这次会议，那我当然也得做些准备，也好做到有的放矢。”

好一个“有的放矢”——此话虽然他讷讷言之，但做起来可就是另一回事了。这次参加会的人少说也有六七十个，任何人的著作光是粗读一遍也得花上不少时间，何况细读乎？

“您真了不起！”我由衷地赞道。

“就像你们上课要备课一样，工作嘛，没什么。”他摆了摆手，看来他不习惯受到恭维。“我想抓紧时间睡一会儿。”

他睡下了，不一会儿就发出均匀细实的鼾声。这是那种高效率、踏实的睡眠。

火车轰隆隆地开过长江大桥，去广州的路刚刚走了一半。“浩浩长江无语东流”，我望着窗外坦荡的江水想道：“可我这清溪浅水却偏偏要哗哗作响。”我拍了拍自己的脑袋又转回头来补充我刚才听课的笔记，去构思我的下一篇文章。

《北岳》 一九八三年第二期

《小小说》 一九八五年第一期

还我中华拳术

一

满园芳菲驱不散程斋老先生的抑郁心情。他站在高台阶上伫望着宽大干净的院落，不禁百感交集。前一阵他四出访友，着实玩赏了一些名山大川。寓情于山水，留意于拳经，许多少年故旧，白首相聚，把酒晤谈，很快将他久寓京城郁积的烦闷之情驱散了一些。不料半年回来，城郭竟换了主人——门楼上挂上了太阳旗，门口站着两个端明晃晃刺刀的日本兵，不由得使老先生心中一惊。城头变幻大王旗——历尽沧桑的他是司空见惯的，可在这外国番旗下生活，出入要向日本人行礼，他实在无法想象。他准备稍事停留即去江南。

走，并不那么容易。俗话说：破家值万贯。更何况他出自两代为官的世家？虽说世事如棋，翻覆甚易，可在六十岁高龄上出走，今生已无还京之望了。春花炽烈，春风如酒，愈添万千愁绪。程斋无心再看，扭身回屋去了。

“程爷，外面有人找。”李鲁低声说道。

“什么人？”

“好像是个日本人。”

“噢？”老先生内心不由一惊，但脸上丝毫没有表示。“他有什么事？”

“谁知道。”李鲁是个粗人，原来的老门房最近已辞归故里，一时找不到合适的人，就暂由李鲁代了。

“请。”

来人自称泽晋，说是一家日本报社的记者。他个头不高，但挺敦实，操着一口流利的汉语。

“有何贵干？”老先生冷冷地问。

“我前几天在报上写的文章，想必老先生见了吧？”

程斋摇摇头。

“拿来。”泽晋朝后一伸手。随从即递上一叠装订好的报纸，放在大理石面的红木台子上。

上面有红笔圈出的一篇文章，是论日本柔道的。连翻几份皆是，老先生就停下不翻了。“隔行如隔山，贵国技击，老朽向来是不闻不问的。”程斋不无蔑视地说。东洋柔道，他向视为雕虫小技，从不理会。

“请再往下看。”

程斋又翻过一页，这是一则启事，上书：

余视中国国术与东南亚各国柔道，均为局部松散之力，无整体之功，唯日本柔道才是正宗。如各门中人不信，余愿与其比试。若身老力衰，不堪武比，余愿与其辩论拳理。

看到这，程斋不禁一阵无名火起，但还是按捺下去了。

“我以前在南北满所向无敌，前一阵在此城中颇多拜求，未遇一敌手。”泽晋声调平淡地说，“得知老先生归来，特登门造访。”

“不知可曾与谁过手？”

“南城开木匠铺的木马，北城开煤铺的煤马两兄弟，均败于我手。前几天从云南来了一位自称大理拳正宗弟子的沙河玛亦败在我手下。”

老先生闻言一怔。煤、木马两兄弟是八卦门中的高手，沙氏亦有耳闻，是大理拳中的名师，是以阴毒功夫，小巧擒拿闻名的。

“老朽久不问武林中事，实难奉陪。”多事之秋，还是忍让为上。

“那可愿与我研讨拳理？”

“口干舌燥，奉茶。”程斋居京四十余年，城中无论太极、形意、八卦门中人均视其为前辈，还很少有人以这等侮慢口气与他说话。他意欲奉茶送客。

李鲁端出一套精巧的茶具，重重地放在桌上。

“既然你无空，我也不多坐了。”泽晋深谙官场沿袭的惯例，举了举茶杯，然后往下一放。只见他一放之中微一发力，只听“咔巴”一声，那套还是同治皇帝赏赐的八件一套的五彩盖碗裂成了两半。

老先生大怒，但脸上仍不动声色，“你把这个带回去。”他朝左一晃肩，只听“哗”的一声，那剩下不少页的报纸翻合过去，他左手的茶碗纹丝未动。这一软一硬，功夫自见。泽晋不由得睁大了眼睛。

“看来老先生意欲一试了？”

程斋还未答话，李鲁却沉不住气了：“师傅，我来跟他比，难道还怕这倭寇不成？”

“后院伺候。”程斋放下茶碗。如煤、木马兄弟不是他对手，那李鲁肯定不行。他早年镖局出身，硬功有一些，器械上也还过得去，但因不通文墨，虽跟随老先生多年，但对于形意、八卦、太极这三门内功拳的精妙之处，还未能体会。

后院青砖漫地，宽敞、平整，是老先生平素习武之地。

泽晋将外面的一身咖啡色西装除去，露出一身青色衣靠，颇类中国武装，袖口紧缩，中间一排搭扣。他扎上一条宽宽的软带，又脱去了皮鞋。

“师傅可用换装？”李鲁问。

“不用。”程斋捧着茶碗，慢慢踱下石阶。

泽晋向老先生一鞠躬。“可否开比？”

程斋并不搭话，只是稍一颔首。

说时迟，那时快，泽晋一箭步跨上，一拳朝老先生门面而来。以他捏碎茶碗的功力，是很难格开的。老先生微一侧身，拳“嗖”地从眼前滑过，接着他稍抬左膝,向前蹈去,意欲取其下三路。泽晋这一惊非同小可,忙转身躲开。拳经云:好腿不过膝。只有戏台上的好汉,才飞起"二踢脚"或打个旋子,抽对手的嘴巴。这一点,泽晋不会不懂。所以当他站定之后,二次出击就谨慎多了。而后他几进几退,总无松懈。他进则留劲,不全发,全发则劲断。老先生见无懈可击,便卖个破绽,空出中路。泽晋见空就猛发一重拳,直取老先生小腹。他用的劲太大,企图一举奏效,但欲速则不达,只见程斋轻快地一转身。长髯飘洒,身轻步健,有如大鹏展翅盘旋。左手仍端茶碗,右手朝泽晋的后背一"劈"——诸位莫小看这一动作。这转身乃八卦之本:要转得快,转得稳,转得是地方;这一劈乃形意拳之母:劈则内劲贯于手指,看去轻轻,实则千钧。这一劈之下,泽晋如何敌得住。只见他一头栽下,多亏是练家,作个倒地的保护动作。原想即起,不料余力未尽,竟在青砖地上滑出三、二步远。

老先生一捋长髯,打开盖碗,呷了一口湖南"君山茶",茶尚有余温。他在等对手再次出击。

他万万没想到,泽晋站起之后,整整衣装,朝他规规矩矩地鞠了一个九十度大躬。初来之时的骄横之气,一扫全无,连声说:"老先生艺高一筹,我领教了。"

"送客。"老先生头也不回地回房去了。

二

李鲁到底是个粗人,全无心计不说,嘴上还少个把门的。这事由他出去一说,一天之中,传遍了京中武林。重创日本拳师,实乃一大新闻,一大开心事。好友、徒弟、世交闻讯接踵而至。有的是来赞程斋身手不凡有气节的,有的是来劝其暂避的。但程斋一概闭门不见，并严责李鲁，令其用心看守门户。

看这样子，一下子是脱不开身了。所以程斋就静下心来撰写他的“内功拳补遗”第四卷，也就是最后一卷。

这书是他多年习武的心得，平素无论是面壁枯坐，或练功之时，或枕上、坐前，凡一有体会，他必随手记下。久而久之，竟有一大本，十年前他就动手写开了。不料一发而不可收，他索性将平生所求得各门拳的独到之处，统统录下。中国武术源远流长，但多是一脉单传。慢说传于外人，就是一般门徒，也不得而知。而武林中通文墨的人又不多，很少见于书卷。所以千百年来不知散失了多少绝技。他腹笥甚富，又留心访求，竟写下洋洋四大卷，六十分册，看到完工有日，他不禁心中暗喜。总算了却平生一件大事了。

他写完《肘法实例》一书，有些累了，就转到书架前取下一卷先严手录“黄庭坚诗百首”展玩着。翰林出身的父亲，字写得黑大光圆，十分体面。他看帖思人，不禁想起自己小时候来。那时尽管盗贼蜂起，动荡多乱，可到底是一统江山。先父在江浙任上，颇有政声。一旦出巡，也一呼百应，那番威武气派，今生是不复见了……父亲葬在南京城外，不知南京遭日寇兵劫后，老人家的墓是否安在……他正在神思飞驰间，忽听见身后有一阵极轻的响动，这肯定是个轻功极精的人在走动，非多年来练就的耳力是听不出来的。他没回过头去，仍作看帖状，等那人到其身后伸出双手欲扳其腰时，程斋才猛地朝下一蹲，双手反来了个“翻背迷魂”。只听见那人“呵”地叫一声，倒退几步，才躲过直奔喉门的一“卡”。

“半年不见，当刮目相看。老兄的功夫益见精深了。”

老先生定睛一看，原来是自己的好友，江湖人称“福空和尚”。俗语说：在京的和尚出京的官。他图当和尚不纳税，不受管，所以仍担着个“和尚”的虚名。佛门约束在他来讲是一点全无。他轻功极精，拳上也行，查、花、洪、华、炮、少林、弹腿、无一不晓，兼之正骨、丸药、围棋、饮酒，样样在行。

“为何不见李鲁通报？”

“咳，侯门的气派。对咱度外之人，何门之有？”他朝书房窗外丈许高的墙指指，“你也别怪李鲁，我见大门紧闭，就从那进来了。”

“有事吗？”

“特来讨一顿饭。”福空大大咧咧地坐在了太师椅上。

“没那么便宜。老规矩，咱俩手谈一局，你赢了我管饭；输了，还请你从墙上出去。”

“好说，好说。”

二人展开棋枰，就杀开了。这副棋是石头磨成的，是程斋祖父的一位门生从云南任上搞来孝敬老师的。无论黑白都纯洁如玉，但不反光，不伤目力。棋盒上还镌有“从容谈兵”四个字，听父亲说是林少穆所题。

程斋的棋稳，福空的棋刁，棋逢对手，难解难分。直至玉兔东升，方才一局终了。细细数来，竟和了。

“你的饭，我的酒。”福空和尚从破袈裟中取出一个酒壶，李鲁从厨房端上菜来。“饶你一瓶酒，一位在洋行做事的世交送的。”老先生从博古架上取下一瓶“白兰地”。

“还是‘烧刀子’过瘾。”福空举举手中的酒壶。

主随客便，二人就喝开“烧刀子”了。大凡习武之人，多有酒量，不多时菜光、酒光。待加了酒菜，两人又喝了大约一个时辰。等程斋酒足饭饱，福空已是醺醺。他一抹嘴，朝老先生一揖到底，“改日再来叨扰。”说罢，推开门。老先生意欲送他出去，他止住了。环顾左右无人，就悄声说：“听说你打了泽晋，要提防着点，他是个有来头的人。”

“你从何得知？”福空交游甚广，更兼有一帮旗人朋友。旗下贵族，言不及义的本事最大，终日在酒肆茶楼聚谈，京中传闻多汇于彼，亦出于彼。

“自有来处。”福空一路醉拳打出去，到后墙边，一扶一纵，就不见了。

月色溶溶，从古槐流泻在地，映出浓浓淡淡的一片树荫。老先生在院中伫立良久，心中萦绕着一团驱不散的不祥之云。

一阵酒力涌上来，老先生仗酒练开他自编的“成拳”。练罢大汗淋漓，他坐在假山石上又想开了心事。

就这样,练完想,想完练,直到晓风残月,鸡唱三更。

三

春来风露潮,最欺病痛骨。一夜不寐,加之连日劳累,老先生早年的腿伤发作了。中医求遍,汤汤水水不知喝了多少,非但无效,反而愈来愈厉害了。膝盖肿得好粗,且青紫青紫的,好生怕人。李鲁无奈请来了一位从德国留学回来的孙医生。老先生平生最忌洋医,可此时也顾不了这么多了。孙医生仔细检查了一阵说:"没什么,不过是炎症,打上十针'盘尼西林'就行了。"

李鲁闻言大喜,马上四处找药,不料这药被日本人所控,出多少钱也买不到。

在这期间,泽晋几次登门求见,说要拜老先生为师,老先生不好明拒,但皆言病推脱了。

病愈来愈重。老先生一日下地小解,不料没出门就腿一软,跪了下去,怎么也站不起来。

这时,一双筋肉结实的手把他扶起来。老先生抬头一看,竟是泽晋。

"您老短药,怎么也不告诉我一声?"他拉起一口地道的京片子。

"不敢劳动"。

"泽先生把药带来了。"李鲁搞不清日本人的姓名,称其为"泽先生"。

"几支?"

"二十支。够了吧?"泽晋递上一个小盒。

“有劳，有劳。”

“晚辈理当效劳。”

“从哪搞来的？多少钱？”

“搞这些我还有些小门道，慢说一二十支，即使一二百支，学生也搞得来。钱就算了吧，权当弟子孝敬师傅的。”泽晋看来很有些路数，言语之间就拜了师。受人之恩，理当有报，此时再拒，未免不近人情，老先生也就默认了。

盘尼西林还真有效，一针止痛，二针消肿，六针过后，病痛全无。老先生养息期间，泽晋常来拜谒，一来一往，竟成了个不用通报的熟客。不光实心眼的李鲁觉得他是好人，就是对他素有戒心的程斋也慢慢改变了看法——固然是日本人，但徒弟总是徒弟。

四

“咱们来盘真水平的。”程斋对坐在棋枰对面的泽晋说。他早就觉出泽晋的棋有很大的内在力量。他的棋路很宽，且攻守自如。不过每次与他下棋，在收官的时候，泽晋总会失上一二着，让老先生赢上几子。

“弟子素来是认真的。”泽晋恭敬地说。

程斋没有再搭话，二人聚精会神地下了起来。

看得出泽晋这次是拿出了真水平，步步进逼，程斋也并不示弱，布局完了之后，就从右下角展开了角逐。

“走这。”老先生举棋不定之际，一只枯瘦的手把一枚白子放到棋盘上。

回头一看，原来是福空和尚。近来他很少到这里来，看样子他很讨厌泽晋。

虽说他的棋下得要比老先生多少好一些，但程斋实在搞不清为什么要在此下子。

在这着之后，又走了十几步，局势慢慢地起了变化，泽晋咄咄逼人的攻势收敛了，继而相持，然后变作腾挪。棋终数来泽晋竟输了半子。待用心想过，程斋发现全局的奥妙竟全在那平淡无奇的一着上。他回头找福空，已不知去向。

泽晋小心地把棋子收入楠木盒中，然后恭敬地对程斋说："老师再指点一、二吧。"

"好"。程斋边答应边走向后院。

泽晋先将五行拳练了一回。他是个绝顶聪明之人，而且又有柔道根底。半年来，他的功夫大有长进，不光形似，神亦不离。

师傅最喜欢用功的聪明学生，这不待言。可拳术这东西比较怪，光靠下死功夫不行，还得有人指点。而指点的关键在于拆手，所谓拆手就是应用——练套路是练功夫，而拆手就有如画龙点睛，一经点睛，这条龙就算活了。

"步如蹈泥，掌发余劲，不可断也。这掌该这么用。"程斋做了个示范，"掌到劲到，不光用掌，且肩肘腕胯膝处处带招，这招名曰'狸猫上树'。"程斋今天的兴致特别好，将平素很少传人的招数也拿了出来，"中脚骨折，中掌吐血，我几试不爽。你看。"他走到古槐前，朝上一举掌一抬脚，继而双管齐下，只见合抱的百年古槐猛地一颤，竟瑟瑟地落下二片浓绿的叶子来。

"这掌的变化还很多。"他随即又做了几个示范："凡人中掌后，不出百步，即使有内功的人也不出千步就会吐血而亡。所以只能用来防身，不可轻易伤人。"

泽晋点头示意明白了。练功多日，今日才是真传，要照此下去，不出一月，即可修成正果。他心中不免得意。

"听说老师正在撰写一部拳经？"

程斋点点头。

"可否让我一阅？"

传人不传谱，传谱打师傅——这是武林流传不衰的一句老话。程斋默然。

“贵国的国术博大精深，搜集整理，诚非易事，除老师这样的文武全才不能胜任。”

“是啊。”这几句话说到老先生心坎上了：“我主要是结合自己多年体会，搜集整理。待到完书，平生愿足矣！”

“李时珍修本草，成贵国医术第一人；董海川立八卦，亦传之百代；老师既然纳百家之大成，何不自立一门拳？”

“自立一门拳。”程斋体味着这句话——这是多少武林豪杰梦寐以求的事呵，但这绝非易事。立拳需有三个条件：一是有权，当年董海川立八卦靠的是皇家势力；二是有独创，没有转圈的拳，故有八卦、没有那么慢的，故有太极；三是门徒众多，这样才可流传不衰。这前一条，后一条程斋都不具备。徒弟虽说有一些，但星散于各地，加之动乱，恐很难聚齐。

“我何尝不这么想？”程斋浩叹一声，把心中的顾虑对泽晋说了一遍。

“这好办，我可以在报上发条消息，召集天下豪杰，然后让报纸出些钱，付众门徒川资。最好再找一家靠得住的出版社，把老师的著作印上一、二百部，分赠门徒，这拳不就立起来了吗？”

泽晋的话不能说没有道理。可是借助日本人的势力来立中国拳术，这老先生是无论如何不干的。一来于自尊心有伤，二则于清议所不容，闹不好非但不能流芳百世，反倒会遗臭万年。“我再考虑一下。”

“那也好，这事仓促不得。”泽晋很识趣。

几天之后，泽晋见程斋无回音，就又旧话重提。

“我没把你当外人，”程斋正色说道：“实话实说，我不想借助日本人的势力来办这件事。”

“这好办，弟子已替老师考虑过了，这事可让《华民日报》出面。”

《华民日报》是一家闲散小报，多登些体育动态、梨园趣闻等等，不过倒没听说日本人染指其间。

“他们有那么多的钱？”事情太顺利了，反而不容易叫人相信。

“像这等千古流芳的事,谁能不尽力。”

“那你先把他们的主笔约来谈谈。”

晚上掌灯时分,泽晋和马主笔一起来了。谈得很顺利,报社答应出一半钱,条件只有一个;将来由他们出面刊印那部《内功拳补遗》。

余下的一半钱,泽晋本说要募捐,老先生不同意,他决定自己出。他虽不敢妄称富,但家中的古玩端砚,山水字画还是有一些,筹集一半钱是伤不了筋骨的。

五

转眼已是深秋时节,程斋的书已完稿,图也绘齐,名字经泽晋建议改为《内功拳补正》。因为“补遗”多少有拾人牙慧之嫌,而自己游刃其间四十余年,说“补正”也并不过分。他望着自己毕生心血的凝化,不禁油然而生百感:若不是收了这么个徒弟,这书刊印恐怕是遥遥无期了。他又没有后人,那么用不了多少年,世界上就谁也不知道曾经有过个他了。

程斋轻快地转动着手中的两个光亮的大铜球,得意地踱起方步来。一抬头,他看见泽晋在他生日时送来的那副对联:

武林独步,问今日拳坛,是谁家天下?

渊源千古,看浩浩青史,比肩者几何?

二赞二问,虽不免过誉,但程斋还是把它挂了出来。

“老师的拳术没得说,堪称空前绝后;可若论剑术,我看还是日本的好。”他忽然听见泽晋在后院不知和谁在说话。

“狗屁！”李鲁这两天不知为什么又对泽晋不客气起来。“不服咱俩比比。”

“你先看看我这把剑。”泽晋从剑鞘中取出剑来。这确是一把好剑，蓝绿蓝绿的有如一汪春水，一扭动剑，随即寒光闪闪，上面刻着“勇铸”两个字，“这是天皇赏赐六段以上的剑道手的。”

“几段也扯淡。”

“你看，”泽晋朝假山石附近的一丛竹中的较粗的一根一挥一回，然后又立起刀锋一磕，只见先飞出一截竹筒，然后才见那株竹慢慢地倒下来。

“光快有什么用？咱们比比。”李鲁江湖上行走多年，大都是刀下赢人，故有恃无恐。

“比比？”泽晋有点犹豫，在老师家里未经许可就与别人比试，是大不敬之举。但看见李鲁已取下一柄朴刀跃跃欲试，只好说：“比就比。”

两个拉开架式，李鲁一刀劈过去，泽晋并不躲闪，用剑一格，朴刀猛地反弹回去，震得李鲁虎口发痛。他一气之下，又猛劈两刀，但刀刀被挡，这样几次三番，李鲁已招数全尽，可泽晋却还没动地方，从容举剑对视，并不出击，颇有戏弄之意。

李鲁哪见过这个，他大怒猛劈，两刀过后，泽晋猛地展开了攻势，瞬间他出了七八剑，如破竹、如闪电。只见一圈剑影笼罩着他，根本无法判断他的出手方位。

李鲁大叫一声，从半空中举刀向泽晋天灵盖猛劈而下。泽晋从容抽身举剑，只听“吧”的一声，朴刀断为两截。

程斋不能再在屋内坐视了。

“老师。”泽晋看程斋出来，垂手肃立在一旁。

“咱俩比比器械。”程斋俯身拾起李鲁丢下的半截朴刀柄。

“弟子不敢。”泽晋明白程斋听见了他刚才说的话。

“没关系。”

“那我换把木剑。”

“就用你这把剑吧。”

“师傅用什么家伙？”李鲁问。“我给你去取。”

“我就用这个。”程斋挥了一下手中的半截刀柄。

“那我来了。”泽晋抖擞精神。

程斋点点头。

“嗖”的一声，泽晋一个“横搅海”劈过来，程斋微一收腹，剑尖仅差半寸滑过腹前。

泽晋到底是剑道高手，此招明明用老，但他还是悬崖勒马，反转剑锋直取胸肋。

程斋向后一退，泽晋又是一剑从上向下劈来，转得利索，没有一点缠头裹脑的花架。

这回程斋没有退，当泽晋的剑已无收势的可能时，他一侧身，用半截刀柄衬住肘部让剑滑过，左拳朝泽晋胸前一劈，泽晋忙收剑退步，但已嫌晚。程斋上前一小横蹈，接着刀柄又挥过去，双管齐下。泽晋连忙跳起，就在他起身的一刹那，那横过来的刀柄改辕易辙变作直刺，一下正中胸前，那把剑也飞了出去……

可谁也没听见剑落地的声音。程斋回头一看：是福空和尚来了，在门口正好接住那把剑。他把剑在眼前仔细地端详了一下，“好剑！”不由地赞道：“谁的？”

“我的。”泽晋已站起身，边掸土边说。

福空把剑扔了过去，只见剑尖朝前，飞向泽晋。这原本有讲：曰之“催剑”，是极有内功的人玩的把戏。顾名思义——用内力催发剑器。可福空这回不同，暗藏杀机，飞得很快，是用了十分劲的。

可泽晋轻巧地转身让过，用手抓住剑把，收剑入鞘。

就在这一瞬，程斋看见福空素来虚无空洞的眼睛里闪出一丝绿幽幽的光。

程斋约福空泽晋在家中小酌，可福空却滴酒不沾，只吃了两碗粳米饭。在饭后品茶的时候，他被博古架上的一尊小玉佛吸引住了，玩赏了好一会儿。

“这玉佛是泽晋在我生日时和那座自鸣钟一起送的，你若喜欢就送给你。”

程斋说道。

“岂能夺他人之爱？”福空放下了那尊小佛。

临出门时，他好像与李鲁说了句什么，李鲁随他一起出去了。

“老师的书写完了吗？”

“两天之后一定完。”不知为什么程斋觉得极扫兴，一直在回味着福空眼里的那丝绿光。

“那弟子告退了。”

六

与《华民日报》商定的立拳的日子马上就要到了。请柬早已印好：一律的绸布封面，铜版纸上套着花纹，非常阔气。发送的范围相当广：北起朝鲜、日本的柔道手，南至泰国段拳拳师……现在真正可谓“万事俱备，只欠东风”——也就是程斋那套拳谱还没有交出去——他几次欲拿出去，可几次又止住。把这等武林精英秘籍，轻易给一个素昧平生的人，而且是一个外国人，要是福空所言“泽晋是个有来头的人”并非空穴来风，而是确有其事，那……悬想几千年的中国武术史，有时只为一张图谱、一招拳法真传，就不知有多少人刀枪相见，血肉横飞。而自己之所以能够收集到这么许多东西，总赖各门大师的信任……可他转念又想：作为一门拳术的开山祖，是不能没有一套理论的。尤其在近代，必须前有借鉴，近有发展，后能流传。而这些最好的佐证就是一部书……

程斋苦思良久，终于决定把书交出去。在人的一生中，有时难免要冒点险，而为眼下这事确实值得一冒。他把拳书整整齐齐用一块黄缎子包裹起来，慢慢地结起上面的丝绳，然后从墙上取下一把剑，到后院舞了起来。月伴剑影，寒彻生辉。他越舞越起劲，进入了一种超凡入圣的境界，远远望去，活脱个银人。

突然他听见墙上有动静，他急忙停剑收势。定睛一看，只见一个人从墙头翻过，然后，重重地跌了下来，半天没有声息。他急忙过去俯身一看，原来是福空和尚。

“怎么啦，师弟？”他曾从福空的师傅吉提禅师学过内功，故有兄弟之称。

“好厉害。”只见福空欲起，但又委顿下去，只用手抹了一下嘴角的血。

“什么好厉害？”莫非他遭人暗算？福空的武功渊博，可正因为此所以并不精深，可即使这样，京城中能奈何他的人也没几个。

“你的‘狸猫上树’。”福空吃力地说。

“难道是泽晋？”

“除了大弟子，谁人晓得这功夫？”福空想笑一下，可笑却僵在嘴角，凝成一个很奇怪的折皱。

“怎么回事？”

“今天我见他进了细木的住宅，”细木是闻名的日本特务机关的机关长，“我就尾随而进，后来我听见两人密谋。”福空又抹了一下嘴角不断流出的血：“一句话，他们准备一旦你交出书稿，就把你杀了。”

“杀了？”程斋怎么也摆不了泽晋那温良恭顺的形象。“怎么杀，为什么杀？”

“那只好去问你的得意门生了。”

“你怎么受的伤？”

“我伏在半路准备收拾了这个小日本。”福空轻蔑地往地上吐了口血痰：“不料此獠得道登仙，已今非昔比。我中了他一掌，自知不敌，连忙遁去。他没来追我，我吞了二丸‘定坤丹’好先来给你报个信，让你防着点你的‘狸猫上树’。”福空颇晓些医术，经常制些丸散膏药。他的‘定坤丹’是有名的，不过一次只服一丸足矣，多服则是伐本取木之举。

“你怎么知道他的底细的？”

“原来我就觉得他不是个好东西。那天他与你比剑，我看见剑上的‘勇铸’二字，就全明白了。我师傅五年前在东北就是被这把剑所伤，这剑是药练就的。师傅三日之后，不治而亡。他遗言叫我寻访此剑下落。”

“真的？”程斋开始有些相信了。

“那尊小玉佛就是师傅随身携带之物。原是一双，被泽晋分作两个，断痕还是新磨的，不信你自己去看。”

不用看程斋也知道，他原是玩古董的老手，微暇疵点，无一漏过。新磨之处，早已知觉。

“与他过手时，我戴上了面罩，他不一定能认出我来。”福空的声音渐渐地低下来，只有靠近才能听到。

“你再服一丸‘定坤丹’吧。”

“大补之后，难以为继。明天他会找你，超度他去西天吧。杀师之仇，小弟拜托大哥啦。”说毕福空使劲睁大了眼睛，看着悬在半空中的月华。他平素总好说自己四大皆空，看来他在这人世还颇多留恋，不光有许多恨亦有许多爱。他慢慢地闭上眼睛，然后又睁了一下，狂吐两口鲜血，慢慢地六脉浮游，终于摸不到了。

“李鲁。”老先生大声喊道。

“李鲁在！”李鲁应声而至，见状大惊：“怎么啦？”

程斋把原委对他略言之，并吩咐了把桌上的黄包取来，然后匆忙书信一封：“你背上福空师傅的尸体。去法华寺找他师兄。你追随我多年，我无可奉赠，拳谱就传给你啦。”他使劲按了一下李鲁的肩膀，把信叠好递给他。他内心深处觉得自己对不起李鲁。李鲁跟随他多年，可自己却因他生性愚钝，不近儒雅，总把他当下人看待。自己的拳谱不传此等忠诚之士，却偏偏要给一个……他不愿再想下去，挥挥手示意李鲁走。

“师傅你去哪？”

“好自珍重吧。”程斋扭过身去。

李鲁无言退下。

七

老先生彻夜未眠，在正房凝神练气，静候泽晋。

泽晋送的大自鸣钟‘当当’地响了九下。与此同时，外面传来了深沉有力的敲门声。

老先生开了大门一看，果然是泽晋，还带着那个不离左右的随从。两个都穿着厚重的黑呢大衣。外面着实寒冷，彤云密布，大有雪意。

“李鲁呢？”泽晋有些诧异。

“出去办点事。”程斋把门拴上后，对付两个人，他自觉不在话下。

“来这边，我跟你们谈点事。”他领着二人往后院走，手中的铜球揉得嘎嘎响。

“我明人不做暗事。这一十八般兵器，任你挑选，比剑、比拳也行。”老先生在后院立定之后，褪下长衫：“俩人一起上也可以。”

“老师这话从何而来？”

“你自己明白。”

“哈哈。”泽晋放声狞笑起来：“素闻中国人善谋多变，果不虚传，使我功亏一篑。不过你也逃不脱福空的下场。”

“你怎么认出他的？”福空的化妆术达到可以乱真的地步，有时易容改装，老先生也不能辨认。

“不认识他的脸，还不认识他的功夫？我原估计他到不了你这。因为你讲过：有功夫的人也不出千步，不想还是来了。”泽晋褪下大衣。“好吧，你把拳谱交出来，两下齐好。若不然，你也出不了这院。”

“你到底是什么人？”千里来龙，至此结穴，原是不用问的。

“大日本帝国北平大本营大佐总教席铃木一郎。”

闻言程斋不禁怒火中烧：他恨自己有眼无珠；恨自己险些有负武林好友重托；恨……

“少废话，比吧。”他从兵器架上随手取下一把单刀。

泽晋站着没动。“我顺便也给你介绍一下这位。”他做了个文雅的手势：“大本营的手枪教官，大日本帝国一等射手——小林大尉。”

那个随从以令人难以置信的速度从西装口袋里掏出一支枪筒很长的手枪来，并把原来藏在大衣里的剑递给泽晋。

“把书交出来，免你一死，你不愿出面立拳也就算了。”泽晋脸上又露出讨人喜欢的笑。“你好好想想，你虽然无后，可你总不愿南京先人的遗体被鞭尸扬灰吧？”

“作你的梦去吧！”他以前对泽晋讲过对自家祖坟的忧虑，此时重听，真是一种莫大的侮辱。

“打飞他的刀，不要打手。”泽晋轻轻地向后一跳。他言犹未了，一枪已出，正中老先生手中的刀上。亏有多年工夫，刀才没有脱手。

“打开他的天灵盖。”泽晋退步的同时阴森森地说。看来他是深惮程斋的功夫的。

冒着微微蓝烟的枪口又抬了起来，手枪教官慢慢地扣了扳机，就在弹出膛的瞬间，程斋猛地双手举刀护头，只听“当”的一声，弹正中刀，教官的枪法委实不凡。余音未了，老先生就裹刀一滚，滚至小林的脚下。他有些低估小林实力，只见小林腾身一跃三四步，又举起手枪。

“随便打他哪。”泽晋又下命令。

只听“扑腾”一声，小林倒了下去，子弹无目的地飞向天空。一支镖身全部没入他的头内，仅余镖尾。不看发镖人，仅见这支六角钢镖即知是李鲁。他平素好摆弄这些小玩意,但总躲着程斋。因为程斋认为这些都是左道旁门,但他也知道这些小玩意也很管用。早年内蒙、山西一带的响马都流传着这样一句话:李鲁发镖不虚发。

“爷爷来也！”李鲁从墙上大吼而下。

只听“吧”的极轻的一声响,李鲁向后一翻倒在地上,滚了两下就不动了。先是白花花的脑浆流了出来,继而鲜血如注。“用你们的话讲,这叫‘以其人之道,还治其人之身’。”站在山石侧面的泽晋字正腔圆地说,同时抚弄着一把珍珠把的小手枪。

老先生“嗖”地将手中的刀飞了过去,泽晋一惊一闪,只见一铜球又飞了过去,正中拿枪的手,小枪飞出老远。

程斋一步一步地走了过去。好友爱徒相继死在他的怀中眼前,使他的心十分沉重。几十年来倒在他手中的人也有不少了,可同时两人皆因他带累而死,却还是第一次。

“还我中华拳术！”他催动丹田之气,大吼一声,一劈而过。

泽晋连忙拉开架式后退,老先生的功力他绝担当不起。程斋继而一飞燕抄水,又近了二三步。可泽晋到底今非昔比,在大院内连转了几圈竟没能近他的身。

泽晋仗着年轻腿脚利索,转过山石,用脚勾起那把单刀,然后跳上花坛,把刀飞向程斋。程斋侧身让过,旋即抓刀跃上,用掌直取泽晋门面,泽晋欲接此掌,不料此乃虚掌,掌虚则肘上,只听“咔吧”一声,泽晋的胸肋起码断了两三根。

泽晋到底还是有些功夫,加上求生心切,中掌之后,仍登上山石,欲援槐翻墙遁去。程斋上前又猛击一掌,掌毕泽晋口鼻就同时喷血。他一把抱着古槐,慢慢地软了下去。

“超度你去西天吧!”老先生将刀从后背直穿而进,把泽晋钉死在树上。这一下纯属是为了泄忿。前两下他是用了十分力的,重创之下,已绝无生还之望。

望着满院狼藉,程斋不禁有些惘然。他呆呆地立在院子里,脑子里百念皆空。

“当当,”那座自鸣钟又响了起来,把老先生召回尘世。

他稍定定神,就飞起手中的铜球。只见铜球夺窗而入,直奔座钟——它没能响够十下就永远停止了摆动。

老先生进屋取出玉佛昂然出门去了。

尾声

他去哪了?他隐入了京城无数弯弯曲曲的小巷之中。

从此法华寺多了个福空禅师的牌位,前面供着一尊小玉佛;香山万安公墓多了座新坟,坟前供着一支六角镖;京城多了个绿林豪杰——他从不剪径抢劫,也从不巧取豪夺,他只杀日本军官,而这些日本军官,又死的无一例外——全是前胸中掌,口吐鲜血而亡。

《太原文艺》 一九八三年第二期

吴光明改编为连环画《拳魂》

鹤中之宝

爷爷讲了个不但我此生难忘，而且还很值得讲给同辈与后人听的故事，所以我要详细把它记下来。

一

从前做古董生意的、开当铺的、收购旧货的，所有这些行当中都有一个不成文法的规矩：谁要是收购到什么便宜货、值钱货、紧俏货都要请客。一来以示自己有识货之明，借以提高自己店铺的声望，招徕更多的顾客；二来也是让大家伙开开眼，炫耀一番。至于请客的规模格局，就全看货色所值和各人手面的大小了。

一旦有官宦人家或书香世家败落了，不肖子孙撑不住空架子拍卖家产时，这批人就会蜂拥而至：他们结帮成伙，哄压物价，尽力贬低物之所值，三文不值两文地买下各种珍宝、古玩、殿版经书、名人字画，然后也找三、五同行小聚一番，借机交流调剂一下。

不过民国以来，战乱不息，江湖动荡，市面也不稳，于是乎一般买卖人大抵都觅得宝物默不作声，生怕招致什么不测之祸。尤其那些做小买卖的古董商，以往那种宴席就几乎绝迹了。

但阴历四月初一那一天，西城“祥字号”当铺的贾老板却租了“那王府”的一个闲园子，备下酒席邀请十余个同行来聚餐。贾老板平素以小气出名，做买卖是铢锱必计，童叟全欺。像这等慷慨摆席宴客确是开天辟地第一回，所以众人认定他必有所为，接帖之人莫不按时赴席。

他们一进园子，就看见临水台榭前已摆下齐齐整整的三张大桌，大理石桌面上摆满了各色干鲜果品，鼓形石凳上铺着厚厚的缎面绒垫。众人品茗闲谈间，不约而同地得出了一个结论：贾老板一定发了一个大财。这好比看一出名角上演的新戏，开场前人们都在揣测、琢磨戏的内容，角色的行头做派。若事先全露了，戏味就起码要走掉一半。

到了夕阳离红色宫墙丈许时，各类小吃撤下，穿绸布夜褂的跑堂走马灯似地边唱菜名边往上端酒菜。酒是按清宫秘方配制的“玉莲白”，菜是从饭庄包订来的，五光十色着实逗人食欲。于是众人你敬我让，杯觥交错地对饮开了，但他们此时双眼只有一只在菜上，另一只可片刻也没离贾老板。

“今日聊备水酒一杯，不成敬意。”贾老板清清嗓子：“诸位能赏光前来，本人实感荣幸之至。”他说完之后，就离座在席间巡回敬酒。只字不提所得之货。不见名角上场献艺，未免有违常规。但典当行中的人涵养功夫都是好的，脸上不露一点声色，把无限猜想都埋心中。

酒过三巡，仍不见贾老板开口，于是终于有一位沉不住气了：“贾翁，您老今儿莫非是白请我们吃喝？”

“小弟今晨确是小有收获。来，再喝一杯。”

今晨有收获，上午备帖请人，傍晚就开席，这财准小不了——贾老板这句欲张又隐的话愈发使众人急不可耐地欲知端详。大家都停杯止箸齐仰头望着贾老板。

“您就别让大伙喝闷酒了，快把您老的货亮出来让大家见识，见识。”张嘴的又是第一次发问的那位。

“我本想留待席后请诸位鉴赏，但李兄既然急着想看，那就这会儿看也行。”众目所归的贾老板伸手从大褂的内袋中取出一个檀木的小躺盒来。盒子是新的，款式也很平常，但众人还是屏住呼吸，死盯住这个平常之中肯定包蕴着不平常的盒子。

盒子慢慢地打开，紫丝绒缓缓地揭去，一层层雪白的丝棉被剥掉——主角终于登场了：只见一颗大如鸽蛋的绿宝石赫然入目。若以其大小而论，在同类珠宝中虽为上乘，但并不算出类拔萃，难得的是它的晶莹纯洁，且绿如春水，着实罕见。

宝石上笼罩着十余双眼睛。

真珠宝原非贾老板这等小字号经营的。他的店本小利薄，多销些假货，充其量有些不很贵重的零碎珠子。今得这颗珠宝，就是京中数得出的几家一等的殷实大店，一年之中也难得过手几颗，所以难怪今天他摆这么大的谱。

“哪位知道这颗珠宝的来历？本人极愿请教。当然不是白请教，自有重谢在后。”当铺中人的交往以钱计，请教出来的是学问，而学问是很值钱的。一颗上等珠宝，一个值钱的古玩，倘若没有来历，那么所值也就有限了。就如同村酿野酒，虽不乏好味，但总不被人赏识。

以中华之大，华夏历史之渊深，有史可考的珍奇原本无限，更何况前来赴宴的均为典当行中的三流人物，没见过大世面不说，所读的书也很有限。所以虽在重赏之下，也没人吱声。

“我认识这宝石，它名为‘狼眼’。”终于有人操着一口好听的带磁性的京腔开讲了：“它原为一对，是安南王的贡品，闯乱之后，就下落不明了。嗨！可惜只此一颗，若为完璧，则可谓价值连城了。”答话的是张老板。此人鹰眼鹞目，修长身材。与五短身材，眉目挤在一堆的贾老板对比，愈显出清浊分明。张老板也有一爿小铺，多经销些字画之类，本也不大。不过他父亲原是南边一家大当铺的朝奉。莫小看这“朝奉”二字，没有在典当行中几十年的打熬历练，是绝坐不上这把交椅的。朝奉是此行中的极品，是最高的鉴赏家。老张先生平素教子有方，每遇罕见之物必将其中的来龙去脉细细讲与儿子听，加上张老板悟性又高，一点即透，所以日积月累很攒下些学问。不过因盛传其父做假珠宝哄骗原来的店东砸了招牌，坏了行市，故城中大店没人敢雇他。所以他空有满腹学问，却一无所用，只落得惨淡经营一爿小店。

他的店叫“隆”字号，与贾老板的“祥”字号只隔两个门。他平素看不起贾老板这样无论变质皮筒，残破笔砚以至锡制夜壶统收不误的凡俗之辈。贾老板也看不起他，说他没根基，名声又不好。两人比财斗胜，各下暗劲，使阴绊，只不过心照不宣而已。

贾老板作了个暧昧的微笑，这微笑颇有内涵，不似冷笑，却胜似冷笑。“我这还有一颗，不知是否是张兄所谓‘狼眼’的另一只。”说罢他又掏出一只小躺盒，同样开盒，去绒，剥棉，取出一颗绿宝石，小心翼翼地与第一颗放在一起。

只见一双宝石一模一样，绝无仅有的一双。

“请问贾翁，此宝得于何方？所值多少？”张老板咄咄发问，不忿之心昭然若揭。因为做买卖极讲究个“赚”字：若是此物按其实值购来也不足为奇了。不过大伙都估计这种可能不大，因为即令贾老板倾家荡产也不足此宝的二成。

“诸位先入座，容我从容道来。”贾老板拿起一个翡翠镶银的鼻烟壶，吸了好一阵，又打了两个喷嚏，然后用重浊的声音说开了：“说来各位也许不信，此对宝石是我今儿个从早市上买来的。”

“早市？”贾老板余音未落，满座惊诧之声已起。他们大都经常逛早市，有的还在早市上设摊做买卖。而早市一般只有些新鲜蔬菜，还有一些不值钱的日用杂货，冒充的名人字画，扇面，图天色暗淡，外行人不辨真伪，多卖上几文。所以早市交易是最无信义可言的。

“一早，我照例早起提笼遛鸟，顺便照看一下早市上的那个小摊。刚到那没一会儿工夫，我就瞧见一个汉子拉着一辆板车歇在我摊边。那车子好像挺重，上面搁着一件裹着麻布的物件。这汉子既不插草标，也不叫卖，一个劲地擦汗抽烟。我约莫着他准是来这卖东西的，要不然谁天蒙蒙亮就来这地方蹲着。于是我就上前问他卖什么货。”

“您自个儿瞧吧。”他没好气地说。我本不想理他，可转念一想：宁叫碰了，别叫误了。我伸手揭开布一看，原来是一只铜鹤，这年头铜牛，铜鹤多得是，原没啥稀罕的，但这只鹤的样子挺怪，底座不大，贾老板伸手比划了个小圈，“可鹤身不小，而且双翅张开，俯头前倾，嘴里还叼着一条大鱼，难为它能立得住。”贾老板又比划了一下那铜鹤的姿态。

“‘请问你是哪位王府上的？’冲这位的文弱样子和满面烟色，其实甭问我也知道是末路王孙。这号人我见多了：他们家道初败时，还讲点脸面，每遇手紧求当大都趁黑背人上市，但日子一长也就习以为常了。他们求上店来，祖传文物、先辈顶戴，无所不卖。实在急了，恨不得把张人皮也扒下来扔到你柜上。所以我断定这主是初败悔羞之辈。但凡此类人等，一提祖上，话就如同没闸下坡的重车，刹都刹不住。”

“‘愧提祖上！’谁料这汉子虽已潦倒，但傲气尚存。见话不投机，我就绕鹤走开了。待我绕至鹤头，伸手扳了扳，发现这鹤还挺敦实，这功夫正碰那汉子点火吸烟，借火光一闪，我见鹤眼中心游散出一丝异彩，但只是一瞬即逝。我先以为是幻觉，但揉目定睛，借汉子狠吸的火光一看，只见鹤眼中又是一闪。我掏出手绢拭去鹤眼中的浮灰陈垢，发现鹤眼中心有一小孔，异彩就来自其中。没问题，里面非宝即钻，绝不会错。”

“您老花了多少钱？”座中一个矮胖子急不可耐地发问。

“这鹤你卖吗？”贾老板摆摆手示意那胖子别着急。“我不动声色地上前问那蹲着吸烟的汉子。”

“不卖谁推到这来。”

“你要多少钱？”

“我拉到这不容易，今儿个是不想拉回去了，三十块我不嫌多，二十块也不嫌少。”见我真想买他的，他才来了话。

“‘那好，咱们就敲定了。’我回到我摊上问伙计取了二十块大洋给了他。他一块块地吹完再听，看来这小子没少挨过骗。”贾老板笑了笑：“待他认准是真的之后，才朝我摆摆手：‘你把这鹤拿走吧，你要是再添上一块钱，就连车卖给你，我懒得拉回去了。’看来这小子准是得了钱想在城中好好乐上一番，拉辆车挺不方便的。我没工夫理他的茬，从靴掖中取出不离身的刀子，上前小心翼翼地把眼周围的铜皮分开，取出宝石，然后我连想也没想就转过去，依法取出另一只眼中的宝石来。”说到这贾老板不屑地看了张老板一眼，那意思再明白不过：天下识货的人多得是，绝不止你一个。

“鹤还归你。”我对那个分明叫我给气背过去的汉子说。贾老板言犹未尽，继续侃侃而谈：“他没有搭话，两眼发直，说实在的，要是个精壮汉子咱还真得防着点，不过咱对付这主，这种被酒色淘空了的烟鬼还是富富有余。”贾老板这话不是吹，他祖上是永胜镖局走镖的，功夫是家传。

“喝酒，喝酒。”贾老板又开始梭巡敬酒。

“我有事先告辞一声。”在一片祝贺声中，张老板起来向诸位一抱拳：“三天后，还在这园子里，还是今儿个这时辰，我请客。同样的格局，诸位都请赏光前来，我就不重新撒帖了。”说罢他朝贾老板举举手，以示歉意，然后就头也不回地大步向外走去。

别看张老板外表风流潇洒，不拘小节，其实他那是故作翩翩公子状，骨子里却是个极深沉的人，没有大事是不会这样不待席终就急不可耐地失礼离席而去的。

“您别忘了去我柜上支您那学问钱。”贾老板紧追了几步，运足中气朝着张老板匆匆而逝的背景喊了一声。他与张老板平素的积怨和对他今日的不恭之举的不满，混杂着他此刻的得意劲一概在这声呐喊中喷发出来。

“这小子准是眼气我的‘狼眼’，叫痰迷住了心窍。”回席途中他仍在自言自语。

宴会慢慢地进入了高潮，直闹至月挂树梢，众人方酒酣饭饱。

“诸位先慢走，今儿个是我的喜庆日子，我请了个南边来的戏班，待会儿到偏院戏台去看戏，玩就玩个尽兴吧。”众人这才注意到隔壁院子里有京胡调弦鼓锣定调声。偏院里有个小戏台，虽然座位不多，台也不大，但很精巧，是仿颐和园戏台的格局小而化之的。

“不知您老点的什么戏？”

“咱们大锣大鼓的武戏不要，枯燥严肃的唱功戏不要，点了几出生旦合演的风情戏，图个新鲜。”

当时京戏名角大都荟萃于京城，江南戏班鲜有名人，加上贾老板点的几出野台子小戏也见不出功夫，提不起众人的兴致，不少人就离席告退了。只剩下一些热衷拍马有事相求的随他去看戏，刹那间原是热闹非凡的花园顿时静下来。月光下房顶上的绿琉璃瓦发出幽幽的光，一派冷清景象。

二

“想不到三日之隔，花事就如此热闹了。”满面春风的张老板一一招呼来宾入座后，就沿着假山边上开放着的盆花，边踱着方步边说出一句颇带书卷气的话来。他今儿个身著湖色熟罗长衫，手中捧着一个通体碧绿的鼻烟壶，并不狠吸，专为陪衬他那儒雅名士的派头。就像那些他命人从暖房租来的盆花一样，不为争春，只为装点。

前日来的宾客依旧是今日的座上客——白吃一顿谁不来？只是贾老板未

到。于是有好事之徒便打发伙计去叫。要是贾老板缺席,今儿个的饭就意思差多了。

小伙计去了好一会儿,才前来回话说贾老板即刻就到——约定不来,他分明是拿有钱人的派头。

“真是小人得志。”“就是。”前日尽情吹捧贾老板的主,今日亦哗然附和。幸亏有乾隆窑的盖碗内山泉沏就的名茶和盛在高脚花的银盘内印有“桂英斋”字样的精巧点心、饽饽伺候,否则不知贾老板要多背多少骂。

“对不起诸位,实在是对不起。”贾老板迈着稳稳当当的八字方步,边走边抱拳:“刚才‘品德洋行’的几位先生来看小弟的宝石,实在是分不开身。”贾老板今儿个是一身簇新:身着倭缎大褂,闪亮的三号银扣中横着一条粗大的金表链,拇指上还新添了个白玉扳指,一双新靴,踏地嘎嘎作响,几步路走的颇有些前朝中堂大人的气派。

“好,那咱们就开席。饭后还有戏。”

“什么戏?”大伙异口同声。虽说张老板是有名的票友,绝不会点那些蹩脚的荒村野戏,但众人还是要问个明白,否则这顿饭也吃不踏实。

“《盗御马》《连环套》。我在‘第一舞台’包了五十个座位,诸位不妨携眷前往。”

“谁唱的?”

“十全大净金少山”。张老板朗朗上口地念出这个名字,并刷地将手中的折扇打开。这把扇颇为名贵:澄黄色的斑竹骨,一面溜金,上书几行梅花篆字;一面是一幅意韵深远的山水画。

“金少山!”众人都在琢磨这三个字的味——此公当时虽初来京华,可已声震九门。他那一泻千里势若长河滔滔的唱腔;他那貂翅蟒袍、饰带盔髯无不带戏的做派,唱倒了满城的戏迷。票很难搞,票房门口尽是些盘铺等开卖的主。大伙都是此道的行家里手,明白临时搞票得出大价码。

“诸位开吃罢。”张老板招呼大伙:“这酒是窑存十五年的陈年绍酒。”张老板指指一个正由伙计开封的大坛子,“这是我从地安门外‘庆寿堂’请来的厨师做的鱼翅。据说他是从宫里御膳房学来的。”他又用乌木筷子点点刚端上来的一个九寸大盘。“这是卫海银鱼……”而后每上一道菜,张老板都娓娓道出其中名堂,显示出他的渊博学问。

菜的确不凡,而且是请高手在后院厨房灶上现炒的,一离火就上桌。光就这一点而论,就比前日贾老板那种虚有其表的包席受吃多了。

“不知张兄今儿个为什么破费?”贾老板话中颇有些戏弄之意。他这话换言之也就是“莫非你也发了大财?”

“我也买着点好货,俏货。”

“噢?”贾老板好像有些不相信,“什么货?亮出来给大伙看看。”

“物件重,上路也不安全,再说大伙都见过,我看还是给哥儿几个说说吧。”张老板征询地看看四下。

都见过算什么俏货、好货?众人的好奇劲当时减去三分。看来张老板这顿饭或许纯属为了置气:这样加饭带戏,闹不好就得伤了他的筋骨。但吃人家的就得给人家捧场。于是其中的一位说道:“那您就给大伙说说吧。”

“最好还是拿来。你要是没人力,叫我店里的伙计去拿、去抬。”看来贾老板执意要揭张老板的底。

“待我先讲讲此物来历。若听后贾兄不信再去我店里看不迟。”

“就是。”“就是。”不少人附和道。这会儿再去取货,那岂非耽误了吃喝——贾老板也太不识趣了。

“大前天我见贾老板一比划那鹤底座的大小和那鹤的姿势,我心里就纳闷:那鹤稳得住吗?我又联想起他说车挺重,那汉子费好大劲才拉来;他又说他扳了扳鹤头发现鹤立得挺稳,种种蛛丝马迹联在一起我心下就豁亮了——没得说:那鹤的底座准是金的——铜皮金里!因为此物是王府上的传代之宝,既然能用名宝镶眼,那么座中藏金,于情理上也讲得通。而且阔老大僚们深知宦海中风波险恶，荣辱兴衰不过是指顾之间的事，常藏巨金于人所不知不料处。这——”张老板拖了个长腔，“史不绝书。所以我不等终席就先告辞而去。”

“我一边往早市跑一边想，若是那汉子不在了，我就是跑遍这九城的大小胡同，酒楼茶肆，烟馆娼寮也得找到他。”

“等我到那一看，嘿！真是好运气！那汉子还在那倚鹤抽烟，真是得来全不费功夫。看来贾兄言之有理，”张老板把脸转向贾老板，“那汉子准是叫您老给气晕了，要不哪有从天蒙蒙亮一直待到擦黑的道理？”贾老板此时脸上骄阳已敛，转成黄梅天似的阴暗重色。

“这鹤你卖吗？”我略定定神，上前推推那汉子问道。

“不卖推到这？”从早到晚他地方不挪不说，连话也没改。

“多少钱？”

“多则您给个十块、二十的，少就给个三块、五块，反正我见这玩意就烦。”

我瞧这汉子是个君子人，鹤破了相就落了价，而且干咱们这行的，讲究个“恤贫济急”，于是就给了他二十块，然后找了把锯就把底座给剖开了。

“里面是金的吗？”贾老板的眼睛瞪得有如前天的那双宝石。

“当然。”张老板以示不屑地挥了下手，顺势又把折扇打开微扇着。那扇的溜金扇面把借来的夕阳斜晖扩散到整个院落里去。

“成色足吗？”贾老板问道。

“七青八黄九紫十赤：十足的赤金。我想再出五块把那汉子的车也买下，谁知他竟不肯卖给我。看来他这回才真是傻了眼。头早他一块钱硬要卖给贾兄，如今我出五块他反倒不卖了。他许是想把那残鹤拉回去，通体捣碎查一查还有没有宝。不过这年头不缺的就是人力，我雇了个挑夫给挑了回来。”

“‘鹤还归你。’临走前我对那汉子说。说真的，我也真怕他一头碰死在路边：先失宝，继失金，对他这么个潦倒的人来说，无疑是雪上加霜。待我走远回头一看，那汉子竟拉车走了。”张老板收起扇，背着手又沿着一排花踱起步来，“看来天下的宝物有是，可有人家藏不知，有人过眼不识呵！”张老板低头掐下一朵花，背对大伙自言自语说道。别看这有指而发的末一句话，词语不甚激烈，可骨子里却讽刺地厉害。

贾老板的脸涨得通红，十分难堪。这不仅仅是失了财，还丢了大面子——当铺老板不认识金子，那还开什么当铺，不如去开菜铺、饭铺、棺材铺。

“那块金有多重？”这次不是贾老板发问了，此刻他已没这份心思。

“五十五斤十二两六钱。”张老板扭身步上正房的石阶，高瞻远瞩地对着座中的各位轻描淡写地说道。然后昂首看着已经半隐入红墙的落日。

“五十五斤！”大伙异口同声地重复道。金子有论斤的吗？这财发的实在是太大了。不独贾老板难受，座中各位老板谁的心里也不舒服——因为三天前他们都有可能得到此金，可偏偏都没得到。所以大家对各色精馔菜肴都浅尝即止，始终提不起兴趣来。席终也没有多少人去看戏，尽管张老板一再说有包车接送，而且又是“人间哪得几回闻”的名角名琴名戏。

三

“看别人发财，这对于想发财的人来说是最难受不过的事。”爷爷用一句总结性的话结束了他的故事。

“那汉子还活着吗？”我看着低头无语的爷爷问道。人都有气性，似这等失财受气，恐怕很难活下去了。

“还活着。”爷爷肯定地说。

“您认识他？”

爷爷重重地点了一下头。

“他是谁？”这时我已经猜到了几分。因为我在那只紧锁着的紫檀木柜里见过一方寿山石雕就的小图章，章的上部雕有一只小鹤，很像爷爷刚才形容过的那只鹤。

“就是我。”

“那么您真是王公后裔了？”我此刻明知故问。不过是想订正一下，因为爷爷距我想像中的公子王孙实在相去太远了。

爷爷点点头：“我少为纨绔子，极好繁华：好美酒、好盛筵、好琴棋且捧戏子，聚票友唱戏，养狗斗鸡无所不为。每天吃什么，玩什么，其中数不尽的讲究，无穷的奥妙，我无一不知，无一不晓。但论起谋生来就一点本领也没有了。可那也没关系：因为有祖上的福荫庇护，有世袭罔替的爵位；既不用自谋生计，也用不着功名仕进。老父原是皇上的近支亲贵，赏赐甚丰。别的不说，光金编钟、金册等各种金器和古玩字画就很值一些。那只鹤原是传了好几代的，老父临咽气时，曾让我对天盟誓，说将来若败落时，家中什么也可以卖，独此鹤要传下去。”

“您当时要是知道鹤中有宝就好了。”此刻我特别同情爷爷，打心眼里替他惋惜。

“山似藏镪、海深的宅第、数不尽的珍奇不到十年我都踢蹬光了。即令当时我知鹤中有宝，也是杯水车薪，好过不了几日。看来先辈藏宝匿金的苦心全是白费。”爷爷长出了一口气，好像摆脱了什么重负似地：“不过话也说回来：一天之中从我手下流淌出去偌大一笔钱财确属罕见。第一次他们把眼睛挖走之后，我还玩世不恭地想：反正有它不多，没它不少。拿走就拿走了呗。到后来张老板把座中金也取走之后，我才静下心来盘算，不知祖上还留没留点别的什么给我？所以他想买我的车我就没卖给他。后来我还真拉着板车作过两天鲜菜生意。”爷爷朝我笑笑，这笑挺动情的。

“那贾老板后来哪去了？”

“日本人来了之后，把城里的字号都抢了，贾老板的店自不能免。半生惨淡经营，呕心沥血的事业一旦烟消，他气不过一命归西了。临终前他把那对“狼眼”传给了儿子，让他务必子子孙孙传下去。但时逢动乱，如此值钱物是不太容易保住的：谋算的人实在太多，他儿子携宝东躲西藏，最后还是让日本人给访出抢了去，他不肯给，把命也搭上了。”

“那张老板呢？”

“他还活着。他心眼活，把金分开存在几家外国银行里，不过后来也是几起几落。公私合营那会儿他抽逃资金就没少挨整，三反五反他又制卖假货，反正哪次运动他也没逃过去。他发财心太盛，常置国法于不顾。前一阵我听人说他又作开买卖了。当然现时他已老了，没那份精力了，出面的是他的下辈。做生意不是件坏事，做生意的人都盼着兴旺发达，也是人之常情，要紧的是作规矩生意。可依我看，他这辈子什么生意都会作，就是不会作规矩生意。”

“世界上的珍宝其实有限。至于传说中之所以有那么多珠宝，无非是今天在我手，明日又换至你手；作陪葬埋下去，盗墓贼给挖出来；做嫁妆陪出去，又让不肖子孙给卖出去。来也无端，去也无凭，原是作不得依靠的。可各人自己的本事就不一样了。那东西谁也抢不去、骗不去、也卖不掉。我后来就一直凭我早年玩赏字画时学下的这点金石篆刻手艺活了下来。”说到这，爷爷停了下来。他那双包裹在松弛褶皱当中的老眼，闪出一种稀有的光芒：“可惜不知手艺这东西能不能传代。”

他没有看我问我，可我不知为什么点了一下头。

“财宝累人，艺不压身；家财万贯不如身有薄技呵！”爷爷打开抽屉取出一张毛边纸和一个标有“西泠”字样的印泥盒。

我拿着印章，轻轻地蘸匀了印泥，又稳稳地在白纸上盖了一印。移印一看，但见白纸上赫赫四个朱色灿烂的篆字——自食其力！这方爷爷自治的印显然凝聚了他全部手艺与心血，字体纤细中透着刚强，深蕴了启迪后人的道理。

《太原文艺》 一九八三年第五期

有钱十万

一

“钱不光能买来好烟。”他从那个能保持一定湿度并能自动点烟的不锈钢大烟盒中取出一支烟递给我，然后站起身，沿着靠窗那溜紫檀木花盆架踱着步，“钱还能买来你所喜欢的一切。”他带着一种明显的满足神情仔细地观赏着那被空调器放出的热力催开的花。

花都是名贵品种，更兼有内行的精心培育，所以开得着实繁茂，与落地窗外残败的深秋园景形成鲜明对照。我对花木不感兴趣，就借此机会端详起这间客厅来。这房很大，很有变化的余地：封闭极严的门窗摒开市声；棕色的护墙板与棕色的地毯浑然一体；硕大无比的写字台光可鉴人；总而言之一句话，这里的一切都显出一种不同凡响的气派，有点高级得吓人。不像我那间十二平方米的小屋，尽管妻子今天换上一块鲜艳的窗帘，明天又打光水泥地面，涂上地板漆，徒然地想使它变得与大杂院里的其他人家有所不同。

“从法院判决那天起，我一直为之奋斗的目标，今天终于实现了。”他长出了一口气，重重地坐回沙发，质地优良的沙发一声不吭地承担起他有些发福的躯体。

他父亲是位颇有声望的大夫,生前著述甚多,死后留下五万元的存款。为了这笔钱,他与他继母和异母兄弟之间发生了旷日持久的争夺。平素充满文化气氛的家庭转瞬变作角斗场,最后,不得不诉诸法律。法院判给他与他姐姐一千二百元,因为从法律上讲,继母也是母亲,而只要母亲还在,成年子女就无权要求瓜分家产。他把一千元给待嫁的姐姐作了压箱钱,剩下的二百元,他在法院判决后的第二天,大宴了一次一起插过队的患难之交,尽数挥霍干净。

平素同学聚餐,他总是宴会的生命与灵魂,可这次不同,他只是在碰杯的时候说了一句话:“我要找一个最少有五万元陪嫁的老婆,说到做到,否则”他“啪”的一声把酒杯摔碎——“有如此杯。”然后他就一言不发地喝至醺醺。

以后,我一直在南方的一家电影厂改剧本,只知道他找到了,细节不甚了了,所以我极盼一瞻新娘风采。“把你们那位的相片拿出来看看。”我说。

他从整面的玻璃的书柜中取出一个很有喜庆色彩的红色糅皮面大相册。

我慢慢地翻动着相页。他这趟旅行无疑是阔绰的,别的不说,光衣服这小两口就像变魔术似的,一套接一套换个没完。日期也是从容的,游地之广,览胜之多,使我这个自命“五岳寻仙不辞远”的贫游客实在自愧弗如。

“我们的第一站是大连,从天津坐船去的,二等舱。”他双臂交叉在胸前,沉浸在幸福的回忆中,“夜来潮声到枕,鼓荡心事,我转侧不能成眠。我想起我立的誓,想起父亲……想起很多、很多。‘昔日梦寐以求事,今朝都到眼前来。’”他充满诗意地念了两句他自作的诗,“我有点不敢相信所有这一切都是真的。”

我看了他一眼,发现他此时的神态不像个新郎,却挺像个夺魁的穷儒,很有点得意忘形的味道。

照片的色彩相当柔和,景取得也很有艺术趣味。他属于那种“鹰型”的美男子,有一双生动的眼睛和一个相当杰出的鼻子,特别上相。他爱人有着象牙色的皮肤,苗条的身材,面孔虽已显老相,但占统治地位的却是一种雍容华贵公主般的风度,使人觉不出她韵华已逝。不过令人遗憾的是她抽烟。我不喜欢年轻女子抽烟,她们一吸烟,就把青年女性所特有吸引人的地方统统熏跑了……可她有着十万元的陪嫁——诸位千万别小看这个数目，它的威慑力量还真大，不光使美男子倾倒，而且此时也使我这张以刻薄闻名的嘴紧闭着不发一言。

“这是在大客厅举行的结婚宴会。”他指着相册内最后一页上的最少有三十公分的相片说。所谓大客厅，在这幢楼的另一侧，他刚领我参观完，是全楼最为豪华、气派的一间。

从相片上看，宴会隆重而愉快。一位相当有灵感的摄影师捕捉住宴会最高潮的一刹那——围成一圈的来宾正在向新郎敬酒，许多只大雕花高脚杯碰在一起，杯中溢出来的红色的酒宛如灯笼下面长长地流苏；宽大、结实的餐桌上酒瓶林立；众人背后丛丛束束鲜花如山似海，给人一种幸福、美丽、财富、欢乐一齐向镜头潮涌而来的感觉。

“谁照的？”我问。

“从‘大北’照相馆雇来的摄影师。咱们插队时的同学都来了，就短你，真煞风景。”他曾说由他负担我从电影厂来此的旅费，可我当时实在脱不开身。

“你觉得满意吗？”我合上相册，把蜜月关在里头。按说很少有人会向新婚燕尔的夫妻提这个问题，但我在内心深处对这场历时五个月的闪电式婚姻很有些担心，而这些相片也使我产生了一种不和谐的感觉。

“你是否觉得我俩相貌上不相配？”看来他对这个问题相当敏感。

“只要你们能生活得幸福，别的倒都好说。”他误会了我的意思。他爱人的相貌虽不出众，但也还说得过去，而且我见过不少相貌丑陋的妇女都有着一颗善良的心。我主要是担心他们在家庭、教养、脾气各方面的差异会不会影响他们婚后的生活。他是个性很强的人，他爱人从相片上看去也不善，很有点孤芳自赏、落落难合的劲儿，更何况他眼下已是家道中落……可无论我这类似江湖相面的揣测，还是老掉牙的“不可高攀”的古训，此时都难于启齿。我开始后悔刚才的唐突。

“幸福只是财富的另一种说法而已。准确地说它是财富的正比例函数，而且配与不配的标准也因人而异。”他利索地收起相册，“如果把我的标准抽象成数学公式的话，那就是财产 + 门第 + 相貌所得出的量，在我的标准之内就行。换言之，相貌仅仅是一个因素。如果满分是十的话，那么财产居五，门第居三，相貌居二。”

“那么还有相互的感情呢？你怎么没有算进去？”

“感情？那玩意儿似有似无。至于一般人所以把它看得那么重要，则完全是一种错觉，而这种错觉则源自你们这班玩艺术的人的渲染，杜撰。”他随随便便地说道。

“人非草木，孰能无情？”我不高兴地反驳他。

“那也可以慢慢地培养嘛！而且我指的是录取标准，”他朝我笑笑，“可财产、门第，你却无法在婚后培养。我是一个讲求实际的人，我以为一桩以门第、财产为基础的婚姻，要比以爱情为基础的婚姻强上十倍。”

“可不一定牢固！你说实话，你了解她吗？”十年同窗，五年插队，我俩是唇剑舌枪斗惯了的。

“我可以告诉你一个小小的心理事实，”他摆出一副居高临下的姿态，“一个人永远无法真正地了解另一个人。”

“算我是杞人忧天。”我何必总招人讨厌呢？说谎得好报，而说出必然结果却要遭打——鲁迅先生是伟大的，因为他精辟地总结出几千年来为人处世的根本。

“总地来说，我是满意的。现在民间流传着这样一种说法：在北京找对象要问对方的父亲是多大干部，在上海就要打听清楚对方家有多少存款，在广州则需问明对方有多少管用的海外关系。可我虽仅居其中一地，却三者兼而得之。”他像一个急于对人炫耀自己新近得到的稀世珍宝的收藏家，滔滔不绝地讲着：“老丈人在好几个委员会里都挂着名，虽说是虚衔，但亦属社会名流。钱那就更不用说了，他家几代为官，到她父亲这一辈又办实业兼办商业，颇有些资财，光陪嫁就有十万之巨。海外关系更是遍布全球，有好几个近亲都是东南亚一带的富商。尤其可贵的是，老头膝下非但无儿，而且仅此一女。说句不好听的，老头百年之后，这儿的一切全都得归了咱。”他做了个大包大揽的手势：“也不会有人跟咱们争。”说到这他脸上阴了一下。“且不说这幢三层小楼和银行存款，光老头攒下的字画就价值连城。前一阵，老头把一张吴道子的画拿到荣宝斋去鉴定，人家说是真迹，能值五万。荣宝斋说值五万，到香港就能乘上个二，到纽约就能乘上个四。”

“从我一进门，你小子就是钱！钱！钱的。我听得耳朵都快起老茧了。钱够花就行了，多了有啥用？”他对老朋友这种不厌其烦的炫耀实在有些过分。

“你别摆出一副与钱不共戴天的正人君子样。”他为了以示不屑，挥了一下手，“钱这东西太有用了。你知道十万块钱是多少吗？”

我不由自主地摇了摇头。

“十万块钱，”他重复了一下，那语气就仿佛中国人讲起万里长城，法国人提起埃菲尔铁塔，小泽征尔说及波士顿交响乐团，“很少有人知道十万块钱是多少！”他向下猛一挥手，为他的话重重地打上一个惊叹号。“对一般人来讲，一百元、一千元那都是具体的，可十万元则不然了，不拥有这笔财富的人是绝对体会不出它的妙用！它的威力！它的魅力！那是一种奇妙的感觉，一种富足感，一种占有感，一种优越感，一种力量感。”他完全地陶醉了。

“那你还有点理想没有？”我问。

“如果你的理想二字不是照五六十年代那样定义、那么苛刻的话，我就可以告诉你我还是有的。”

“什么？”我盯住他。

“做一个无所事事的阔人。”他一字一板，速度之慢好像在对一个刻字的石匠进行口授。“这其中无所事事四字至关重要。不管是成功的商人还是成功的资本家，他们一生都不得闲。他们一旦赚到钱，就立刻变利润为资本，开始二次投资，连花的功夫都没有。就像葛朗台一样——乐趣在赚而不在花。而我作为一个二十世纪的现代人却清醒地看出钱只有在花的时候才能显示出它无与伦比的价值。除此而外，一无所用。所以我劝你在稿费挣到一定程度之后，就及早放弃写作，像我一样退出生存竞争的领域，从从容容地去享受生活的无穷乐趣。”

“你说的这些我以前也听到过，”好不容易我才在他热情地宣讲中插了个空，“而且坦白地说，我见了钱也挺高兴。”说句心里话，如果他的钱不是靠老婆得来的，而是靠某项发明得来的，那我不光会诚心诚意地祝贺他，还会为他骄傲，但此话此时不宜说。“但我不会去一味地追求它。要想让我理解你这种纯粹而彻底的热爱钱的劲头，实在是太困难了。”我停了一下，“你是我见过的第一个，也是唯一一个能把‘爱钱’这个问题上升为理论的人。看来你无疑是‘拜金主义’的信徒啰？”

“拜金主义？”他摇摇头，“那未免有拾人牙慧之嫌。咱信仰的是咱们自己创立的主义。”

“什么主义？”这小子越来越邪火了。

“来个俗气点的，叫它‘钱主义’好了。别看你小子嘴上尽是些信仰、理想的，其实用我的理论分析你，就不难发现只有钱才是你写作的原动力。写作是件苦事，设或在写作这不折不扣的苦难行程中你听不见稿费的召唤，看不见钞票那五颜六色的夺目光辉，那你怎么可能将这种苦难忍受到底？怎么可能会再有灵感？怎么可能一个字一个字地写下去？

“这显然是不可能的。真理是赤裸裸的，你可能不爱听。”他挥挥手，示意急于反驳他的我听下去。“其实不光是作家，大千世界中的各色人等也是一样。科学家靠发明，政治家靠谋略，艺术家靠才气，美男子靠相貌，工人靠修机器，医生靠修理人——他们殊途同归，一个目的就是为了钱。因为钱，也只有钱才能统一他们，支配他们，才能役鬼通神。”

“狗屁！”他析理入微，可在我听来则全是信口雌黄，胡说八道。他完完全全地把一个作家下降为一个手艺人。可即使是一个游方的手艺匠人，在完成某项工作之后，也有一种功德圆满的成就感，不会只想到钱。“我可以告诉你，有些作家的钱比你多好几倍，可仍写作不息；我还想告诉你，在中国清代根本没稿费那么一说，可有个作家虽举家食粥，但仍披阅十载，增删五次，写出一部叫作《红楼梦》的传世之作。”

“那是例外，”他打断我，“凡事都有例外。”

“如果有好多例外，那么理论本身就很值得怀疑。”我本想再批驳他几句，可一看表却发现该去接孩子了，再说他此刻钞票障目，不见泰山；水米不进，刀枪不入，说也白搭。将来或许有那么一天，事实将以无比权威、不容置辩的声音将他的“理论”驳得体无完肤。

“该告辞了。”我站起身。

“我送你回去。”他也站起来。

“钱还能买来时间。”当我帮他把一辆大得吓人的绿色日本“轰塔250”型摩托抬过高高的门槛时，他仍不忘布道，“有钱人坐飞机去上海，比没钱人挤公共汽车去西郊还要快。这也是我所知道的有关《相对论》的一个绝好例证。”

用钱来论证相对论——恐怕连相对论的创始人爱因斯坦老先生在九泉之下听见这话也会笑出声来。

二

转眼又是深秋天气。也许有钱而且幸福的人觉不出时间的流逝，一年之中他一面也不曾露。

一天，我抱着三岁的儿子等车去医院看病。人总是有这样的想法：上路前希望行装尽量地简单些，可一旦上了路却又觉得衣装穿少了。你别看此时城里见不到一片飞舞的黄叶，可却出奇的冷。这是严冬的第一次威胁性的进军。我把风衣脱下裹住昏睡的儿子,小风如刀,硬往脖子里钻。我排在最后,耐心地望着颤动着的电车线,就像白毛女盼东方出红日似地盼着电车能早点来。

两辆车来过了,我依然排得很靠后,后面只剩下两个和我一样没有拥挤能力的抱孩子的中年妇女。

孩子愈来愈沉。时隐时现的太阳有如小孩的剪纸贴在空中,毫无立体感。除非你有幻想小说家那么丰富的想象力,才可能认为这个不发出一点热力的殷红色的球乃是一个正在释放出巨大能量的大型反应堆。

我朝不抱孩子的那只手上哈了一口气,羡慕地望着马路中间疾驰而过的各种小轿车出神。

忽然车流中银灰色的一辆拐出了行列,停在离我约五米远的地方。

“上来吧。”一个声音从车内飞出。是他?没错!我能从一千种声音中准确地分辨出他那悦耳的男中音。

我稍有些迟疑地向轿车走去。一个人拥有一辆轿车,或者退一步说有坐轿车的朋友,在眼下都是社会地位极不寻常的标志,我还从来没有过这个福分。

“坐在后面,后面宽敞。”他从车内给我打开门,“你去哪?”

“医院。”

“她们也是去医院?”他指指仍然没挤上去的那两个抱孩子的妇女问我。

“是的。”在短短的等车生涯中我听见过两位母亲的交谈。

“你们也上来吧。”他招呼那两位妇女。

大家很快地入座。

车内开着暖气,很暖和。他潇洒地披着一件英国花呢上衣,自如地操纵着方向盘,有如在昆明湖泛舟。一支长度过滤嘴香烟叼在嘴上,一会儿滚至一个嘴角,一会儿又滚回来。

十分钟就走完电车半小时的路。相对论的绝好例证,我想起他的话。

“我陪你上去。”他锁上车门。

“师傅,我们该付多少钱?”年长些的那位中年妇女吃力地弯过了胳膊掏出了一个冻得硬邦邦的塑料钱包。她俩显然把他当成了捞外快的出租汽车司机了。

“不用付钱。”他答道。看来这两位妇女非常缺乏观察力，中国哪有穿三件一套英国料子西装的司机？

“那您是哪个单位的？”她们又把他归属到做好事的那一类人中。

“没单位。”他边走边答。

“没单位？”两位妇女愣在背后——她们绝对想像不出在今天的中国会有人没单位，同时还拥有一辆漂亮的轿车。

“好漂亮的孩子，”当我在走廊里给孩子除去裹住他的风衣时他马上抱了过去，“快叫叔叔。”他亲亲孩子的脸蛋儿。

“叔叔，”小胖并不认生，伸出浑圆的小手抚弄着他那紫色的领带：“你这是红领巾吗？”

“红领巾？哈哈……”他笑了，显得挺开心，“叔叔二十年前戴过，这不是。”

“那这是什么呀？是围巾吗？”

“不，这是领带。”

“它有什么用？”孩子探索未知事物的好奇心总是没有穷尽的。

“你这问题恐怕要难倒所有的服装设计家。你抱着，”他把孩子递给我，“我去给你找个好大夫。”

没有十分钟他就出来把我领进一间带套间的大办公室。

一位白发微秃，看上去挺老相，但实际上不会超过五十岁的大夫认真地询问了孩子的病情，并用极其熟练的手法给孩子听诊，作五官检查，然后又开列了一大堆药，最后用独特的医生笔法签了个名。然后和他握握手，走回里间。在他开门的一刹那，我看见里面有不少穿白大褂的人坐在几张图表前，另外还看见一大堆镀铬的器械和一架闪闪发光的电子仪器。

“这大夫是谁？”取完药我问他。

“这医院的主任医。你别看他岁数不大，可还在医学院挂了个副教授衔，医术挺高的。”

“你怎么会认识他？”一般来说，副教授级的大夫轻易是不门诊的，他们只给研究生上课或搞科研。此次莫非又是钱之作用？

“家父的学生。”他简洁地回答我。

“看上去他的架子并不很大，挺容易接近的。”

“那也得分什么时候。”他边下楼边说，“前一阵老头让我给他联系个定期给他来做检查的保健大夫，我想他最合适，就打电话约他去新侨饭店吃饭。酒过三巡，我就对他说我岳父想让他给看看病，他欣然答应了，并让定个时间。当我说是定期保健检查时，他就有些不高兴，我马上补充道：保证车接车送，并有丰富报酬。因为你别看他当上了主任医，可拿的钱比你多不了多少，而且还上有老，下有小。谁料他一听竟勃然作色，霍地起身，用半个餐厅都能听见的声音对我说：‘苏先生当年并没有教给我如何用我的知识去换钱！请转告贵翁，我没时间！’说完就径自出去了。没办法，我只好跟了出去。他不肯坐我的车，自己挤公共汽车回家去了。三天之后，我收到他一张十元的汇款单，大概是付那顿他根本没吃几口的饭钱。在汇款人的附言里他写道：‘如果有人真有病，你还是可以随时来找我的。’你说这人怪不怪？”

怪乎哉？不怪也！他不能理解，我能理解。我清楚地看到一位极有风骨的中年知识分子栩栩如生的立体塑像，可敬可佩，可歌可泣！

“坐到叔叔旁边来。”他把小胖放到车的前座上。孩子瞪大好奇的眼睛，饶有兴趣地看着他开车。

车驶过一座新建的立交桥之后就开始减速，随后停在一家大商店门口。

“稍候片刻，我去去就来。”他从随便放在后座上的夹大衣口袋里取出一只狭长的鳄鱼皮夹，匆匆地走进了商店。

不一会儿，他就提着两个纸盒出来了。

车刚在我家低矮的院门口停下，就不知从哪涌出几个毛头孩子，他们好奇地围住汽车，摸这摸那。因为即使在都市，我家这等住宅区也是很少有轿车光临的。

“进屋坐会儿。”我招呼他。

他点点头。

“别把车弄坏。”我又叮嘱那几个小孩。

“弄不坏。”他替孩子们作答。不知道他是因为喜欢孩子还是故意拿出有钱人那种满不在乎的派头，竟没锁车门就随同我进了屋。

“我可没钱，买不来你喜欢的气候。”进了屋我对他说。

“作家的记性。”他笑着点燃我递给他的“香山”烟。

“给你。”他招呼住闹着要出去坐汽车的小胖。从纸盒里取出一个大蛋糕，又从另一个纸盒中取出一辆能自动转弯的电动飞机和估摸有上百块的五彩缤纷的大型积木。

这类高档玩具，一般人是很少问津的。初开始，小胖像阿里巴巴看见在咒语下打开的山门一样，完全被满目琳琅给震呆了。

“叔叔，我可以玩吗？”过了好一会儿他才问。

“当然可以，是给你买的。”

孩子一头扎进玩具堆里，他什么都忘了：忘了外面的汽车，忘了小伙伴，忘了病，他顺从地、心不在焉地吞下药片，他甚至都没动一下那盒蛋糕。看来如果让孩子在好吃的与好玩的当中挑一样的话，大多数孩子都会挑好玩的。他们好像比成年人更注重精神生活。

摆脱了孩子的羁绊，我俩海阔天空地聊了起来。但他总显得有点魂不守舍，总用眼睛的余光瞟着玩玩具的小胖，并不时地给小胖讲解着玩具的功能，指点他搭积木。

“你喝不喝‘二锅头’？”当妻子端上酒菜来时我问他，“要是嫌次，我就出去买瓶好的。”

“三锅头也喝。”他在小地桌前坐下，舒适地伸开长长的双腿。

妻子虽不善应酬，可是烧得一手好菜，并且总能恰到好处地端上来。

“你还没有孩子？”对他把黄花鱼脊上最精彩的那块夹给小胖时我问他。

他摇了摇头，猛喝了一口酒。

“怀孕了没有？”妻子问道。怀孕，女人最关心的问题，对她们来讲生孩子有如使命，抚育孩子则有如职业。

他依旧摇头喝酒。

“有病？”按说女人的事是不该我问的。

他点点头。

“我姑姑就在协和医院妇科工作，可以去找她看看，要不然找林巧稚大夫也行。”

“你给找个精神分析大夫还差不多。”他瓮声瓮气地回答。

精神分析大夫？我有点糊涂了。莫非他们夫妻之间有着什么不可逾越的心理障碍？

“人们常说：‘儿子是自己的好，老婆是别人的好’，”他低着头，好像在自言自语。“儿子是不是自己的好，这我不知道。我没有儿子，也就没有资格评论这个问题。可老婆的确是别人的好。请别误会。”他抬起头对我爱人说，“别人的老婆大概没有不肯生孩子的，可她却偏偏不肯。”他把剩下的半截烟扔在地上，狠狠地用脚碾灭。“人到该有什么的时候就得有什么。该找丈夫的时候不找，姑娘就会变成性格孤僻的老处女；在该离家的时候不离开家，那就会一辈子长不大；而到了该有孩子的时候却没有，”他伸手抚摸着小胖的头，小胖不解地望着他。“那你就会觉得家不像家，妻子不像妻子，连自己都不像自己了。生活就会变得一塌糊涂。”“小王、小唐、老郑他们都有了孩子，连插队时咱村最笨的大张也有了孩子。”他停顿了好一会儿才又说，“前几天他孩子过百天的时候我还去来着。”

“我在过满月的时候也去了一趟，是她非让我去的。”我指了指妻子。我想换个话题，“到那我和大张海吹了半天，等回来，她问我大张的孩子是男孩还是女孩，我竟忘了问他。哈哈……”

我发现只有我自己在笑。

“是女孩。要是我就决不会忘记问。”他不肯离开这个话题。一个失败的笑话,我自己对自己说。

“夫妻就像摩擦值,时间长了,摩擦系数就会降下来。”我安慰他。

“她是钢,我是木头,不等系数降下来,我早就磨没了。”继失败的笑话之后,我又讲了个贫血的道理。我再次对自己说。

开始冷场了。各人都在喝自己杯中的酒。即使是好朋友,而且同时双方都是健谈家,有时也会出现这样的情况:突然间发现无话可说。

他素以豪饮著称,可大概因为酒入愁肠就会力添十倍,他变得神情恍惚起来,仿佛灵魂已弃他而去。他索然无味地吃完饭,然后接住妻子递过去的茶杯,默默地转动着,一言不发。只有在他不时地投向小胖的流盼之中,我才可以捕捉到一丝往日那种乐天、诙谐的神情,这使人觉着有回光返照之感。

“为什么今天一直没听到你提到钱?”总得让气氛轻松一下,又不是在参加丧礼。我转向他心爱的话题。

他没有回答,只是耸耸肩,然后站了起来。“告辞了,我五点钟还得陪老头去拜访个什么人。叔叔走了。”他又对继续埋头在玩具堆里的小胖说。

专心玩玩具的孩子没有任何反应。

“这孩子,真不懂礼貌。”我想过去训孩子两句。

他拦住我:“小孩子最好,他们用不着虚伪地去应酬谁或敷衍谁。”

“再待会儿。”我挽留他。

“梁园虽好,但不是久恋之家。”他看看表,“都四点多了,再不去,老头会不高兴的。”他又朝小胖看了一眼,就像在晚会临散场的孩子,在贪恋着最后的快乐。

“你这么老远送我们回来,可聊了一下午,也没顾上谢谢你。”在门口我对他说。

“倒是我应该谢谢你们,你们使我度过了好多天来唯一一个愉快的下午,使我觉得……”他没有把话说完,就钻入汽车,朝我俩摆摆手,发动起车来。汽车的引擎发出有如老人咳嗽般的声音，好一会儿才发动着，然后笨拙地转过身，慢慢地驶进深秋的黄昏，驶向无边的寂寞。

外面风很大，吹得只剩下寥寥几片残叶的柳树披头散发地挺立着。树间挂着已经一半隐入山后的夕阳。盛夏的繁茂，至此凋瘁已尽。

三

春节。

小门小户的平民百姓用不着多少往来应酬，可钟鸣鼎食的大户人家则不然了。一过初三，门前总是车水马龙，堂上则高朋满座，所以我决定在初三去看他。

城里比我居住的西郊要热闹，节日气氛也浓得多。只见一大群穿着鲜艳衣着的不怕冷的孩子在愉快的雪花中边抖空筝边唱，“春节到，穿新衣，戴新帽……”这些流传不衰的儿歌和扑鼻而来的阵阵酒香、菜香交织在一起，构成一幅色香味俱全的、洋溢着融融之乐的新春图。

“我现在对什么都不感兴趣，”他关上门，一下子就把人世间所有的欢乐统统关在门外。已经是下午三点了，他还穿着睡衣，趿着拖鞋，屋里弥漫着从那最少价值千元的高保真音响设备中发出来的忧郁的音乐。“真的，对什么都不感兴趣。”他坐回写字台前，继续玩一套复杂的独家牌局，好像我根本不存在一样。

我只好自己坐到沙发上。沙发前的茶几上放着一本香港的武侠小说《铁手佛心》，像这类行文草率，速成的浅薄消遣读物，一般知识分子是不屑问津的。一只配有鳄鱼皮表带镶钻石的“卡蒂亚”牌手表斜放在茶几边上，时间在这举世闻名的高级计时器里精巧地、快速地、无声地驶向虚无，一去再不回头。

“又没通。”他烦躁地把牌拢在一起，“流年不利啊。”他的声音完全失去了原有的风韵，变得很沙哑。

“尊夫人呢？”我来过好几次也没能见到，想来在这合家团聚的传统节日她应该在家。

“这栋房子里一个人也没有，就像快沉了的船，连耗子都跳海求生去了。”他边说边坐到我对面那只最少可以舒舒服服坐下四个人的大沙发上，手里拿着两只大玻璃杯和一瓶装潢精美的外国酒。“喝点酒吧。”他哗哗地把酒分倒在杯内，“一九五〇年的法国白兰地，老头过节赏的，不喝白不喝。”

“这起码够我半年的定量。”我发愁地看着满杯的金色液体。

“还不够我一顿的。主随客便。”他一仰脖就全倒了下去，然后又哗哗地倒上了第二杯。

他的手在抖，布满血丝的眼睛浮游着异样的光，双颊深陷。

“孩子好吗？”他问我。“当然会很好，谁也比我好！”他马上自问自答，“怎么不带来玩玩？”

“侯门深似海啊！我也是鼓了好几回勇气才来的。”我呷了一口杯中的酒，这金光灿灿的液体喝进嘴里竟有一股奇怪的灰尘味。

“下次一定带来。”他的语气像一个长官对下属发布命令。

“你这么喜欢孩子？我真想不到。”

“你要是能把小胖送给我就好了。可惜现在只允许生一胎。有几个孩子我都养得起，可偏偏一个也没有。”又触动了他的伤心处，我这人怎么不长记性？

“让小胖给我当干儿子吧？”这次他用的是乞求的语气。

得把他从这个话题上引开，我暗自思忖道。

“天下的父母都是自私的，谁也不愿意别人来分享天伦之乐，这不难体谅。”他又干了第二杯，斜靠在沙发上，闭上无神的眼睛。

既然问题不容回避，不如干脆解决了它。

“就这么定了，从此小胖就是你的干儿子。”话虽这么说，可我从内心深处不愿意，因为这么干未免有“沾光”之嫌。

“真的？”他猛地坐直。今天他很反常，所有的动作都显得过量。

“君无戏言。”我来了句京剧道白。

“那太好了。”他眼中射出两道光芒，就像我在他刚结婚时我见过的那种，是欣喜的、炽热的、满足的。

我真想像不出“干儿子”对他有着这么大的作用。如果我自己没孩子，而只是认个干儿子的话，也只不过炉存似火，聊胜于无罢了。

“不用和你妻子商量？”他似乎有些不相信。

“区区小事，我就能定。”

“区区小事？”他皱了一下眉，“就像有钱人不在乎钱一样，我懂了。”——大概凡是能用钱来比喻象征的事，他这个“钱主义”的创始人没有不懂的。

“不知道你今后想让小胖成为一个什么样的人？如果他真是我的儿子的话，我一定让他成为我父亲那样凭本事吃饭的人。那会儿我父亲一动手术，连给他端器械盘子的都是二级教授，旁边像拍集体照似地，一层层地站满了人。”从小他父亲就是他崇拜的偶像。记得有一次写作文，题目是“我的理想”，他在下面加了一个副标题——要做像父亲那样的医生。洋洋数千言，文情并茂，老师在课堂上念过好几次，后来还被选进一本中学生优秀作文选中。可命运没有使他成为一个医生不算，还使他失去了职业。可人在孩童时代的理想，是永远不会泯灭的，如果自己实现不了，就会在下一代身上重塑理想中的自己。可他的下一代在何方？或者更明白地说：他还会不会有下一代？真不知道他那位该死的夫人是怎么想的，难道要等到六十岁再生不成？

“你不能换个曲子听听？”忧伤的曲子与节日的气氛大不协调不说，它还像病毒，无孔不入，渗透一切。

“不知从哪本书上看来的，忧伤的人最好听忧伤的曲子，这样可以宣泄烦恼，缓解忧伤。”他说着关上音响设备。

“近来你在干什么？”他原来在市建筑设计院工作，不过早就不去上班了。

“无所事事。”听得出他是故作轻松地说出这四个字，“不过有时也翻译点东西。”

“小说？”他那个从哈佛大学医学院留学回来的老爹，从小就教他英文，他脑子又好，插队时也没有放弃，所以一九七四年他被推荐上大学时，对那个前来调查新学员的英文程度的外语老师说他能掌握五万单词时，那位头发斑白的老教师连声说：“不可能，不可能。你如果会五万单词，你就是莎士比亚再世。”五万单词也许有些水分，但他的英文程度的确挺高，这是后来教师们公认的。

“我没那么大才气。”他有气无力地回答。

“那你翻译什么？”

“《卡伯森桥牌叫法大全》。我还纠正了其中两处几率分布上的错误。”研究桥牌的几率分布，多从统计角度出发，要花大工夫，分发几千次牌才能准确，不是一件容易的事。

“这书很老，而且好像还有人翻译过，再说你翻完了干什么？”这书不厚，以他的英文程度，恐怕只有两三个星期的工作量。

“现在还没有翻译完，等完了，我再翻译回去。”他讷讷地说完这没有色彩也没有生气的句子。

把砖头搬过来，再搬回去；把墙砌起来，再推倒重砌——囚徒的工作。看来没有用的时间对他来讲是一个极其沉重的负担，非常难以打发。

“你为什么不去上班呢？”每当我看见才华被糟蹋就忍不住，因为我自己没有才华。

“你不懂，如同一个逃学久了的学生一样，再也没有信心去了。信心，这很重要，头一天就不好过啊！不谈这个了。”

不谈这个——他又设立了一个禁区。不谈这个又谈什么？

“前几天，我回了一趟家，看见了我继母。”

“你去那干什么？”

“近来我总回想起从前的日子，想看看我度过无忧无虑的童年的地方。”

“他们对你怎么样？”其实甭问，准好不了。

“我给我继母带去一颗大高丽参，给弟妹们也带去点礼物，所以他们还挺给面子的。”

“那自然。”钱在爱他的那位名医那儿引起愤怒，可却在以前常对他做狮子吼的那位继母那儿换来微笑。这是多么奇怪，又是多么合理啊！

“老太太一个劲地问我有没有办法帮助他们一家出国。我真不能理解现在为什么好多人都患上出国狂，凭她那个蹩脚的护士，到国外活得下去吗？弟妹们也围住我问这问那的。问我在哪理的发？哪做的西装？穿的是不是捷克皮鞋？他们好像挺羡慕我。”他摇摇头，做了个习惯性的向后理头发的手势，“我是有苦难言啊。打个比方，我就像以前皇帝的后妃：外人都以为她们有享不尽的荣华富贵，过着神仙般的日子；殊不知她们一生之中根本见不上几回天颜，整天寂寞不可终日。每日见的只是红墙、黄瓦、黑阴沟，早就腻味透了！哪如同耕同织的民间夫妻？可她们还偏偏不肯说破，口口声声道是天家富贵，非人间可比，所以又引来无数受骗上当人。

“‘莫贫于无学，莫孤于无友，莫苦于无识，莫贱于无守’，这是谁说的来着？”

我摇摇头。他的思想有如断了一大段又重新接起来的影片，又有如飘忽不定的鬼火，使我有点跟不上。

“可我无学、无友、无识、无守，还外加无业、无子，六无俱全。”他苦笑一声，笑声停在最高音上，后半截被一大口酒给压了下去。他的手抖得更厉害了，五官也变了形，这是明显的酒精中毒症状。待会儿得相机劝劝他。

“我现在特别留恋过去的日子，哪怕是插队那会儿也比现在强。你还记不记得咱俩一起去水峪山上放蜂。那么多的蜜蜂，响得整座山都浮了起来了——此刻，过去显得多么遥远啊。”他停了好一会儿，才说出最后一句话。

“你再想回农村，恐怕不太难。”

“晚了。”他浩叹一声，猛吸了两口烟，听任烟灰落在华贵的睡衣上。

“何谓之晚？”

“打个比方：现在有不少科学家、艺术家都叫唤没有时间搞科研、创作，叫唤被事物缠住了身，他们总幻想有一天能得到解脱。可一旦真的解脱了，他们就会发现自己已经不能再搞科研、搞创作了，他们已经习惯了各种公文、各类会议。这些东西就像无形的枷锁，不能人为地去掉。”他说话的声音干得像木乃伊一样。

“你这个比喻不伦不类。”

“要不就像上了三年石膏的腿，你就是把石膏去掉，腿也没用了，肌肉全萎缩了，只剩下空壳，而靠空壳是走不了路的。”他失去了以往雄辩家那种寸步不让的风度。我不得不承认他的话有些道理。他是个经历过不少变故的人，抄家、下乡、丧父，可这些都没使他沦落。可这次看来不同，金钱这个鬼东西完全销蚀了他的意志，它默默地起着可怕的作用。打个简单的比方，即使是再有力的打击也不能够将一个人的满嘴牙连根打掉，可只要你不注意口腔卫生的话，那么日常事物中所包含的酸性物质却可以不声不响地、毫不留情地将所有的牙齿腐蚀得干干净净。

他痉挛的手又端起酒杯，淡黄色的液体倒进了嘴，通过食道，流进了胃，然后由血液输遍全身。

“你应该振奋起来，恢复结婚以前的样子。”我站起身来，来回踱着。我激动、我感伤、我怜悯——红领巾、红卫兵、插队老农、工农兵大学生、篮球中锋、助理工程师、健谈家、交际家、美男子、幸福的新郎、无可救药的酒疯子——一条曲折的路，但也曾光明过。前景是暗淡的。谁能救他的命？他父亲？党委书记？小胖？众哥们儿？还是弗洛伊德？

“晚了。”又是一声发自肺腑的悲鸣，“看我非我，我看我，我也非我。”那只夹烟的手有如秋天树上快落的叶子般地瑟瑟发抖。

空调器发出不堪重负的悲鸣，仿佛在为他的话伴奏。

“你准备就这么过一辈子？”

“一辈子是多少年？”他眼珠一动不动地直视着我的脑袋上方。

“最起码也还有三十多年。”

“如果人生的道路真是那么漫长，那我可怎么受得了啊！”他揪着自己的头发，将那由高级理发师精心修饰的发型捣乱，然后又用双手抱着肩膀，好像很冷的样子，又像毫无抵抗力的胎儿。

话说到这，已是山穷水尽说不下去了。水是不能停止不动的，因为那样它就会变质、腐坏，人也是这样。那么他呢……我不愿再想下去。一个旺盛的生命，在这深宅大院之中，无可奈何地衰退了，他往日那种玉树临风般的翩翩丰姿，可能永远看不到了。

我俩相对无言。

屋子里很静，静得使人耳膜隐隐觉出很大的压力。为了排遣这种令人怪不舒服的寂寞，我把目光投向靠窗那溜花架。大概有很长时间没有人来侍弄它们了，所以所有的花都显得无精打采。看来尽管有空调器，尽管有讲究的花盆、昂贵的花架，但得不到人的爱，任何花都是长不好的。

正当我看花的当儿，大门开了。透过落地窗我看见一辆睁着四只怪眼的轿车头探了进来，然后是长长的流线型车身，最后停住了。一个身材苗条的妇女，扶着一个拿手杖的老头走出车门，车又慢慢地转过头，开回车库。

“是不是他们回来了？”

我见这话一点反应也没有，只好再重复一遍。

“甭理他们。”他又端起酒杯，我赶快抢了过来。

“你喝得太多，也抽得太多了。”我又把他取烟的手挡了回去。

“可有个人来管我了。”说完这话，他剧烈地咳嗽起来，浑身颤抖，就像有人在拔一棵老树，而老树的根太深，拔不出来。好一阵他才平息下来。“不知你还记不记得，一九六八年插队走的那天上午，咱们一起去销户口，在派出所那个警察刷刷地往下撕户口本中各人那一页时，我看见好几个高中的女生都哭了，可我却挺高兴。我觉得爸爸严厉的训斥，姐姐没完的叮咛，后娘恶毒的咒骂，一切都通过这声‘刷’而变成了遥远的东西。这一声‘刷’就宣告了我的独立，从此以后天老大，地老二，我老三。我可以完全按照我自己的意志去行事了。可下乡一个月，我就尝到了没人管的滋味。”他舔了舔干燥的嘴唇，“可那会儿，到底还有事干，还有同学，还有那么多的自己人。可在这儿，在这该诅咒的地方，根本就没有人理我，我完完全全是个外人，像一条狗，一只野狗。”江湖闯荡多年，我的阅历不算少了，可我还从未听到过一个人把自己比喻成“野狗”。“去他妈的‘夫妻自由’‘性自由’，”他开始咒骂起来，一反平素斯文之态，“这些讨厌的玩意，不知是哪个混蛋发明的。自由得让我连个孩子也没有，连一星星家庭温暖也尝不到，这样活着有什么劲？啊？你说！”看来他们夫妻之间的关系相当恶化，已经到向外人倾吐隐秘的危险程度。

看我不回答，他从我手里夺过酒瓶，又猛灌了一大口。

“别说了，待会儿让他们听见。”

“他们从来不过来，这家除了保姆没人来我这屋，连我那个所谓的‘老婆’也不过来。”他已是醺醺。

是的，我也隐约觉出这家中有一堵由扑朔迷离的气氛构成的墙，比那扇橡木门还严，把他，仅仅把他隔在外面。

“在这，我像个乡巴佬。”他继续宣泄着心中的愤怒，“一个被人看不起的傻瓜。连我的标准普通话也是笑料，我上的中学，我的家庭统统都是。”

“你的家庭依我看并不比她家差。”难道一级教授，中国科学院学部委员，哈佛大学医学博士还能算作无名之辈？

“那是你看。我老婆不止一次对我说：‘读书人有什么了不起？以前我爸爸雇了好多留学生，不但他公司的写字间坐满了，连门外也挤满了求职的大学生。’在老头听来，连我这标准的哈佛英语也不如他们之间讲的那种不三不四的‘洋泾浜’。”

“你干吗不跟他们争争？”他以前可是个锋芒毕露，得理不让人、无理搅三分的厉害角色，从来不会吃这种哑巴亏。

“我被剥夺了声音与意志。”他的声音迅速低下去，好像有一只大虎钳卡住了他的脖子，而且有一双有力的手在使劲把虎钳拧紧。他在大口喘气，可无论他怎么用力呼吸，也好像差一口气似地。

“我该告辞了。”经他诉说，我实在不想见这家中的任何人。

“对！你也该离开这个阴暗的坟墓，回到你那温暖的家里去了。”他十分吃力地从我见过的最好的沙发上站起来，陪着我走出这套我见过的最豪华的住宅。

“有空去我家玩。”在大门口我握住他湿热的手说。在花园那盏昏黄的灯放出的冷淡的光映照下，他背后的那幢楼显露出一副牢狱般的狰狞外貌。阴沉沉的天空中的乌云，低的都快压住楼顶上的全频道电视天线了。花园里那些裹着稻草过冬的珍贵树木，就像张牙舞爪凶相毕露的狱卒。看样子，他还面临着一个阴冷而漫长的冬天。

“原谅我。人一伤心就顾不上礼貌了。”他好像清醒了过来，“可我从内心深处感谢你。这几天我思想内部的压力已经膨胀到快使我的自我防卫崩溃的地步。思想这玩意儿虽然没有一个让它说停就停的开关，但幸亏它有个安全阀，”他伸手将刚才弄乱的发型理好，“它放上阵汽就好了。你就是那个听见放汽的人。不足以与外人道。”他加重语气强调“不足以与外人道”一句，随后使劲握了一下我的手，但我明显地觉出他的握力已经大不如前。

直到这会儿，我才真正明白了他内心深处的思想。他不像他所说的那种陷于事物不能自拔的科学家、艺术家，也不像打了三年石膏的腿，而像一颗围绕着恒星转的小行星，只要稍一偏离轨道，那无形的、能超距离作用的、强大的向心力就会把它拉回去。如果没有其他强大的外力把它拉出轨道的话，那么随着时间的推移，这颗小行星的轨道半径会愈来愈小，总有一天要陨落在那颗恒星上。

“告诉小胖，过两天我去看他。”我都走出好远了，听见他在后面喊。

“知道了。”我停下来，回头望了一眼这个整天穿睡衣，渴望天伦之乐，渴望家庭温暖的可怜人。

此时，外面爆竹声此起彼伏，人们在辞旧迎新。但被抑郁气氛感染透了的我，一点也觉不出一年一度，大吉大利，大喜大乐的节日气氛。此时我不知为什么觉得他很像鲁迅先生讲过的去当铺典当东西的人，他们隔着比人高得多的柜台把东西递上去，然后在侮辱中接了钱。可他典当的是青春、事业、人格、自尊，虽然得了一个好价，但要知道这些东西乃是无价之宝啊！我使劲抖动了一下身子，试图抖掉此刻盘踞我心中的那种令人彻底生寒的冷气，但没有成功。

四

星期天是美好日子，我甚至觉得它比一年之中的任何节日都要好，因为只有它才真正属于你自己。我坐在自制的简易沙发上，脚下堆着一堆杂志，悠然自得地翻着。

“你的电话。”前院的王奶奶隔着窗户喊我。

“谁打来的？”我极不情愿地放下书。

“他不肯说。”

“见鬼。”我万般无奈地披上衣服走了出去。

“你是陈评吗？”电话里传来一个苍老但清晰的声音。

“是的，我就是。”我飞快地开动大脑，可就是找不出有关这声音的一点信息。

“我是苏群的岳父。”

“噢。是您啊！”我使了好大劲才挤出这个“您”字来。

“我有事找你，你中午有空吗？”我听出他话中明显的上海口音。这老头不是不懂就是太懂人情世故了,他先说有事,再问我有空与否,让我欲辞不能。

“有空,不过只有一小时。”我故意迟延了一会儿,其实我整个下午都没事。我是想让老头知道知道,别以为他有几个钱就可以随便使唤任何人。

“那好,中午十一点半燕京餐厅见。”

“我十二点才能到。”这老头准以为我也有汽车。

“也行。”

我没费多大劲就认出了他。除了终生养尊处优的人,谁也不会在古稀之年还有一张好像罐头桃子一般的白嫩的脸以及那像刚灌好的香肠一样圆润的手指。待我走过去作了自我介绍之后,他就领我到了里面的雅座,然后他不看菜谱熟练地点了几样菜。

“你是个作家,”当端菜的服务员退下去之后他对我说,“作家是最了解各类人的,而且我也常听苏群说起你,说你有副热心肠。”

我敢拿我一个月的工资和任何人打赌,在老头这阵赞扬的潮水退下去之后,准有一个大忙要我来帮。我记得有一位朋友曾对我讲:商人每说一句话,都是上过天平的。

“所以我就对你明说了。”你看,来了不是。

“小婿和小女闹了点别扭。”这时服务员又端上了两个酒菜,他停了下来,示意服务员把酒菜放在我这一侧。

闹别扭?找我干什么?又不是我的女儿嫁给了苏群!老头的每一句话,我都从感情上无法接受,连他那软语侬侬的上海话也那么不爱听。

“本来嘛,这事不用外人操心。”

本来就是!我心想。

“可苏群要闹离婚。”

离了好!苦海无边,离婚作舟;钱山有路,早下为高。

“听小女说她有一本日记被苏群拿走了,苏群要据此发起诉讼。”老头轻描淡写地说,好像在与我拉家常,“虽然我认识不少精明、渊博的律师,但这事闹上法庭，于我于他都不好，所以我想不如私下了结的好。家丑不可外扬嘛！”老头简洁地把正事说完，末了还来上一句古训作总结。

“怎么了？”他说的倒轻松。

“让他们夫妻和好就是了，”老头宽厚地一笑：“少年夫妻反目，原本不会有什么大不了的事。”

日记里肯定有名堂，不然老头绝不会亲自出马。十里洋场过来的人，没有一个不是诡计多端的，小心别落入他的圈套。我警告自己。

“我体谅苏群，他不就是想当父亲吗？其实我又何尝不想当外公呢？”这句还差不多！“我跟小女讲了，不要一味地贪玩，都三十岁了，该生个孩子了。不孝有三，无后为大嘛！”

他女儿要是早有这么通情达理不就什么事都没了吗？

正餐端了上来，老头用他那保养得像牙科医生一样好的牙齿认真地仔细地咀嚼着，小口地呷着酒。

“日记嘛，他还不还都无所谓，只要别到处张扬就行了。当然还是以销毁了为好。”人只要老了，食欲就一定差了。老头对各色正菜都浅尝即止，吃了一小片面包后，就掏出一个大绸手帕擦了擦嘴，然后从口袋里的一个金属小盒里，取出一根细长的葵骨牙签，小心地剔着牙，看着我吃。

“我试试看，不过他不一定听我的话。”话一出口，我就有些后悔，老头没向我提任何请求，我怎么自己就应许下了呢？

“会听的。”老头很有信心，好像他就是苏群似地。

“另外我可以告诉你：只要我活着，我就不愿意有一个离了婚的女儿。”老头的声音突然充满锐气，冷漠而坚定。不过只此一下，马上又缓和下来，“当然这话你不必告诉苏群。”他从容地穿上夹大衣，拿起手杖。

“你要彩色电视机吗？”在大门口他好像很随便地问我，“二百元人民币。”

看来精明是生意人的商标，而用钱技术则是他们的专利。虽然白送十台八台的也伤不着老头的筋骨，可这老头为了照顾我的自尊心，还是开出了一个象征性的价钱。

“二百元？”我好像不相信似地反问。

他微笑地点点头。这是那种自知身价的人目空一切的浅笑。

四十年前他挥舞着百元美钞救了他的命，如今他又高举起彩色电视机来挽救他家族的名声。

“可惜我有彩电。”我一本正经地庄重地杜撰，将我的九寸黑白电视机放大、上色，越级提拔成彩电。

我放慢脚步，停在比他高两级的台阶上，居高临下地看着他，在听他的下文。

“那好，我不会忘记你的。”他的话给人一种很靠得住的感觉。

一辆停在远处的汽车从雨雾中开了出来。透过不停摆动的雨刷我看见方向盘前坐着一个戴大变光镜的妇女。老头很有派头地朝我摆摆手，说了声“再会”就上车走了。

“这老头想收买我。”我看着潇潇春雨中汽车的背影想到。“彩电？”我摇摇头，“再搭上他这辆新‘达特桑’还差不多。”我几乎说出声来。

雨虽不大，但到家时我浑身也像一块浸透了水的海绵，进门一看，苏群与小胖正玩得高兴。他手里拿着一支六色自动铅笔和一个速写本，小胖要什么他就画什么，而且极快、极像，几笔就勾勒出一个物体的基本形态。他到底是学建筑的出身，很有绘画功底，小胖对他简直是钦佩莫名。

“你带孩子出去玩一会儿，我和苏群有点事商量。”我边换衣服边对妻子说。

“日记是怎么回事？”当妻子和孩子出去之后，我开门见山地问他。

“我老丈人找你了吧？”

我点点头。

“从前天截止到现在，已经有十一个说客了。你先看看日记再说。”他从随身带来的提包内取出一个绿色的人造革封面的笔记本。

“还是不看为好。”清官难断家务事，何况哥们儿？主要要从原则上开导他。

“你先看。”看我固辞不受，他又说：“看完之后你说怎么办就怎么办。”

“不食言？”我接过日记本的同时就下定决心：不管日记里写的什么，我也不会同意他离婚。挽救一桩濒于失败的婚姻，胜造好几座七级浮屠，更何况已受人之托，应忠人之事。

“不食言。但你得说心里话，不必全看，只看我夹书签的地方就行。”看我打开日记，他低下头继续为小胖作画。

“我记下所有我认为值得记的事”——这是扉页的题词。

日记的正文是用紫墨水写的，从日期上推断是从他们结婚前不久开始记的。我开始全神贯注地、认真地阅读，有如一个基督徒在读圣经。

“早年像我这样人家出身的女人，是根本无人问津的……

“如今风气变了，经过十年的教育，人们因看清了精神的虚幻而重新认识到金钱的作用。随着存款的归还，住屋和封存的财物也退给了我们家。虽说我红颜已逝，但求婚的人还是日益增多。我感到很满足，因为有这么多人拜倒在我脚下。这就够了。历史变过去，又变了回来。如今不再是我向别人求乞，而轮到我向人施舍。我由当铺柜台的外面换到了里面，里面的滋味要比外面好得多。

“父亲替我挑中了他，因为他很英俊，而且也没有家庭之累。父亲说他是一个孤儿。孤儿，一个三十岁的孤儿，有意思。”

我翻到没隔几页，夹着书签的地方。

“他希望能得到一个干净的女儿身，但没能如愿。他心里肯定不高兴，但表面上却一点也没露，依旧对我百依百顺，依旧兴高采烈地玩，尽情地享受。千金买笑——成语总是很有道理的，虽说这话我上小学时就知道，但如今方悟出其真谛。

“头几天他花起钱来还有些缩手缩脚，买什么东西还先问问价钱，然后还要征询我的意见，但没几天就学会了。而花钱这东西就像学骑自行车，一旦学会就忘不了。或者说像抽大烟的,一旦抽上了就离不开——‘让他尽情地花钱。’我此时才明白父亲临行嘱咐的意思是很深、很深的。”

我清楚地看见一张倨傲的脸在字里行间晃动,与蜜月照上的一模一样。这张脸后面我隐约见到另一张脸,这脸更大,更为可恶。我又翻过不少页。

“笑话!(这两个字写得特别大,大得都出了格)他居然命令我生一个孩子。他有什么资格命令我,他吃我们家,花我们家还不够,还想要支使我,真真可笑之极!他看我不理他,又转为哀求,说他特别喜欢孩子。可这跟我有什么关系?他喜欢,我可不喜欢,更不愿意像阿米巴虫那样地分裂我自己的身体。我要去上海整容,去北京饭店跳舞,甭说十月怀胎,就是十日怀胎我也不愿意。人生不再,时光不返,我不能为他而牺牲我身上最吸引人的地方——优美的曲线,矫健的舞步。哼,生孩子——这简直是对我肉体的粗暴践踏。

“‘你想和谁生就和谁去生好了。’我一句话噎得他说不出话来。行乞者只能讨到什么就收下什么,挑东西点菜是没有他们的份儿的。”

这女人简直是个不折不扣的混蛋!我心里骂着,但却不动声色地翻下去。

“在一次家庭舞会上我与L君认识了,他肚子里可以摆阔的事可真多。他刚从美国回来,他的派头,他的笑,他的媚眼,他的舞步,他的一切的一切都是地地道道令人眼花缭乱的现代派。细问才知他是在美国上的学。他的父亲在波士顿和纽约都有商号,而且是好几家。我俩一见如故,难怪最新科学研究出在相爱的人中间有一种‘亲和力’,不用交谈就能发觉这种力的作用。”

坏了!看来后面还大有文章,我顾不上评论,急速地翻动着。

“与L君相识的时间愈长,我就愈觉出他身上的魅力。他不但与我而且与父亲也很谈得来(父亲与苏群就没说过几句话)。论起来我们还是世交呢。看来上流社会的确有着自己的疆域、密度、标志,外人是进不来的。即使挤进来也学不会上流人的风度,即使学也是像苏群那样婢学夫人。说真的,近来我对苏群已经厌恶到不愿意见他的程度。他一天到晚唉声叹气,还不时地念叨什么学问啊,事业啊,真让人受不了。他不就念过几天书吗?念到底也不过和他父亲一样,一月挣上个二、三百块的，顶多再写上几本破书。有钱人不一定读书，他们雇读书人——爸爸最爱说这句话。爸爸以前雇的私人医生，还是苏群父亲的同学呢。哼！（我此时清清楚楚地听见这个‘哼’字从日记本里跳出来）他父亲有啥了不起，一个江湖郎中而已！”

原来浮动在日记里的那张倨傲的脸现在变得丑恶起来，我好像看见一根啪啪作响的皮鞭在空中飞舞、呼啸。一鞭子下去就是一条血痕，就拉下一条肉。这会儿我才明白苏群过得是什么样的日子——他的生活是地狱与天堂的混合物——物质上的天堂，精神上的地狱。我偷偷地抬头望了一眼正在低头作画的可怜的生灵，备受凌辱的生灵。

“……总之与L君春风一度很值得，跟他生个孩子还差不多。可惜我头上压着几千年沉淀下来的伦理道德，不得不偷偷摸摸地干，而有些事是值得偷偷摸摸的。不过看来爸爸是知道的，很少有事能逃过他那明察秋毫的眼睛。他为他目前在社会上的影响考虑，不同意我与苏群离婚，但他并不反对我与L君的往来，这点我敢肯定。”

虽然后面还有几个夹书签的地方，但我不用往下看了。

“看来今天我是白骗了老头一顿饭。”我使劲合上日记，恨不能把那张恶毒、淫荡的脸夹扁，“彩电也没戏了。”

“老头花了血本，最少许下了五台彩电。”他把日记收回提包内。

“这日记你是从哪搞来的？”这样的日记是不会随便放的。

“从我写字台边上那个保险柜里。”我记起他家那个老式的锰钢保险箱，那玩意儿以前大概是用来装票据、证券、账簿一类的东西的。想不到如今旧瓶装新酒，成了“现代派、性解放”的保险。“她从来不当我的面打开。大前天晚上她急急忙忙地取首饰去参加舞会忘了关，我就检查了一番，发现了这玩意。里面还有不少照片，大都不堪入目，我没拿来。”

“这日记就够不堪入目的了。跟她离！”我斩钉截铁地说。据说有不少有领袖欲的人都爱写日记，他们写日记是为了有朝一日能够出版，这样在日记中就肯定会有不少自我粉饰的与事实不符的地方。可是像这样锁在保险柜里,秘不示人的日记,则无疑是内心的剖白,是最有力的证明。

“我准备到法院去离婚,让大家看看她的真面目。”他边往院门外推摩托车边对我说。

“你又打开官司了,你小子快成个讼棍了。”

“这回和上次可不一样,”他正色对我说,“上次官司送进我三年青春,这次我要拿回它三十年来。”

“你这是准备去哪?”

“我跟小宋约好六点去他那商量一下,看还有什么法律准备。老头可不是好对付的。”

小宋是我们一起插队的同学,一九七七年考上北大法律系,如今他经过四年的努力,已经穿过由各国法律、各种法律组成的沼泽,坐上了检察官的皮椅。“看来不光老头能找到能干的律师,咱们也能找得到。”我拍了一下他的肩膀说,“小心点。”

外面已经不下雨了,天空中横卧着一条罕见的七色虹,水泥马路湿漉漉的。

“告诉小胖,等我完了事,带他去香山玩。”

“坐‘达特桑’去?”我开了个玩笑。

“那会儿就没‘达特桑’了,连这玩意儿也没了。”他拍了拍那辆大得吓人的摩托车,然后一加油就开走了。

五

当晚九点多钟,小宋打电话找我,问我见到苏群没有。我告诉他苏群五点多钟就从我这儿去他那儿了，他说他根本没见到。

我若有所思地放下电话，随即一阵恐怖的寒气袭遍了全身。我急速地拨动着苏群家的电话号码。

有规律的蜂音响了半天，他家的保姆才来接电话。她操着上海话慢条斯理地说苏群出了车祸，现在在同仁医院。

我飞也似的赶往医院。

医生告诉我，他开着三档与一辆八吨的满载卡车相撞，派出所通过摩托车号找到了他的家属。他的家属很快就来了，是一个老头和一个妇女。他们带来了营养品、药品，交了住院费就走了。当然他们不会忘记取走那本日记。

夜正在浓深起来。

我一直守护在他身旁。

凌晨他醒过来一下，但旋即就又陷入了昏迷。我问医生他还会不会醒过来？医生告诉我，那就全凭病人的身体素质了。可他的体质又特别差，长期的酗酒和过度的安逸生活，严重地损害了他的健康，所以这位医生告诉我他醒过来的可能只有百分之三十。

整整两天两夜，他没睁眼，我没合眼。生命和虚无都不肯收留他。

两天等于两个世纪。

由各种各样的针剂、吊瓶输入的生命之液，也许还得加上他想挣回三十年生命的意志，使他终于从死亡线上挣扎而归。

他恢复得很慢，但一天天在恢复。在这期间，他夫人一面不露，老头倒来过两次，这只满头银发的狐狸见了我，只是在他那空洞无物的脸上硬挤出一丝虚伪的笑，以示寒暄。我真想问问他二百块钱的彩色电视机还有没有？虽然我明明知道，日记一到他手，彩电早和燕京餐厅那种亲热态度一起跑到爪哇国去了。

个性强的人总是一不做二不休。他刚出院就迫不及待地要求离婚，可失去了《日记》那么有力的法律根据，老头自然不买账，而且老头私下宣称：如果非得离婚的话,他就要求苏群偿还被他挥霍掉的一万元钱。说句公道话,老头并不在乎这一万块钱,他只是以此作为要挟的手段。一万元钱对他这位“腰缠万贯”的人来说也许并不算什么,可对月薪只有五六十元的一般人来说,即使不吃不喝也得十五年才能还清。他那位“解放派”的夫人虽然依同她父亲的口径,但看得出她并不在乎离婚与否。不过她总是那么满面冰霜——她也许在为案子所耗的时间精力而懊恼,也许在为卡车没撞死苏群而惋惜——我猜不透她的心意,就像羊永远猜不透狼的心思一样。

因为我的剧本通过了,所以我又去南方待了月余,等我回来,他已经离了婚。

“你亮出什么新式武器把老头给降服了?”一回来我就去他们单位新分给他的住宅去看他。这房子原是分配给他们单位一位单身的老工程师的,因为他离了婚且大病初愈,那位高尚的人让给了他。看来他的朋友的数量也许要比以前减少了,但质量却无疑是高了。

“他没有想到我还有日记的复印本。”

“真有你的!”若不是看他病体不堪重击,我一定会狠狠地捶他一下。万岁!复印技术!你是二十世纪科学的精英。

“在法院离的?”

“我没去法院。”

“为什么?”真便宜了这一老一小。直到苏群被撞之后,我才体会出老头深沉的心计。他打电话不通名,去燕京又不用司机开车,这一切都是为了“防扩散”而事先算计好的,这些都是在为了将来翻脸不认账打好基础——我做了个唯心又唯物的推论。

“小宋告诉我,即使到了法院,类似这种‘阴私案件’也是规定不公开审理的。那也就没多大意义了,而且还得拖一段时间才能开庭。不过反正我算是解脱了。”他的最后一句话听起来像是音乐。

“你还可以到另一个法庭去告他。”沉思片刻我对他说。

“哪还有个法庭？”

“道德法庭。”

“道德法庭?”他有些迷惑地看着我。三年来他很少读书看报,如今他重返人间,对一切都未免有恍然隔世之感。

我简略地向他解释了一下。

“那么律师是谁？起诉书又由谁来写？”

“律师是我,起诉书当然也由我来写。”

“我批准你写,”看来严重的脑震荡并没有使他丧失幽默感,“不过不要把我丑化得太厉害了。”

“该丑化的时候,还得要丑化。我总不能违背生活的真实呀!”我忍不住地笑了。

他也笑了。如今他的钱没了,可笑声却回来了。我俩的笑声合而为一,从七层楼上向外飘去。笑声追上欢快的云,奔向极乐的远方。这是开心的笑,返璞归真的笑。但愿笑长久,此生永不停。

《山西文学》　一九八三年第八期

《小说月报》　一九八三年第十期

《有钱十万》　北岳文艺出版社　一九八九年十一月

风烛残年

一

“祝来年全家人万事如意。”哥哥站起来举着雕花酒杯在致祝酒词。在他接替去世的父亲充当家长角色的十二年里,这祝词一个字也没改过。

大家都站起来相互碰了碰杯,象征性地喝了一点,然后都坐了下来。唯独母亲刚才没有站起来。自从六年前她中风之后,前年又得了脑血栓,便看不清也听不清了,所有的思想动作都离生活的节拍愈来愈远,或者说疾驶的生活列车将她遗留在了站台上。

“妈,您吃菜。”我夹了一段罕见的鲜红的虾给她。

“你们吃,你们吃。”她伸出筷子推让着,一不小心就把高脚酒杯碰翻了。琥珀色的液体马上四溢开来。一直在用眼睛照顾着整个席面的嫂子马上抄起一块干抹布制止住酒向四周漫延,然后顺势一擦。我看见有不多几滴滴在了妈妈身上。

“你们吃,你们吃。”妈妈依旧操着浓重的浙东口音一再重复这三个字。大概除了我的名字,这三个字是我听得次数最多的了——一九六二年经济困难时期她说;一九七四年物质紧张时期她说,不同的是那会儿她没有这么重的口音。

“吃吧，小弟，这些外地不容易吃到。”嫂子给我也夹过来一段虾。她今天穿着一件黑丝质高领罩衫，闪着银光的中号纽扣一直排到领口，愈发衬托出她那种中年知识妇女所特有的带点古典味的华贵风度。

“小叔你吃。”侄女小燕和侄子小抗也给我夹开菜了。我面前那个细瓷盘子顿时满了起来。

我感谢家人的盛情，虾不光在外地不易吃到，在北京也同样不容易，过年的前三天，嫂子几乎全部在商店站着度过的。

“多吃点，今天是我的手艺。”哥哥曾经在干校读烂了厚厚的一本“中国名菜”，于是在一九七四、七五、七六三年中，各式名菜轮番出现在餐桌上，常常一个月不重样。可近来他却很少下厨房了。他除了带两个研究生，一个星期还要上两次大课。所以连一家人在一起像这样有说有笑地从容地聚餐也变成一种难得的享受。

嫂子没有忘了给母亲夹菜，只是没有说话。

“你们吃。”妈还在说那句老得已经不起任何反应的话。她颤巍巍地取过酒瓶往空了的酒杯中斟了一点酒。我知道她要干什么，以前每逢除夕夜全家团聚之际，她总要多摆一副碗筷，以示对父亲的祭奠。后来她不能再操持家务了，那份碗筷就被取消，她就改成往地上洒一点酒表达自己的哀思。

“您别往地上倒，地板刚打过蜡。”嫂子和颜悦色地制止住母亲。

母亲慢慢地把杯子收回来，把酒倒入自己的嘴里。酒从嘴角滴出好几滴，滴在她的衣服上。

死去的人，不管他生前有多么重要，也会慢慢地被人淡忘，即使是至亲骨肉也不能例外。我暗自思忖道。

酒过三巡后是饭，嫂子又端上几个早准备好的菜，饭后是汤。这顿丰富的年夜饭随着外面越来越密集的爆竹声慢慢地推进着，可我却始终没能提起兴致来。我隐隐觉得自从爸爸去世之后，这每年一次的家宴上的欢乐气氛就像爸爸留给妈妈的存折里那笔只取不存的钱一样，在逐年递减着。而这种虽然丰盛但并没有真正的欢乐的宴会,很难说是一种享受。

小侄们饭前就吃饱了零食,已经跑出去玩了好久了。哥哥平时吃饭的速度完全是现代化的,可今天却吃得挺慢,看得出他是在陪我,而我则是在陪母亲。母亲的假牙肯定坏了几个,她的口腔肌也像用久了的橡皮筋,变得毫无弹力,所以想快也快不起来。

晚宴在默默地进行着。最后终于吃完了。

嫂子麻利地收拾起碗筷进了厨房,母亲也步履蹒跚地跟了进去,我和哥哥进了客厅。

"您去看电视吧!"我听见嫂子在厨房里大声对母亲说。

"我来洗吧。"母亲的声音也不小。自己耳朵不灵的人总是生怕别人听不见。母亲洗了一辈子的碗,已经形成了习惯,就像有烟瘾的人放下饭碗就想吸烟一样。

"我叫您去看电视。"嫂子这会儿的音量已经接近了手提式喇叭。

好半天母亲才摸索着走进了客厅,坐到了紧靠电视机前面的一张舒适的弹簧靠背椅上。我赶紧走过去把哥哥去年从日本带回来的彩电打开,正碰上那位挺丰满的中年林黛玉在悲伤葬花。电视台也真是的,大过年的唱这种不吉利的玩意儿。

"总是咱们老家的戏,我最爱看。以前咱们镇上演戏总在镇口的大戏台上,戏台旁边有两棵大树。"母亲对我说。我生在北京,长在北京,根本没有回过老家,能和母亲讲故乡风土人情的只有哥哥。可他此时正陷在沙发里全心全意地剔牙,只好由我和母亲不着边际地闲扯着。人老了,一扯就扯以前的事,而且还能回忆起各种细枝末节来。"有一回,你爸爸放假回家,我背着你哥哥和他一起去看戏。那天的戏演得真好……"妈这一辈子够苦的。爸爸一直在外面教书,后来又出国去留学,撇下她在老家拉扯着哥哥。江南市镇人很杂乱,孤弱妇女常遭人欺侮,但她总是默默地忍受着,从不扯父亲的后腿,直到全国解放后,她才到北京来。

“小弟，你过来我和你商量点事。”看嫂子把厨房里的活干完了也来到客厅坐定之后，哥哥就招呼我过去。

“什么事？”此时我极不愿意打断母亲的回忆。人上了岁数而且又有病，新鲜的生活就无法注入她的头脑，于是就只剩下回忆了。任何平凡往事的回忆对她来讲都是宝贵的。因为只有这条薄弱的纽带还把她和整个人类联系在一起。

“你过来。”哥哥比我整整大二十岁。我上小学时，他已经是从苏联学成归国的副博士了。父亲过世后，他又多方照顾我，所以虽说是哥哥，但也有点像长辈。没办法，我只得走了过去。

“领导上分给我一套房，一共四间，是专门给教授一级的。”哥哥递给我一支烟。他自己是不抽烟的，凡是违背科学的事他从不会作。“我想搬一次家。”

“搬就搬呗。”这事谁管得着，我一年只不过回来住十几天。此时我见母亲依旧在唠叨，她以为我还在听。

“这老房子太高太大，各个房间之间又都是相通的，住着很不方便，再说两个孩子也慢慢大起来，且还没有暖气，冬天要生好几个火，又脏又麻烦。”

这倒是实情。以前父亲在世时，总生着一个烧硬煤的大火炉，每天都得吞掉四、五十斤煤，这对工资只有百余元的哥哥无疑是个负担，所以就改为三个蜂窝煤炉，于是工作量也就起码大了两倍。

“分的是几楼？”我问道。

“三楼。”

“那妈怎么办？”我触到问题的核心。

“那楼房前后都有阳台，挺大的。”边织毛衣边看电视的嫂子插了一句。

阳台？它能代替每天的散步？能代替几十年的邻居？能代替门前那片深情的小树林？能代替这充满回忆的老住宅？

“问题就在这。妈她不愿意搬。”哥哥对我说。

“你跟他说过？”

哥哥点点头：“她说她死也要死在这幢房子里。要搬就让我们先搬过去。”哥哥把眼睛转向电视。记得父亲去世后的第二年,他们夫妇同时被派到江西干校去劳动,只剩下母亲一个人在北京拉扯他们的两个孩子。他们夫妻在干校整整待了两年。干校的伙食很差,母亲经常给他们做些肉松寄去。那时北京的肉一次只许买两毛钱的,而且不准挑地方,母亲一次又一次地排队买,遇着不好的肉就重排……记得哥哥干校"毕业"回家后曾对我说:"只要我活着,我就一定让妈过得顺心。"我相信他当时说的是发自肺腑的。可如今活着的他却要让妈不顺心。人会瞬息万变的,十余年是很漫长的岁月了。

"妈最喜欢你,你去和她说说。"嫂子仍在织毛衣、看电视、说话,堪称一心三用。

我正在思索该怎么回答他们,脸冻得通红的小抗、小燕浑身带着寒气风一样地闯了进来,"我要看《武林镇》。"小抗一伸手就把电视换了个频道。

"我要看李谷一。"小燕又换了个频道。

这姐弟俩是双胞胎,同时还是电视报忠实的读者,电视节目的热情观众,个人记得个人的节目,分秒不差。可因为性别关系,俩人的爱好兴趣又大相径庭。

"先看你的,再看你的。"奶奶在劝架。

"你懂啥?"小抗毫无礼貌地反驳道。

妈不吭声了,慢慢地站起来,让开了那块兵家必争之地。

"小抗看《武林镇》用这彩电,小燕去看书房里那台九寸的。"

"不,我也要看彩电。"

"听话。"嫂子不动声色地将这两个字传了出去。

小燕极不情愿地进了里屋。于是里外屋的拳打脚踢声、缠软的歌唱声交织在一起,使整个屋子顿时显得生机盎然。

"谁赢了?"母亲又凑到电视机前,盯住跳跃的画面。她大概以为这是球赛。其实不管是什么她也看不清,她来到这只是为凑凑热闹。

"奶奶您不懂!"小抗回答。母亲最钟爱这个长孙,她曾经像教他一步步走路那样一句一句地将她早年从私塾学来的几十首各个朝代的古诗词教给了四岁的小抗，然后又把自己有限的数学知识教给了他，所以孩子一上学就有神童之称。

“哪个赢了？”母亲还在问。

这次没人回答了。要给年近八十的老人讲清盘根错节的武林故事绝不会比教会四岁孩子古诗轻松。

“这是好人，要抢这家东西。”只好由我上前讲给母亲听。她肯定没听懂，但有人与她说话她就满意了。

“以前咱们老家戏班有个‘九龄童’也是好功夫、好扮相……”母亲又由此扯到老家。

“奶奶小声点，人家都听不见了。”小抗又发出抗议。这位天之骄子也太没分寸了。如果这是我的家，他是我的儿子，我早就一巴掌打过去了。可惜二者都不是，我只是小叔，过客！

从这以后，母亲紧闭着嘴不再作声，一直到午夜的钟声响了她也没作声。

“妈妈，”钟声一停，里外屋的两个孩子齐奔向母亲身旁，“春节礼物呢？”

“在这。”嫂子像变魔术似的取出了一个漂亮的提包。她是上海人，很有些洋派，对她来讲，春节有如圣诞，礼物是不能少的。“给你，”她把一双儿子梦寐以求的足球鞋递给儿子。“给你。”她又递给女儿一架小型电子琴。“给你。”她递给我一个雕有人像的直嘴烟斗，这是哥哥带回来的舶来品，“这是给弟妹的。”她又递给我一把五彩缤纷的折叠伞。她很懂送礼的门道，南方多雨，这把精致的伞定会招来在那里工作的妻子的喜欢。

母亲凑过来笑眯眯地看着我们分礼物。

“这是你的。”她递给哥哥一支英雄二百型金笔。“这皮包，”她举举手中的精致的女式提包，于是双胞胎异口同声地回答：“当然是妈妈的！”

大家都得到了礼物！

大家都找到了欢乐！母亲依旧笑眯眯。

至此，几千年来流传不衰的合家团聚的节日之夜的所有节目全部演完。

二

游子在家过年,原本是最舒服不过的:既用不着你出面应酬,也不用你操劳,是睡懒觉的大好时光。但我想到初十就得假满开拔了,而其中初三、四、五几天家里客人不会少,没有多少与母亲闲谈的时间了,所以还是起了个早。

“左边再高上两公分。”到了客厅,看见嫂子正在指挥哥哥取下墙上的风景画而换上了父亲的相片:这也是每年春节例行的。父亲早年在空气动力学方面算得上是桃李满天下的一代宗师,哥哥与嫂子都是他的学生。逢年逢节总有不少故旧门生前来探望。他们中间不光有饱学的教授,还有不少在各部门担任重要职务的中年知识分子,所以哥哥总是要很好地做好准备。比方说换上几张父亲生前的生活照,或在毕业典礼上的集体照,这样就比较容易地由相片谈起人,谈起事。再比方给一些重要人物送上几本有父亲签名的装潢精美但早已过时的书,这样可以进一步地联络感情。反正我认为哥哥之所以能在两年之内出版两本书与这些微妙举动不无关系。看来世风如此,就是身居“沉默之塔”内的大学教授也不能免俗。

“您穿这件衣服。”“室内装修”竣工之后,嫂子又打开柜门取出一件毛料西服上装递给母亲。

“这件穿上不舒服。”母亲嘴上这样说,但还是接了过去。人一老了,大都体态臃肿,而西式礼服总不如妈原来那件容易伸缩的中式上装来得舒适。

“我看挺合适的。”看母亲弯胳膊扣扣子实在费力。嫂子就上前去帮忙。

“怎么不叫妈穿那件中式的?”我问嫂子。

“那套脏了。她每次吃饭总要洒上点菜汤什么的。”

“那怕什么？”

“你爸爸的那些朋友都是些敏感的人。来，我给您梳梳头。”嫂子指示妈坐下，开始精心地梳理妈那不多的白发。

“没几根头发了，今年我都七十八岁了。”

“那要到三月份。”嫂子记得很精确。上大学时她就是个很会念书的好学生，可不知从什么时候起。她在“爸爸”一词前面加了个“你”字，也不知从什么时候起，她省略掉“妈”这个字，也不知从什么时候起给妈穿衣服是为了别人。

“小心点，别弄脏。”嫂子收拾起母亲换下的衣服走出屋之前这样嘱咐母亲。

母亲没有作任何表示。

“这是谁？”母亲指着客厅上新挂上的相片问哥哥。

“爸爸。”

“我怎么不认识？”母亲没听清，也没看见。她现在有些时候说话纯属是出于一种精神上、生理上的需要。

“您连他也不认识了？”走进屋来的嫂子揶揄地说。

母亲大概没有听见这句话。但愿她没听见！

“这是爸爸。”哥哥又重新对母亲说道。

“他在哪照的？”母亲尽力凑到相片跟前去，眯起眼睛使劲地盯住相片。

没有人回答，哥哥转身走了。

“这是一九四七年在美国照的，这是一九六四年在意大利照的……”为了这五张相片，我反反复复地向母亲讲解了十来分钟。与母亲谈天，无疑是种负担，长此以往我会不会烦呢？我扪心自问。我觉得从理论上讲不会也不该烦。抚育孩子不也是一种负担吗？有些负担是不可少的，也许人生的一部分就是由负担构成的。

初一初二没有客，从初二开始，家里从早到晚客就不断。每逢有人来看母亲，嫂子总要把人家的问话一字不差地大声讲给母亲听，有些时新深奥的话就由哥哥用标准的家乡话翻译给母亲，而母亲的那种高兴劲儿我觉得一点不亚于早就盼望着过年的小抗和小燕——不过她们高兴的原因却大相径庭——这对双伴是为没人管他们而高兴，而母亲却为有人管而高兴。

三

在“您的身体好吗？”“望您多保重。”一类漂亮的问候中，年很快就过完了。印刷精美的风景画又复了辟。母亲也终于穿上了合体的中式上衣，看来一切一切都不过是例行公事而已。而我觉得任何属于感情方面的事一沾上“例行公事”四个字就全完了，变得一点意义也没有了。

“给您。”我把一个塑料盒递给在院门口拄着拐杖伫立在幽静的白雪中的母亲。

“什么？”她缓慢地伸出僵直的手接了过去。

“给您的礼物。”

“什么？”

我打开小盒把新买回来的助听器给老人家戴上。别小看这么个小玩艺儿，足足用掉我这个三级工的三个月的工资。听说国外要便宜得多。早知道，让哥哥带一个回来就好了。

“给您的礼物。”我用正常的音量说道。

“礼物？”母亲重复了一句，接着脸上慢慢地露出了笑容，笑容从嘴角扩散到眼角，众多的皱纹也没能挡住它。这是真的笑，就像安徒生童话中那个在破鞋子里拾到银币的小女孩的笑一样，“好儿年没有礼物了。这要多少钱？”母亲问我。

向人打听礼物值多少钱是不礼貌的。可她是母亲,有这个权利。

“我托朋友做的,没花几个钱。”我撒了个必须撒的谎,母亲要知道这助听器的实价,她一定会马上取下来让我退了去。记得大前年清明节正值我在北京出差,她让我陪上去八宝山革命公墓看望父亲的骨灰,说哥哥他们总是没有空,有好多年没有去了。我怕坐公共汽车挤着母亲,就雇了一辆出租汽车,反正一年只充一次阔佬,我还充得起。待回来时,母亲看见我付给司机那么多钱,好像想说什么又没有说。只是以后她再没有提起过去八宝山的事。去年我回家探亲时,她曾问我能不能把父亲的骨灰取回来。在一旁听着的嫂子当时顺口接了一句:“取回来?好多人想进还进不去呢!”——话是对的。可父亲回不来,母亲又去不了,她没有能解决这个问题。

“戴上了这个您就什么都听得见了。”我搀起母亲的胳膊,“咱们回去吧。”时值深冬,北风如刀,像我这壮年汉子在外面站一会儿都觉得彻骨生寒,可母亲每天这会儿都要在这路边站上好久。她好像在等什么人,总是朝路尽头张望,那神态和动乱初起那两年站在这等候父亲下班时一模一样。

“我觉得有时还是听不见的好!”母亲边走边喃喃地说:“晚饭后你到我房里来一趟。”

晚饭后我扶着母亲沿着挺黑挺长的走廊回她的屋子。尽管有我扶着她,母亲还是伸出空着的那只手在前面摸索着。她已经到了摔不起跤的年龄,“应该在这走廊上装一盏灯。”我自己对自己说。

这幢房子是当初建校初期为来校任教的美国教授设计建造的,大而无当,格局散漫,各个房间均有门相通,再加之年久失修、吱吱作响的木板,真可谓一屋有动,满房皆闻,和眼下时兴的那种有暖气,有煤气的面积虽小但间数甚多以“私密性”为建筑方针的新式公寓确实差得远,也难怪哥哥他们想搬家。

母亲的房间里挺冷,我打开蜂窝煤的炉盖,又开足风门,一刹那间蓝色的火苗就开始恣意乱窜起来,不一会儿,火苗就变成了红色的,但屋子里并不见暖和,因为房子实在是太大太高了。

“你帮我把这个箱子打开。”母亲递给我一串钥匙。说是一串实际上只剩下两个钥匙和一个镌有“康熙通宝”字样的大铜钱。不过它以前的确是一大串:有食品柜的,衣柜的,还有七、八个箱子的钥匙。那时母亲掌握着全家的财富,只要她取下这串钥匙,不是有好吃的出现,就是有好衣服、好玩的出现……后来我结婚她就给了我两个箱子的钥匙,再后来她又把许多把钥匙取下来移交给嫂子,最后她只剩下这两把钥匙:一把是一只斑驳的皮箱钥匙,一把正是我眼下正开着的这只裂了缝的樟木箱的钥匙。可就是这只樟木箱,里面也是空荡荡的,只装着一半东西。

“这是什么?”我取出最上面用一块海昌蓝土布包着的纸问妈妈。

“你来的信,我跟你哥哥要得来的。”

“您还看得见字?”有了助听器与母亲说话就省力多了。

母亲摇摇头:“我只是常拿出来用手摸摸。”

“他们念给您听吗?”

“念的,念的。”母亲连声说道。

念总是要念的,可我见过嫂子给母亲念老家亲戚来信的那种念信法,那信息量之大非得有相当敏锐的听觉和转得飞快的大脑才能接收。

“您找什么?”我问在箱里东找西找的母亲。

“给你们小岚穿吧。”母亲翻出一件绣花的小褂,“小燕他们都不要穿。你在南方,那边时兴这种花样,你就拿了去吧。”母亲好像生怕我不要似地。

我双手接过小褂,审视着上面的花样——那是一对用红丝线绣出的鸳鸯掩映在一片用绿丝线绣成的荷叶中,式样古拙,但针法细腻。前年母亲拿给小燕穿时我也在场,小燕连试也不肯试,并说:“红配绿,赛狗屁。”这话大概伤透了母亲的心。是的,大红与大绿相配,按照眼下流行的审美观的确不够水平,但要知道,当时父亲远在国外,时值战乱,音讯交通全部断绝,母亲一个人拉扯着哥哥,全靠刺绣为生……此刻我仿佛看见母亲在那风雨敲窗的江南寒夜里,伴着一盏如豆的孤灯,一针又一针地绣,一针又一针地绣。

“小岚要是不要，你就留作纪念吧，妈没有什么好给的了。”

“小岚她一定喜欢。”我肯定地说。

母亲宽慰地笑了。她一辈子总想给别人点什么，可给别人东西也不一定能听到顺心的话。记得前几天她把一个父亲从国外带回来的相当好的皮手笼给嫂子时，她讲了半天这手笼当时是如何地值钱，又是如何暖和。嫂子耐着性子听完了之后说道，“可惜这玩意眼下没多大用了。”虽说没多大用，可我还是见她用这手笼给小抗做了个挺神气的大衣领子。

母亲把信收回箱子，又取出一个存折，“明天给妈取二百块钱回来。”

“取那么多干什么？”

“平时你哥哥他们难得有空，万一老家来个什么人的，总不能让人家空着手回啊，再说你走时也要用钱。”

“我给您取回来，您自己留着用，买点吃的。”俗话说“老小孩”，人老了就开始返璞归真：好生气，好吃零食，再说妈一辈子也没享过几天福，总是想着给别人。

“现在吃的挺好的，鸡蛋、肉、水果你嫂子都给我买，什么也不用我操心。再说你哥哥每月都要给我零花钱，我都没要。”

“他们惹您生气吗？”

“不。”母亲摇摇头，“生气有什么用，谁怕我生气？那还不是和自己过不去。”她长长地出了一口气：“有时还不如和我吵吵架，以前他们是和我吵的，现在不啦！再也没人和我吵啦。”

“哥哥他们想搬家，您是不是……”

“我不搬。”母亲打断了我的话，脸上露出了老年人特有的固执神情，两眼直直地看着对面墙上，好一阵才慢慢地转动起来，环顾着这间房子。这房子是依照父亲当年的书房小而化之的：靠墙的一边放着一个小书架，最上层放着父亲生前不离手的一个英国式大烟斗和一个釉面剥落的旧景泰蓝烟灰缸，底下几层大都是些龙门出版社出版的发黄的旧书和一些校内流通的油印讲义；书架旁边是一张小写字台，上面只放着一盏长满暗绿色铜锈的台灯，我拧了拧，发现它根本不亮了；写字台前放着父亲常坐的那把旧转椅，好几个弹簧已经露出了头。记得以前父亲晚上备课时，虽然他读的那种塞满蟹行文字和深奥公式的书对她毫无意义，可母亲总是在旁边陪着他，加火添茶。她也许只是为了能和父亲在一起，为了弥补早年失去的时光。“我死也要死在这。除了这幢老房子，没有能让我好好想你爸爸的地方了，我闷啊！”我一向以为温顺的母亲狂躁起来，“再搬到别的地方去，我就得闷死。在这，你爸爸的书桌会对我说话，台灯椅子也会，他种的那株丁香也会。它们不烦，他们爱听，它们能懂。”母亲一把抓下助听器。“到别处就会没啦，全没了。”她喃喃地自言自语，两眼却炯炯发光，向外喷射着多年积聚下的郁郁之火。

我默默地注视着窗外，外面不知什么时候开始下起雪来，雪花顺着玻璃滑落下来，在窗台上积起白白厚厚一层。

四

也许是因为过大年累着了；也许是因为“要搬家”给妈的震动太大；也许是因为乍暖还寒；也许什么都不因为，只是她太老了。第二天下午我从城里买票回来发现家里只有小抗和小燕，一问才知道母亲上午因脑血栓突然发作已住进了离家挺远的一家医院里。两个孩子留在家里，到现在也没能吃上中午饭。我草草给他俩做了点吃的之后，就匆匆赶到医院。

医院对我这个正在盛年的汉子来讲是陌生的、神秘的。在那座充满了药味的白色迷宫里我转了老半天才在“脑外科”病房找到了哥哥，他正在走廊昏黄的灯下专心地读一本外文书。嫂子在病房里看着那高悬着生命之液的输液瓶,她坐在一张没有靠背的凳子上,双手托着脸,深陷的两眼中充满了悲哀。说真的,到了这会儿,我才发现她老了。屈指算来她也是近五十岁的人了,黑亮的头发里已经夹杂着不少灰白色了。

“嫂嫂,妈的病好点了吗?”我这声“嫂嫂”叫得挺亲切的。

“好点了。”她小声小气地用医院内特有的声调回答我。

“你回去休息吧,我来照顾妈。”

“不用了,妈晚上还得大小便,要是醒了还得给她热点吃的,这些我都比你在行,”她费力地挪动了一下身体,换了一个舒服一些的角度,“已经不是第一次了。”

“我会做饭。”

“你跟你哥哥一起回去吧,今天从汽车上往下抬你妈的时候,他不小心扭了一下腰。回去你给他灌上个热水袋敷敷,别让他再熬夜了。”

“我送他回去,然后再来。”

“日子还长着呢,有用得着你的地方。”嫂子挥了一下手,示意我走。

拗不过嫂子,我只好扶着哥哥艰难地走下楼去。公共汽车上的人不多,还是找到了个座。

“妈干吗住到这么远的医院里?”我问哥哥。

“如今住院真难啊!像妈这样的重病人都没有床位,幸亏你嫂子以前的一个学生的丈夫是卫生部一个处长,转弯求了他才算住下。”哥哥颇有感触地又补充了一句“难啊!妈这一病少说也得折腾十几天。”

“为什么不请个保姆?”

“请保姆?”哥哥抬起头看着我,“更不容易!要是请照顾老人外带做饭的,一月最少得花六十元不说,你还不容易找到合适的。”说完他抬起脸望着汽车窗外一片漆黑的夜空,“但愿妈不要一病不起!”他末一句的语气好像是在向高居冥冥之中的上帝祈祷。

第二天我一早就爬起床来，奔赴厨房一看，哥哥已经在里面了。他一手扶着腰伤处，一手在笨拙地操纵着厨房那些“仪器”，弥漫在厨房内的香味里夹杂着一股不和谐的煳味。我看插不上手，就去收拾屋子。

“你照顾小抗、小燕他们吃饭，我去给你嫂子和妈送点吃的，然后我就去上课，不回来了。”半个钟头后他夹着一个饭盒准备出门。

“寒假还上课？”

“有一个日本专家在这讲计算技术在空动实验中的应用这个问题，他很有见地，不听怪可惜的，下午我再去替你嫂子。”

“我去吧！”我抢过饭盒就走了。

嫂子挺香地吃完我带去的早点，临走时她递给我一个本子，并再三嘱咐如果医生提出了母亲某个器官出了新毛病，一定要笔录下来，好作为母亲的病历。因为将来说不定还要去哪个医院住院，而这些都是必不可少的参考资料。

我注视着尚在昏迷中的老母亲，那拿掉假牙的嘴有如一个深不见底的洞穴，她那松弛的脸上毫无表情，犹如一块风化石。每个人都会有一个在父母庇护下美好的无忧无虑的童年，然后就要步入中年，独立担负起家庭的重任，然后就是无可奈何地老下去。老母今日事，也是全体人类必经事！怎么办？人老了，世界对你还美好吗？生活还有奔头吗？我无法想象。

傍晚时分，母亲苏醒过来。人的神经中枢一旦出了毛病，一切都成了问题，母亲刚刚大便完，又要小便。我穿梭往返于病房与厕所之间。说真的，尽管是我的亲生母亲，我也不禁呕吐了好一阵。母亲负疚地看着我，她莫非从我脸上看出了什么？可还没等我向她解释，她又开始呕吐起来，是那种吐出精力，吐出生命的真正呕吐，吐完之后她又陷入昏迷之中。

时光好难熬啊！屁股底下的椅子越来越硬，嘴里也开始发苦，眼皮变得又涩又硬。医院的惨白的墙开始慢慢地渗出逼人的寂寞。它愈逼愈近，它使你厌倦，使你空虚，除了闭上眼睛不闻不问，你无法躲开它……

“小弟。”叫我的分明是嫂子。她在哪？我睁眼一看，外面已是一片漆黑，时间都流到哪里去了？我站起来活动一下，浑身就好像被人痛打了一顿似的疼痛。

“你回去吧，晚上我来陪床。”嫂子边从一个大棉套中取出一个饭盒边说。“妈，您吃点东西吧。”她利索地打开饭盒。我一看里面都是过年的存货，几段虾，一小块鸡腿。鸡腿——鸡身上最精彩的地方！

嫂子趁我扶着母亲的时候把那个医院的白色大枕头拍拍松，然后又从她带来的大提兜中取出一个自家的枕头放在底下。又取出一罐奶粉，一个煤油炉，一个暖瓶。她今天穿着一件发白的旧蓝制服，一扫大学讲师的儒雅风度，很像个地道的看护妇。

“你走吧！”她安置好母亲之后，就从衣袋中取出一本书坐在了那张我才坐了一白天就受不了的无靠背的椅子上。

她看什么书？我扫了一眼，发现是初三的化学课本。她在为今年要考高中的两个孩子备课。因为她在是儿媳的同时也是母亲，双重责任要一肩挑。唉！可怜天下父母心。

而后两个星期的陪床生活是如此漫长。虽然我只看护了十个白天，可我的感觉好像是五天在泥泞的草地上跋涉，五天在荒无人烟的沙漠中独行。在这十天中我懂得了许多。我懂了生病是件不愉快的事，而看护陪侍更是件不愉快的事。因为你的待遇不如病人，事却比病人多。病人只有一个器官有病，可你却全身所有器官、系统都不对劲。我敢断言，只有陪侍的人才能够真正地体味到什么叫作生病，和生病有多么难受。

五

母亲出院那天,哥哥把两个孩子的卧室——也就是全套房中阳光最充足的一间——与母亲的房间作了调换。嫂子也准备了不少好菜,声言要让全家人好好地补养一下,其丰盛绝不亚于年夜饭,气氛却比年夜饭还要融洽。母亲虽是对各种菜肴都浅尝即止,但大家却轮流往她的碗里夹菜,连两个孩子都显得挺懂事,奶奶长、奶奶短的。

但如同年要过完一样,随着母亲身体的康复,家里的一切又慢慢地恢复了原样。

母亲刚能正常地走动,就要搬回她原来的屋子去住,大家拗不过她,也就同意了。

"你去哪?"坐在门口阳台上晒太阳的母亲问推着车准备出门的孙儿。不管谁出门,她都要这样问,其实去哪对她并无意义,人们只要回答一声,她就满意了。可小抗根本不理她的茬,飞也似的溜掉了。

"慢点骑。"母亲对早已踪影全无的孙儿嘱咐着。

即使再烦躁的人对于一个牙牙学语的孩童提出来的再莫名其妙的问题也不会不回答,可对于一个老人则不然了,为什么人的感情只能单向传播只是个"半导体"呢?答案很简单:一个是未来,一个却已经是过去了。

"你到底准备什么时候搬?"一天晚上我路过哥哥的房间时听见嫂子低声问哥哥。

"我再想想。"

“想什么？”嫂子的声音稍大了点。

“妈怎么办？”

“当然一块搬过去。”

“可她不肯！”

“你不会动员她啊？”

哥哥没有回答。

“你那全校闻名的滔滔辩才都上哪去了？”还是嫂子的声音，“反正这房子我是住够了，一个人要管三个火炉。”

“明年冬天我来管好了。”

“你管？要管你就都管上！”嫂子把一件东西重重地放在桌上。“你不搬，我搬！”

“可房子是分给我的。”哥哥说道。这已经不像一对高级知识分子的谈话方式了。

“看把你神气的，如果不是我撑着这个家，你能写出书来？能当上教授？”嫂子的声音超过了正常的音量。

“妈还能活几年？咱们得替她想想。”哥哥的语调变得婉转起来。

“谁替我想来着？再说你妈家的人都有长寿的历史……”

再听下去没意思了，我推开大门走了出去。外面是一片银白世界，傻乎乎的月亮正把它借来的光毫无保留地向人间挥洒。它无疑是无私的，因为它自己一点也不曾留下，全给了别人。

整整两天，哥哥与嫂子都阴沉着脸，当然对我和两个孩子例外。但这并不影响哥哥读书读到深夜，也不影响嫂子辅导两个孩子的功课。嫂子是个聪明人，也是循循善诱的教师，每当孩子有什么问题理解不了时，她就随口讲个事先精心准备好的故事来解决。

全家人最难受的无疑是母亲。当人的听觉、视觉不行时，那么直觉就将取而代之。她除了吃饭之外就几乎根本不在大客厅出现，连以前每晚必看的电视都免去了，害得那张舒适的椅子夜夜空等虚设。

但每天下午的门前站立瞭望却还是必不可少，这是为什么？我很奇怪，问她她不肯说。我暗自观察了好几天才发现了事情的原委。

“老奶奶您好！”一群天真烂漫的孩子向母亲亲热地问好。

“你们好！”母亲含糊不清地回礼。

“老奶奶您好！”

“你们好！”

……这样的问候总要重复几十次，有个人的，有集体的，因为这会儿正是幼儿园放学的时候。

一直到天黑了之后，母亲才慢慢地走回家。

这就是她老人家天天风雪无阻、严寒不避要站在这的原因。只有在这她才能得到真诚的、不属于应酬范围的感情交流；只有在这，她才意识到自己还与这个温暖的太阳照耀下的世界有着某种有机的联系。这也许就是她感情世界的支点，若没有这个支点，那么由孤独而生的凄凉之感，就会使她的思想旋转起来，直至分崩离析。

六

“我第一节有课，不能去送你了，问弟妹好！”嫂子边说边用手把肩上扭曲着的书包带调平，这样可以减少一些那个硕大无比的书包对肩膀的压力。“我给孩子买了几件礼物，放在你房里，别忘了带上。”嫂子说完看了看表，匆匆地迈着大步走了。

“我也不能送你了。”哥哥推着车也出了门，他的眼睛红红的，可能又备课备到深夜，“你好自珍重吧！”他说完正准备骑上车走，但又停下来对我说：“我想了好久，不准备搬家了。”为了让我放心他又补充了一句“房子我已经让给别的同事了。”说完就骑上车头也不回地走了。

我取出东西放在走廊上，又最后试了一下新装在走廊上的灯，就去妈的房间告别。

“妈，我走了。”我进屋时，她正在金色的初春阳光下缝补那件父亲留下的旧羊毛衫，东一针、西一针，有一针、没一针，歪歪扭扭，边缝边还哼着一曲哀伤的江南小调，这小调不合节拍，也没有词。

“你把这个带上。”妈妈递给我一个旧信封，不用问也知道里面是钱。

“您留着自己花吧！”我明知推也无用。

“妈不缺钱，妈什么也不缺。”

我接过了钱。

“妈没有什么好给你的了。”她边往出送我边说，她总认为给的不够，“你有没有同事和你一起走？”我从插队起每次出门她都这样问我，她还当我是小孩。永恒流动着的时间对她来说是静止的。

“有。”我独自一人闯荡已经十余年了，但此时必须说一个“有”字，否则她一直要担心到我来信。

“我不送了。”妈停在院门前的路边上。这是属于她的世界的极限，“常来信啊！妈看不见，用手摸摸也是好的。”妈拉住我的手嘱咐。她的手特别凉，好像是深井里挖出来的湿泥。

一种强烈的感情涌上来，它使我几乎透不过气来。

我拼命地点头。

我都走出好远了，她还呆呆地立在门口，手中拄着那根父亲留下的粗大多节的男式拐杖，背景是荒芜的院落。她的眼睛不好，目力所及不会超过五十米，肯定早已看不见了，但她还站着，看着。

我相信在我的有生之年，这幅在萌发着勃勃生机的初春晴朗天气里，母亲那发苍苍、视茫茫的拄杖倚门送别图将永存在我的记忆之中。

《山西文学》 一九八三年第十一期
《小说月报》 一九八四年第一期
《山西文学创作五十年精品选》 北岳文艺出版社 一九九九年八月
《山西短篇小说选》 北岳文艺出版社 一九九一年十二月

T教授教子篇

一九七〇年小T正好十九岁。呵！十九岁，这正是长身体，长知识的大好年华。可小T生不逢时，硬是赶上个除了学坏什么也没处学的年代。万般无奈他只得待在家里。

时间久了，他静极思动，就找来两本字帖和几支毛笔，练开大字了。

他的主攻方向选得准。因为写大字的确是一门可以无师自通的学问，加之他勤奋无比，十个月之后，他的字与帖上的字放在一块堆比较，不光形似，神亦不离。

他高高兴兴地跑去让他父亲老T教授看，就像小时候拿回一本满是红五分的记分册一样。

老丁看了看，当下表了态，作了一条原则性的指示：还得练。

练就练！小T愈发用功了。他不读报，没事光是看帖，揣摸字体结构、点划撇捺中的无穷学问。每有体会便欣然忘食不说，就是已经躺下了，也以大气为纸，中指为笔，凭空点划上一阵。外人见了，总疑他走火入魔。

一天他正在一张大报纸上练得来劲，冷不防，老T从他后面一把把笔给抽了去："功夫还不够深，功夫还不够深啊！"老T连声感叹。

"您来写上几个。"小T恭敬地起身让座。

老T当仁不让地坐在破藤椅上："写字的文房四宝要讲究，该有端砚、湖笔、宣纸、徽墨伺候。"

这四样小T没听说过，更没地方找去。但他还是贡献出他平时根本舍不得用的一张白棉纸，平铺在桌上容老T指教。

“淋漓尽致，看龙蛇飞落蛮笺。人误许，诗情将略，一时才气超然。”老T嘴里念叨着陆放翁的这首《汉宫春》，笔下也没放松，刷刷刷地将纸涂得满满的。可惜那字远不如他嘴里的千古名句来的气派。

老T看着字，自我陶醉开了：“真可谓铁划银钩……”好一会儿，他的“醉劲”才过去，就又提笔写了行边款“老T教小T学字于”他正待签署年份，慧眼余光忽见小T伸臂来抽笔，他忙运足丹田之气，用力握紧，可惜晚了……

他是沙场老将，不在乎一城一池得失，不慌不忙地将墨迹未干的条幅揉成一团用来擦手。可谁料“文革”墨汁的化学性能还真不错，非徽墨可比。越抹越黑，最后弄得两手一边一只“墨猪”。

“功夫不深呵！”小T也学着老子的口吻感叹开了。别说，还真像。真是养子必肖父。

老T无言退下。

而后的一个月中，老T曾两次蹑手蹑脚地过来抽小T的笔，可都没抽动。他脑子转得快，当下发明了一个理论，曰之：你的耳朵接收频带宽，分明听见了我的脚步声。

“从前人考翰林，学问在次要地位，只要‘大卷子’写得好，字字黑大光圆，就能入选。”当他第三次换了海绵拖鞋过来抽笔也没能抽动时，他改了词。

“眼下的教授职位可相当于翰林？”小T一脸天真地问。

“当然。”

“那么想来您一定是靠真学问，而不是靠写‘大卷子’考上的啰？”

老T没料到小T这回马一枪。但仍振振有词地说：“我是洋翰林，不在此列。”

这话没错，他是电工仪表专家，英国留学回来的，写大字原非其所长。

小T生性不安分。字练好了，就改练水墨画。书画原本只隔一道不高的小竹篱笆，小T抬脚就迈了过去。一本“千竹谱”没临完，笔下的竹子就很有那么点子意思。

时逢老 T 六十大寿。小 T 没工作，备不起像样的厚礼。就展开想象，泼墨成一张墨竹，题上祝寿的吉祥话，外加自抒胸臆的“乱写青竹十万”的边款，恭送老 T，以尽为子之孝道。

“你知道画竹最忌讳什么？”老 T 不动声色地看了半天才说。

小 T 摇摇头，他又没个老师，打哪去知道那么多？

“最怕像鸡爪。”老 T 笑眯眯地伸出三个指头，比划了个鸡爪形。

小 T 看看老父的手形，又看看画上的竹叶，发现彼此之间，虽称不上是一胎双生的兄弟，起码也是姑表亲。

“胸中有十万竹，笔下才有十万竹。胸中无竹，笔下竹自何来？”老 T 一副成竹在胸的模样：“故而信笔画来，千竹一面。”——别看他不会画，道理还是很知道一些的。

小 T 心有灵犀一点通。从此天天备足干粮，肩背画夹，自行车后座上夹一个小“马扎”，前赴紫竹院观摩学习。他整天地看呵，画呵，时间久了，竟让他画出点名堂来：猛一看，竟不能分出是公园里的竹子上了画，还是画上的竹子下了地。

一九七四年，他就是凭一张接天连地、气势磅礴的“万竹图”镇住了前来招考的中央美院老师，后来虽因老 T 的历史问题有过点周折，但小 T 托了托他那个以前做过大官的未婚老丈人，还是硬挤了进去。可惜投错了胎，进了油画系。

“油画就油画呗，”老 T 安慰小 T：“想来天下之人，画心、画技不会相距太远。长号黑管一样是个吹；钢琴、吉他一样是弹；电视、收音机一样是个修。”

即使老 T 不说，小 T 也想得开。那年头能上得了学，就算祖上积下了天大的德。他慌不择路，饥不择食，在众多的运动之余，着实生吞活剥了些学问。

金色的大鸟在北京城上空飞过了三百六十五遭之后，又轮到老 T 生日。

重样的礼物不值钱。所以小 T 这次孝敬老 T 的是一幅油画，不大一张画布硬是容下了“万园之园”的灵魂。但见血红的夕阳之下，残垣断柱盘根错节地联成一体，大有重振昔日之威之势……

老T虽号称在卢浮宫内中跋涉过三十公里——依次看完一遍，得走十五公里，老T用的是乘法。但毕竟是走马观花，不知花之所需养分和成长之全过程，故而对画作不出科学的定量分析。

“您看如何？”小T看他的画镇得老T闭了嘴，不禁面有得色。要知道，他是班上数一的高才生呢！

老T瞟了他一眼，又看了看画，突然灵机一动：“你怎么送人画不配框子？”

小T心说大事不好，但依然嘴硬：“重要的是画！”

“油画不带框，好比将军在澡堂。”不知这是老T引经据典，还是独家发明，听上去还挺合辙押韵的。

这话可够损的——扒了金碧辉煌的制服，泡在澡堂子里的大将军，就说他是肉铺掌柜、饭馆掌勺，也不会有人怀疑。

小T怏怏地取画去配框，心里发了个狠誓：以后再送老爷子画，一定做到尽善尽美！

一九七七年小T美院苦修期满时，正好赶上百废待兴，一下子就被分配在一个大型美术馆工作。他年轻，手脚灵便，脑子也快，所以颇得重用。

“唉，我说伙计们，”一次小T与同学聚会时这样向大伙宣布：“将来就全看咱们这帮新科进士的啰。”

“进士？”这话正巧撞进捧着比城砖还厚重的大书进屋的老T耳朵里，“你们知道进士分几等？”

没人回答他——小学生是秀才，中学生是举人，大学生自然是进士——这原来是他们想当然推算出来的，没有人去考据其中的细枝末节。

“第一等叫进士及第，只有三名：状元、榜眼、探花也。”老T这会儿读书读累了，乐得休息会儿。“第二等叫进士出身，共有百来名；第三等叫同进士，”接下去老T用耸人听闻的语气说：“这里面的成分可复杂了。有的因为学问差，有的是托关系，有的是凭祖上的功劳由皇上赐的……”他扳着手指一五一十地数完后又说:“你们看看你们属哪等。”

这帮平常极能说的主,这下子全都没了话。

“自然是第三等罗。”好半天小T才发了言。

“所以前清有副对子,把两件读书人最丢脸的事给凑到一起了。”

“哪两件?”大伙都颇感兴趣。“说来听听。”

“为如夫人洗足,赐同进士出身。”老T一板一眼,用私塾老先生的口气,念完此联。

“何谓‘为如夫人洗足’?”小T问道。

老T看看表,估摸休息的差不离了,就匆匆边往出走边补充道:“也就是给小老婆洗脚。”

大伙都笑了。但笑了没一会儿就停了——给小老婆洗脚他们没份,那下半联所指的那件事呢?好像大家伙都沾上了点边。

别人过没过心,笔者不知道,反正小T却从此发奋,闻鸡起舞,夜半不眠。

“是骡子是马,考场上遛遛。”老T用这话“挤兑”小T。小T此时已颇有涵养,没出言反讽。只是心里说:只要烧够了香,佛就显灵。果不其然,次年考试,他名列孙山之上,好赖弄上了个“进士出身”的资格。

老T闻讯用钢笔给他写了个条幅,上书“乡榜侥幸,云路尚遥”。

老T这段所谓“云路”合多少光年,没人知道个具体数。反正小T是跋涉了两年,说明白了也就是两年后他考上了去法国专攻世界美术史的研究生资格。说来也巧,人家一共只收三名,总算是“进士及了第”。

临行前,老T硬要请小T出去吃顿饭。小T说去吃顿法式西餐,可让老T给否了。他说:“北京人常说‘好吃莫过饺子,舒服莫过澡子’,咱们先去‘常回味’美美地吃上顿饺子,然后再去‘家乡泉’舒舒服服地泡上一阵。”

老T这会儿已经老的站不住了。好在辆辆汽车上都有人给他让座,要不真到不了“常回味”。

"常回味"是美食家们向往的一种境界，故而此辈云集，硬是眼瞧着吃不上。

"家乡泉"人倒不多，可"饱洗澡，饿推头"，这是人人皆知的常识，两件事也不能倒过来干。等到他们在一家门脸小，但挺干净的知青馆吃了顿香香的面条之后，"家乡泉"又改成旅馆了。好在回来的汽车上人不多，满是空位子，想怎么坐都行。

"我想把那两句北京俗话改一改。"

"改什么？"小T贪婪地望着北京城美丽的夜空，因为他从明天起就要有三年看不见了。

"好吃莫过顺口，舒服莫过随便。"老T说道。

过了一会儿，他看小T没反应就又说："叫'好吃莫过吃惯了的饭，舒服莫过故乡的土'也行。"

"从前有个人画了匹神俊非凡的奔马送人，他生怕别人看不懂，就在上面批道：这是马！您说这人够多没劲？"小T笑着对老T说。看来他早就领会了老T让他莫忘祖国的慈父之心。

到了法国，小T拿出真本事读书，硬是两年拿下三年的活，弄得他的导师连声说："中国人读书的本事就是大。"

为了让老T分一份喜悦，小丁复制了一份《博士论文提要》和一张他戴博士帽、套博士袍，在凯旋门下照的彩色照片，一并寄了回去。他怕有些问题说不清，就在照片下题了两句诗"凯旋门下题名处，二十人中最少年。"

二十天后，复信来了。小T拆开一看，上面是龙飞凤舞的几行铅笔字。

嘿：

寄来的东西我收到了。论文太专门，咱看不懂，于是只好看相片。

我记得你那样的袍子我也弄过一件，而且在我的印象中，似乎剑桥大学的袍子要比你这件法国的多少值钱一些。可我只是在往寝室里搬煤的时候才穿,因为两样都是黑的。还有,法国人爱护文物是出名的,往凯旋门上乱划乱抹,小心罚款。

落款是“父不具名”。

的确,具名不具名都没关系,这活脱是老T的口吻。他就是没个正经的时候,小T是听惯了的。

《春风》 一九八四年第九期

图书馆学家和他的孙女婿

脚下树林里欢愉的鸟叫，远处学院礼堂铜顶上那鲜艳活泼的霞光……所有这一切在往常对史观诚老先生来讲，都是绝好的休息。

可今天不然。

“莫非我老了！”他手扶阳台栏杆，陷入了沉思。

昨天晚上，他的好朋友，学院政治系的章素园教授，冒着雨，由孙子陪着携带着手稿来找他。“你再给看看，RAF 这词有没有别的解释。”他多少有点不好意思。

“莫非你怀疑我的学识与智力？”史观诚教授不高兴了。作为一个图书馆学家，他的学识之渊博，记忆之精确，在全国同行中是久享盛名的。一九六四年，实验歌剧团在排演“费加罗的婚礼”时，对戏中女主角手执的扇子应该是什么款式这个不大不小的问题，难倒了首都戏剧界所有的著名导演，也难倒了所有的戏剧学者。当然，他们都不止一次地看过这出著名的经典歌剧。可有谁会去注意这件小小的道具呢？最后还是他把这个问题给解决了。当然，他也不是一找就找到的。不过他知道该怎么找，这是一个图书馆学家的看家本领。

“我绝没有这个意思。”章素园教授翻开书稿，“如果把 RAF 译成 Royat Air Force（英国皇家空军）的话，那么上下文就联不上了。所以今天下午，我没敢把稿子交给新华出版社来取稿的同志。”

在这部《欧洲政治史》中，章素园教授倾注了两年的心血。而在这个过程中，史教授也不止一次地帮助过他。

“我连夜给你查查，最迟明天晚上之前告诉你结果。”史教授回答道。他知道自己的老朋友在学海之中已经整整跋涉了四十年，并不是毛头学者。他说接不上，就是接不上。

整整一夜，史教授都在翻阅那几本厚厚的工具书。但一点结果也没有。

“爷爷，您又是一夜没睡吧。”孙女圆润清脆的声音从背后传来。

“唔。”他用重浊的鼻音回答道。

“要不要我打个电话，让小朱给您请个假？”她所谓的小朱，是图书馆电子部的负责人，一个二十八九岁的小伙子，她的心上人。同时也是史老最不喜欢的人。

“我是馆长，要请假也得去向校长请，用不着什么小朱。”他没好气地说。

孙女莞尔一笑，“那您吃早点吧。”她很体谅爷爷，也很爱爷爷。

图书馆大厅那四十级台阶，今天仿佛凭空翻了一倍。史老教授爬起来好不吃力。

进了馆长室之后，他平平喘，喝两口孙女给他沏好放在皮包内的“龙井茶”就翻开案头的《牛津大辞典索引》。当他正准备进入角色了，一阵声音绝佳的口哨声，穿过厚实的橡木门，传了进来。

“又是那个小朱！”史老“叭”的一声把那本羊皮面的厚书合上。

图书馆的电子部紧挨着馆长室。而这位小朱，每天早晨都要高奏口哨，从史老门前路过。而史老是最见不得这种轻浮家的。可当他拦住小朱，开口训他时，小朱竟很有礼貌地对他说：此刻离上班还有三分钟。三分钟后，我保证您决听不到一点杂音。史老是干生气没办法。

好不容易，史老才盼得口哨声停了。他重新翻开那本大书。

他没看三页，桌上的电话又响了。

“你是谁？”他吼道。每天上午八点至九点，是他法定的读书时间，全校认识他的人都知道这点，轻易是不会打扰他的。

“是我。”听筒里传来孙女的声音。

“什么事?”他的声音缓和下来。自从老伴过世之后,孙女是这个世界上最关心他的人。

“您是不是还在为那个 RAF 操心?”

“是的。”他承认道。孙女昨晚送茶到客厅时,听了一会儿他与章教授的谈话。

“我建议您最好去问问小朱。他那台计算机什么都知道。”

“计算机什么都知道!?”他厉声反问道,“那还要人干什么?”

“可我劝您最好还是问问。”

“我是要问。但不是问他,而是在业务会议上问所有的活人。”史老“砰”的一声把电话放下。

史老的心境,经这个扰动之后,再也平静不下来了。看来我是老了。以前,即使天塌下来,书也还是读得进去的。他把自己那枝用了三十多年的老派克笔,放在书页当中,站起身来。

大凡人心情欠佳时,都有特定的散心去处:有的喜欢登高远眺;有的喜欢找好友诉说,还有的喜欢去幼儿园看孩子们玩耍……而史老却喜欢到“善本部”去看自己那些心爱的书。

“善本部”在图书馆的西侧,是间面积约一百平方米的半地上、半地下的建筑。窗户上装有粗粗的铁栅栏,还配置着通风、干燥设备。

在这里存放着这座大学建校六十年来, 辛辛苦苦地从各地搜求来的孤本、善本。这些书的待遇显然优于那些新版的图书、期刊。它们不是拥挤地直立着,任人翻阅,而是平躺着,间距极大,且配有厚厚的书套。而在这六千余本古籍中,最为珍贵的要数西边墙角玻璃柜中那套宋版、元版、明版的《史记》了。

史老此刻正站在这只柜前,深情地凝望着这套由他出面采购来的书……

那是在一九四六年。这套印有“天一阁”标记的图书,突然出现在琉璃厂的书肆中。拍卖前,故都的报纸很宣传了一阵。上海,南京、香港的书商纷纷赶来。

一些大发“劫收财”的大员们，也冒充风雅，争相前往。

竞争无疑是激烈的。几轮过后，只剩下史老与一美国学者。而书价已达五万美金。

“五万一千美金。”那位身材魁梧的美国人，晃动着手中黄色皮面的“花旗银行”支票簿。

“五万一千一百美金。”史教授搓动着双手，艰苦地报出这个数。他很清楚，这个价早已超出了他的权限和图书馆的财力。

“五万一千三百美金。”美国人一下子跳了两百美元。他显然希望这一下子能击倒这个瘦小枯干的中国人。

……

最后这套书，史教授以五万五千美金买下。

可校方却只肯付四万美金。原因是经费紧张。

“四万也行。”史老不动声色地对那些同事们说，“余数我自筹。”

为了这个很大的余数，一直到解放，他都在贫困线上徘徊。

“有谁动过这套书？”他忽然发现，书的位置与原来小有些差别。

“电子部的小朱。”一位老职员回答道。

“谁批准的？”

“戴副馆长。”

“他动这些书干什么？”

“说是要显微缩影，让图书馆系的学生们，都能看到这版本。”

“他用什么方法缩影的？”史老很认真地问。

“一套我也没见过的仪器。”

“没有损坏这些书？”史老把脸凑近柜台。

“没有。我一直在旁边盯着，他很懂行。是用竹签子一页页地翻动。手法极其熟练，好像在这干过三十年似地。”

“三十年?！三十年前他还没有出世呢！”

不知为什么，在上午的业务会上，史老并没有提出“RAF”的问题。

是不是因为有那个小朱在座？

或许是他还要再一次考验一下自己的能力？

整整一下午，他都泡在“西文工具书部”。但他一无所获。

他不肯回家，转回办公室，徒劳地翻动着厚达两千五百页的《牛津大辞典》。

“看来我的确是老了。”短短的一天之中，他已经是第三次发出如此之悲叹。

“小朱，你的饭。”孙女鲜嫩的声音从门外传来。用不着多丰富的想象力，就能把这美好的声音和精致的饭菜联系起来。

小朱的饭？那我的饭在哪？史老重重地把大辞典合上。还没有嫁出去，爷爷就给扔到脖子后面去了。

“啧。”一声很响的接吻声肆无忌惮地传了进来。接着是一阵意味深长的沉默。

不像话！他霍地站起身。但又慢慢地坐了回去。别人的私生活，他不愿意，也无权去干涉。

“晚上有空吗？”又是孙女的声音。

赤裸裸地爱。连点架子也不会摆。史老的肝火又升腾起来。

“没空。我还得准备一下《情报爆炸》的讲演。”小朱回答。

半点歉意也没有。情报还会爆炸？又不是TNT！史老的怒火更高了。

“爷爷。”厚实的橡木门被推开了。

“你的饭。”孙女高举着手中的保温饭盒。

史老本想训斥孙女几句，可一看见那淡黄色的毛衣，鲜绿的围巾和红扑扑的脸，怒气顿时消尽了。

“我看您不妨去问问小朱。”孙女看他吃完后说道。

他的脸色又变了。

“更准确的说法是去问问电子部的那台机器。”小朱推门而入。史老这下无法推托了，怏怏地跟在孙女和小朱身后，走向电子情报室。

史老从来没有进过这间铺着地毯的房间。尽管他是一馆之长。

当然,计算机的神奇功用,他不止一次听说过,可他从来不愿意接近这东西。这就好比一个人在四十岁头上,还没有能学会骑自行车,那他就不好意思再去学,因此就不可能学会了。

当然,还有更深的一层意思:他怕这台无所不知的机器。因为它真是无所不知的话,那他就会变得一点用也没有了。小朱用细长的手指灵活地按动了几个键。于是荧光屏上先是显示出:RAF 三个字母,然后是一串的英文字幕,慢慢地向上移动。

史老紧张地注视着荧光屏。

"一共七个解释。"小朱从电子打印机上撕下条纸带。"您看有没有需要的?"

"没有。"史老很看了一阵纸带后,多少带点高兴地说道。

"信息中心吗?"小朱又坐回到皮转椅上,拿起一个新型话筒。"给我接北京图书馆。"

不过十秒钟的功夫,荧光屏上出现了"北京图书馆数据库已接通"的英文字样。

小朱又将 RAF 重新输入。

一连串英文名词高速闪过。

小朱接着又从电子打印机上撕下长长的一条纸带。"我把刚才有过的都给省了,这上面全是新的信息。"

"Red Army Faction"史老戴上眼镜边看边念。"西德的一个恐怖主义组织。成立于一九七二年末。资料来源是《新闻索引简介》。"他慢慢地把纸条叠起来。"这大概就是你章伯伯需要的了。"

他慢慢地转过身,向门外走去。临出门之前,他停了下来,用不高不低的声音说:"谢谢你了。"

深秋过后是初冬。紧接着又是隆冬。在这段时间里,史老每天都在读有关计算机的书,并且去听了小朱主办的几次讲座:尽管小朱夸夸其谈的作风依旧让他感到不舒服,但他还是承认,这小子有两下子。因为他先是把极其复杂的问题讲成简单的,然后又把这简单的问题给讲没了,与深入浅出的讲授最高境界暗合。

可就一个“人”而论,他对小朱还是喜欢不起来。

小朱的口哨声刚落,史老桌上的电话就响了。

“馆长,不好了。”“善本部”老职员上气不接下气的声音从电话中传来。

“慢慢说。”史老的心一下子提了起来。是失盗?失火?还是别的什么灾祸?一连串的不祥念头,驰过他的脑际。

“‘善本部’的书被水淹了。”

“什么书?”

“一共有五、六百本,其中淹的最重的就是玻璃柜中的那些。”

史老把电话空扔在桌上,急步抢出门。对一个图书馆来说,淹了书就等于淹了农田工厂,而淹了珍贵的书就等于淹了重要的中心城市。

淹书的原因很快就查清了。一根暖气管破裂——而这根暖气管偏偏就在那个装着《史记》等书的柜之上方。

“你们就不会注意着点?”史老厉声发问。

“管子破裂前的预兆,肉眼是看不出来的,得用r射线探伤仪。”有人不急不缓地说。

不用看说话的人,甚至不用听声调,史老就知道是小朱。因为全馆人员中除了他,没人能把这么多技术术语用在一句话里。

“你们谁知道该怎么处理?”史老问道。

没有人答话。在被问的众人当中,有版本专家、有裱糊修补专家……各色专家都有,就是没有抢修被淹书籍的专家。

“你们倒说话呵!”史老在齐踝深的水中,来回踱着步。

“我认为先得把水从室中排出去。”小朱说话了。“免得其余书潮损了。”

“怎么排?书库是地下室,扫是扫不出去的。”

“用潜水泵。”小朱答道。“水利系有,请您派人去借。”

“好的,”史老答道。“可这些被淹的书又该怎么办呢?”

“先送到生物系的冷藏库中冰起来,免得墨迹渗透。”

分子运动速度是与温度有关的。这点史老也知道,不过没有想到罢了。“那冰了之后该怎么办呢?”

“冷冻,等待,是国外将尸体冷冻储藏起来,以待科学发达后复苏者的名言。”小朱笑着答道。

“别开玩笑了。”史老的幽默感平素就不足,此刻更是半点全无了。“快说出你下一步的方案。”

“我还没有想出来。”小朱慢慢地说。“可总会想出来的。”

水排出去了,书冻住了。夜已深了。小朱的办法还没有想出来。

史老打了许多电话给自己认识的图书馆学家们,可没有一个懂得这行的。

史老到小朱的办公室里去了一次。只见他把双腿翘在写字台上,一支接一支地抽烟,并且把烟灰随地乱弹。

史老实在不愿看这幅十分不美好不合规范的图景,就退了出来。

天终于亮了。史老打开窗户,透透空气。

树林中传来的鸟叫声是嘶哑的,仿佛鸟们患了咽炎,洒在礼堂铜顶上的光,也失去了往日的色泽,变得灰蒙蒙的。

“处理这些书的关键是什么?”上午九点整,小朱推开馆长室的门,开口就问。

“除掉书中的水分。”史老冷冷地答。

“那么有几种方法呢?”小朱提问的方式如同教授问学生。

“晒与烘。”

“但这两种都不行。晒,没有足够的太阳。烘;会把书页烘卷,烘破。所以”说到这小朱把话头打住。

“所以什么?”史老追问。

“所以我想用沸腾蒸发的方案”

“水只有在摄氏一百度才能沸腾。”史老失望了。

“那是在大气压下。如果把压力降低,水在任何温度都能沸腾蒸发。”

“怎么降压呢?”

“我想把那些书放在航空系的减压舱中处理一下,让它们在常温下沸腾蒸发,它们就肯定不会卷皱。您看行不行?”

“我想能行。”史老站起身去取大衣。

“让我去吧。”小朱拦住他。“从样书实验到全部处理完,要很长时间。您在这坐镇就行了。”

“任何大夫,都不给自己的亲属做手术的。”史老明白小朱是怕他着急。

“您错了。”小朱正色道。“这些书,不光是您的‘亲人’,也是我的‘亲人’。”

小朱的设想付诸实践后,获得辉煌的成功!那些劫后余生的书,并无半点悲惨相,依旧保持着雍容华贵的姿态,安居在玻璃柜中。

小朱宛若铜笛的口哨声,穿过厚实的橡木门,传进史老的耳鼓。他吹的是名曲“斗牛士”,轻重缓急掌握的极准不说,而且听得出他对这支曲子中许多地方,都有自己的见解。现在,史观诚教授很爱听这支曲子。

《建光》 一九八五年第一期

塞北猎鹰

“我看你最好和这支宝贝猎枪结婚,你们准是幸福的一对。”看我像捧一件国宝一样地把猎枪从柜顶上取下来,半睡半醒的妻子忍不住讽刺了我一句。

“不过这得有个大前提,”我把妻子昨天晚上烙就的焦黄、焦黄的饼,用塑料袋包好,放进了背包,“它得会给我准备干粮。”

“看把你美的。”妻子把我刚腾出来的热被窝盖在孩子身上,翻个身,重又跌入了梦的深渊。

此时正是农历正月初三凌晨四点。

我小心翼翼地把裹在“雄狮”双筒猎枪上的旧绒布解开。

据说讲究的人为了防备枪被湿气、灰尘浸污,都置有人造革面毛绒里的枪衣,可这对我这个小小的三级工来说,却实在太昂贵了。可人穷也不能让枪受委屈,我反复思想了很久,终于想出妙计一条:用绒裤做。我顾不得向妻子请示,当下用剪刀把一条半新的绒裤剪开,粗针大线地缝了缝,做成一件不讲究但挺实用的枪衣。

此刻“枪衣”被脱了下来,赤裸的枪身在25W白炽灯的照耀下,发出幽幽地蓝光。

我把枪抱在怀里,如同抱着自己的心上人、自己的亲生骨肉。

这支双筒猎枪来得不容易,实在是不容易!自打我一九七四年从部队退伍之后,买一支猎枪就成了我的最大心愿。七十二元的退伍金我一个子儿也没有动，然后就开始攒——从嘴上攒、从聘礼上攒。直到结婚前夕，才攒够了二百八十一元。要知道，这对一个事事要自力更生，又生活在一个没有一分钱奖金的年代的人来说，是一笔接近天文数字的巨款。“你娶我也没有花过那么多的钱。”这是妻子最锐利的防身武器。

有了钱，还不等于可以去买。《持枪证》上那一溜五个图章，哪个也不是好盖的。为此，我整整跑了一个月。

攒钱难，取得批准更难，而买枪尤难。当我听说据此二百公里的市第一体育用品商店进了三支枪时，那份高兴劲，绝不亚于癌症患者听说来了当下见效的回春新药。为了以防万一，我裹着件旧军大衣，在商店门口冰凉的石台阶上，在深秋阴湿的夜风里，硬是蹲了一夜。第二天一开门我就冲了进去。可谁料正在我用冻僵了的手数钱的时候，一位秘书模样的人，手持一封介绍信外带一张支票，一股脑儿地将三支枪一并买走，说是他的“首长”和两个“首长儿子”准备去南方度假时打山鸡用……

“你再不走，就不许去了。”妻子不知什么时候又醒了过来。

“这就走，这就走。”

一夜大雪，积素满地，28型老式飞鸽车的宽带压在新雪上，一点声响也没有。雪是有心人，生怕破坏了新春佳节的寂静。

“这是我们首长要用的！”那个秘书对着执意不肯相让的我说。

“不管是谁，也得有个先来后到！”

“实话告诉你，这枪是专为我们首长进的。”秘书口气好粗。

“我不信。”

“那你问问他。”秘书指指商店的瘦经理。

瘦经理连连点头，好像得了震颤症。

我哑了。

“首长。”我朝洁白的雪地上空吐了一口。在这样一个美好的早晨，我实在不想回忆那些窝心事。可偏偏他们盘踞在我的心头不肯离去。

“今天有个重要任务，希望大家合力完成。”十年前的今天，也是这个时辰，也是大雪初停，粗壮的山东籍连长在向全连战士发布命令。他一反平素的干脆、利索，用的是很婉转的商量口吻。这其中的原因很简单，因为上面点名让我们这个射击优秀连，去执行一个很丢脸的任务：像封建时代的御林军一样，去为一位名震一时的“中央首长”围猎。

上百条原本粗壮有力的喉咙降了调，有气无力地吆喝着，好像在赶鸡、赶鸭、赶牛。

野兽被沉重而疲沓的军靴惊动了。

枪声响了。开枪的“首长”在笑。是开心的笑，是妄自尊大的笑。

到了早晨九点，围猎的高潮来了：一只野狍子进了我们的包围圈。在连长的双色令旗指引下，训练有素的队伍形成的包围圈网开一面，将那只傻狍子笔直送向“首长”的枪口。

高居现代火器之冠的半自动步枪响了几十下，那只狍子似乎有鬼神佐佑，竟从火力网底下奇迹般地逃了出来。

它从我们班稀疏的防线中间窜了过去，没有人开枪。虽然我们人人手里有枪，而且支支枪里装有一颗子弹。至于为什么只装一颗子弹，这连长向我们交代过原委：碰见大野兽时给首长解围。

肥胖的首长步履蹒跚地追了过来，半自动吐了一条火舌。

狍子仍在跳跃。这跳跃使这种精良火器的威名扫地。

我情不自禁地端起了枪，瞄了一下，又放了下来。我是班长，我是军人。

半自动又响了。

狍子仍在跑。

我又端起那支“七六二”步枪。我在瞄准器里看着那只狍子，我在过干瘾。

狍子跑出了半自动步枪一百五十米的有效射程。一连串的子弹劳而无功地落在它的后面。

它再跑十秒，也就出了我的枪的射程。我边想边把标尺调到三百米。

这十秒钟内，我想得很多。命令、首长、党籍、前程……但什么也敌不住沸腾在我身上的猎人的血。

我情不自禁地勾动了扳机。

狍子倒在了三百米的极限射程上。它骄傲地昂着头。它死在了我这个自小跟爷爷在长白山林区长大的猎手枪下，死得不冤！

全连战士粗壮的欢呼声响彻了整座山谷，并且久久地回荡着。

后果就不用问了。若不是山东连长替我分担了一份罪责，我肯定得上军事法庭。

为了纪念这个有名的“受难日”，我年年这天都要在凌晨四点出发，自由自在地去打猎，随身只带一颗子弹。

四十里公路，十里山路。三个小时。

我刚支上车，一辆崭新的“菲亚特”旅行车就稳稳地停在我身边。

车上下来三个外宾，个个全副猎装：柔软的黄色高筒皮靴，发光的真皮茄克，看上去就异常暖和的海龙皮帽，背着举世闻名的“詹姆斯”牌猎枪，长长的枪筒上装有“蔡斯”工厂出产的望远瞄准镜。

“一个小时。”那位翻译看看表后，拍拍小司机的肩膀，“准时到达。你真行。”

小司机没有任何表示。

“你也来打猎？”翻译用眼瞄了我一眼。他肯定觉得我挺可笑：头上戴的是有护耳的士兵军帽，身上穿的是帆布工作服，脚蹬一双军用胶鞋，还扎着绑腿。

我点点头。他肯定不知道我这身装束的好处：护耳立起来能保持温度又不影响听觉，工作衣不怕干树枝、不怕荆棘……

“我们在这边田野里打兔子，”他用手向西边那片平坦的原野一指，“你最好去那边打,井水不犯河水。”他又凭空划了个圈,把那片崎岖的丘陵地留给了我。

“中央首长”的影子。秘书的翻版。我想,用的是清代贵族的跑马占山的手法。不! 比那还要简捷。

“你听见没有? ”他又问。

“我从来不打比狍子小的动物。”如今这个年头,我用不着害怕谁。

“我是怕你伤着外宾。”他迈动短腿小跑着追了上来向我解释。大概我刚才的话刺激了他柔嫩的自尊心。

“大年初三,又来了个杀生人。”梁老汉侧身让过三位外宾和一位内宾,把我截进他那暖呼呼的小屋。

“你那只报晓的大公鸡呢?”我问。老汉颇有古风,不信机械,不信电子,硬是信公鸡。

“让一只鹰给叼了去。”老汉无比沉痛地说。

“什么鹰能叼走那么大的鸡? ”老汉莫不是闹错了? 他那只五岁公鸡起码有四斤重。

“那只鹰足有这么大。“梁老汉双手一伸,量出一米二十左右的长度。

“我给你收拾了它。”我把多余的装备卸下就出了门。

“回来吃汤面。”梁老汉在我背后叮嘱道。不用吃我就知道,在那手擀的面条下面,一定藏有两个鸡蛋:这是老规矩,就像山峰那样永不会变。

十分钟的差距,被我训练有素的双腿给消灭了。我先是追上了那个落在最后面的翻译。

“快点走! ”我亲热地拍拍他的肩膀,“要不然兔子被我打光了。”

他被猎枪压得够呛,理也没理我。

我又赶上二位从小食肉的外宾。

他们不习惯落在别人后面,加快脚步企图超过我。

靴子暖和漂亮，但无疑比不登大雅之堂的解放鞋重一些。

“Rabbit！”那位背着枪的翻译惊呼道。

两只野兔在翻过的田野里跳跃着逃遁。兔子在冬天，一般都躲在田垄里。因为这儿比较暖和。有经验的猎人根据地头的足迹很容易就找到它们。问题的关键是：你要随时做好射击的准备。因为野兔的启动速度相当快，哪怕只慢几秒钟，它就会逃之夭夭。

果不其然，待枪举起的时候，兔子已经跑到即使是“詹姆斯”猎枪也够不着的地方去了。

“你给外宾讲一下该这样打兔子。”我对那个翻译解释了一遍。

“你去说吧。”他用一个毫无生气的动作把枪背上肩。

我用结结巴巴的英语给外宾讲开了。我在业余工大念了三年英语，眼下还是第一次派上真正的用场。

“那么秋天该在哪打呢？”外宾像个小学生一样毕恭毕敬地提问。

“在树林里。”

“夏天呢？”

“在洼地里，因为那里比较凉快。”

“春天呢？”

……

我用五分钟时间，把我浓缩了的打猎经验传授给他们。

“谢谢。”外宾用生硬而真诚的中国话说出这两个字。

“你是哪个单位的？”这是翻译不怀好意的提问。

“打野兔子的，没单位。”我存心逗他玩。

鹰出现了。

所谓“鹰”是鸟纲、鹰科部分种类的通称。而眼下正在空中盘旋着的这只，不是偶袭家禽的老鹰，也不是捕食野兔的苍鹰、雀鹰，而是性勇力刚，号称“鹰科科长”的金雕，北部山区最大的鹰。

“太高了。”我自言自语道。以我粗略的目测估计它的飞行高度最少在千米开外。不用说是猎枪，即使是车有来复线的步枪也打不到那么远。不信你查查《体育大词典》就会发现，没有一项射击项目是超过二百五十米的。只有电影上的好汉，才能在千米之外，将逃遁的匪徒连人带马一起射倒。

“上去打。”我给自己下了道命令。既然枪的射程无法伸长，那么这就是唯一的办法。

这是一座岩石山，因为它身上不生长任何有采集价值的植物，背后也没有人群聚集的村庄，所以理所当然它没有路。

我在攀登。脚伸入一尺厚的雪里，解放鞋的凸形波纹扒住了褐色的岩石，顶住了全身的重量；胳膊肌肉在收缩，它输出了强大的功率，把六十五公斤重的身体吊了上去……这是纯人力的攀登，既没有登山镐，也没有登山绳，有的只是勇气、力量、训练，和年年初三要一枪打中一只大猎物的信心。

出汗了，三十七度的汗珠从毛孔里渗了出来。它先是被粗布衬衣吸食，然后很快地开始降温，降到二十度、十度、五度，大概在○度左右停了下来。

鹰仍在原有高度上盘旋，它自认为这是一个安全的高度，可它不知道像一只壁虎一样攀登的我，已经将距离缩短了六百米。

我选择了一个最佳射击点坐下来，从口袋里掏出那颗仔细称过火药，用砂纸精心打磨过的独头子弹。猎枪用的子弹大体上可以分为两类：一类是霰弹，弹头内充填的是铁砂，出膛之后，铁砂就会形成一个愈来愈大的圆形面，倘若有麻雀、野兔之类的弱小动物碰上几粒铁砂，恐怕就会玩完；另一类就是我用的这种独头子弹。这种子弹与步枪子弹相仿佛，出膛后并不开花，是孤注一掷形的，专门用来打大动物。我向来使用这种子弹，这也是我遇见野兔之类的小动物不开火的原因：这种子弹的成本要一点二元，用来打兔子就像用金弹子打鸟，一句话：不划算。再说，猎枪的准确度全仰仗枪口那段口径比前后都要小一些的“喉缩”，开火的次数太多，“喉缩”将会被挤大，枪龄就会随之缩短。

鹰又盘了过来。它好像发现了什么目标,高度稍稍下降了百十英尺。

“还是太高。”我自言自语道,“可我不信,你没有疏忽的时候。”我看着那只仍在我头顶上空四百米左右飞翔着的金雕。要是有支美三〇,或者是一支七六二、五三四骑枪,我准一下子让它翻下来!

我耐心地等待着,任凛冽的山风吹透我的衣衫,任冰凉的雪花摩挲着我的脸……

冷,先是把我的脚趾冻成冰排,继而又钻入我厚厚的棉裤,把腿冻成冰柱……血液已无法在这些冻僵了的部位内通过,它提前就拐回了心脏……

血液的“拐点”在一寸一寸地往上移动着。

在一般人的心目中,打猎是一项激烈的运动。其实不然,角逐、搏斗、千钧一发的场面固然有,但那只是百年不遇的极高潮,而且只是极其短暂的一瞬;大部分时间都是在寻找、在等待。所以,狩猎者的主要品质与其说是勇敢、孔武有力,倒不如说是坚韧、耐心、顽强更恰当一些。

山下传来几声沉闷的枪声,我看见那四个猎人三前一后,形成一个倒箭头在奔跑,隐约中还能听见欢呼声。他们准是打着大家伙了,我想,一只兔子是引不起欢呼的。到底是什么?我努力睁大眼睛朝山下望去。

突然,那箭头停止了前进,一只金雕朝着他们箭一般地俯冲而下,就是我的那只!我激动起来。

金雕无比威猛地叼起猎人们的猎获物——一只起码有十几斤重的麅子,停也不停就重又飞了起来。

他们之中谁也没开枪。他们沉浸在击中目标后的喜悦之中,来不及重装子弹,结果雪地逐伤麅,被带翅的捷足者先登了。

我半蹲着,枪口朝下,等待着金雕进入我的射程。

如果说那只金雕刚才枪口夺食的俯冲动作之准确、迅猛有如歼击机的话,那么它此刻就像一架满载炸弹的轰炸机,飞行速度、高度都明显地降了下来。

它朝我飞了过来,背对着太阳。

我举起枪，没有一点热力的冬日太阳射出万道金光，使我很不容易才从准星里找到目标。

六百米、五百米、四百五十米……它一点一点地飞向死亡。

只要一进五十米我就开枪。我拟定好作战方案。

我的枪口随着金雕的飞行路线在转动——只有转动，没有任何颤动。任何小至毫厘的轻微颤动都会使子弹差之千里。这是我托砖练出来的功夫。

我浑身的肌肉都紧张起来。肾上腺素开始大量分泌，就像欧洲古典小说中的决斗者，就像站在奥林匹克飞碟靶前差一枪就破世界纪录的选手，就像射日的后羿。

“你在夸大其词！”肯定会有人这么说。“不就是一只鹰吗？射不中又怎么样？有谁在乎？”

我在乎！猎人与非猎人的区别正在于此！

金雕出乎意料地开始转弯，不远不近，就在我规定的五十米极限射程之前开始转向飞行。也许是它的第六感官在作怪。

五十一米、五十二米……

不能再犹豫了，它转过山峰，一定找一清净去处，饱餐它的猎物，再也不会露面。

我的猎枪开始做反向转动。

如果说现代步枪是一架带有曝光表、装有自动调焦装置的高级“卡诺”牌相机的话，那么我这猎枪则是一架不能调焦、调光、调速的最简陋的“华山派”儿童相机。它没有望远镜，也没有标尺，所有锦上添花的装置都没有。它非常的原始，它倚仗的是猎人的目测能力、猎人的果断、猎人的经验、猎人不会抖的手。

我勾动了扳机，借两句成语来形容：前一阶段的等待叫作守株待兔的话，那么此刻就是孤注一掷。因为我没有重打一枪的可能。我要的就是这个劲！

沧海横流，方显出英雄本色。枪响了，沿着子弹的轨迹看过去，我清楚地见到，也许更准确的说法是感到，那颗闪亮的铜弹头钻入金雕的左膀，嵌在它的胸骨上——除了它那很小的头外，这是最理想的部位。

金雕猛地一颤，又继续飞行了十来米之后，才极不情愿地松开了爪子，那只麃子先还随着它继续飞行了四米，然后迅速掉了下去。

它受了伤，右膀已经提供不了上身的动力，于是只好转了个急弯，隐没在山后。

你跑不远了！我边想边朝山后奔去。

在偌大一座石山上寻找一只鹰是不容易的。但我相信：只要它在这山上，我就能找到。

太阳在积雪的远山衬托下显得又大又圆又红，山风变得阴冷起来。吹到脸上，好像有人迎面泼过来一碗稀硫酸。梁老汉的小屋已经冒出缕缕炊烟，热汤面，我边想边摘下已经冻成冰坨的口罩，咬了一口干硬的饼，然后又捧起一捧积雪，倒入口中，好半天，雪才在口中化了。

累了。眼累了，腿累了，浑身都累了，但我仍在寻找。

突然我眼前出现一片金光，慢慢地，金光消逝了，是那只金雕傲然立在一块被猛烈的北风吹去积雪的突出的褐色岩石上。

这不是那种使人恶心专食腐肉的秃鹫，而是一只不折不扣的金雕，飞禽中最勇猛的品种。

它的左膀耷拉着，浑身的羽毛呈现出暗褐色，头顶上的羽毛则是金褐色的，嘴弯曲而尖利，四趾钩爪牢牢趴在岩石上，体长最少有一米二十，体重决不会少于十公斤。

它侧目盯住我，眼中射出仇恨的光芒，大有决一死战的劲气。

在这种情况下，最正确的做法就是再补上一枪。可我却没有子弹了——即使有，我也不会打，我鄙弃这种胆怯的做法。

我把双筒猎枪靠在一块大岩石上，从腰间拔出猎刀，然后开始小心地攀登那块大岩石。

在攀登的过程中，我体验着搏斗前的紧张，体验着猎物即将到手前的喜悦。

我刚在岩石的平台上一露头，金雕尚未受伤的右膀就猛地横扫过来，就像《西游记》中镇元仙子法力无边的长袍袖子。

想不到你也是一个战术家呢！我轻灵地躲开这有力的偷袭，雪雾未散，我已经站立在平台上。

我一步一步地向前逼去。

鹰毕竟是鹰，决不会像一只将被宰杀的鸡一样，在庭院中拖着翅膀奔命，它在与我对峙，在积蓄精力，以作拼死一搏。

我慢慢地向前走着。它一步步地往后退着，眼睛里有一种很明亮的东西在盘旋、流动。

它已经退到了岩石的边上。是动手的时候了。我猛地往前一扑，试图扼住它的脖子。

谁料这只受了重伤的鹰，轻灵而敏捷地往右一跃，随后顺势一膀。

借力打力，太极功夫。若非我的体重足够大，平素的训练足够多，那么很可能被它击下悬崖去。我用余光瞟了一眼深不可测的山涧。

第二个回合。

我试探性地伸了一下手。鹰无动于衷。我再伸一下，它仍然纹丝不动，俨然是尊神像。

这下是真的了。我扑了上去。

它没有躲，奋全力往上一跃，张开黑色的巨大翅膀，向我包拢过来。那对高高举起的利爪上的尖钩，我看得一清二楚的。

此时，我终于闹明白了，艺术家们为什么总爱用鹰来象征复仇，形容凶猛。

我迅捷而有力的左手扼住它的脖颈；它尖而锐利的嘴，狠狠地啄进了我的棉手套，然后用它生命最后的积蓄，拼死一拧。

痛！钻心的痛！我顾不上感觉它，挥起锋利的猎刀，准确地刺入它的右侧胸肋。

刀尖触到了它的心脏后，开始在多纤维的肌肉中穿割……它眼中的光，渐渐地淡漠了……最后完全消逝了。

我摘下手套，想把其中的血给倒出来。但它却早已冻住了。只有疼痛还在欢快地流动，传遍全身。

“我并不怪你，”我自言自语地提起鹰，“因为你要生存，而我却偏偏要捕获。”

“下次给你捎架‘三五牌’座钟来。”吃完热汤面后好久，我才有力气说话，“它准得很呢。”

“任啥也顶不上活物。”梁老汉用暗淡而浑浊的眼睛，注视着在门前昂然踏步的公鸡。

“拔下几根羽毛，给外宾作纪念行吗？”靠在“菲亚特”门上的翻译满脸堆笑地问我。

我没有理他，径自蹬车骑入苍茫的雪野之中。塞北凛冽的寒风扑面而来，在刚才那场搏斗中沸腾了的血，渐渐冷静下去。自行车后架上仔细地绑缚着那傲然的对手，风把它的羽毛吹得奓起来，翅膀也在微微扇动……

《建光》 一九八五年第一期

《山西文学》 一九八五年第六期

赞　助

一

一九七七年，中华大地上的一切，都在低于额定值的状态下工作着，只有迎面吹来的风是货真价实的……来 T 市出差虽然只有三天，可我已经住腻了。

二十世纪的城市，不是为步行者设计的：汽车半小时的路，我们要走两个小时。如果空着肚子，则需要两个半小时。

“经验告诉我：咱们还是步行回招待所的为好。”我朝肯定不会再来车的方向看了一眼，就提起在地上放了近一个小时的提包。

“看来也只好这样了。”小孙用略带点害怕的神情，望着笔直伸向黑暗的路。

路面是凸凹不平的。路灯几乎全部是坏的，沿街住宅内的灯也是黄黄的，有如肝炎病人的眼睛……

“前面可能是家饭馆，”小孙把包放在地上，用疲乏已极的声音说道。

“如果真是的话，我请客。”根本就没朝他指的方向看。因为在这年头，绝不会有饭馆九点钟仍然营业。更何况今天是阳历除夕。

果真是饭馆。

“你们这营业到几点钟？”小孙边看那块白糊糊的黑板边问。

“为了照顾附近几所学校的学生崽子,头头们硬让从六点干到十一点。”柜台内一个其瘦无比,四十出头的中年妇女,阴声恶气地回答,“不过好在这些穷光蛋不常来光顾。”

小孙见话不投机,就一本正经地将板上仅有的三只菜,反复点了两遍。

“我这还有点能增添节日色彩的物件。”小孙取出个长形纸包,重重地墩放下来——全凭餐桌上绵软的油污层保护,它才得以安全着陆。

“竹叶青。”剥开纸包后,我惊呼道——试问普天之下,所有插过队的男性公民:你们当中可有不爱喝两口的?

酒已空口喝下五分之一,菜却仍在另一个世界里,有气无力地呻吟着。

“为低效率干杯!”两只粗瓷碗碰在一起。

菜,终于来了,它们一拥而上。其中既有性如烈火的,也有冷若冰霜的……唯一的共同之处,就是个个生就副惨不忍睹的模样。

“为低质量干杯!”

两粗碗再度重逢。

门被推开了,先进来的是寒气,继而是片片新雪,最后才是一个人。

这是一个从岁数看像先生,从装束看像学生的主儿。他站在空荡荡的屋子的中央,用一块洁净的大手帕,拼命地擦拭着那副很大的黑框眼镜,右肩上挎着个沉重的大书包,一把配有布套的计算尺露出大半截。

“你能猜得出来人的身份吗?”我有个观察所有生人的爱好。

“甭猜。准是个‘学生崽子’!”小孙惟妙惟肖地学着女售货员的本地腔。

“给我来碗肉丝面。”来人走近柜台的同时,掏出个极硬极红的塑料夹子。

“没有。”柜台内仅存的那个中年男子简短地回答。

“那还有什么?”他操着一口地道的普通话。

“自己看。”中年男子在用下巴指黑板的同时,用几乎全白的眼睛打量着来人。

“来两个馒头。”他无动于衷地说。看来在受气方面,他极有锻炼。

两个接近冰点满是裂纹的馒头，盛放在一只酷肖残纹齿轮的盘子里，被他端到那个似着非着的火炉边。

他轻轻地吹了吹炉盖上的灰，把两个馒头小心翼翼地放了上去，然后伸开双臂，笼住火。

他家在北京。插队来此地。经济状况欠佳——从他的口音一直到那件白蓝色的制服，我得出了一系列结论。

当一只馒头刚刚进入不冰牙的温区时，他就敏捷地拿起来，送到嘴中。

他吃地是那么小心，那么精细；面部所有的肌肉都被最大限度地动员起来，在大脑的控制下，无比协调地运动着。那副雪白晶莹坚硬的牙齿，不是在嚼，而是在磨——立志将馒头复原成粉状。

一切都快速，无声——一分钟后，馒头被围歼干净。他打开那个奇大无比的书包，取出一只果酱瓶"出身"的瓶子，从炉上那个不知道冒过气没有的壶内倒出半杯水，狠吸了两口。然后呆呆地望着另一只馒头出神。

一向以饶舌著称的小孙，变得和我一样，默不作声地用眼睛的余光注视着来客。

如果有位科学家能对我俩此时的目光做出精确的分析并写出方程式的话，那必定是：二分之一的同情，四分之一的可怜，八分之一的冷漠。另外八分之一是自我满足——所谓满足，用一位心理学大师的话来讲，就是"见到别人的境遇不如你时，才能够产生的感情。"

他把剩下的那只馒头，拿在手里试了试温度，然后换了个面，重新放回炉子上。

"无论怎么烤，一个还是一个。"小孙低声对我说。

我没有回答。尽管小孙从前年起就有了选举权，可从本质上讲仍然是个孩子，人世间的甜酸苦辣，仅知其首。

他站了起来，再度掏出由"语录"皮改装成的钱包，走向柜台。

"我要这只菜。"他俯身于柜台上，查阅了好一阵里面所有的凉菜后终于说道。

“柜中的菜不归我卖，要等王大嫂。”男售货员答道。

“那么她去哪了？”

“谁知道。”

他继续俯身盯着柜中那盘历史悠久，颜色苍白的凉肉片。

时间过了很久、很久，以至于那位难得自觉一回的男售货员也自觉有点过意不去了。“王大嫂，有人买东西。”他朝门帘内喊道。

没有人答应。

又过了好一会儿，竹竿型的王大嫂，方才一步一扭地重返岗位。

“四毛钱一盘。”她极不耐烦地说。

“四毛钱？”他开始翻动钱包。王大嫂也从红裤带上取下一大串钥匙，开柜台上的锁。

他继续在翻。

“如果包里没钱，那是翻不出来的。”王大嫂“叭”的一声，把那把大锁重新锁上。

“我给他添上。”小孙霍地站起。

“别去。”我赶忙制止。“他不会要的。”

他慢慢地退回火炉旁，手中攥着两张窄窄的票子。原来白净的脸上，充满了血色素。

“插过队吗？”我估计他平静下来之后侧身问道。

他点点头。

“北京的？”

“是的。”他开始认真地打量我。

“那咱们俩一样。”我把椅子朝着他拉了拉，也伸开双臂拢住火，尽管酒引发的热力在体内翻腾。“你是哪个学校的？”我进一步问。

他报出了一个赫赫有名的校名后反问道：“那你呢？”

我也报出了我的校名。

假使一些素不相识的老军人相遇，他们就会打听，你是红几方面军的，或者是第几野战军的？如果是老知识分子，就会问你是从哪留学回来的，哈佛？牛津？还是清华北大？如果是老工人，则要问你有多长工龄，什么工种。如果碰巧找出一个共同点，那么距离马上就会缩短。依理类推，“老插”们，自然也有着自己的交流方式。

“眼下在上学？”我问。

“是的。而且不带工资。”他相当敏感。“你在干什么？”

“采购员。”我伸手替他翻了下馒头。

“哪个厂？”

……

“喝一盅儿？”当我自觉距离缩到足够短的时候，就发出了邀请。

他稍稍犹豫了一下，就拿起那个烤得微黄的馒头，坐到我们的桌边来。

“我去添几个菜。”小孙站起身。

“不用了。”我赶忙制止。因为如果再加菜的话，就会带上施舍的成分，使他感到很不自然。“吃，别给他们剩下。”我带头夹起宝塔状的一筷子菜。

“在集体灶上练出来的功夫？”他诙谐地眨动着眼睛。

“当然。”

“那咱们为插队而干杯！”他举起手中的碗。

“干！”小孙也来凑热闹。

“我说，老弟你又何苦呢？舍弃了二级工的工资来这么个不算出名的学校上学。”酒过三巡，我开口问道。“闹得这么寒酸。”

“寒酸吗？”他大口吃着菜。“我不这么认为。你不就看着我刚才掏不出四毛钱，才产生此种看法吗？”他尖锐地反问。

我只好点点头。

“别看我现在掏不出来，总有一天会掏出来的。”他拍拍那个大书包。“到那会儿,我不光有钱买菜,而且还有知识。好多、好多的知识。”他傲然地说道。

不过十分钟之隔,他就前后判若两人,我想道。前一个叫人可怜,后一个又惹人讨厌。

“知识是用钱买不来的。知识将引人尊重。”他边喝我俩的酒,边教训我俩。“你怎么没有考大学?”

“不想考。”我回答,说实在的,这并不是我的心里话。早在一九六五国庆节晚上我参加天安门广场的狂欢时,就被旁边清华大学铜管乐队那无数在闪着金光的铜号给吸引住了。“将来无论如何也得考上清华。”当时我就暗暗立下志。可随着岁月的流逝,我的希望之火,终于被失望之潮淹熄了。当去年大学恢复招生时,希望之火很有点死灰复燃的劲儿。可让一个年届三十的人,下决心舍弃温暖的家庭和一份虽不算厚,但亦不能算薄的工资,在八个人一屋的宿舍里,啃上四年书本,不是件容易的事。“过去的就让它过去吧!”生活已把我磨炼得很讲求实际,终于没有去考。

“不是不想考,也不是考不上。”他连连摇着头。“恐怕是屈从于习惯吧?”他斜起眼问我。

我没做出任何表示。

“老弟,”他拍拍我的肩膀,“我是过来人,其中的奥妙全明白。”说到这,他的神情暗淡下来。“我的老婆孩子,就在三百里外。可三百里,对我来说就是天南海北头。”三百里只要三块钱,我想。“她一个人又要养家,又要供我上学。”他把原来有些散乱的目光凝聚起来,试图穿过脏兮兮黑乎乎的玻璃窗,看那晶莹的雪。

“她不会怨你吗?”小孙问。

“不会的。因为我们一起插过队!你看,”他见言语不足以传味,就佐以物证。“我这把计算尺,是我上学前从旧货店买的,为了省一点钱,没有买皮套。她见了,马上用一件旧绒衣做了个套子,”他翻起一个角,“还是我儿子小时候的棉毛裤呢。而我”他挺起身,双手攥紧计算尺,“也自信无愧于她,无愧于江东父老。”说到这,他放下计算尺,用急速的动作解开制服棉袄的扣子。

“可也许你作了份蚀本的生意。”不知为什么，我很想刺激、刺激这个由我提供了“卡路里”从而浑身发热的人。“他如果换上一件带点油污的长衫，活脱是个孔乙己。”我心说道。历史有时会惊人地相似。

“蚀本？决不会！”他挥了一下手，“将来的时代，必定是知识的时代，科学的时代。也就是说，无疑是我们的时代……”他的眼睛放射出异彩，似乎已经穿透时间的帷幕，看见无比光辉灿烂的未来。尽管在现实中，这目光连扇玻璃窗也穿不过。

我不想再喝酒，也不想再和他说什么。餐桌上的气氛，比盘中的菜还要冷。

“抽烟吗？”他从制服棉袄的里口袋，掏出被挤得很扁的烟。

“什么牌的？”我看着这没有字号的白皮烟。

“没牌。”他给我点上火，“不过我已将它命名成‘加油干’。”

“名副其实。”我狠吸了两口后回答道。“你不加油干，就吸不动了。”

“非常感谢哥俩的”临出门前，他朝我和小孙拱拱手。“赞助！”

到底是受过科学训练的人，我想。不用赏饭，不用邀请，而用这么一个既不失身份，含义又明确，而且还带点新鲜味的词。

“我叫吴怡，电机系一九七七级三班的。假如你们将来有机会再来的话，我将随时听从二位的使唤。”说罢，他拍拍我的肩膀，就头也不回地朝那座被我判为二流的非重点院校的大门走去。

雪被强烈的风改变了固有的轨迹，形成一条条与大地平行的线。在这密集的平行线束中，我只能清楚地看到他那把长出书包许多的计算尺。这把配有爱情之套的尺子，随着他的步伐上下晃动，就像中世纪骑士屁股后面挂着的剑。

二

一九八二年北方机电产品进出口会议在T市召开,使我有机会旧地重游。

“课长真有点新型企业家的派头。”小孙总爱模仿日本人,把“科”称为“课”。

“是吗?”我不无得意地打量着手中的“经理箱”,身上笔挺的西装,足下明亮的皮鞋。

“冲你这副精明强干的样子,今天的洽谈就一定顺利。”

我俩边说边笑,迈着充满信心与气派的步伐,走进贴着淡黄色壁纸,铺着鲜红地毯的会议室。

小孙的预言并没有实现。会谈从一开始就不顺利透了。这其中最主要的原因就是我不懂外文,而且也不趁翻译。用句最时髦不过的话讲:就是无法接受与播放信息。

“他说什么?”见有了空儿,我赶紧拉住一位我似曾相识的翻译。眼见无数资本与设备源源不断流进别的厂矿的腰包,我心急如焚。

“他说,”那位翻译仔细听了阵坐在我对面的那个日本商人的话后,翻译道。“贵厂要求的参数系列,有几处是否能改一下。这样”正说到这,有人叫他。“对不起,主人在传唤我。”他边往起站,边朝我道歉似地点点头。

“真是狼多肉少呵!”我望着那几个被人团团围住的翻译,叹道。

领带歪了。西装皱了。皮鞋污了。“经理箱”也被洋文资料塞满了。七天的会期五天已过,可一事无成。

“你知道这次交易会上最俏的货是什么?”坐在底楼的休息厅内,我无精打采地问小孙。

他摇摇头。

“是翻译!”我恶狠狠地说。“咱们六千人的大厂,可只养了一个英语翻译,还让黄总出国时给带走了。”

“连总工程师出国都得带翻译,何况课长乎?”小孙试图宽一下我的心。“我再去求求总局的赵处长,看看肯不肯把翻译借咱们用一天。”

我摆摆手,示意他不用去。“咱们用一天也不够。再说赵处长带来的那位翻译大人,模样也跟咱们差不多。”小孙无可奈何地坐回沙发。

俩人相对无语地对视着。

“要不我去买上几本外文辞典,咱们自己翻。”他灵机一动,计上心来。

“没用。如果光凭字典就能翻东西,那谁还学外文?”我毕竟比他多上两年学,这点知识还是有的。“看来洋衣服好穿,洋皮箱好提,洋学问不好学呵!”我深有感触地说。

“这也不行,那也没用。你说该怎么办?”小孙有点急了。

“知识用钱买不来呵!”我哀叹道。

“吴怡的话。”他的记性极好。

“是呵!不幸被人言中了。”我陷入了沉思。

别人都去吃饭了,我俩依然坐在休息厅里。

“两位还认识我吗?”一只手,轻轻地拍着我的肩膀。那频率,那份量,我好像领受过。

“你?”我读着俯身向我的那人胸前别着的塑料名片——北方电机学会代表——“吴怡!”我惊呼着站起身。

“成了科长了。”他也读着我胸前的名片。

“呵。”我随口应道。

“你们还没吃饭吧,”几句寒嘘过后他说,“我请客。”说着,就拉着我俩走向楼下的小餐厅。

一顿快速而丰富的便餐,很快就吃完了。

“这顿饭仍由我来付钱。”我拦住他。

“岂有此理！”他掏出张崭新的大票。

“我另有件事相求。”我边把钱递到收款员手里边说。

“什么事？”他说。

我把这几天所遇到的困难，一五一十地向他诉说一番。

“晚上八点，到你的房间。”他满口应承。

吴怡脱下外衣，手捧资料，以一个很舒服的姿势斜躺在沙发上。从我这个角度看过去，可以消楚地看到他毛衣右肘上的大洞。

他用很完整的句子，向我讲述着“天书”的含义。很少有停顿。很少有修改。

我在拼命地记。

外文这东西就是欺负人：碰上不认识它的人，就板起面孔，一点信息也不露；而碰上了解它的人，就以身相许，敞开胸怀。

深夜两点钟。

“抽支烟吧。”我取出一盒“牡丹”烟。“我们这些干采购的，常备点‘二十响’，当润滑剂用。”我给他点上火。“可最后我发现，最该抽的是你，虽然科学是不受贿的。”

他笑着把吸入的烟吐出：“抽完了，咱们再‘加油干’。”

到了早晨六点，“密码”全部破译完毕。

“这十个小时，凝聚着你四年的功力呵！”我俩并肩站在十楼的阳台上，任凭深冬的晨风，吹走夜战的疲倦。我们的脚下，是一片正在建设着的城市，它显示出一派勃勃生机。

“这其中也包括一九七七年除夕夜的那顿热量丰富的饭！”他幽默地说：“你不知道当时我有多饿！你也不会知道，就是因为你们慷慨的赞助，使我从一九七七年一直读到一九七八年。”

“如果你肯再赞助八个小时的话，我将非常感谢。”我提出了进一步的要求。

“再赞助八十个小时也可以。”他转过脸来看着我，眼睛里的表情极其错综复杂。“可无论是企业还是个人，都不能光凭着赞助生存。就如同当年的我，不能企望天天能碰上像老兄这样既了解我，又慷慨的好人一样。”

“你说得对。”沉思片刻后，我又接着说：“我想，一桌像样的酒饭我也许置不起，可搞两个干馒头来吃，也许还能做到。”

“闹好了，也许还能买到一盘凉肉。”他笑着补充。

我也跟着笑了一声。此刻正是一九八三年的第一天。可惜没有下雪。

《建光》 一九八五年第二期

心不是石头的

“你病了！”这个四年未见我面，而一见面就声称我有病的人，是我自小的朋友，叫小兵。据我所知，他非但没有正式行医的经历，恐怕还连一页医书也没读过。

“什么病？”上了三年大学他莫非长了学问？

“悲观病，厌世病！”他提过我手中的提箱，这个里面塞满书，颇有分量的箱子到他手里就好像里面装的是气球。

“你从哪看出来的？”我紧跟着问道。

“从你最近写的几篇小说看出来的。你好像是从云端里遥望人间似的，故意摆出一副清高、超脱的架子，真讨厌！说实在话，要不是哥们儿你写的，我连一页也看不下去。”

真讨厌——他妈的！十年苦读，四年笔耕，让他一句话全给否了。可一时也找不到合适的话去回击他，于是只好说：“你干吗总是‘哥们儿’的，上四年大学也没能忘了这词，听上去像个下等人似的。”

“下等人？”他停下不走了，“你是从什么时候起变成上等人物的？”他那张颇具男子气概的脸上很有几分不以为然的神情。

“你若是，我孰能不是？”我灵巧地转了个弯，和解地拍拍他的肩膀。我俩已经是两辈子的交情了。从井冈山郁郁葱葱的山顶到红旗如海的天安门城楼，他爸和我爸就从未分过手。一九六二年秋天那次若不是我爸犯了心脏病未能和老伯一起出巡，恐怕会一起死在那次飞机失事中……甭回忆了，愿老伯的英灵在东海万顷碧波下安息！愿后辈的友谊长存！

我俩恢复了说笑，一同步出了车站。

公共汽车上弥漫着一股令人窒息的浊气，好不容易我才盼到了下车。

“你领我去哪？”我问。

“去你的银行。”

“饭馆？”

“你对我的话作了非凡理解。给你洗尘、饯行尽在此一举了。”他停在一个挂着门帘的小饭铺前做了一个请进的手势：“真正的山西风味。”

这是一家毫无任何情调的典型中国内地餐馆。无论是墙上挂的几张涂抹过度的风景画，还是傻大粗笨的桌椅，一切的一切都显得俗不可耐。

“这儿没有人加塞，可以聊个痛快。”他挑了一张一面靠墙的方桌坐下，顺手把手提箱放在空着的那张椅子上。

“多一张椅子，说不定一会儿会有人来找麻烦。”我说道。这是经验谈。现在无论哪的饭馆都以人满为患，连北京的一些要价昂贵的高级餐厅也不能免。鬼知道从哪冒出那么些个有钱人。

“我还约了个人。一会儿就来。”

“谁？”千万别约来个生人，这样就会使我与他这次宝贵的会谈减色不少。我只能在这个城市待一个下午，就得赶到别处去开会。

“反正不是外人。”

看他不肯明说，我也就没往下问。

“你的日文现在达到什么程度了？”他这位日语专业的大学生惜墨如金，每年最多信手写一封信。

“唬唬你没问题。”

“那可不一定。米西，米西、斯啦，斯啦地，”我信口念了两句从电影上学来的日本话，“你给翻译，翻译。”

“哈哈，”他笑了起来，“您这叫协和语、咱下等人听不懂。”

“说正经的，你的毕业论文搞得怎么样了？”我问道。他说他要写一篇论述日本经济发展趋势的论文。要是写得好，可以据此为本，帮助他在北京联系一个经济研究单位。这可是一件一举定终生的大事。

“我改题目了。《论三岛由纪夫的思想体系》，怎么样？够意思吧！”

“这题目是不是太大了点？”三岛的思想体系十分庞杂，军国主义、宿命论、佛道思想、被他流畅而生动的文笔紧密地糅合在一起，很难理清头绪不说，而且国内也没有一篇权威的评论文章，也就是说没有什么依据，很有点玄。所以绝少有人问津。

“看来你也懂点。”他向我挤了挤眼，“光参考书我就读了够半平车。”

“那你以前的劲不全白费了？”不光他的劲白费了，我也白为他做了不少铺路工作。

“我搞了篇短的，《经济周刊》说准备用。”

“近来有什么新鲜事吗？”冷了一会场后我问。搜新猎奇原是作家的本性。

“嗯……”他显然在思索，“今年初我击败了一个日本的一段柔道手。”

“说来听听。”文人好言武，武人喜谈文。

“年初，我们受命接待一批取道沪京来的日本短期留学生。其中有一位叫作油木的，一住下就打听全校谁的围棋下得最好，并声称他执白子访遍半个中国的校园尚未遇敌手。大伙公推我，我也没推辞。”

“结果怎么样？”

“连平两局后，我赢了他一局，不过只赢了他一子。”他不动声色地说。这我并不奇怪，他的棋下得不一定很有才气，他也不善于作心理分析，但绝少有人能敌得住他那咄咄逼人的绞杀对方的意志。可文武相悖，棋与柔道之间又有什么关系呢？

“几天后，我在学校的健身房正好碰见油木先生。他身穿柔道服，腰中系一条黑带——黑带是初段的标志，”小兵向我介绍道。“见了我，他就问我会不会柔道。我说能凑合玩两下。他显然听懂了我这句地道的北京话，就找了一套柔道服，让我换上。”

这下油木可算找对人了。你看小兵的体形：宽肩细腰，浑身上下都是那种弹性极好的丝状肌肉，一点多余的脂肪都没有。

“柔道的技巧有两大部分：立技和卧技。所谓卧技就和自由式摔跤差不多，而立技则和中国式摔跤相像。我见他的耳朵都被磨成扁平的，显然是个卧技高手，就扬长避短，尽量立着干，不倒下。因为我和大院警卫连的陈连长练过几天摔跤，”几天？可不止，准确地说应该是两年。“跤道同理，所以我左右开弓，一边给他来了个排腿过腰摔。这下他急了，大叫一声就和我来开空手道了。嘿，我心说：咱不怕的就是比拳。”这话不假，他从小就是四明武术馆风雨无阻的旁观者，惟妙惟肖的模仿者。我那位黄埔军校出身的老伯非但不制止他，兴之所至时还教上他一两招。所以在他十七岁那年，警卫连就没有一个是他的对手了。

“油木求胜心切，连发狠招。但欲速则不达，几下过后，我看他失去了进攻的节制，所以当他再次一掌击来，我侧身让过，顺势一砍……”小兵做了个敏捷、有力的“砍”的手势。他这虽是向空徒手一砍，但也风声呼呼。

砍……这动作我实在是太熟悉了……那是在一九六七年底的一个阴郁飘雪的日子，我妈踉踉跄跄地跌进门来。老人家那满头银丝不见了，代之的是一条条刀口和一块块凝住的血痂。看得出有好几处头发是被生揪下来的。老人告诉我这是“航院红旗”的一个小头目干的，那人还勒令她永远不许戴围巾，在校园永远不许抬头走路……我把这些情况都如实地告诉了小兵，他听后沉默了好一会儿才说：“我凭我爸的墓碑起誓，要让这家伙在这个世界上也永远不能抬头走路。”说这话时，他眼中浮现出来的幽幽蓝光我至今历历在目。

我俩在航院门口冒雪整整等了一下午，薄暮时分那家伙终于出来了。此人是一个身材矫健，肌肉丰满的大个子，原是校体操队的一级运动员。他披着一件黄呢军大衣，足蹬一双高腰靴子，大衣袖子上戴着一个很长的红袖章。所有这些都是使一般人望而却步的东西。但小兵却毫无惧色地迎了上去。我还没有反应过来,俩人已经绞成一团。那人呼啸着的大拳头带着一股不可思议地机械般的力量,紧逼不舍,神出鬼没。看得出他是个打人的好手。当小兵挨了毫不含糊的几下重拳之后,就拣了个空子钻了上去,朝那人柔软的腹部猛击一拳,那人“呃”的一声痛弯了腰,小兵就势又抡圆了右掌朝那人水牛般的膀子劈了下去,紧接着又半蹲着补了一下……

事后,我以此事为题填了几首词,一时在北京的“黑干子弟”中广为流传。“儒以文乱法,侠以武犯禁。”为了那一砍和那几首词,我俩曾同尝了两月之久的铁窗风味。

“因为是比赛,我只用了三分劲。”小兵继续在说。他已是三十岁的汉子,三分劲也够分量。“他倒下之后,我摆开架式等他再来,不料他起来之后,朝我鞠了一个九十度的大躬,为自己的违章动作道歉,执意要拜我为师。”

“后来呢?”

“后来他向我学拳,我向他学日文。他说他原以为日本柔道天下无敌,至今方知中国武术源远流长,集天下击技之大成。我也从他的讲述中改变了对三岛的看法,从而决定以三岛为题作论文。”

“你以前对三岛是什么看法?”插队时,当我们几个凑在一起起劲地讨论外国小说时,他总是躲在一边翻看那几本不知从哪搞来的残破的《红旗飘飘》《星火燎原》之类的革命回忆录。虽然他偶然插上几句,也不乏思想的光辉,可未见过他作长篇大论。

“我原以为三岛的大国主义思想是潜伏在日本人的血液中的,是日本国民思想的一个组成部分,迟早要冒出来。可经油木先生讲解之后,我才知道在日本人民中间三岛是没有什么地位的。眼下已经不是三十年代,日本人民忘不了二次大战给人类带来的无穷无尽的灾难,他们爱好和平、崇尚文明,无论是谁也再煽不起军国主义的复活之火了。而三岛不过是过去时代的幻影,一个微弱的回声,一个死去的怪胎。”小兵连用几个比喻,侃侃而谈,并助之以手势,我真有点糊涂了,该说他是拳师的学问高呢?还是学者的拳术高?

“你现在还随时带着家伙吗？”我问道。他从上幼儿园开始就天天摆弄自制的木枪。随着年龄的增加，木枪愈来愈精致。一九六六年抄他家时，他偷偷地将一支崭新美式左轮手枪藏了起来。这枪原是在朝鲜战场他父亲缴获一个美军师长的，插队时他就带了去。

记得一九七〇年我和他一起去重庆找关系当兵。那时正值重庆最乱的年代，晚上街道连灯也不亮，几乎看不见一个人。唯独他不怕，早出晚归，终日奔走。每次我劝他，他总是拍拍腰里的硬家伙，一笑置之。后来他终于没有当上兵，原因是因为他爸爸有历史问题。说来可笑，从中国共产党有军队那天，老伯就在军队服役，可儿子却因为他而当不成兵。不过那时谁也笑不出来。

“早上交了，你不知道？”他反问。

我摇摇头：“那把芬兰匕首还在吧？”匕首也是战利品——缴获一个军统少校的。那可真是把好刀，长长的铜把镶着两排小珠子，柔软而坚韧的鲨鱼皮鞘，用手挨上去都怪舒服的。它可以劈柴，多硬的木头都能吃进去；也可以刮胡子，我就用它刮过好几次，还是用冷水。

“送人了。”

“送人？什么人？”他就是送人两个指头，我也不会这么惊讶。

“就是这位。”他指指放箱的空位。

噢！女朋友！我大悟。匕首——这是最合他身份的爱情信物。“哥情似钢最坚贞，妹莫看错人。“我调皮地哼了两句《五朵金花》中的歌词。

他不好意思地打了我一下。好痛！

“那你防身的家伙不全没了？”我有点遗憾。这好比作家没有一只好笔、将军没有勋章，或者说是演员没有一张生动的脸——多少有点不够味了。

“眼下清平世界，荡荡乾坤，用不着这些东西了。”

“万一要用呢？”

“还有这双手。”他伸开掌又握成拳，顷刻之间只见刀锤变换。

窗外不知什么时候淅淅沥沥地下起春雨来，一股浓重香甜的雨味涌进屋来,肺也乐意吸入它。

“她也许不会来了,咱们吃罢。”小兵焦急地看看表,“不来更好,咱们可以多吃点。”

“还是等等吧,小兵。”

“忘了告诉你了,我改了个名字——郑晓民。”

“为什么要改呢?”晓民——又俗气又不响亮。”

“为了不特殊。晓民者,小民也。”

这话多少有些道理。因为叫小兵、八一、南下这些名字的大都是军队子弟,而在刚建国时就娶妻生子的军人,到了授衔时不少是将军了,最小也是个中校了,所以这类名字有如德国人姓名中的“冯”,西班牙人的“唐”,缅甸人的“吴”,类似封号,有着贵胄的成分。在眼下这年月,物权遭恨,说不定会给你带来什么无妄之灾,改了也好。不过我是要永远叫他小兵。

当五颜六色、逗人食欲的菜端上时,我取出一瓶特地带来的“古井”佳酿,放到桌上。“世界上最美的景象之一,就是暮色中一桌丰盛的筵席外加一瓶好酒。”我略带夸张地说。

“我说学者,”他不费劲地用两个手指头顶开瓶盖:“知识分子有好多种。老的、少的、大的、小的,到底什么叫知识分子,你能给我一个包罗万象的解释吗?”

“在英文里管有较高学术造诣的人叫知识分子。”

“我问的是中文。”他打断我。“我讨厌别人跟我讲英文,这就像俄国贵族沙龙中通行法文一样,其实他们并没有俄文表示不了的意思,只不过为了显示自己的身份罢了。”

“大概是指那些创造、应用文化的人吧。”谁叫我俩是“哥们儿”,换个人我早就拂袖而去了。这解释大概没有给他以新的信息,他又和我聊开别的了。不过他回答我的话时总是慢上半拍,并不时地瞟着窗外的潇潇春雨。

“把东西挪挪。”一句粗鲁的话震得碗盏欲颤。我俩同时侧过脸,只见一个骠悍、粗壮、高大森严的大汉立在眼前,他披着一件旧军用雨衣,横丝密布的脸上生就一双鸽蛋大的眼睛,灿灿发光。“快一点,听见没有!”他一个命令。

“没听见。”我回了一句。

“我们在等一个人。”小兵望着客满的大厅,满心希望他那位即刻出现。

“我是先来的。”大汉理直气壮。

“先来又怎么样?先来也不让你坐。”反问后我又添上一句。动文的有我,动武的有小兵,文武全活,何惧之有?

大汉没二话,抓起提箱就要往地上放。他的臂力肯定不小,箱内都是书,不少还是精装的。

闪电般的动作——不仅有闪电的速度,而且也有它的力量。小兵紧紧扼住大汉的手腕。

二人斗着力。

大汉手上的筋慢慢地暴了出来, 小兵的手却像愈拧愈紧的台钳一样上着劲。

相持了一分钟。大汉极不情愿地松开手,箱子堂而皇之地归了位。有劲走遍天下,无劲寸步难行——这才是真理。千古不渝的真理!

我俩又对饮开了,让大汉在一边虎视眈眈。

大汉气哼哼地一耸肩,将雨衣褪在窗台上。一根大捧,黑油油的硬木大捧赫然入目。不用说,这棒从不离手,它的端部已磨细,底部包着锃亮的铁皮。

在大棒的威慑下我稍稍挪动了一下椅子,小兵却纹丝没动。

“喝酒。”小兵举杯让酒,顺手把酒瓶挪至右手侧。他眼中又浮起幽幽蓝光——他尽管把枪上交,把刀送人,但那种好斗的精神却深深刻在他的心上,到死都不会离开他。

一股熟悉的、热烘烘的冲动催发着我青春的残血,使其激荡翻腾。我把一个大烟缸挪到手下,进入了一级战备。

大汉斜靠在窗台上,使劲打了几下齿轮打火机点燃烟,狠狠地吸着。

我松了一口气,从硬盒中弹出两支中华烟,递给小兵一支。他没有吸,只是叼在薄薄的嘴唇上，眼盯着那根大木棒——这棒要是抡圆了打下来，打着哪也得骨折肤裂，不过我相信酒瓶一定会先在大汉脑袋上开花。彼不动，己不动；彼微动，己先动——拳经上的话，小兵的口头禅。久经沙场的宿将绝不惮乎只有些蛮力的村夫。

一股浓浊的劣等烟草味飘了过来。“下等人。”我厌恶地挥手赶开烟雾。

大汉不一定听懂了我飞快的京白，但他显然被我侮辱性的手势给激怒了。他脸上的肌肉一抖，手一颤，烟竟掉了下来——离我太远，要不非踩上一脚不可。大汉笨拙地弯腰去拾，不料竟一个踉跄，不是小兵一把拉住，非来个狗吃屎不可。为什么不给他一劈，哪怕只用一分劲？

小兵捡起烟还给大汉。大汉有点不好意思，披上雨衣走了。

他一动我俩就同时发现他是个跛子，而且跛的厉害——一条腿是假的。

他步履艰难地转了一圈也没找到座位，就靠在另一个窗台上看别人吃。

“把椅子让给他吧。”小兵说。

“算了吧。”让给谁都行，但让给他，脸面何在？

“他是个残废人。”

“残废就残疾呗。”“文革”十年，我辈几浮几沉，遍尝世态炎凉，同情心即便还有，也剩不多了。

“他是个残疾人。”小兵的声音最少提高了两度。

我看着小兵的脸。人的脸只有在极有限的瞬间才能表现全部内心世界，可此时我看见了许多我从未见过的东西。

“把我的让给他。”看我不语不动，他起身走了。

一个巨大的热力场在迅速溶化着我心头十余年来的积雪，一把利刃刺穿了我冷漠的甲胄……自己惹的事，又不愿自己认错……我边挪箱边给自己的品行减了一分。

小兵扶着大汉过来坐下。大汉很快地吃完走了。

“干一杯。”用不着解释。凡与感情关联的事,解释总是多余的。

“连干三杯。”小兵脸上的每一细部都表明他懂我“干一杯”的含义。

连干三杯,佳酿润心,好不畅快!

“文章满纸书生累呵。好久没有这么痛快地喝上一回了。”我说。

“多来这么几回,生活的风就会吹进你那满是尘土味的作品中。”

饭厅里的录音机响了起来,播的是莫扎特的一支曲子,那无忧无虑的旋律有如春风荡漾,使人觉得生活美好,世界可爱。它又有如一种抚爱,抚平了我心中的折皱。

小兵用低沉、纯净的真嗓准确地合着曲子的旋律。难为他,十余年烟熏酒炙,嗓子还是这么好。

“我想通了”, 酒酣宴罢出门时他对我说,“知识分子并不是指有较高的学历,而是指……”指什么? 我望着雨雾中略显昏黄的路灯在洗耳恭听。

“指被文明纯化的人。”他一字一顿。

我俩合披一件雨衣,相互搂着对方的肩膀,就像小时候上学那样,钻入了无边的,温暖的雨雾中。

“我原以为你把‘好斗’两字刻在心上了。”我临上火车时握住他的手说。

“刻在心上? ”他露出一个极为生动的笑,“那心得是石头的才行。”

开车铃响了,他使劲又握了一下我的手,我觉得我的肩胛骨震动的厉害。

《城市文学》 一九八五年第三期

信息在传输过程中无限偏离原型

无论国度,无论阶级,无论时代,无论方法,它们在对感情的分类划分上,都表现出惊人的一致性:即给予“嫉妒”以相当显赫的地位。

所以完全可以说:嫉妒是人类的通病。

一星期前,我就染上了此病。病菌的载体乃是一些让你不想信,可又不由你不信的传闻。

这种病菌一沾上就不得了。它以疯狂的速率增殖着,刹那间就充满你的大脑空间,使你失去所有的思维能力……种种痛苦,说也说不完……呵！可怜的我！不幸的我!

我在妻子的课堂上,已经连续坐了一个星期。

她是厂业余学校的物理教员。教学对象是所有文化考试不及格的职工。这些人的平均年龄二十六,与外貌美得惊人的她恰恰同岁。

她是我在师范专科学校读书时的同班同学。她讲的课中所有的概念、所有的例题,以至所有作业的所有答案,我都一清二楚,甚至可以说:比她还要清楚。

但我偏偏要坐在这张硬度极高的板凳上听她的课。而且打算一直听下去,永远听下去!

我高度警惕着,注视着她的每一句话,每一个动作,每一个眼神。

“你来回答这个问题。”她用纤细白嫩的手指点了一下。一个有着副极健美的躯壳的小伙子,应声站了起来。他用流畅无比的语言,回答着她的提问。

他是全厂著名的大笨蛋。他与她的目光在交流。交流的内容是什么？前几天的传闻……联想的锁链，一环扣一环。

下课铃响了。它刺耳，可又让人安心。

我与她默默地在回家的路上走着。道边那些披着墨绿外套的小白杨树，棵棵我都认识。此刻，它们都沉默着、沉默着。

“你累吗？”我问。这不是心里话。我的心里话是……

呵！嫉妒。你无比微妙。微妙到人人心中有，个个语中无。

白杨树换上了淡黄色的外套。我仍然在听她的课。这些日子是怎么过的？只有天知道。

“今天我们来做一个实验。”她宣布道。

她的秋装显得极合身，极美。美到能吸引全部听众的目光——其中有半数以上，都带着惊讶、欣赏，和另一些更复杂的成分——有谁能写出这束束目光的方程式：门捷列夫？还是弗洛伊德？

“我对第一个同学说一句话，然后由他向后传。条件是一要真实，二不能让第三者听见。”她说罢就俯身于那个身材健美的小伙子耳边，用第三者听不见的声音说着。

她跟他说什么？永远也不会有人知道了。为什么偏偏挑中他？因为他坐在第一排。他为什么要坐在第一排呢？肯定是她安排的。铁一样的逻辑，无懈可击。信息象接力棒似的传递着。最后又传回她的耳中。

“我告诉你的是什么？”她问头一个接受她信息的幸运儿。

“伽利略在比萨斜塔上作重力实验。”

“好。”她用下颌示意他坐下，他马上坐了下去。她不管用什么方式传递信息他都懂！“那么，你又告诉了我什么？”她又请“最后一棒”的小伙子站起来。

小伙子，又是小伙子！

“我告诉您，咱们厂的汽锤是意大利人设计的。”

一阵大笑。

“你今天做的那个试验的名称是什么？”在白杨树愉快地欢笑声中，我问道。

“叫‘信息在传输过程中无限偏离原型’。”在黑暗中，她的眼睛格外明亮，犹如启明的金星。

“谁教你的。”

“从你第一次来听我的课起，我就着手这个项目的研究。”她忍住笑回答。

呵！嫉妒。有多少爱情跟在你后面？

《建光》 一九八五年第三期

姓赵的山东人

在科学的庙堂里有许多房舍,住在里面的人真是各式各样,而引导他们到那里去的动机实在也各不相同。有许多人爱好科学,是因为科学给他们以超乎寻常人的智力上的快感。科学是他们自己的特殊娱乐,他们在这种娱乐之中寻求生动活泼的经验和雄心壮志的满足;在这座庙堂里,另外许多人所以把他们的脑力产物奉献在祭坛上,为的是纯粹的功利目的。如果上帝有位天使跑来把所有属于这两类的人赶出庙堂,那么聚集在那里的人就会大大减少。但是,仍然还有一些人留在里面,其中有古人,也有今人……

——爱因斯坦《探索的动机》

"除了邮差和查电表的,难得有人来我这儿。"他蛮热情地把我让进门。

窄长的走廊的一边是两架期刊,都是自制的合订本,编着号,极为整齐。另一边则是一个紫檀木条案,上面并排放着几台蒙着皮罩的打字机。墙上挂着一副拉力器和一双褐色的拳击手套,中间只剩一条仅容人侧身而过的走道。

正屋一反走廊紧迫之态,显露出一种独特的安详美。几盆亭亭玉立的花在窗台上怒放着,三五抹斜阳从半掩着窗帘的钢窗外射入,窗外是纯粹的北京中秋天气。

“人人都羡慕我，”他挥了挥手，“其实大可不必！”他穿着一件看上去就舒适暖和的羊毛睡袍，腰上扎着一条宽宽的带子，趿着绒拖鞋，在厚实的地毯上闲散地踱着步。锻炼得相当发达的肌肉随着步履一起一伏。

走了一会儿后，他站住以写字台为支点，把身体摆成个舒服、省力的姿势，眼珠极灵活地转动着，好像在同时转动着成千上万个念头。

他身后那张面积极大的写字台，被一整块玻璃板覆盖着。上面没有做学问人惯有的凌乱，只有本翻开一半的棕色皮面的笔记本，中间夹着支漂亮的英雄二百型金笔；欧式台历边上，摆着个古色古香的景泰蓝笔筒，里面插着十余支尖锐已极的3B铅笔，除此而外，就什么也没有了。

“等他们知道我是怎么走过这段路的，再羡慕我也不迟。”他的目光停在我的脸上。

他是我们插队的集体户中第一个被推荐上大学的，而且是中国最好的理工科大学。当然，这不是靠他那在大学建筑系作教授的父亲，而是靠他的前任岳父——我们插队的那个县的县太爷。

“给我讲讲你是如何自学成才的吧！”他是从工科转而学文的，故亦在自学之列，而我则正准备写篇有关此类的小说。

“自学成才？笑话！”他看我的神态，就仿佛我提出了一个傻得不能再傻的问题，“这个时髦词虽然已经用得不能再滥了，可却极少有人懂得它！很少有人——我不敢说没有——是真正自学成才的。何谓千里马？伯乐相中的才是。又何谓成才？被社会承认的才是。”

“具体谈谈。”他的话引起了我的兴趣。

“整个人生就是一场球赛。”这又是个新提法，“这个球场上机会是不多的，分配也极不均等，而且稍纵即逝。所以在它到来之前，你必须极纯熟地盘带，连续不断地作着分毫不差的假动作。而在机会一旦来到，你必须认出它，然后果断地起脚射门。这只有具备特殊意识的大运动员才能做到。”他的嗓音极好，使人联想到纯钢的撞击声。

他走动两步，停在一幅写着“若待上林花似锦，出门俱是看花人”的条幅下面。从那挺帅，虚饰挺多的字体上，我一下就认出是他的手笔。

“我先是学理工的，这你知道。一九七五年毕业后，原打算去做学生政治工作。许多大学领导都是从这条路上去的：先是学生会主席，然后是团委书记、宣传部长，再往后或当党委副书记，或去市委大学工作部做副职。”他扳着指头，报出一系列职衔，“在当时，这是一条如花似锦的道路。而且我是党员，也具有必备的前提条件。”

“完全的说法应该是：后门党员。”我刺了他一句。每逢见人引缺陷为荣，我总是忍不住。他是在上学前一天填的登记表，然后才补的入党申请书，这是人所共知的。

“党员就是党员，在填表的时候，根本没有前后门之分。”他不屑地挥挥手，接着说下去，“可一九七六年之后，形势发生了突变，Intellctuals 便吃得开了，比干什么都吃得开，”他看我有些迷糊，就解释道，“Intellctuals 是英文高级知识分子的意思。如果仅仅是有一般文化，则只能称之为 literute。英文的名词分类是很严格的。但新问题马上随之而来了：工农兵学员这块牌子亮不出去了。在我工作的那座大学里，尽是些哈佛、麻省理工的毕业生，最少也是清华、北大的，而这些人只要一听‘工农兵学员’几个字，都要使劲地‘哼’一声。他们把我们当成是解放前那种专发文凭的‘野鸡大学’的毕业生，或者干脆把我们看成是群低能儿。尽管我的智商水准或许还比他们要高一些。”他把手重重往下一挥，“可这没有用。社会不承认智商，它只认文凭上那个图章：如果是某某大学，那好，条条路上是绿灯；如果是某某大学革委会，那就请蹲在原地不要动。”

“所以，你在清醒地分析形势的发展后，开始了后半生的自我人才设计？”我问。

“是的。我采取的战略第一步就是：摘掉‘工农兵学员’这顶帽子。‘走资派’帽子随‘文革’定性不摘自无，‘右派’摘帽靠的是中央文件，可我这顶帽儿该怎么摘？”他用一个戏剧性极强的动作，抚弄了一下极具雕塑美的发型。

“办法只有一个:考研究生。可考哪一科呢?又如何才能考上呢?第一个可供选择的方案就是:考我的本科——也就是工科。可工科几乎将全中国最优秀的头脑全都网罗去了:前有‘文革’前毕业的老大学生。他们中的一个有一次曾对我这样说:我就希望试题的难度大一些。我忙问为什么。他说:省得别人和我竞争。好一个‘省得别人和我竞争’!这并不是信口胡吹。他从一九六八年一离开校门开始,就在一个穷山沟里闭门读书,每天十二小时。国内外理论物理方面的书,无论经典,还是新著,他都用心研读过,并写下了八十万字极具创见的论文。另外还能读、能写,能听英、法、日三门外语,完全可称为物理学界的陈景润。

如果你扭头往后看,就能见到一大批神童,联袂结队,翩翩而来。他们得天独厚,六岁就认三千字,十岁就读完高中课程,二十岁就做微积分题消遣。

所有这一切,都令人望而生畏。于是乎,这个方案被否决了。

第二个方案就是考文科。我爸爸常说,聪明人最好去学文。因为文贵与人异。异愈殊则愈佳。这样一看,聪明就能派上大用场了。而理工则贵与人同,如果你试着离经叛道,则十之有九是白费力气。所以它主要是靠功夫深。

可搞文也得有个专业呵。我依次估计了一下自己在音乐、美术、文学方面的才能,一句话:都觉平平。

他的母亲是清末洋务运动一位著名人士的千金,文化素养甚高。加上又是家庭妇女,所以在他尚是幼儿时,就开始对他进行一套系统的文化教育。

但虽说各项皆平平,总和却并不算小。那么,有哪门学科垂青于总和大的人呢?答案是美学。于是我就选中了它。

美学是一门综合学科,它的历史深不可测,可以上溯到有人类的那一天。而且美学经验大都源自个人。即令对一个一般问题,五个人也往往会有五种看法,这样就给聪明留下了很大的活动余地。

方向定了之后,关键就在如何应付入学考试上。你不要以为在这个领域中没有人才。应试的人同样是‘天生丽质难自弃’的主儿。他们当中有的独具慧眼,能分辨一套光谱中上千种正负色;有的辨音力绝对敏锐,能在二十把提琴的齐奏中，找出是哪一把低了四分之一音阶；有的则下笔千言，倚马可待。

考试的第一步，就是得交一件作品，不管什么都行，关键要能胜过一百五十名考生中的一百四十六名。因为只收四个。

在这方面我有着一些优势。老爹所从事的建筑，与美学多少沾点边，他给我介绍了几个人，而这些人又给介绍了其他的人。于是人托人，人介绍人，发生了著名的‘多米诺’效应。然而这千头万绪，最终都归结到这个本子上。”

他递给我一个十六开大笔记本，并补充道：“我的‘圣经’。”

这是一本他自制的人名辞典。从目录上望去，全国的美学权威几乎尽收眼底，他们每个人都有专页，上面记载着此人的简历和主要作品的梗概。

“这有什么用？”我翻了翻后问道。

“用处大极了。它是桥梁、钥匙、通行证、计算机密码。”他的眉毛耸动着，“要想接近某一个学者，最好的办法就是在谈话中装作偶然提起他的著作，这必会引起他的兴趣。这是做学问人的共同的心理弱点。如果你再恰如其分地引用上几段他著作中的精彩段落，他就会乐不可支，把你当作知己。而‘士’是肯‘为知己者死’的，讨教点学问，自然也就不在话下了。”

“可你这‘圣经’上的‘兴趣、爱好’栏，又有什么用呢？”

“有的人不喜欢在业余时间谈论专业上的事，那你就得改换战术，迂回进攻。”他用极长的胳膊，做了个蛇行动作。“名人往往有嗜好，而嗜好最容易被利用。假设他爱集邮，就不妨跟他谈谈大龙、小龙、黑便士、红印花；他若爱听京戏，就跟他谈谈金少山、谭富英、尚小云；他若爱下围棋，就和他来上一局。而这些五花八门的玩意儿，你如果不事先了解并准备好，又如何能应付得了？”

“那么，名人的简历又有什么用呢？”

“了解一个人最好的办法，就是先去了解他的过去。你如果掌握了一个人的历史，就如同在天文研究中掌握了射电望远镜一样，人际距离将会被大幅度地缩减。比方说你攻击上几句与他持不同学术观点的人，或对他被错划成“右派”表示真诚的同情，那么你得到的回报，常常会出乎你的意料。”

“请举例子说明。”

“某次我去找P大学的艺术系主任。此公乃牛津的毕业生。自视甚高,目空一切,学术界中人称‘大老爷’,就连他带的研究生,一般问题也不敢麻烦他。开始他相当冷淡地接待我,可当我与他谈及‘华社’(华社——抗战期间的一个爱国知识分子社团)时,他马上来了兴趣。于是我俩从‘华社’的刊物谈起,谈到‘西南联大’,然后回归到本题上。那天我的收获着实不少。临走时,他再三约我有空去玩。那种与拜伦、密尔顿在同一名册上签过名的世界著名学府过来人的神情,半点也找不到了。每个人的话匣子都能打开,心扉也能打开,关键要看你有无钥匙。”说到这,他向我挤了挤眼。

这种神情马上使我想起一件插队时的往事:有一次,我与他一行四人从县城回村。时值盛夏,大火流金。走了不到十里,就已筋疲力尽了。可前面还有五十里山路在等着我们去走,两座山在等着我们去爬。这时恰巧碰上一辆停在路边的汽车,我们就打算搭上一程。谁知司机颇难说话,我们三个依次说了半天,也没说通。于是转乞求为恼怒,准备骂上司机一顿再去赶路。

“我去试试。”他及时制止住我们。

“师傅贵姓?”他尊称司机为师傅,其实那人比我们大不了几岁。

“赵。”司机显得极不耐烦。如果一个地方不通火车,那么司机就是无冕之王。

“正好与我同姓。”他马上转李姓为赵姓。

“噢?”司机停止了擦车。

“听师傅的口音好像是山东人?”

司机点点头。

“山东哪块儿?”他一句稍带鲁味的普通话脱口而出。

“烟台。”

“太巧了。”他双掌一击。“咱们不光同姓同宗,而且还是同乡。”

不过一秒钟的工夫,他就将老家从广东迁往山东。

“你们上车吧。”他俩又扯了几句后,司机对我们说。山东人的讲义气是天下闻名的。

于是他坐进了驾驶室,我们三个爬上了后车厢。临进去时,他向我们眨眨眼。

一路上时有笑声从驾驶室中飞出。司机特地绕行十里,把我们送到村口。

“你可真行,什么时候成的山东人?”下车后我问他。

“上车才是目的。”

“可你也不能跟了人家的姓呵!”

“是他跟我的姓。我是他爷爷。”他望着远去汽车扬起的尘土,冷冷地说道。

“阿Q的精神胜利法。”

“阿Q?”他正色说,“他让人家捉去杀了头,可你我却免了五十里山路之苦。”

这话让我挺不舒服,可又没办法反驳。

“与名教授讨论会谈,是桩极合算的买卖,这远胜过自己苦读。以李约瑟为例:这家伙要写一本《中国科学技术史》,于是就四处讨教:刘仙洲处求来机械史;古建筑受教于梁思成;物候学源自竺可桢;地质学是从李四光那听来的。另外郭沫若给他讲过古文学,冀朝鼎给他讲过经济地理。最后他往一块儿一掺和,挣下一个‘中国科学技术权威’不算,还闹到手个皇家科学院院士。”

“李约瑟博士在《中国科学技术史》的前言里,对你所讲之人,一再表示感谢。你是不是会这样做呢?”我问。

“我并不著书立说,我只求通过考试。”他顿了顿又说,“经过四个月的准备,我终于有个具体方案:我不作画,不谱曲,不撰文。”

“你莫非上了考场靠灵感即兴创作?”

“灵感?”他瞪大那双小而黑的聪明眼睛,“世界上根本就没有这种东西。有的只是权衡利弊、思考得失。”

我用力摇摇头。

“我选择了一个一般题材,用以下四种方式来表述:第一部分是画,因为它简明,容易一下子抓住人。第二部分用自由诗,因为它容易把握。第三部分是高潮,所以采用了一段交响乐,因为它气势磅礴又能抒情。结尾部分我则填了首《采桑子》,它的概括力最强,且又是国粹。”

“结果如何?”虽然我明知他考上了,可仍忍不住要问。

“结果就是坐在这间专门分配给研究生的屋子里,得意扬扬地与你谈论成功的经验。”

“那往后三年的日子不太好过吧?”

“那当然。”他拧开桌上带调压装置的台灯,顺手拿起一个钢雕,衬着窗外的暮色欣赏着。这是两个随意摆在一起的多面体,依我看没多大名堂,可眼下极时髦。他墙上还挂着几张画,属于抽象派,若让我来挂,都不知该哪面朝上。他的书架也与众不同:不是直立的柜式,而是斜躺着绕写字台围成半圆。一共三圈,共纳千余本书,本本书脊朝上,可以极方便地取到。

“这书架是你设计的?”

“岂止是设计!”

“你还会干木匠?”

“雕虫小技,何足挂齿。”他边说边把我领进厨房,“咱们做点吃的吧。”

这是一间紧凑、整齐、干净的厨房,墙上没有半点油污。平底锅、菜铲等,都规矩地挂在墙上,锃亮的不锈钢餐具在碗柜里闪着银光。

“你进屋坐着,我一会儿就做好。”他麻利地系上雪白的围裙,点燃煤气灶。

我坐在靠墙的沙发上,拿起放在茶几上的《围城》准备读几页。可屋里黑得很,灯倒是有不少,可硬是找不到开关。

“这边吃。”他端着一个铝制托盘走进来,招呼我坐到写字台边去。

我正准备帮他收拾一下写字台上的东西,他已从抽屉与台面之间抽出一块板来,把两盆汤与一盘黄松脆的牛排放在了上面。

“你怎么能在二十分钟内做出质量如此高的一餐？”汤的美味、牛排的松嫩，使我无法不称赞他。

“假如你认为做一道好菜要花大功夫，那你就大错特错了。世界上有许多美食，做法都是极其简便的，关键看你能否找到其中的诀窍。

“当然，这诀窍也不是很容易找到的，因为烹调是融物理、化学、营养学、心理学、色彩学于一体的大学问、大艺术。”

“你怎么不结婚？”三年前，他与那位思想比容貌还要平庸的县长千金离了婚。他为这桩婚姻所做的墓志铭只有一个字：值。因为她先使他上了大学，又使他在极为拥挤的京城之中，找到了一个栖身之处。

“没有人比妻子更能干扰丈夫思想的了。再说，我也不喜欢与人同住。我习惯在自己的小天地中离群索居。”他擦了擦嘴，从睡袍口袋中，取出一盒‘555’烟，使一个精致的打火机点燃。

“你家老爷子还经常赞助你吧？”我看着墙角的双门冰箱和脚下厚实的纯毛地毯问道。

“不！他自从续弦之后，作为一个父亲，在经济方面的功用已经全部丧失。”

“那你靠什么维持这么大的开销？”

“靠翻译东西。”

“美学论文？”

“不，我很少搞这些。因为用商业术语来讲，这些东西供过于求。我只翻译俏货，比如棒球、桥牌、名人轶事等等。这些小东西对质量要求不高，比较好经营。”他开始收拾餐具。

“中译外多，还是外译中多？”

“中译外多。因为这不用缮写，可以打字，经济效益最高。而抄稿子则是件费时费力的苦事。”

“你能翻译几种文字？”

“看你怎么要求了。一般说来，英文、法文较纯熟，日文也能对付。”他端起托盘向厨房走去。

“你的开关在哪？”小灯已调至最高压，可屋内依旧很暗。

他在厨房门口站住，按了一下一组白色开关中的几个，大吊灯亮了，小台灯灭了。

“我在这幢房子中的任何一处，都能操纵全部的灯具。”从厨房内走出的他，又按了一下写字台上的一组按键。于是，厨房中的灯、吊灯，壁灯依次动作了一回，“一个简单的逻辑电路，三年电学专业的唯一收获。如果不是走自己的电表，连这个都用不上。”他的声音中多少有些伤感的成分。

“翻译难吗？”我问。

“赚钱的事没有一件是容易的。鲁迅讲过：写作难，翻译尤难。这确是甘苦之言。”

“接着讲你三年的研究生生活吧。”我让过这个商业味极浓的话题，试图讨点真经。

“考上之后，”他坐到一张低矮的沙发上，舒适地伸开长长的腿，点上一支烟，有节制地吸着。“如何才能通过毕业考试，这个至关重要的问题一直折磨着我。从入学到毕业，并不是个自然的过程，这中间有无数关隘要逾越。第一是先天要足。换言之也就是导师的名望得大。只有导师的名望大，毕业答辩时，其余考官才不会过分为难你。第二，就是后天营养要跟得上。于是我再度搞调查，将所有可能在答辩时刁难我的人收入我的‘圣经’，在原有资料的基础上，梳耙整理，把《旧约》改成《新约》。”他又递过一个自制的大本子来。

“而这‘新约’的作用何在呢？”我问。

“一方面是为了博采众长，更主要的是为了在写论文时，能够避实就虚，避重就轻，我读他们的书，听他们的课，就像一个侦察兵在敌方的阵地上刺探军情。我要寻找他们的结合部，找他们的薄弱处，然后在这发起进攻。

一个月后，我顺利地登陆了。滩头阵地是很难巩固的，因为如果没有大量后续部队源源投入的话，先遣部队很容易被歼灭掉。为此，我开始拼命读书：坐在沙发上读，站着读，或者干脆躺在地板上读。”

“为什么不睡到床上去读？”我瞟了一眼卧室内那张深大的沙发床。

“那样会睡着的。”

“你的硕士论文到底选择了一个什么题目？”我问。他再工于心计，诗乐词画表现一个主题，恐怕也已是登峰造极。

“我是全国头一批硕士。无论干什么，头一次总是最认真的。所以，一般的题目极难通过。假如你想以别林斯基的美学思想为题，或者以柏拉图、莱辛、普洛丁等为材料做菜，那可正中考官下怀。因为他们大多是搞苏俄或西方美学出身，这从他们的简历上即可看出。几十年来的研究，他们已穷其微末，如数家珍。我敢说；他们提出来的问题，即令这些大师再世，也肯定答不出来。你若想换条路，从陆机、司空图、刘勰等人的著作入手，那好，另有一批专门搞国学的专家在恭候大驾。”

“别卖关子了，快告诉我你的论文题目。”

“凡尔纳把科学文学化，成为一代宗师；茨威格把精神分析引入文学，从而成为读者最多的德语作家。而且，家父的学术经历也给了我很大的启发：他在英国时，就开‘中国宋代建筑’这门课；而回了国，就改开‘文艺复兴时的希腊建筑’，反正是左右逢源。所以我也效法他们，利用本人念工科时攒下的虽不算高深，但对美学来讲却足够用的数学知识，以《数学与近代美学》为题，一次通过硕士考试。”

“天呵？”我不由地惊叫道，“那么你的理论能否经得住时间的考验？”数学与美学之间的关系我无从判定，所以只好这样问。

“我没有那么强的历史观。我只知道我顺利地通过了考试，从而挤进了一个更小、待遇也更好的圈子里。”

“人家就问不倒你？”我这一问，多少有些不怀好意。

“基本上没有什么人能超越我论文的范围提问。那些考官的名望与年事一样高，而人只要一老，所有的器官的功率都要下降。大脑也会软化，精神活动也要缩减。判断力、注意力也就松弛。再说在他们求学的年代，模糊数学、泛函分析、多维空间等数学工具还不时兴，所以即使他们想刁难我也办不到。

擒拿术的招法固然很多，但基本观念只是一句话：对手的胳膊不会朝哪个方向运动，就强迫他向哪个方向运动。只有这样，对手才会就范。如果你再进一步想，就会发现这也是世上所有对抗性活动的基本原则。"

"难道不能请些数学家来？"我问。

"美学家的胳膊不会向数学方向弯，"他边说边比划，"而数学家的胳膊又不会向美学方向弯。他们彼此听不懂对方的行话，根本就无法交流。所以我从从容容地从中间穿了过去。"

"那你还准备考博士吗？"

"博士！"在灯光的照射下，他的双眼发出莹莹的光，如同一对"祖母绿"。"当然考！"他站起身从书架上取出一个厚厚的大号文件夹，"我已经在着手准备了。"

"那你还得再吃几年苦，去寻找结合部处的漏洞往过钻，"我半开玩笑半认真地说，"难道你就不怕找不着？"

"会找到的。"他很自信地说，"如果找不到，就干脆钻它一个。因为学位这东西太重要了，在文场它是护身符，在官场它是敲门砖。一句话：它是本钱。只要有了本钱，再把它投放到生活这个市场中，何愁不生利乎？"

"本钱。生活。市场。利钱。"我喃喃自语道。

"你之所以写了那么许多小说而没有引起重视，除了观念不对外，方法论上也有毛病。"他站起身边走边说，"文学界如今已非原始的草莽状况，没有稀罕的，就别想立得住。可你却偏要去写人情、人性，背景放在'文革'中。而这就像祥林嫂的哭诉——惨固然惨，可已没人爱听了。"

"那你说该写什么？"他这种居高临下的口气，让我挺不好受。

"写冷门。写死角。抓苗头。看风头。争取当第一个。"

"可写自己不熟悉的生活。很难成为一件艺术品。"

“艺术品？哈哈……”他大笑起来，“高庚的画死后才被人发现；曹雪芹红楼传世，可一生潦倒。我钦佩他们的稀世之才，却并不想效法他们……”沙发深处传来他喋喋不休的大道理。

我不再说话。因为我发现在生活这场竞赛中，他与我在规则上的差别，实在是太大了——大到相互听不懂对方的行话、无法交流的程度。

他坐回了写字台前的皮转椅上，再次按动那组按键。灯都灭了，只剩下那盏小台灯还亮着，它黄乎乎的，有如黄疸病人的眼睛。而那张精巧的写字台，此刻好像成了一条船。这条船载着他，时沉时浮，渐渐没入虚无之中。

冷场。

“君记取，封侯事在，功名不信由天。”临别时，他握住我的手说，这是陆游《汉宫春》中的几句，不过从他嘴里说出来，就走了味，好像是一瓶敞口太久的窖藏老酒。

他姓李。当然也可以姓赵，或者随便姓什么。至于他的大名，我不想说。因为他还要考博士，倘若我披露了他的姓名，坏了他的前程，那他不来找我拼命才怪呢！

《山西文学》 一九八五年第九期
《小说月报》 一九八六年第一期

千里追捕

一　姚氏兄弟

B 市距北京只有一个小时的“火车路程”，所以京城之便，它几乎应有尽有。缺的只是京城之繁乱，京城之拥挤。故而大批“干休所”就应运而生了。

干休所几乎全部是“制式”的，也就是说，建造标准全是统一的。但如果你细细作一番调查的话。你就会发现，外观虽然统一。内部的差别却很大：有的是水泥地面，有的却是花瓷砖地板。另外还装有做工精巧的玻璃吊灯，五彩缤纷的塑料壁纸。至于你到底分配到哪一种，除你在位时的级别外，还要看你与“地方上”的关系如何。但无论哪一条，姚谈兵都应该住高一档的。

“每年的冬夏两季都是咱哥们儿的黄金季节。”父亲一出门，老大姚勤立刻松瘫在沙发上，脸朝上喷出一大团烟雾，其浓烈的程度，使人觉得似乎来自一个以污染著称的工厂。“晚上先请客，后跳舞，然后是录像。”他用大拇指与中指打了个响声，翻身坐起。

“我劝你最好还是自爱点。”姚恳冷冷地说。

若论相貌，兄弟俩几乎一模一样：英俊、高大、强壮。而性情上差别却很大：老大狂放，老二阴沉。

“哼！”老大姚勤无比轻蔑地“哼”一声，“想此弹丸B市，谁敢动咱们一指头。”

“据说很可能有一次大的打击犯罪行动。”姚恳很沉稳地说。

“打击个屁。你见着哪次打击行动彻底过？不过是抓几个小毛贼，装装样子罢了。再说，要是我倒霉，你也跑不了。”姚勤狡猾地挤了挤眼。

“我跟你可不一样！”姚恳说着站了起来。

“不一样？”姚勤也站了起来。“有哪次我搞来的货，在脱手前，你不沾上一手？”

“我那是为了正常的生理需要。”姚恳朝姚勤走过来，“而且我告诉你，”他双手插在军裤的兜里，站在姚勤面前。“你若敢对外人吐露一个字，我就碎了你。”他这个“碎”说得清脆有力。

姚勤慢慢地委顿下来。在这个家里，姚垦实际上是他最不敢得罪的人。虽然他是哥哥，而且一起长大，但他始终估计不透自己这位“小老弟”的分量。

一辆外观陈旧但声音和谐挂有“公安”标志的“幸福”牌摩托车，稳稳地停在姚宅门口。

“老大呢？”刚从车上下来的谢若沙问给他开门的姚恳。

“不知道他跑到哪儿去了。”

“老伯也不在？”在大门内，谢若沙望着黑洞洞的客厅问。

“候鸟们又北上了。”姚恳淡淡地说道。

“你什么时候也学会了开玩笑？”谢若沙注视着姚恳。说实在话，他并不十分喜欢这个外表英俊，但内心阴沉的人。

姚恳不置可否地耸耸肩，把谢若沙让进了他的屋子。

“你还玩这些？”谢若沙巡视着墙上那一对保养得十分好的中量级拳击手套，一根底部磨损得很厉害的皮跳绳和地上放着的大哑铃。

“有时玩玩。”

“俄语你也没丢？”谢若沙又把目光转向柜中的那一排新旧不等的俄文书籍。姚谈兵在三十年代，曾到苏联伏龙芝步校学习了很长一段时间，可以称得上是一个精通俄语的人。在谢若沙的孩提时代，他曾经把同事们的孩子集中起来，由他本人充当过一段“家庭教师”。

“随便翻翻。”

“你可真有本事，随随便便地干了不少事。”谢若沙说道。关于姚老大与姚老二不时地要搞一些非法勾当，他也有所闻。可因为他们的上一辈是生死与共的战友，他们又是从小一起长大的伙伴，所以他打内心不愿相信这些事。

“你这地图是装备到哪一级的？”谢若沙转到那张大写字台前，翻开叠放在上面的一张五万分之一的“新疆军用地图”，问道。

“军。”

“你从哪儿搞来的？”谢若沙注视着上面几道淡淡的铅笔线和几个略深一些的铅笔点，信口问道。

“原来老爷子单位里的。”

“整个市局也没有这么一张精良的地图。”谢若沙看了好一会儿后才把图合上。

“听说最近要搞一次大的打击行动？”

“打击谁？”谢若沙反问。

“你这个市局的大科长会不知道？”

“真的不知道。”谢若沙很诚恳地说，“三天后我就开始休假，刚从北京把妈给接来。”

“可你觉得会不会搞？”

“那是中央的事，谁能猜得着。”谢若沙好像很不愿意说这些事，但姚恳偏偏不肯转开这个话题。

“从理论上讲，在这一片大好形势下，是不会搞的。因为我记得有位古人曾说：刑为盛世所不尚。你以为如何？”姚恳眉毛一耸问道。

“你所谓的古人可是纪晓岚吧？”谢若沙也耸耸眉毛。

姚恳点点头。

“你为什么不说他的下半句：亦为盛世所不能废。如果盛世废刑，那清明之治从何而来？”

沉默。

“你抽烟吗？”姚恳从抽屉里取出一包“中华”烟。

“仍然没学会。”

“为什么不努力学学？”姚恳自己点上一支。

“怕再和你赛拳的时候，坚持不了十二场。”谢若沙开了个玩笑后，就站起身，“回头让老大把他答应借给我的那套《古拉格群岛》送到我那里去。要不然，我这三个星期的假就要虚度了。”

“一定转达。”

送走谢若沙之后，姚恳关上大门，拐进了姚勤的卧室，审讯似地问：“你老实跟我说，你近二年来干的那些不三不四的坏事，其中有多少问题有人可能向检察院起诉你？”

“一个也不会。”

“如果形势变了呢？”姚恳咄咄逼人地追问。

“你凭什么这么问我？”姚勤心里还想着刚才的情形。

“老实说！”姚恳又把一只手插入手袋。

“……”姚勤盯视着弟弟那只插在口袋里的手。他总有种感觉：口袋里一定是那把他从不离身的纯钢芬兰伞兵刀。他最清楚这位弟弟是个一不做二不休的人。还在上中学的时候，有一次他被一位高年级的学生打了一顿之后，向弟弟哭诉了委屈。弟弟一言不发地看了他好一会后说：“你真笨。”扭头就走了。一个星期后，姚恳在半夜从下水道爬上学生宿舍的三楼，用刀划开窗纱，纵身一跃，重重踏在那个学生的鼻梁骨上，然后打开房门溜之乎也。事后，校方查了很久也没查出破绽来。从此姚勤心中就对弟弟生出一种敬畏之感。并唯心地认为：在弟弟血管里流的血，肯定和他的不一样。

“你要做好随时出走的准备。把咱们前些时候搞来的金条、现大洋都准备好。”姚恳用警告的口吻说完这段话之后，又说：“我有种预感：一次大的行动迫在眉睫了。”

几个小时之后，醉醺醺的姚勤挣扎着爬上“席梦思”床。

大的行动？他强迫自己开动大脑，逃跑？往哪跑？反正我这辈子好吃的吃了，该玩的玩了，死了不冤！想到这，他一下子跌入梦的深渊。

与此同时，姚恳却在收拾东西。他把一支“左轮”手枪装进军用雨衣的口袋里，然后把雨衣叠好，放入一个间隔很多的中号提包内。随后又依次放进手电筒，粮票、现金和一个羊皮面的小本子。

等把这一切都收拾完后，他又俯身在那张五万分之一的地图上研究开了。

他是个很有头脑的人。任何行动都要经过周密的计划。这个习惯是他从上中学那次爬水管之后就养成了。

二　西山疗养院

西山疗养院最大的特点与其说是风景优美，生活舒适，不如说是幽静。

对谢若沙来讲尤其是如此。公安干警的生活是十分紧张的，尤其是在像 B 市这样一座新兴的城市更是这样。此起彼伏的犯罪活动，使他疲于奔命。

不过眼下他没有去考虑破案的事。工作有的是，永远也作不完；而休息的机会却不多。他是在破了一桩大案之后，放弃了五十元奖金的权利，才换来这三个礼拜的假期。所以他决心好好地玩一玩，读读书。

“姚老大真是个大王八。”谢若沙边开台灯边骂，“讲好了给我送书也不送，害得我没书读。”

“我带了两本，不知你爱读不爱读？”刘惠文打开小皮箱。

“一本《育儿常识》外带一本《大众菜谱》。”谢若沙笑着说。

“还有一本《新婚必读》。”刘惠文说着把两本精装的书扔了过来。

“《回忆与思考》”谢若沙惊喜地喊道，“真是！知我者，惠文也！”

在很静的夏夜里，朱可夫元帅那充满统帅气质的思想、深刻的战例分析，深深地吸引了谢若沙。

三　热锅上的蚂蚁

姚宅有三部电话机：一部是通往军区的直线，红色的；一部是米黄色的市话；一部是副机，黑色的，装在姚谈兵的卧室里。

下午四点钟，那部米黄色的话机，发出低沉而有节奏的蜂音。正在沙发上闭目养神的姚悬一跃而起，抓起话筒。

“你估计的很对，”话筒中传出沙哑的声音，“是有情况，五点半老地方见。”

“好。”

“这次打击行动面很宽，而且你们兄弟俩惹下的那几个苦主又告个没完，所以我劝你们早作打算。”在城西一座废弃的楼房后面，一个脸部主要特征全部被一幅大墨镜和一顶带沿凉帽盖住的人，用沙哑的声音对姚悬说。

“有没有通过活动解决问题的可能？”

“你今天怎么变得这么幼稚？就凭你兄弟二人强奸、走私、抢劫等查实后，纵有十个脑袋也该挨‘洋花生米’了。”那个操沙哑口音的人往楼后阴暗深处边走边说。从他迟缓的动作上来看,其年龄决不会在五十岁之下。

“是呵,即使是最老练的人,在大难临头的时候,也会不由自主地产生一些幻想。”姚悬阴沉的脸上,掠过一丝苦笑。“我再问一句:消息的来源可靠吗?”

“只传达到市委常委和有关部门的主要领导。上头——”那人用手指指天,“决心很大,要一网打尽。为了防止泄密,还采取了不少措施。”

“你说,我该怎么办最好?”姚悬脸看着别处问道。

“跑。”那人用很低的声音说。

“往哪跑?”

“这我就不知道了。不过你们若能在三天之内跑到国境线上,就有可能越过去。因为据我的经验:一个大的行动,没有一个星期,是组织不起来的。”

“为了感谢你这次提供了如此重要的信息,酬劳费自然加倍。”姚悬从口袋里取出一个薄薄的牛皮纸信封,里面装着两张伍百元票面的外汇兑换券。

“这次不要钱。”那人推开信封。

“那你要什么?”

“什么也不要。因为这是最后一次了。”

“最后一次?”姚悬脸上又浮起阴沉沉的笑。“我以后遇到困难时,还是会来找你的。”

“那我就告发你的行踪,并且矢口否认咱们之间有过任何私下的来往。”

“法院是不会轻易相信一个人的,即使他无比清白。”姚悬双目直逼那副黑色的眼镜,似乎要穿透它。“再说我也并非口说无凭。”

“你即使找来十个证人,证明你曾经为了某些原因给过我钱,可只要我否认,法院是不会相信的。这就是立法者与执法者对人证所持的态度。”此人说起话来文诌诌,“我觉得凭我在法律界的阅历、地位,你还是相信我的话为好。”

“可我要是出示一件经得起推敲的物证呢?”

“那自当别论。不过，”那人松弛的脸上也浮起笑意，“你绝不会有。关于这点，我想到的比你要早。”

“老兄一激动，声音的全部特征就暴露无遗了。”姚恳从口袋里掏出一个盒式录音带，“想听听录音吗？”

那人脸上的肌肉立刻开始抖动，而且是高频率的抖动。

“智者千虑，必有一失。”姚恳把录音带朝上抛去，然后又接住，“你忘了你在给谁打电话，也忘了对方的电话机是什么级别的，装没装录音机。”

占了上风的姚恳此时极是得意，不断地抛着录音带。当他第四次往上抛的时候，那人用一个与他年龄、身材、身份都很不相称的动作，迅捷地从半空中捞走。

“我其实完全可以在你抢录音带的那一瞬间把你的肋骨击断，然后再扳断你的颈骨。”姚恳习惯性地把手揣进裤兜，“不过为了区区副本，不值得伤条人命。”

“你到底要我干什么？”那人定了好一会儿神后，才问。

“第一，今天晚上九点钟，给我搞两份公安部门的空白证件和一辆行程不超过一万公里的北京吉普，送到此地。”

“我答应。”

“第二，在我们过境之前，凡是我个人认为你能够做到的事，你都必须做到。否则，我们即使越境成功，也要把录音带寄回来。”

那人微弱地点点头。

“你多吃点。”姚恳把冰箱里所有的食物都取了出来，一股脑地堆在桌上后，对姚勤说道，“下一顿饭不知要在何时何地才能吃上。”

“怎么啦？”

“一个钟头之后，”姚恳看看手上那块“航空表”，“咱们俩就成了亡命之徒。”

“到底怎么啦？”姚勤的脸涨得通红，一两秒钟内，就分泌出大量汗液。

"有可靠消息,明天,最迟不过后天,要开始一场从重、从快、从严打击犯罪行动。所以我决定今天出走,你如果想一块逃的话,就收拾不超过十公斤的物品,两千元以上的现款和我一起走。"姚恳用快刀斩乱麻的方法,把话一下说完后就埋头苦吃起来。

姚勤却待在那里,一口也吃不下去。

"搞起女人来,你雄风十足,此刻却成了这副样子。"姚恳重重地拍了拍哥哥的肩膀,"我不在乎多你这样个累赘。怎么样?想好了没有?"

"想好了,想好了。"姚勤连连说。其实他方寸全乱,过去的二十五分钟内,脑细胞都待在原位未动。

"那就开始行动。"姚恳从沙发后面取出一把闪动的斧子和一根钢条,"咱们在这幢房子里面的第一项,也是最后一项工作,就是将所有的硬通货,全部带走。"

四　中断的假期

"你的电话。"刘惠文对光穿着条小裤衩,正躺在凉席上看书的谢若沙说道,"市局来的。"

"不接。"谢若沙翻了个身,把宽阔的脊背留给妻子。"老子花了五十块钱,才买来二十天轻闲,而且他们答应过:天塌下来,也不来找我。"

听到这话,刘惠文迅速地走去回电话。作为一个贤惠而敏感的妻子,她早就觉出丈夫无论身体还是精神方面都疲劳已极,早就该好好休整一下了。

可一分钟之后。她又走了回来。"是方局长的电话。他请你亲自去听听,然后再作决定。并说，用整个金秋十月来换你剩下的十五天。”

谢若沙这才慢慢地放下书，艰难地站了起来。

“什么任务？”谢若沙极不耐烦地对听筒吼道。

“即使丢了我这顶不大不小的乌纱帽，我也要透点口风给我们全局最优秀的刑警。”声音柔和的方局长很会做工作，两句话就把谢若沙的注意力吸了过去。“你平素总叫唤的正本清源的行动开始了。如果你肯和我做那笔‘换假’交易的话，也许还赶得上第一仗。”

“什么假不假，你快说，让我什么时候赶回去？”

“接你的车子已经出发了，估计马上就到你那里。”

“‘任是深山更深处，也应无计避征徭，’”谢若沙故意拖着沉重的脚步，转回小屋。“没办法，只好回去。”他对妻子说。

“给你。”刘惠文把个小型手提包递给他。“早知道咱们这假就过不安生！”

“怎么，你把这个也带来了？”谢若沙嬉皮笑脸地把包接了过去，伸手去拉拉链。

“别检查了。从来的那天起，我就把这个包给你准备好了。”刘惠文说道。像所有经常要出门的人一样，谢若沙有着单另一套洗漱用具与替换衣物，平时备而不用，为的就是到时候一提就走。可这次，他为了表示“雷打不动”的决心，来的时候故意把这个包丢在家里。

“真是‘知我者，惠文也’！”他情不自禁地吻了妻子一下。

“话说三遍淡如水。”汽车喇叭声中，刘惠文推开他……

五　谢若沙出马

尽管此刻的气温高达摄氏三十四度，参加会议的科长们，都穿着雪白的制服，大盖帽放在每人的右手侧，在铺着绿台布的条形会议桌上形成平行笔直的两条线。只有谢若沙穿着便衣，所以很显出点鹤立鸡群的劲儿。

“咱们是全国的第一个试点，这其中的意义我就不再重复了。关键要快，争取一网打尽。行动方案已经发给大家，各人的目标都写在上面，给你们二十分钟的时间阅读，然后有疑问的留下，没疑问的回去马上集合人马，午夜十二点准时开始行动。”方局长言简意赅地把话说完。

别人都在阅读事先发给他们的方案，唯独迟到的谢若沙百无聊赖地坐在软椅上，手中来回地玩弄着一支不锈钢的自动铅笔。至于为什么没有他的方案，他没问。不过他知道不会白把他叫回，肯定有“大头”给他留着。

十分钟之后，就有人向方局长提问题。方局长一五一十地解答，就像一个课备得很好的特级教师在答题。

半小时之后，所有的科长们全都分头行动去了。偌大个会议室里只剩下方局长与谢若沙。

“里面谈。”方局长打开一扇门，把谢若沙让进一间小会议厅。

“干吗这么保密？”谢若沙坐定之后问。

“有一次市常委会开会研究人事变迁问题，廖书记再三要求保密。可两天后，我就听到了风声。”方局长关上门，“世风如此，不得不防呵！”他打开电风扇。

“叫我去抓谁？”

“姚谈兵的两个儿子。他们所有的材料都在这,刚从法院与检察院转来的。”方局长从公文包中取出一个大牛皮纸信封。

“罪证确凿吗?”谢若沙没打开信封。

“确凿。”

“为什么单派我去?”说实在的,谢若沙不愿意亲自动手去抓自己儿时的“小伙伴”,尽管他们犯了罪。

“姚老头很难对付。前些时候,检察院的两位同志去他家了解情况,竟被他给骂了出来。”方局长清清嗓子,“在这由权向法的过渡阶段,有许多问题是十分微妙的,需要派一个精通其中门道而且非常能干的人去处理。而这个人,”他一本正经地说:“舍你其谁?”

“您别给我灌迷魂汤了。”谢若沙站起身。“我有两个条件:一,派给我四个帮手;二,回头别忘了给我补假。”

“假我忘不了。可人只能给你三个。”

“可据我所知,姚恳是个相当不错的射手,而且姚宅无疑是有武器的。”

“那只好我跟你去了。”方局长双手一摊。

“您?”谢若沙打量着身材矮胖的方局长,“搞逮捕恐怕嫩了点。”

两个人都笑了。

一辆标有“公安”字样的警车,连灯也没开,无声无息地滑停在离姚宅三百米远的地方。

“我从墙上翻过去打开大门。”谢若沙把军式工作衣袖口上的扣子扣上,把自动手枪的保险打开。

“站在我的肩膀上吧。”陈明说着紧跑两步蹲在墙根。

可没等他蹲下,谢若沙已经翻了过去。

五秒钟后,大门无声地开了。

“我撞开楼门后,小陈与老孔上二楼右边的第三间房,去抓姚勤;我去左边第二间房去抓姚恳。”谢若沙简短地命令道:“他们要反抗,就开枪。”

谢若沙先上前摸了一下门锁的位置，然后退回来，助跑两步，就奋力向那扇厚实门的下部撞去。

“咔嚓”一声，门锁被撞开。他一步四级越上楼梯。

“跑了。”他抓起姚宅的电话向方局长汇报。“而且肯定是在今天下午跑的。”

“何以见得？”

“餐桌上那筒啤酒还很新鲜。”

“好。你们先回来，咱们商量一下再说。”

“真是‘金风未动蝉先觉’。”方局长给谢若沙倒了一杯水。“这件事局里只有我们五个常委知道。你说怎么就传了出去呢？”

“这得问你们。”谢若沙一仰脖把水倒进喉咙。

“你有什么追捕方案吗？”

“这会儿哪来的方案？”谢若沙伸了个懒腰，“此刻我得去睡觉了。明天早上再说吧。”

方局长真想把谢若沙叫回来，可这也没有用。因为此刻一点线索也没有。谢若沙回到办公室里，从卷柜后面取出一张行军床，然后把电话机放到床下的地上，合衣躺了下去。不一会儿，就进入了梦乡，并打着轻微的“呼噜”。

“东城分局的值勤车被盗，车号是77—5454。”

“城东树林内发现一辆无牌照的‘轰塔1000’摩托。”

方局长把两段电话录音放给谢若沙听。在全局中，他是首屈一指的“电子工具应用”的推行者。

“这还跟没有差不多。”谢若沙又听了一遍后说。

“已经向公安部里打了报告，让他们在全国范围内通缉。一旦有了线索，咱们就派人去抓。”

“而这桩美差仍是舍我其谁？”

“是呵。”方局长重重地拍了一下谢若沙的肩膀。“我手下要是有十二个你，那我就让你们轮流每年休十一个月的假,只留一个待命就行了”

市局电传室。

“一九八三年八月一日,开封市公安局报告,发现一辆北京吉普被丢弃在车站,牌照是“77—5454”。

“他们这恐怕是疑兵之计。”谢若沙作着分析。“据我估计,”他从塑料布内取出一张很旧的全国地图。“他们肯定不会从广州海关过境,最大的可能是从云南、广西一带越境去越南。”

“我已经通电南方各省,让他们监视各次列车。不过从今天起,全国打击刑事犯罪行动全面铺开,各地都会感到人手不足,所以恐怕还得劳你的大驾了。”

“给我一个人和全部的行动权。”谢若沙站了起来。

“行。”

“你去株州,我去北京。”谢若沙对助手陈明说。“这是一千元现款。务必跟我每天在早上八点、中午十二点和晚上十二点通三次电话。一旦接到我的命令,立刻乘最快的交通工具,在指定地点与我会合。”

“咱们为什么不在全国范围内组织人,捉拿他们俩?”陈明边往出走边问。

“组织一次大规模的捉捕行动,最少要花一百万左右的钱。对这两个小毛贼来讲,未免多了点。”

“可您有把握抓住他们吗?”陈明半带天真地问。

“光我一个人恐怕不行。不过要是加上你,恐怕差不多。”

“您真会开玩笑。”

“你长得越来越像你爸爸了。”北京卫戍区的一位姓宋的首长使劲握住谢若沙的手。

“您还想把我握痛吗?”谢若沙也用上劲。在他小时候,这位宋伯伯每次都要把他的小手捏成棍状,痛得他大叫,否则决不罢休。

相持了好一会儿后，宋伯伯才松了手。

他坐到沙发上的时候，示意谢若沙也坐下：“如果不是当年你与‘四·五’事件有牵连，被人家雷厉风行地‘除掉’的话，这会儿恐怕最少也是团级干部了。”

“可如果不是您当初把我收容在羽翼下，我此刻恐怕还在插队，或者在抡镢头。”

“你的小嘴倒挺甜的。说吧，找我有什么事？”宋伯伯军人气十足。

“第一，想找您借一套一九八二年出的全国分省军用地图。五万分之一的。其中新疆，内蒙两区，要分县的。”

“公用？还是私用？”

“公用。这是介绍信，”谢若沙把介绍信递过去。

“好家伙，小毛头也成了科长了。”宋伯伯戴上老花镜，看了好一阵介绍信，“科长也是团级干部。”

B市市局的科长与军队师部的科长不同，并不是团级。不过谢若沙没有纠正他，只是接着提出第二个要求。“另外想让您在部队招待所给开一个有电话的单间。”

“行。”宋伯伯拿起电话，“套间也行，不过不知道你这个团级干部能不能报销。”。

“能报。”

不一会儿，军用地图就送来了，满满一大包。

“如果不泄密的话，我想问问你这次要抓谁？”

“反正不是您。”谢若沙并不是因为保密才不说，而是不想让老人家伤心。因为他曾是姚伯伯手下一员很出名的虎将，而且当年收留自己的同时，他也曾把落难的姚氏兄弟安排在他那里。

谢若沙一进卫戍区的东小楼高干招待所的那个套间里。就先钻入浴间痛痛快快地洗了一个澡。然后用军用线要通湖南，转到陈明处。

“以后，你每天三次给我往这里打电话。有紧急情况，千万别用地方线路，想尽一切办法，通过军用电话转，这样要快得多。记住！”

放下电话之后，他扭回身，目光落在彩色电视机的一块牌子上。

“您住的是甲级房间。每天二十元钱……二十四小时有热水供应……您若出去可向四五九要车，您若打电话，可……”他喃喃地念完之后，就把牌子翻过去。条件真不错。不过将来报销时恐怕是个麻烦。可我要在这个地方足不出户地待三天以上或者更多。如果要找一个三人房间，那将无法工作。他在心里尽力为自己开脱。

吃完午饭，他小睡了片刻，然后就埋头翻开了地图。

两个小时之后，他精选出几张，其中大都是新疆、内蒙两区。

至于为什么他特别看重这两个地区，眼下他恐怕还说不出所以然来。只是出自一种本能的直觉。两人要从此地过境。

直觉是各种潜意识的综合体现。若是能讲出道理来，就不叫直觉。而该改称“推理”“分析”“证据”或其他的名称了。

六　不可逆转的追捕

谢若沙很舒适地躺在长沙发上睡觉，耳边放的电话响了。

“三小时前，有两人向两名海军军官开枪，击毙一名，击伤一名，用的是左轮枪。据分析很可能是姚氏兄弟。”陈明从电话里汇报道。

“然后他们的行踪可有线索？”

“没有。不过据我分析，他们很可能南逃。”

B市。开封。株州。三点成一线。箭头指向南方。他们没这么简单，一连串的念头似光速飞过谢若沙的脑海。

“我教你的小招数灵不灵？”但他并没有把这些话告诉陈明。

“挺灵的。”陈明实在不明白谢若沙此刻还有心思问这些。

“那么再有情况再玩一次。”说着他放下了听筒。

“听了陈明的汇报后，几乎所有参加局务会的同志，都认为你应该南下。”方局长在电话里对谢若沙说。

“我记得我曾经向你把行动全权给要了过来。”谢若沙回答。

“我只不过向你转达大家的意见，并不是在指挥你。”

“那么谢谢你的好意。”谢若沙说道。

七　将在外不由帅

“你上第一节车厢，我上第二节。有情况就跳车，然后到郑州的李无凭处会合。”姚恳对姚勤说。

“咱们干吗又往回返？”

“你这个大笨蛋，什么也不懂！”姚恳低声骂道。

“看来你《孙子兵法》学得不错。有道是‘虚者实之，实者虚之’。”走出十余步后，姚勤才回过味来。

“祝贺你有生以来第一次把头脑用在正道上。”姚恳往紧裹了裹那件带衬里的风雨衣。“现在到车站正好。”

与车平行的粗粗的雨线掠过车窗。

姚勤在第一节车厢睡着了，但睡得很不踏实。因为他那享受惯了的躯体，非常不适应这种半卧半立的睡姿。

姚恳却睡得很香。因为他深知如果一直不断地使神经系统处于紧张状态的话，那么保证他连一个月也活不出去。有时候必须假定对手还没有察觉自己的行动。从而使自己睡个实实在在的觉。

这场雨的覆盖面积很大。几乎半个中南和整个华北都在下。所不同的是北京的雨没这么大而已。

我为什么总觉得他们要往北跑呢？——谢若沙放松肌体，躺在稍稍超过体温的浴水中沉思。我有什么有力的根据吗？……

当人的肉体停止活动，并处在一种最舒适的状态时，精神活动最圆满。许多著名科学理论，都是在浴盆发明的。鉴于这一点，谢若沙每天都要洗两个热水澡，累计已达六次。可全白洗了，一点灵感的火花也没被“烫”出。

那是例外。他安慰自己。有例外就有正常，他开始拼命地驱使自己的大脑细胞。

新疆地图。俄语书。姚伯伯在苏联的经历。他猛地从浴缸里跃出，胡乱擦了擦身。就冲了出去。

他趁着记忆新鲜之际，把浮现往脑海里的那几个点标在地图上。尽管他对这几个点是否正确，还没有一点把握。

“给我接长途台。”他从提包中取出一个硬面笔记本。这个笔记本是他的《通讯录》，所有人名都按字母顺序排列。他依次向长途台报出他要接通的电话。

两年前，他曾经在上级举办的一个“刑侦技术训练班”学习了半年。在这半年中，他除了在业务上有了些提高外，最重要的收获就是由此建立起一个非正式的联络网。这个网中所有的结，几乎都是和他年岁相仿的人组成。基于现代罪犯活动率的增高，这个网曾经起了不小的作用。其中的原因很简单：启用这套班子用不着请示、汇报、填表、盖章，只要一拿话筒就行。

“京胡吗？”第一个电话接通时，他脱口叫出对方的绰号。“你的体重又增加了多少？”

“已经跃出中量级的范围进入了次重量级。这回你恐怕连三场也坚持不下来了。”兰州的胡亦明科长边抽雪茄边回答他的问话。

“肯定能坚持十个回合。”谢若沙说道。论拳击他不是胡亦明的对手，可他打得非常顽强，在训练班里堪称是胡的头号对手。“不知你还记不记得上次抓住那个杀人犯后，你对我说的话？”

“你随时可以连本带利一起取走。”胡亦明一口“京片子”，故而才有“京胡”之称。

“好。现在我要求你……”谢若沙慢而清晰地报出姚氏兄弟的特征和可能的行动方向。

西安的电话来了。

新疆的电话来了。

当然，像谢若沙这样一个已过了“而立”之年的人，是不会孤注一掷。把一切都押在自己的“北上”方案上的。之后，他与南方各省的“网结”也通过了电话。

“这玩意儿，”谢若沙放下那台按键式的电话机后想道：“再配上一级战备线，可真是无与伦比的好东西。”

“最近有没有什么妇科手术需要我们哥俩帮忙？”脱下雨衣后，姚恳微笑着用不大不小的声音对李无凭说。

“别开玩笑了。”李无凭惊恐地看着厨房的方向。

有人欠谢若沙的情，自然也会有人欠姚家兄弟的情。事情是这样的：

在话剧院工作的李无凭一次在北京调演期间，与某女士交往过密，从而发生了一起事故，使得以“惧内”著称的他惶惶不可终日，幸亏姚氏兄弟帮他“善”了“后”。

“如果你还有的话，尽管说。”姚恳非但不降低声调，反而提高了一度。

“你们要我干什么？”李无凭用哀求的声调乞求道。

“提供两天的食宿。”

“行，行。”他刚答应完，妻子修晓棠就端着菜走了进来。

“我常听无凭提起二位，今日能光临寒舍，真让我们高兴。”修晓棠是个面容姣好，身材苗条的女子，且颇具外交才能，“无酒不成宴席。”她说着从柜中取出一瓶“西凤”，“本地酒，给两位喝惯茅台的主换换口味。”说着就动手给大家斟酒。

不知是修晓棠劝酒有方，还是连日来劳力又劳心，不过三杯，姚恳就觉得过了量。但他还是强迫自己吃下不少高热量的菜，然后挣扎着爬上床去。

迷迷糊糊中，他觉得姚勤也进来躺下了。

不一会儿，他觉得哥哥轻手轻脚地走了出去，他本想睁开眼看个究竟，可酒劲掺着疲劳一个劲往上涌，使他取消了努力。

“你到厨房、走道、厕所，或者随便什么地方待上两个小时再回来。”睡梦中的李无凭被一件冰凉的铁捅醒后，又听到如上命令。

“呵！”他惊叫一声。“枪！”

“快！”姚勤挥舞着手中的枪。

枪的威力，李无凭虽然没有领教过，可愈没有领教过的东西威慑力量愈大。尤其对他这样一个无脊椎动物更是如此。

他在这之后的两小时内一直在哆嗦。

“你他妈的。”姚恳对准姚勤的腹部狠狠地打了一拳。“性命难保之际还不忘这些勾当。”他从那对夫妻面部表情的转换上，猜测出实情。

“牡丹花下死，做鬼也风流。”姚勤嬉皮笑脸地说。他知道这是对付发怒的兄弟最好的办法。“也如同你所说的，生理需要嘛。”

话音未了，他的脸上又挨了重重的一掌。

普天下所有的干部子女都是目空一切的！陈明愤愤不平地想。尤其是像谢若沙这样的少年得志者更是如此！他凭什么不采纳我南下追捕方案？

陈明对刚才在电话中，谢若沙指定他留在原地的命令大不以为然。他念过几本书，就把我精心设计的方案一下子枪毙了？他愈想愈气。我要越级请示。想到这他拿起了听筒。

“你的方案我全明白了，其中也有不少可取之处。”方局长在电话里细声细气地对他说。“可我已经授权谢科长，你还是等他的信吧。”

“疑人不用，用人不疑。”方局长放下电话后自言自语道。他虽然搞不清谢若沙在干什么，但还是决定不去打扰他。

可人之所以称为人，那是因为他有着无比复杂的思想。所以在第二天的碰头会上，他还是有意无意地对三位副局长提起了这件事，试图缓解心中的压力。

“我们在此的一切情况，你们倘若敢对外人吐露半个字，我就杀了你们全家！”姚恳在收拾完行装准备出门时，对李氏夫妇说道。“包括你的父亲，”他指指李的脑门，“和你的孩子。”他又指指修晓棠。

虽说修晓棠分不清面前这位到底是姚勤还是姚恳，可她敢肯定这人比前天晚上粗暴地占有她的那个畜生要可怕的多，尽管他并没有挥舞手枪。

“真是奇耻大辱。奇耻大辱！”妻子的抽泣已经两天两夜，此刻终于厚积而薄发了。在这哭声中李无凭慢慢地坚强起来。“此仇不报，我枉为男儿身！”他霍地站起身，门也没关，雨衣也没穿，就冲入无边的雨雾中。

在市中心广场上的长话六楼里，一个穿风衣，裁鸭舌帽的人，在一间电话室里低声交谈。“如果你果真有什么特定的方案的话，我劝你还是改一改。”一个沙哑的声音对他说道。

“为什么？”

“有人似乎已经掌握了你的方案。”

“什么人？”

“谢若沙！”

“谢若沙？”姚恳惊讶之际，没有任何信息反馈回来。

“你得想尽一切办法把他调开。”姚恳知道对方不敢先放下话筒。“否则一切后果由你负责。”

话筒里似乎没有回答。但姚恳肯定对方是听到了。

“上级要召开第一阶段总结会。我去几天。这期间的工作由老林主持。”方局长临上车前嘱咐，“但任何大的问题必须向我请示。”说句实话，如果没有诸如资历、惯例之类原因的话，方局长宁肯把担子交给年轻的郝副局长，因为他觉得，林副局长似乎有些靠不住。

“知道。”声音沙哑的林副局长应着。

“西安来了情报，姚氏兄弟五个小时之前还在那里，你立刻乘二十点十分的班机飞抵北京，我在机场接你，然后咱们乘坐二十三点的飞机去西安。”谢若沙给陈明下达行动指令。“明白了吗？”

“明白。”陈明其实很想问问姚氏兄弟有什么线索，可他没敢问。因为谢若沙很讨厌说没用的话，他第一次与谢通话汇报时，刚说了两句，就被打断。“你试着去掉四分之一，看看我能否听懂。”——谢若沙曾经用这样两句使他终生难忘的话，截住了他的汇报。

从飞机的舷窗看下去，午夜的大地一片漆黑。

“他们在亡命之际还干这件事！”陈明听完了谢若沙的介绍后，颇有感触地说。“如果他们老老实实地逃的话，我此刻还在株州傻等呢！”

“狼走千里吃肉，故而千里留腥。再说老实人怎么能成逃犯？”谢若沙把衣服往紧裹了裹，就进入了假寐状态。

“两支校过的左轮手枪，一顿十块钱标准的饭，另外还有个小添头，”谢若沙从机舱出来，对前来机场接他的谷副处长说。“要一辆行程不超过一万公里、性能良好的越野汽车，至于什么牌子我不在乎。”

“人往往把最重要的东西放在最后，作为小添头提出来。”谷副处长笑了笑，“你提的要求加在一起怪吓人的。”

“我们那一班同学中，数老谷的官大。”谢若沙对陈明介绍说。“所以人民对你的要求也就高了。”他又把脸转向老谷。

“请派个刑警去把李无凭夫妇找来。”吃罢饭谢若沙从布夹克的口袋里掏出一块洁白的手帕擦了擦嘴后说。

“你凭什么从下飞机起就一直下着命令？”谷副处长眯着眼睛问。

“凭你手枪、半自动的射击成绩都不如我。”谢若沙也学着他的样子眯起眼睛。

“经过这么长距离的跋涉，你们不休息一会儿？”各副处长和解地笑了笑后问。

“不远。长安今咫尺，一笑过临潼。如今是二十世纪，我们坐的是 747 飞机，不是毛驴，我的处长大人。”谢若沙边说边往出推谷副处长。

在对李氏夫妇的历时三个钟头的询问过后，谢若沙只搞清了两件事：一是姚氏兄弟用的都是左轮手枪，并无长武器；二是他们有一张地图。

“这三个小时几乎等于白干，一点有用的信息都没有。”陈明伸了个懒腰后说道。

“你应该记住，对于干咱们这行的，任何信息都可能是有用的。”说着谢若沙走向电话机，给 B 市公安局挂了个电话，以便他们有消息可通知他。

“给你两支枪。”早晨七点半，谷副处长就来了。

“没有新一点的枪了？”谢若沙掂量着两支烤兰已经褪尽的六点三五毫米的日本“杉浦式”手枪。

“真的没啦。”各副处长耸耸肩。

“那就算了。”谢若沙嘴上虽然这么说，可趁谷转过身的当口，敏捷地从他制服下面的皮带上，把枪抽了出来。“这支倒挺合手的。”

“说出型号就给你。”谷副处长一副无可奈何的样子。

“英国产。威伯莱 4 型。口径十一点四五毫米。”谢若沙很有把握地说。

“算你有眼力。”谷副处长拿出两张纸：“持枪证”。

谢若沙笑了。

“咱们下一步去哪儿？”八点半时，陈明问道。

谢若沙耸耸肩，然后答非所问地说：“时间这东西最大的特点就是每人都有自己那一份，以至于你不用也行。”他清清嗓子接着说，“西安的古迹不少，其中最值得一看的就是碑林，你千万莫错过机会。”

“那你干什么？”

“等电话”。

“哪儿的电话？”

“四面八方。”

他们到底从何处越境？假如我是他们，会挑选一条什么样的路线？陈明刚一出去，谢若沙就取出地图开始研究。直到陈明回来，他还保持着原来的姿势，手中拿着一个两倍的放大镜。

“咱们下一步该采取什么行动？”陈明念念不忘此行使命，看来玩也没玩痛快。

“等待。”

“我看该积极地找一找。”

“这么大的西部地区，你到哪儿去找？”谢若沙一指地图上那一片黄色。稍停片刻后，他可能觉得自己刚才有点粗暴，就解释道，“他们是偷偷摸摸地逃，速度肯定要慢得多，而咱们却可以借用任何交通工具，所以我才决定采取以逸待劳的方案,决定等消息。”

这一等就是一天半。

西安是我国著名的“四大火炉”之一。那间位于顶楼的办公室更是热得不凡。因为太阳光轻而易举地就晒透了那薄薄的预制板。

“咱们可能正处在这个大火炉的燃烧中心上。”陈明边擦汗边说。

“心静自然凉嘛。”谢若沙把手中那本刚看完的书递给陈明,“看看书就能解暑。”为了等电话,他已经两天半没出门了,可仍显得挺精神。

“《错案》。”陈明读着书名,“谢科长对这种文艺书也感兴趣?”

“岂止是感兴趣。本人乃是B市首屈一指的侦探小说收藏家。”谢若沙把凉席铺在地板上,脱下长裤,双手抱着两条长长的、肌肉分明的腿,开始大吹其牛。

傍晚时分,兰州的电话来了。

“刚才在市中心食品商店,一位售货员报告有一个旅客在她那里买了一百块巧克力。”“京胡”说道。

“可这又说明什么呢?”谢若沙停了一会儿,看再也没有下文就问。

“他还买了三十包压缩饼干。”

“你他妈的有屁快放,别卖关子。”谢若沙急了,“现下一刻千金。”

“她还看见这位旅客的提包中有两夹子弹,另外还有一个与此人极相像的人,在商店门口徘徊巡逡。所以据我那个无与伦比的大脑分析……”

“不用分析了,准是姚勤、姚恳,凌晨三点,找辆车机场接我。”

正在谢若沙穿上衣的时候,屋角小柜上的电话又响了,他制止住扑向电话机的陈明,“慢点走,别把好消息吓跑了。”

“林副局长找你。”陈明把电话递给谢若沙。

“知道了。”在接过电话筒后的好几分钟内他只是听,一句话也没说。

“他要你干什么?”陈明看着谢若沙阴沉着的脸问道。

“他要把我调回去,派二科的陆胖子来接替我。”

“理由呢？”陆胖子是全局有名的废物，甭说追捕犯人，就是押犯人，他也不知道会不会。为什么要派他来？陈明大惑不解。

“说我跟姚氏兄弟曾经是朋友，理应回避。”谢若沙稍微停顿了一会儿后又说，“行了，收拾东西吧。”

“回B市？”

“不，去兰州。”

“可你不是已经答应了林副局长了吗？”

“我并没说同意，而只是说‘知道了’，这两者之间的差别是非常非常大的。”

“可干咱们这行的，若是违背上级的命令，将要付出很昂贵的代价。”陈明决定将自己的忧虑全部说出来。

“世界上最昂贵的代价是错误。”谢若沙说出一句颇带点哲理意味的话。

“海军有条规定，”在前往机场的汽车上，谢若沙见陈明很有点不安的样子，就给他讲了个小典故，“凡舰只一出海，原来属于团级的，就可行使师级职权，原先是师级就升至军。咱们局没有处的建制，所以我这个外出的科长，等于和林副局长平级，并无抗上违命之嫌。”

八　弃卒保车

“他们不听我的调遣，去了兰州。”一条噪音很大的线路把这个沙哑的声音，传到大西北Q县的邮电局。“而且昨天上级在全国范围内发出了通缉令。”

“限你三天之内把他调回去，起码把他稳在兰州。”姚恳斩钉截铁地说。

姚氏兄弟昼伏夜行已经两天了。

“你还有现款吗？”姚恳问哥哥。

“没有了。”

“怎么？我不是叫你把上次倒卖药品所得的六千元都带上吗？”

“哪来六千元，总共只有一千。”

“那剩下的呢？”

“花了两千，三千便宜银行了。”

姚恳停下来，回过头盯住他这位宝贝哥哥。说心里话，他此时很想把姚勤狠狠地揍上一顿，然后扬长而去。但一种骨肉之情、一种要节约体力的愿望终于制止住他。“你身上一共还有多少现金？”

“一百多块。”

“再加上我的，恐怕不够咱们出境的。看样子，”姚肯望着前面一个闪动着几点灯光的村落，“得到那去搞点现金。”

“抢、偷，还是用金条去换？”

姚恳没回答他，只是说：“你在村东坟地里看着行李，我凌晨四点回来。”说罢，径自向村里走去。

临山村的农民，这两年着实比以前富裕多了。但文化生活却没有相应地跟上去，于是一些闲极无聊的人，再加上几个以前的二流子，便聚在村东大宝家赌钱。

他们赌钱的方法是很古老的“押宝”——所谓“押宝”，不过是庄家用“一、二、三、四”四个筹码，取其中任意一个包在一块手绢里，让押家押钱。押中的一变三，押不中的钱归庄家。简单得很。

“我来入一股怎么样？”在窗根下偷听半天的姚恳终于下决心闯进去试试运气。

他刚用匕首拨开门闩闯进去的那一刹那，把那七八位赌徒吓得够呛。不过他们马上镇静下来，不用任何手续，就请姚恳上炕入局——在这颗星球上，很少有比赌场更欢迎生客的地方了。尤其是当姚悬亮出一叠拾元票子之后。

姚悬先是作“押客”，不一会儿，手中的钱只剩下几张了。他怎么也猜不透“庄家”那块肮脏已极的手绢里装的是几，然而另外几个人却常常猜中。

“看来我得坐‘庄’。”他靠在满是烟灰的窗台根上，闭目沉思一会儿，然后在手表计算器上用随便一个四位数与另一个六位数相乘，得了一串数字。“61533471281”。他把超出4的数字略去，然后就暗暗记在心里。“我就照这个数坐庄，看他们谁能猜透。”

即使是很有经验的赌徒，也很难猜到这一串数字，其中输得最多的是一位叫作胡旺的光棍汉。

“你们谁还有钱？”姚悬环顾一圈，见没有人答话。就用一张五元的钞票在油灯上燃着，用来点烟。“如果都没有。那就恕我失陪了。”他看看手中钞票的厚度，估计足够穿越国境前用的了，就纵身跳下炕。

“你肯不肯卖给我一些干粮和盐？”他在伙房问大宝。

“行。”

于是大宝给了他足够五斤重的棒子饼，他付了十五元钱。

在他往背囊里放干粮的时候，一条黑影溜出了门。

“把钱留下。”他刚出到村口的小路边，一声低沉的怒吼传了出来。

“凭什么？”姚悬盯住那条举着大棒的汉子。

“你打听打听你胡爷爷的钱，有谁能拿走过？”

“我要是不给呢？”一种条件反射，使姚悬拿出了手枪。

枪刚一拿出来，他就有些后悔。不过事已至此，也就没有办法了。

尽管手枪对李无凭夫妇有很大的威慑力。但对胡旺却不起作用。在他那颗简单的头脑中对城里人有一种根深蒂固的看法：全部都是胆小鬼。

“不给？”他话音一落，就拦腰一棒抡了过去。

在所有的“冷武器”中，一根合手的棒子要远胜过匕首、斧头之类。当然，姚悬要开枪的话，立刻可以送胡旺“上路”，可他既不愿，也不敢。

胡旺毕竟是个粗汉,敌不住受过正规训练的姚恳。当他用力极猛的一棒打空之后,左肋受到狠狠的一击,痛得他弯下了腰。接着下巴就挨了狠狠的一脚。踢得他仰面朝天翻了过去。

"好汉饶命。"当他看见用一只脚踏在他胸前的那个人向他举起手枪的时候,不禁真慌了。

此时的姚恳体验到一种快感,一种他从未有过的,能主宰他人生死的快感。

"我身上还有四十块钱,树后还有一辆车。"胡旺不住地讨饶。

不能留下这个活口。姚恳脑袋里闪过一连串念头。既然他看见了我的枪,就难免不去上报。只有闯出一条血路,在身后留下一些尸体,才可能出去!他下定了决心。

可当他就要扣扳机的那一会儿,突然转变了念头,用枪管狠狠地向胡旺张着的嘴戳了下去,然后飞快地拔出那把芬兰匕首,照准胡旺的心脏部位插下去,再往下一划。

刀在胡旺体内飞快地穿行了一段距离后,停了下来。他往出一拔,敏捷地往旁边一跳,躲过迎面射来的血柱。

他把胡旺的尸体拖到一块巨石后面,胡乱盖了盖,就骑上胡旺的车,扬长而去。

"不要紧。"他安慰有些惊恐的哥哥。"这样偏僻的山村,消息传出恐怕得再过一个小时,而且也不一定能传到那位大科长的耳朵里。"说完,姚恳就敏捷地爬向一根电线杆,用他从背包中取出的工兵钳子,"咔嚓"把电话线剪断。

临山庄的消息果然姗姗来迟——传到坐镇兰州的谢若沙耳朵里,已是次日凌晨五点钟。

"他们很可能去C市。"他指指地图上的一个黑点。

"这里有空军的一个基地。""京胡"对谢若沙说。

"你去设法了解一下,看看这个基地中有没有在×野×师工作过的人。"因为从地图上看得出这个基地是师级建制，而眼下待在师级指挥位置上的人，大多不会超过五十岁，所以他根据姚谈兵的经历做出如上判断。了解部队干部的经历不是件容易的事，所以等“京胡”完成任务，已经是当天下午四点。

“只有基地的徐师长过去和姚谈兵在一起工作过。”

“那咱们马上去C市。你能不能搞架直升机来用用？”

“你还不如叫我搞架航天飞机来用用。”“京胡”无可奈何地摇摇头，“我又不是神仙。”

“我决定到C市去找老徐，然后胁迫他搞架飞机出境。”患有重感冒，且发着高烧的姚勤做出了他有生以来的第一个重要决定，“要不我也越不过那片大沙漠。”姚勤此时面部浮肿，牙床都烂了，口腔中不断地冒出恶臭。

“你果真不能再坚持三天了？“姚恳望着哥哥。

“与其死在路上，不如孤注一掷。”姚勤喃喃地说道。

“那好。”姚恳从背包中取出两颗“六七式”加重木柄手榴弹，“你用这个去试试运气吧！”

“你如果想进基地，”他边帮助姚勤换上套较干净的衣服，边说出他的方案。“先在火车站给徐叔叔打电话，让他们派车来，否则你根本进不去。

“行。”

“我把四分之三的金子与钻石都给你。”姚恳又取出一个小皮包。

“这太好了。”姚勤顿时精神起来。

当姚恳用冷淡的眼光目送一辆无蓬的北京吉普把哥哥接走之后，就往B市局办公室要了个长途，找林副局长。

“愿上帝保佑我的计划成功！”出了电话亭之后，他喃喃地祈祷道。

他知道姚勤此去必死无疑。因为据他平素的观察了解：劫持飞机是件很难的事，尤其是像C市机场这种歼七型飞机，没受过训练的人就算劫上了，三飞两飞就晕了，不战自降。不过这将分散追方的注意力，有助于我。再加上刚才故意把林副局长抛出去，我出去的可能还是相当大的。

“有飞机在机场等你们。”当谢若沙一行四人正准备出发时，一位飞奔而来的兰空保卫部干事告诉了他们一个好消息。

“C市发生一起劫持飞机事件。”在那架噪音极大但飞得挺稳的直升机上，机场保卫部的一位副部长对着谢若沙的耳朵大声说，“不知有几名罪犯，扣住徐师长和他的家属为人质，要求飞往苏联。”

谢若沙点点头，示意听见了。

“我们对劫飞机的罪犯没经验，全靠你们几位指挥行动了。”副部长说。

刚才你们还那么神气，连架飞机也不肯派。这会儿倒求到我们头上来了。谢若沙心中多少有点气。不过他看看副部长脸上的焦急神色，气就消了。“为什么不派架大飞机？”

“他们此刻恐怕已经到了机场了，怕大飞机着陆时使他们误会。”

“你以为他们会有正常人的判断力？”谢若沙反问。

如果光是徐师长自己，他很可能与姚勤拼了，可眼下妻子孙女的生命都在他那根套着手榴弹拉火索的小拇指上，更重要的还有眼前这些价值二十万元的通讯设施，机场的神经中枢——所有这些，都使他投鼠忌器。

“你再打个电话，命令他们十点以前来答复。”姚勤恶狠狠地说。“我说一句，你说一句，否则——”他又抬了抬手。

徐师长无可奈何地拿起电话。

他原打算在电话中透点信息给机场人员，可没有机会。冷冰冰的枪口就在他脑后顶着。

“他离我很近，一放下听筒，我就朝他扑过去盖在他身上。这样，”他用眼角瞟了一眼妻子和刚满月的孙女，“她们或许可以幸免，大楼也可以保存大部份。”

“他一放下话筒，我就给他一枪托。”姚勤从他“徐叔叔”的眼神中探得他的企图。

徐师长刚一通完话后脑就挨了一击，一下子就昏了过去。在必要时，他的心狠手辣劲决不逊于他的弟弟。

“你把这些吃了。”他又命令徐妻把四片安眠药吃下去。

十分钟过后，徐妻就昏昏入睡了，但手中仍然抱着孩子。

“别把自己给炸死了。”姚勤从手指取下手榴弹弦，小心翼翼地把它们俩放在桌上，然后就遥望着不远处机场上的灯光，心安理得地吃着精美的飞机午餐。

“九点三十分整，你们准时用五台两千瓦的探照灯射向窗户，一秒也不能差。”谢若沙对副部长说。这个方法是他从《回忆与思考》中化出的：朱可夫元帅当年在德国战场上就采用过进攻前夕，将所有的探照灯都射向敌阵的战术。“然后老胡撞门，我破窗而入。明白了没有？”

副部长对眼前这位官比自己不知小多少倍的战略大师说：“明白了。”

“那你们去准备吧。”

五台由汽车载着的探照灯，从五个角度一齐射向三楼中间那个窗户。一万瓦的能量汇聚使姚勤一下子从桌前跳了起来，缩向屋角。

“哐”的一声巨响，门被撞开了。一秒钟后，玻璃窗上也跳入一条人影。姚勤不由自主地向先响处开了一枪，只见那个高大的身影猛地摇动了一下，然后继续向他扑来。姚勤刚一闪，颈后骨就挨了从另一方向袭来的无比沉重地一击，然后又是奇重的一脚，踹在他的坐骨神经上。

接着姚勤的双臂被重重地反剪过去，只听见“咔嚓”一声，右臂无疑是骨折了。

“救护车。”谢若沙抱起“京胡”的温暖柔软的躯体，大声向门外吼道。

九　生死较量

“只要再往前走一天的路，”姚恳向天际望去，“过了山口，我就到了万安之地。到那里之后。凭我从老头嘴里掘出来的玩意儿，和这个军区通讯防御总程序，”他摸摸前胸衣内那块硬邦邦的东西，“日子准错不了。”

几架成楔形箭头掠过他头顶的飞机引起他的注意。“例行巡航而已。”他看着消失在远方的三架“歼七”心里说。

作为空军对谢若沙等抢救机场通讯的“回报”，两个飞行大队在例行的巡航中，添了一项侦察任务。

“就是他。”谢若沙用放大镜看了半天那几张相片之后说道。

“把我用运输机送到他前面五十公里的山口，这是他的必经之路。”

“你会跳伞？”副部长看着他问。

“当然。”他肯定地答复，“不过在跳之前，你得找个教官帮我复习一下。”

“完全可以做到。”

“另外，你还得答应在我走了之后继续给胡科长以一流的治疗。不行就把他送到北京三〇一陆军总院。”

“责无旁贷！”

“好好吃。”谢若沙一边对陈明说，一边细细咀嚼着口中的罐焖牛肉。“咱们也许要好几天吃不到这种热食。”

“那也不能把它们嚼成分子后再下咽呵。”陈明看见他那么认真地吃，不禁笑道。

运输机的高度开始下降，大块大块的云从敞开的机舱门外掠过。

“别紧张，跟我来。”头一次跳伞的谢若沙毫不犹豫地一纵身跳出了舱外，陈明跟着也跳了出去。

跳伞的全部技艺无非是两点：一，及时开伞；二，作好着陆动作。这对谢若沙与陈明来讲，一点也不困难。

“‘阿波罗’飞船在月亮上降落时，用的就是我这种‘软着陆’法。”谢若沙边收伞边对陈明说。

“你看见了？”陈明反问。

“那当然！”

他们的降落地点，距离预定的山口偏离了五公里。而这五公里山路，足足使他们跋涉了一个半小时。

“我原来以为，”陈明上气不接下气地说：“世界上不可能有一个三十岁以上的已婚男人，能在负荷登山方面超过我。唉！”他长叹一声坐了下来。

“为了维护你的信念，所以我决定回去就与老婆离婚，然后再改一下户口本上的岁数。”谢若沙边说边打开他那个大得出奇的背囊。

“你这里面都装着什么东西？”陈明赶快凑了过来。

“十倍的‘柯达’望远镜，越战时期的美国货，步兵用足矣；红外线瞄准镜，国产货；还有一支六三式自动步枪。”谢若沙取出一个皮匣，很熟练地把活塞、护木、枪机、复进机、机匣、弹匣组装好。

“你带长枪干什么？”

“他如果乘车穿越此地，我就在四百米之内用五六式的普通弹射击。”他又取出一个弹匣。“而此时，他的手枪射程却达不到。”谢若沙做了个瞄准的姿势后，把枪放在一边，坐了下来。

“姚恳是个好射手吗？”

“是的。”

“有多好？”陈明接过十一点四五毫米口径的左轮枪。

“用手枪在三十米内弹不虚发。步枪在一百五十米内开十枪。成绩是九十六环。”

“你把他吹神了吧。”

“除了自己外，我从不替任何人吹。”谢若沙先是一笑，然后又严肃地说，“有一点要告诉你：你如果遇上他的话。先开枪击伤他，然后再抓捕。”

陈明有点不相信地看着谢若沙。

“你先去休息会儿，两个小时后咱们换班。”谢若沙对陈明说。

白天是漫长的，然而黑夜更加漫长——一天一夜过去了，姚恳的影子也没露。

“谢科长，你消化什么才有那么大的精神。”陈明问趴在雨衣上，双手举着望远镜的谢若沙。一天一夜没有一点热食进口，他觉得浑身难受。

“肾上腺素。”谢若沙头也不回地答道。

与此同时，远处一片小丘陵中，姚恳也用望远镜搜寻着。

只要一进入这个山口，就全是山与树了，谁也别想抓住我。他看了一下腕上的手表。十五点半准时出发，连续十个小时的观察，足以使我相信对面山口没有伏兵。

我先从这到那，然后到那。姚恳在“心图”上标画着行军路线。一旦发生意外，我便可以使用这些障碍物。

几乎全世界所有大陆型荒凉地带的气候特点都是：昼夜之间，温差极大。

此刻，正悬在头顶的太阳晒得陈明昏沉沉的，几次差点进入睡眠状态。

他强迫自己睁开眼。眼下那片看了二十余小时一成不变的黄色乏味景致又把他往梦里推。稍不留神，望远镜就掉在地上，头也垂了下去。

“有情况。”他被手中拿着望远镜的谢若沙推醒。

“一个人？”一个他们等了很久很久的人，终于在地平线上出现了。此刻的姚恳，已经把全部辎重甩掉，只身一人，轻装走来。他采用走路的姿势，但速度绝不亚于小跑。

“一进一百五十米射程后，我将选择一个合适的时机开枪。如果射中了，你掩护，我去捉他。”谢若沙命令道。

“明白。”陈明竭力使自己显得像个军人。

血在姚恳的血管中高速流动，在他的耳朵内发出尖锐的啸叫声。

再过十分钟，我就要走向一种全新的生活，或者走完人生最后一段路。他想使自己镇静，可无论如何，也无法驱除最后一个不祥之念。

他走近了。我的射击成绩是优秀的。一路追来，我寸功未建，将来有何面目见江东父老？一连串念头飞闪过陈明的头脑。

谢若沙尽管足勇多谋，但也毕竟是人。而只要是人，就会有疏忽的时候——他忘记了在广阔地带，无野战经验的人，在目测上将会产生极大的误差。

枪声响了。一百四十米距离，对手枪子弹来说几乎等于一万里——陈明抢先发出的一枪，对单个目标来讲，成了毫无杀伤力的流弹。

而这流弹的全部意义就在于使奇袭变成对峙——只见姚恳一滚，就滚到三米以外的他事先观察好的一块巨石后。

姚恳一旦躲在石后就一动不动了。

两个小时，双方谁也没有射中。因为即使是五六式普通弹，也无法穿透那块巨石，更甭提姚恳还有支左轮了。

一旦天黑下来，就很难抓住他。所以必须将这种局面结束掉。想到这，谢若沙就低声对陈明说：“我绕到那边去，你在这里坚守。”说完，他用右手提枪，左臂支撑，以右腿蹬地，侧身匍匐前进，等一过了那一小条平坦地势后，他就改成高姿匍匐，其速度并不亚于人类站起来之前的那些祖先们。

“谢若沙转到我的左侧进攻。而我右翼那小子肯定是个毛头小子。最好的方案就是冲过去。”姚恳很有决断力。

他趁谢若沙转移阵地之际,猛地跃出向前冲了十余米,躲到另一块巨石后面。然后又往前冲。在他的两冲之中,陈明开了两枪。可惜都没打中。

这次一定打中他!陈明压制住心跳,端枪等待着。

当姚恳再度跃出后,他估计好提前量,就扣扳机。

只见姚恳用左手捂着右腿,一直滚到他预定的下一个掩蔽目标旁,才平躺下不动了。

“射中了!”陈明情不自禁地往起一跳,冲下山去,用的是百米速度。

“危险!”两字从绕到另一侧的谢若沙口中飞出尚未到达陈明耳边之际,只听得一声枪响,陈明摇晃着倒了下去。

就在陈明尚未完全倒下之时,姚恳已滚到另一块巨石头后面隐蔽起来了。

一切都不过四十秒钟内发生的。

此时姚恳全凭那“危险”两字判断对方的方位,所以偏差无法避免——他持枪的右手暴露在谢若沙的射程之中,而他全然不知。

要的就是这只手!谢若沙抓住机会,以跪姿射出一枪。

好枪!好子弹!好射手!

只听得“哇”的一声惨叫,那支曾夺去三条或四条生命的左轮枪,被那只在枪弹动能冲击下受伤的罪恶之手耷拉了下来。

谢若沙站了起来,勇敢地向山下冲去。

尚在半途之中,突然石块后面飞出一物。

手榴弹!谢若沙当下作出判断,就地卧倒。

只听“轰”的一声响,一公斤的梯恩梯,将弹体炸成百余碎片,四散而开。

硝烟散了,全散了。

只见从地上站起谢若沙脸上全是血。从石块后转出的姚恳,左手托住被击断的右手。

两位敌人之间的距离在不断地缩短——四十米——三十米——二十米。

“凭我这只受伤的手和你干上一仗,怎么样？”姚恳的脸上露出莫名其妙的笑容。

谢若沙没有回答。在距他二十米的地方站住,端起了自动枪。

“用枪对付空手的人,算不上好汉。这不是你的作风。”姚恳边往前走。边用很带感情的声调说着,“而我记得你自小就很具有真正男子的气派。”

谢若沙仍然没有回答。

姚恳在继续向前走着。

谢若沙扣动了扳机。

只听击发器撞击后的一声巨响。姚恳的左腿就被打断。他当下跪倒,从他那只健全的左手袖筒内,掉出了一把锋利无比的芬兰匕首。与一块沙石相撞之后,冒出几点在黄昏时分显得很明亮的火星,就顺从地躺在那里,结束了它千里的罪恶之行。

《河东文学》 一九八六年第一期

第二故乡人

十多年来，命运的轨迹线曾无数次地濒临我插队的C县，可回回差一点。

这次我不顾一切地舍弃了舒适的卧铺，登上了颠簸的长途汽车。人总是得有那么点“豁出去”的精神，否则啥也干不成。

从敞开的车窗外，吹进来似曾相识的风，唤起了无边的回忆。这回可得好好待几天！谁叫我是电影厂的专业编剧，一个只缺才气不缺时间的准自由职业者呢。

一　老李

第一站是县城。

我不想惊动任何人，有条小小的人生经验告诉我：如果你想方便、想快，结果却总是麻烦与慢。

我把《记者证》递给了第二旅馆的看门老头。这年头，鱼目混珠的事特别多，为了出门方便，厂里的电影文学刊物也印发了若干个记者证。他极认真地看了好一阵，又推了出来："像你这样的人，该住国际旅行社。"

"国际旅行社？"我惊诧了。我在C县插队时，它已成为农业战线上的耶路撒冷。来朝拜的人每天数以万计，其中也不乏黄发碧眼客，以至于一向清高的国际旅行社，也只得放下架子，在此建了个支社。可对无业游民般的老插来说，甭说想进这座圣殿，就是往里多瞧几眼，也会遭到无礼的盘查。既然早年不让住，眼下也不去。"还是住这吧。"我强把证件递进去。

老头不再反对，取过一支大尖金笔，在一本写着《参观人员登记》的簿子上，唰唰地写了起来。这几个字原先烫过金，现在全褪了。老头在"出身"一栏上打了个斜道，就撕下半联给了我。

看来今天又占了个小便宜。午睡起来，我发现四个人的房间，仍只有我一个，不免得意起来。闹好了，没准晚上能来情绪，诌出它几场戏来。我把很干净的被褥叠好。

有人在敲门。

妈的。我在心里骂了一句。看来好事不能想，一想就变味。

进来的是位通体整肃的中年人。他瞟了我一眼，就一屁股坐到了对面的床上。

"你从哪来的？"我继续叠被子。

"你的眼儿真够高的。"他说得是标准的北京话。

"许猴？！"我看了他好久，才认出来。

"一猜就是你。"他一个鲤鱼打挺，跃至我面前，"这么多年来，我一直怀着极大的兴趣，在这个偏僻的县份里，关注着你的艺术生涯。"他边说边热情地往前挪了一步。

我合乎礼仪地跟这位曾经在一起插队的同学握了握手。并不是对所有胝足而眠、同锅吃饭的人，都能施以拥抱礼的。

"你怎么知道我来了？"我递给他一支烟。

“如今那些当官的，特别怕新闻记者。谁屁股底下没点屎啊？所以有条不成文法：任何记者来了，都必须通知宣传部，而部长们总是先派我这个通讯组长来接待。”他用暖色语调在冷色文字中，突出了“通讯组长”四字。“跟我去国旅社。”他拎起我还没打开的手拎箱。

你一旦进入别人的领地、系统，就得遵守人家的规矩。正是江湖中人所谓的“入乡随俗”也。我默默地跟在他后面，上了一辆崭新的吉普车。

“咱们这是个小县，只有五辆车，唯一的上海牌归书记坐，其余四辆车顶数它新。”他说完这段话后不久，国旅社就到了。

好的建筑物和艺术品一样，有着永久的生命力。这座由国内第一流的建筑设计师设计，费币六十万的三层小楼，虽经历了十五年的风雨，却一点也不显老。依旧是拥山抱水，一副傲视人间的王侯气派。

“老李。”在空荡的门厅里，许猴如同公爵般地大声吆喝着。

老李来了。他是一个年近六十的老头，一副忠厚固执的模样。他招呼过一位红颜褪尽的服务员，打开了二楼的一扇雕花的橡木门。

“这房子得多少钱一天？”我的声音有点抖。这些年来，会没少开，豪华宾馆没少住，可像铺着这么厚地毯，摆着一大圈沙发，外加一张乒乓球台大小的橡木会议桌的三套间，却是头一遭。

“有钱您就给上个十块八块的，没钱您就白住。”老李一边倒茶一边说。

“这是当年江青来这儿蹲点时住过的房。”许猴把一只脚放在茶几上，“要不是哥们儿你来，我还不让他开呢！是不是老李？”

老李掏出块抹布，小心地擦擦玻璃板上的水滴。“你说开，我得开；比你官大的说开，我更得开。反正一年到头它也闲不住。”他厌恶地瞥了一眼放在茶几上的脚，开始往出走，“咱这县没有名胜古迹，能吹的就剩这套房了。”

“即使是国家牌价，这房也才二十块钱一天，你放心好了。”许猴没理老李的茬。

“如果在北京或省城，二百块钱一天也下不来。”我用景仰的目光，认真打量着所有的设施。

“那不是在北京嘛！”许猴站起身，“我还有点事，晚上来陪你吃饭。”

“您老就是此地人？”我走出大门，问蹲在石阶上抽烟的老李。按农村习惯，有孙即可称老。

“唔。“他简略地回答。

“哪村的？“我一边往下蹲，一边担心裤子的强度。农村人为什么总喜欢蹲着呵？

“就是这村的。“他用硕大无比的铜烟锅往下一指。

“金水村。“我用记忆中的C县调说。

“本县人？”他开始正眼看我。

“我在这儿插过队。整整五年。”

“那您请抽烟。”他把那个如同一汪春水般的玉烟嘴擦了擦递给我。

“您这准是真货。”我插队时，村里的男人没一个趁手表的，唯一的饰物就是烟嘴，地头休息时总要拿出来比。比谁个的润、谁个的绿、谁个的硬。有时比急了，就要“杠上一杠”——也就是相互撞击，但施力的时候，很是小心，极少玉石俱焚的时候。

“您懂行。”老李给我点上火，“这烟嘴是省里黄书记送给我的，是打秦朝的坟里扒出来的货哩！你看，”老李用很厚很秃的指甲评点着烟嘴上的点点暗红斑，“得过好几千年，人血才能融进这玉里。”

我没敢笑出声。从造型上分析，这准不是秦朝的物件。再说远古之人，尚无此嗜好。看来是黄书记哄老汉玩的。即使退一万步说，果真在某座秦墓里有一块可琢的玉，也早被考古队保送到博物馆去了。秦墓不是清墓，更非乱葬岗上的无主孤坟，宝贵的很。

“您跟黄书记熟？”C县有来头的人不少，不能小看。因为在造反派走红那阵，省级首脑有许多都躲在这块被御笔亲批为“先进”的宝地上。

“熟。跟郭副书记、马省长也熟。他们落难的时候全都在我那个村里。”他再度指向仅有五十户人家的金水村。

“您老的名字是？”我拖长声调。C县史上的知名人物，我多少也知道几个。

“李岽小。”他不无自豪地报出家门。

我差一点就站立起来。李岽小，这是一个很响亮的名字，可他为什么至今还潴留在这？在C县走红的时期，大部分支书级的劳模全登上了官途。其中光省级的就有好几个，即使退下来，也不至于惨到这份上。

“您老出去过吗？”我假装随便地问。

“当然。”他把烟锅插进荷包里。

这回轮到我给他点烟了。

“黄书记为了报答我对他的恩情，官复原职后，就非让我去古县作县长。”农民说话，没皮没肉，尽是骨头，“开始我不肯去。可他又说，你要是想当县委书记也行。我怕推下去让他作难，就去了。”他喷出很浓的一阵烟雾，“再说弄份国家俸禄吃吃也不错。临赴任前，我去找了东庄的老赵，就是赵长禄。”老李怕我不明白，就用戏曲语言作了形象的解释，“后来在行署做巡抚的那个。我对他讲：做县长我不怕，可我不识字呵！他说：会写名字就行。我又问：光凭这三个字，如何能理财断狱？他告诉我：你跟我学，带个识字的去给你念，不就全结了。于是，我就带着刚才陪你来的那只小猴子去了。”

“然后呢？”我赶紧掏出烟给他续上。

“挺顺的。一直都挺顺的。后来我批文件也批油了，总结出条经验来：凡是铅字印出来是红头文，你就在批文表上找到你的名字，往上画个圈就行了。如果碰上手写的，就让许猴子给念，而且得多听几遍再批。因为那东西不是要钱，就是调人，马虎不得。要是碰上正经麻乱事儿，咱就在名字上画个箭头，然后写个苏书记看，也就完了。”

我浅浅一笑。

“别笑。不少个文化官，也全是这么干的。”

“您这官儿一直当到什么时候？”

“整整三年。”他伸出三个典型的石匠手指。“官不难当，可日子不好熬啊！”他凝视着暗红色的烟火，“咱们在地里盘了大半辈子，想坐也坐不住。打炕上一爬起来，就想出去转。瞧见人家摆弄庄稼，心里就痒痒，插上几句嘴吧，那地方气候热，跟咱这块种庄稼的法术又不一样，点划错了，误了人家收成。想聊聊吧，庄户人又怕咱这帽翅翅，不说心里话。三年也没寻下个知心人。”他默默地把抽剩下的烟蒂剥开，倒入荷包之内。

“后来您怎么又回来了呢？”

“觉得当橡皮戳子还不如种地。再说那个许猴子，也不是正经坯子。”正说着，县里那辆最新的吉普，又呼啸着闯进绿铁门。老李把话头打住，“这小子，比他娘的电子钟还准，一挨吃饭的钟点，准来！”他站起身。

“这宾馆可够大的。”我赶紧借机活动蹲麻了的脚。

“那可不是。”他边往上走边说，“甭管有没人住，开门就是五百块水电工钱，更甭说还养着一帮子食客。”说到这儿，他狡猾地冲我笑笑，“打开春以来，您没准还是第一个交房钱的客人呢。”

“一定交。连饭钱带房钱一块交。”我诚惶诚恐地对这位前县长说。

“我把饭钱给算进房钱里。房钱您不是能报销吗？”

我不置可否地点点头。

走过一个气象恢宏、但空无一人的大餐厅后，便进入了一个极雅致的小餐厅。它精巧得很，只有十五平方的样子。当中是一张硬木桌子，四周散放着甲级影院式的宽松软椅。靠墙是一对银光闪闪的不锈钢酒柜，窗户上镶着相当老式的空调器。

“眼下各个县差不多都有小餐厅，可像贵县这么讲究的，本人还是头一次见到。“我对许猴说。

“历史的产物。”许猴很权威地解释道，“只不过客人少了点，跟干线沿途的县份没法比。”

“这不正是你们的福气？上次我去S县，他们的县长跟我说：‘我这算是倒了大霉，从行署去省城的人，都要在这儿吃早饭，而回来的时候，全要在这儿吃晚饭。连司机带秘书，最少也是三个人，而且根本不住，否则我还能把住宿费顶了饭费。这倒好，月月干贴上千块。’”

“你甭听那小子嘴上诉苦。吃他的人多，帮他办事的人也跟着多。再说他只不过吩咐一声，既不用操厨，也不用他记花账。”许猴把雪白的餐巾熟练地围在脖子上，“前两天，他升到行署去做副专员了。不信让他换到这儿来试试，保证他到老也是风尘俗吏，越不过地市级这座龙门。”

正说着，老李端着个大不锈钢托盘上菜了。

菜的质地很平常，但造型却很艺术，我很得体地夸奖了两句。老李笑着走了。

“这里的厨子招待过好几个国家元首呢！”许猴开始给我细讲每只菜的历史以及它接触过的人。

“这厨师待在这地方，不是屈才了吗？”我欣赏着桌上那尊用萝卜雕成的宝塔。“干吗不放他高飞？”

“你们这帮自称通晓人间事的作家，真个徒有虚名。”许猴打开一瓶白酒，“我给你五个好教员外加五个好技工，我敢担保你走遍天下也换不来一个好厨师。所以本县宁肯养他千日。”

“喝这个，喝这个，”老李大步走进来，手里拿着一个土色的罐子，“这是正经汾酒，二十年窖藏的。”

“让我先看看。”我接过罐子，仔细地察看着泥封上的字。果不其然，上面标着“一九六五”的字样。我小心翼翼地把这罐经历了三个时代的酒，放在桌子中央。

“老李今天可真出血呵。”许猴给我斟上酒。

“不是白出血，得跟你小子算账。”

“好说，好说。回头我让县长多给你拨点维持费，不就全结了。”许猴让也不让,自己先尝了一小口。

“您也来一杯。”我双手捧起杯递了过去。

“不喝酒。”

“烟酒不分家嘛。”许猴也跟着礼让开了。

“光抽烟,不喝酒。”老李把酒杯送回来,“庄稼人从不打诳语。”说罢,扭身走了。

“这倔老头儿,今天够开面儿的。这批酒是一九七一年那次全国会时从汾酒厂搞来的,一共一千瓶。上次地委宣传部郝副部长携儿子路过此地,说儿子正好二十岁,想弄一瓶助兴。我去讨了半天,他还是不给,我们的头儿急了,想亮出牌子压他,谁知老头儿一听就火了,大声吼道:‘县太爷?老子也当过。怕他个毬!’慕名前来的人不少,可没几个能喝上的。喝他的酒,就跟喝他的血一样。”

“今天他算是给你补上了面子。”我说。

“兴许是跟你聊得对路子的缘故。”许猴的笑容,经过十余年的历练,愈发讨人喜欢了。

“他是怎么从县长的位置上下来的?”

“谁知道。”许猴含糊其辞地说,“可能是因为不会做官的缘故吧。”

“你没给他讲讲?打认识你那天起,我就觉得你是干这行的料。”

“世界上的人,可以分为两大类:会做官的和不会做官的。会的人可以对不会的人讲,可不会的人仍然不会。”许猴的回答极富哲理和逻辑。

旅途劳顿。酒量不大。怕破坏那些造型精美绝伦的菜。总而言之,种种原因叠加在一块,晚餐一直没能达到高潮。

月亮升起来了。山村笼罩在一片朦胧之中。我在山间小道上走了很久,慢慢地啜饮着这宁静与美好。

在金水村口,正巧碰上老李。

“回家了?”我问。

“唔。”他的步子特别大。

“怎么又回去？”我改变了步伐的节奏。

“唔。”

“老伴身体可好？”

“好哩。”

“那干吗不在家里住？”我又提出刚才的问题。农民是世界上最恋家的人。C县是老根据地，不少人就是因为离不开“老婆和牛”而没有参加南下的队伍。

“我把旅行社看门的给辞了，怕丢东西。”

“干吗辞掉他？”

“多一个人就又多花好几块。”

“五百块都花了，再加几块又有啥要紧。”我不以为然地说。

“这五百块就是一块块地加出来的。”老李的思维是典型的中国农民式。

进了绿铁门后，老李把那很大的锈锁锁上，然后又蹲到了台阶上。

“许猴这人怎么样？”我说服了酸疼的双腿，跟着蹲了下去。

“说老实话，不怎么样！”

“他这人的功名心有点重。不过人还是挺机灵的，能说能写，当秘书倒是块好料。”

“要是当秘书的全像他那么机灵，当官的算是倒了霉。”

我没有继续追问，静等着下文。

“我到任启印办公时，他还算本分。慢慢地他就变了，经常跟一些不规不矩的人打交道，后来发展到替人谋官，给己得利，这些我都忍了，谁叫咱们不识字呢。”老李的声音在夜色的衬托下，显得格外苍老。“有一回，他包揽讼事，硬是往死里坑一个被公社书记强奸的小妞。骗得我在他与那鸟书记写的反诬状上签了字。要不是我微服私访访出了真情，那个挺俊的小妞这辈子算是完了。八年徒刑呵！出来不成了老太太?！多狠的人啊！”他重重地在石阶上磕了磕烟锅。

许猴在我们插队的那个集体户一度是行政上的领袖，有着很强的组织与宣传能力,那时我就觉得这家伙让人估不透,但没想到能成这样。不过这只是老李的一面之词,不可全信。

“你是读书人,一准知道‘一字入公门,九牛拔不转’这句老话。别看我是县长,又是政法领导小组的组长,可为翻这件自己批的案子,还是费了老大的劲儿。完事之后的第一件事,就是把猴子给打发回来,随即自己也背着包,回了老家。那会儿正是……”老李跟着报出了年份。

我马上联想到黄书记也是在这年离休的。这难道仅仅是巧合?

“你换个秘书不就结了?”

“嗨,换上个人不照样糊弄你。再说,就算他真心,不也落得个两边都麻烦。垒炕的是土坯,砌坝的是石条,不能往一块混。”他的道理很浅,可也很对。

“你常去北京吗?”停了一会儿,他问我。

“常去。”

“见到过老赵吗?”他说的老赵,就是赵长禄,这位赵公官运亨通,最后竟然做到中央委员、省长、部长。后来被贬到郊区的一个农场当场长,当然,这只是个名誉职务,据说他仍然住在原先的部长楼里,享受着九级干部的工资。

“没有见过。”老汉准以为北京是个县城,天天都能走个脸对脸。

“他在省里那会儿,我也在任上,见了面总是跟他说:你弄不清的事,就别跟着掺和,要不然会倒大霉。可他硬是不听。”老李的烟锅里,只剩下红幽幽的一点点火。

“他跟你不一样,官太大了。”在他的眼睛里,赵长禄永远是一块种地的伙伴,殊不知这位赵公曾经掌握着许多干部的命运,能调度极大的资财,已到根本就无法摆脱权力的诱惑的地步。

“任他官再大,干着也窝火!那次娘娘驾临这块,”他指指身后一间漆黑的房子,“当着众人的面就戏弄他好几次。那天早晨在这小礼堂看电影,他陪着坐在前排,我也跟着伺驾。可那位抽‘被头风’的老娘们儿,硬是叫他站起来到后面去坐,而把那帮子服务员全请到头排,说是:妇女永远是站在历史的前列的。并当着那么多人问他:你干吗不姓你妈的姓?这不是瞧不起妇女又是什么?”黑暗中,我听他苦笑了一声。“听说他肺上长了个桃大的瘤,那是气的。他老是觉得自己不该下,常言道:时势造英雄。它能造,就能去。不该不明这个理,老是跟自己过不去。”

沉默。周围的一切,加上他所说的话,都给人一种“白头宫女在,闲坐说玄宗”的感觉。

“睡吧。庄户人睡得早。”他把完全吸尽的烟灰磕在青石台阶上。

空荡荡的大楼里可能除了我俩外,再也没人住了。几只不知从什么地方钻进来的猫,在优美地叫春。

有人在楼道里走动。我想起老李的职责,没穿衣服就窜了出去。

谁知竟是老李。“我听着不知哪屋的管子漏水,出来关上。”

“漏点水怕啥?”

“水是咱庄稼人的命根子啊!”他说着就消失在走廊尽头。

我一夜没睡好。

第二天上午,老李推开我的门,看看许猴没在,就朝我招招手。

我跟在他后面,进了办公室。

他的办公室不大,除了三把旧椅子和一张两屉桌外,什么也没有。桌上也是一片洁净,所以墙上挂的那幅很大的“白毛女”的贝雕就格外触目。

我往前走了几步,仔细地读着框子上金漆褪尽的字:向英雄的金水人民致敬——海军七七一舰队赠——一九七五年十二月八日。

“前一阵包产到户,俺村分东西,我让孩子他娘把这物件要上了。好孬也是个纪念。”老李在我身后说。

我在“盼红日”的贝雕前站着,越看越厌恶。看来由美丽的材料构成的东西,并不一定能引起人的美感。

“有两件事想托你办。”老李把我让到那把最好的椅子上,“一件是公事,一件是私事。”

“您说吧。”一天的接触,我对他已多少有些好感。

“我们这个旅馆光花不挣。”他剥开一盒中级香烟的纸封,殷勤地递过一支,“所以想揽些个会。你们搞电影的人,好开个会,写个东西什么的。如果有便,请给他们通个信息,我保证让你们吃上昨个那样的饭,再添几瓶二十年的老汾酒。”他满怀希望地看着我。

“可光我们一个单位来这儿开会,您也发不了财。”我不忍拂他的好意,虽然明知极少有人会来这偏僻处开会,还是这样说。

“咱不是想发财,”他迟疑了一下,“前些日子,县里的头头们说:这房子早晚得拆,维持它的费用太大了。可我就是不想让拆,光建它就花了我三年心血。有不少石料都是我亲自从山上采下背来的,后来又看了它八年。”他的神情极为黯淡。

“我尽力办吧。”开不开会我主不了事,但回去可以尽力为之吹嘘,鼓动几个写作朋友来是没有问题的。

“第二件是私事。”老李看看已经锁上的门,从抽屉里拿出一个很讲究的皮夹,然后从中抽出一个纸封套递给我。

这是一张很旧很旧的唱片,纹路基本上已经磨平,中间的红标签上也是混沌一片。我把它放到一台电唱机上。

一片含糊的合唱声传了出来。它已经分不出高低声部,也听不清词,但旋律我是熟悉的:这是曾经风靡全省的“学金水赶金水”的合唱。

“他们有人把旧的相片拿到京城去,花上钱就成了新的了。不知这唱片能不能弄成新的?”他征询地看着我,“我老伴去年养鸭挣了不少钱,多花几个不怕。”他又拿出一个信封,从厚度上估计,可能在五十元左右,“我有时想听听,可它跟人一样,老了就不中用了。”

“等我联系好了,再通知您。”我没有接钱和物,因为我实在不知道这事该怎么办。

老李失望了。他一支又一支地抽着烟，一遍又一遍听着这只古老的歌，到了忘情处，也会跟着哼几句。

我悄悄地退了出来。

二　元生

今天该回村看看了。许猴坚持要我坐吉普车去，而我总觉得那有点衣锦还乡的味道——如果本人确有衣锦，穿穿倒也无妨；借人家的去炫耀，未免有失身份。他拗不过我，就帮着借了辆“本田一二五”型摩托车。

“本田”车无愧是世界第一名车，劲特别足，开起来那声音就像个壮小伙子敲鼓，“嘭、嘭、嘭”的，节奏极鲜明。

我驾驶着它，愉快地在三级国家公路上奔驰。

道路两边的田野里，有着稀稀落落的人在干活。从他们挥镐的姿势和扁担的弯度上分析，无疑是输出了最大功率的。

我插队的时候经常是集团作战，上百人在一块干是不稀罕的。场面虽是壮观，却不见出活，人们总是在研讨：如何能少锄几下而又叫头们看不出来？又如何为筐里的肥料，寻求一个表面积最大、重量最轻的最佳点……

看来私心多会儿都有，关键看你如何去调度它，弄好了就会推动整个社会前进。

我把摩托车存在乡政府的院子里，就去找元生。

他的家在一条石巷的尽头，梦中已来过多回。可一进了大院，却发现那两间门向北开的土房不见了,取代它的是门朝南的三间高大的砖房。

十四年前一个夏日清晨,为了给老婆看病,他挑着一百二十斤口粮,到二十里地外的公社粮站去卖,可半晌过后又挑了回来。"我没给验收的那家伙烟,他就说潮。"他边擦汗边说,"将来老子有了钱,一定盖上三间朝南的砖房。"想到这儿,我不禁笑了。农民的联想是丰富的;他们的愿望也是固执的。

"请问:赵元生住在这吗?"我问一个从砖房里出来的少女。从她不高的身材和圆圆的脸型上分析,十有八九是元生的女儿小妞。可我在这儿时候,她尚是三四岁的孩子,再者赵氏一族不知有多少代在这弹丸之地上繁衍生息,有相同因子的人太多,也难免搞错。所以没敢称名。

她既不看我,也不答话,只是把像产妇那样包在头上的围巾往下拉了拉,迈着结实的步伐走开了。

这房子准是。因为他说过:早年分房基地时,我爹跟人动了家伙才争来这块风水宝地。我推开虚掩着的门。

"昨天那窑砖已经卖没了,请下月再来。"那个俯在炕桌上写字的人,头都不抬地用客气而机械的声音答复我。

"看来人是不能发财,一发财就'六亲不认'了。"从那颗圆圆的头颅上突起的"反骨"上,我一下子就认出了他。

"你?"他抬起头,睁圆了眼睛,接着就喊出了我的名字。

他跟我一样,老多了。

"你好记性,居然还没忘了咱。"我瞟了一眼桌上那本收支式账簿。

"忘了谁也忘不了你。"他忙活开了,"喝龙井清茶还是咖啡?"

"咖啡。"我信口答道。家父曾在国外待过数年,除学问外,把嗜好也带了回来,并由我传给了他。

他把锃亮的铜咖啡壶墩在小电炉上。这壶是英国货,当我临走把壶送给他时,他一本正经地问我:"如今有了壶,上哪去找咖啡豆呵?"这问题我解决不了:即使是中量级的瘾君子,一月连豆带糖,也得十元钱。而那时偏偏是一个有好的消化力却没有可消化的东西的时代。

“咖啡这东西，”元生把“雀巢”咖啡的锡封撕开，“就和抽叶子烟一样，越来越上瘾。”他说着往壶里倒了令人望而生畏的一堆。

“发了多大的财？”我饶有兴趣地环顾着屋里的一切。

“小康水平。”他脱下登山鞋，盘腿坐到沙发上。他的脚看来不常洗，“不过是烧几窑砖而已。”他虽然是个农民却极爱说文话的。

“你从哪学来的这手艺？”当年的夏夜里，我常参与老人们的闲聊，把各家的谱系搞得个清清楚楚。在我的记忆中，漫说赵氏一族，就是整个村子的历史上，也没有出过一个烧砖师傅。而中国农村中手艺的流传，大都是走“家族”这条路子。

“刚一放开政策的那阵，我就借上钱去河北沧州学了半年，回来之后就烧开了。那玩意儿好学。”

“就没烧废过？”元生的智商不算低，而且挺敢干，可这总是技术活呵。

“为个人烧，哪能烧废了？”他拿出一套讲究的咖啡具，把喷着浓香的黑色液体，熟练地倒入小杯中，“说起来还有你的功劳呢。”

“我远在千里之外，何功之有？”走了之后，我虽对这条平时锄地总“挎”我一垄，伙抬石头把支点向己近移七寸的壮实汉子有着不算浅的感情，但只通了几封信，就中断了。

“那阵你常说：人，不是专门受苦受累的，时不时地也该享受享受。并说：享福分穷享和富享两种。”他模仿着我的北京话，“所以我后来也学会了过礼拜，也学会了炒上两颗鸡蛋喝两口。”

正说着，他老婆进来了。

她是一个挺好看的中年妇女，身材适中。只不过全身的衣着，有些过于华丽，而且在颜色搭配上，缺乏总体意识，给人一种浮在身上的感觉。

她跟我打过招呼，就坐到一边去了。

“那次你宰了一只鸡，她差点跟你拼了。”我指指他俩。

“可我还是懂礼的。那回你过生日，集体灶上没面吃，我不用他吩咐，就给你拉了一顿长寿面，还杀了一只公鸡呢。”我感激地点点头。在那个追求高产的时代，地里长的除了玉米外，就是六十天还仓后连马都不吃的酸高粱。一年只分“五十两”麦子，不过年节，谁也吃不上。

“谁叫你那阵搞不回钱。如今，”她指指院子里那群五颜六色的鸡，“你就是把它们全杀了，我也不说一句。”她的语音，是纯粹的山南娘家土调——别看这县不大，但村落散布在若干条山沟里，很有点“老死不相往来”的劲儿。一县之中，竟有数种差别极大的土语。

“我们说正经话，你别打岔。”元生挥挥手，他无论是坐姿、手势、语音，都稍具洋味了。

“你有甚的正事？”她话虽这么说，还是移到炕桌上去查看账簿。

“你给我题的词儿，我还留着呢。”他给我一个标有“某大学”字样的布封面笔记本。

我打开一看，不禁笑了。

我临走时，除了把带不走的杂物和那个咖啡壶送给他外，还有这个本子，说让他没事也学着记点啥。他非让我写段话在上面。那个年头有什么能让人写？我提笔信手写道：“错误和挫折教育了我们，使我们比较地聪明起来。”一九七三年，这个全国的先进县，基本上实现了“准军事化”，纪律严明得很。所以这段语录不光我用，还常为人代笔，熟极了。

“你后来又生了孩子没有？”他老婆出去后我问。他的婚礼我参加了，并为他的女儿主持了“命名式”与“受礼式”。

“就那一个。你讲话，人要想生活得好，除了挣钱的人多外，还要花钱的人少。”他的神情有些暗淡。

“你后悔了？”他老婆第二次怀孕时，因参加水利工程流了产，以后就成了习惯性的，总也怀不住。而农民因文化生活少，性生活格外多，所以不过两年功夫，把个丰满的女人弄成个病西施，因此我就劝他让她做了节育手术算了。当时她还表示反对。因为没生过男孩,就等于没尽到责任,是件千秋受责的事。“老子说做就做。”元生封建得很,挥着拳头把老婆赶到了医院。

“不后悔,一点也不后悔。”他长叹一声。

“刚才出去的那个是小妞吧?”我这才想起问。

“是她。”元生的神情又暗了几度。

“算起来该上大学了吧?”

“大学、大学。”他突然吼道,“都是因为大学!”

“怎么?”正说着,小妞进来了。在元生的命令下,她僵硬地向我打过招呼,就又出去了。迈过高门槛的动作实在奇特的很,像个关节很少的木偶。“她病了?”我小声问。

“那次你爹来这儿看你,我不是也陪着坐过几晚上。有回老爷子说:就是过一千年,大学也是要办的。老爷子那么好的学问,说话还能有错?”

“可那跟这又有什么关系呢?”我把话从家父身上拉回来。

“我想让她上大学,没文化牌牌,到哪也是吃亏。那阵我没几个钱,就那也送她去县城上高中,请高明老师给她补习。钱花到了,佛该自然灵。我赵门打我元生起,就该出个大学生。她头年考了个电力中专,我没让去,逼她又学了一年,可谁知比头年更次了,只考上个粮食学校。到头来也是脱不了个庄稼。”

“能上中专也算不错了。”

“要是能上下来也就好了。”他霍地站起来,“这个没出息的货,天天嚷头疼。你瞧,这阵子干脆整天呆呆傻傻地,上不下去了。”

“可能真是得病了。”我瞟着在院角缩着晒太阳的小妞。她的容貌汲取了父母双方的优点,仅就线条、轮廓而论,堪称美丽,可那双眼睛却空洞得很。四肢也蜷缩着,似乎在承担着极重的负担。“你没让她看看去。”

“看了。大夫说是精神病。”他瓮声瓮气地说,“我赵门一族四代人全在,有谁得过这毛病?”

“除去遗传因素外,后天的环境同样能够致病。”我接连给他举了几个在高考之后，因受不了来自各方面压力而精神失常的例子。

“我总以为精神是看不见摸不着的呢。”他讷讷地说，“前一阵，我捐了三千块钱给她上过的小学，后来又捐了三千块给她上过的中学。我说是万元户，可能拿得出来的也不过这个数，剩下的全是东西。可小妞的病，仍不见好。”

我强烈地感觉到一种与迷信掺和在一起的深沉父爱。

“撤销了外加的压力，疏导她内心的压力，疲劳是能够恢复的。”我把不多的医学知识全都倒给了他。最后我问，“小妞她现在吃什么药？”

“强的松。”

“怎么用激素？她不是才病了几个月吗？”

“咱们乡医院的小章大夫，跟你说得差不多，可原来县医院退休的林院长却说用这药见效快。我想院长总比大夫的水平高，就信了他的话。”

“元生呵，元生！”因为有一个朋友在县医院工作，所以我熟知这位仅用十年就从抓药工脱胎成院长的主儿的水平，“叫我说你什么才好呢？照你这逻辑推下去，该找你们县长去看病才对。”

“为啥？”元生虚张声势地反问。

“他不是领导院长吗？”

他默然了。

“怎么看病我不知道，反正我知道不该大量服用镇静剂与激素。”我一张张地翻阅着那位或许是技术专家，但决不是医学专家开具的处方。医生的字，一般比较难认，可这位“大夫”写得却极公正，有些像“童日课”，而且用纯狼毫笔写西药方，我还是头一次见到。

“开一张要两瓶‘郎酒’呢。”元生还是舍不得丢掉被我评点得一无是处的方子，把它放进了抽屉。

这功夫，乡政府的公务员叫我去吃饭，说是许组座打电话吩咐的，已经准备下了。见元生不愿意去，我也婉拒了。

“你是不是怕乡政府的头头儿？”十多年前，他曾写过封信，详详细细地叙述了他因卖鸡蛋而被公社人抓住斗争的事。

“老子如今有了钱，谁个也不怕。”他向我敬酒。

“你别以为‘钱之所至，金石为开’。”我回敬了一杯，“得抽空学习些知识。”

他跟我喝酒。他老婆忙着炒菜。他女儿在埋头吃着，但有不少饭菜都掉到外面了。他好像要骂，可终归忍了回去。这顿原本该是鲜绿色的饭，不知不觉中吃成了灰色。

离县城约两公里处，摩托车坏了。我想修，可修车跟给人看病一样，完全取决于你对它内部结构的了解。既然没有知识，只好凭力气。

骑摩托车的人都知道，这东西骑起来有一种非凡的驾驶感，神气之极，可就怕推。因为它的重量，绝不亚于满载的平车，让人狼狈极了。

回到县城，已经是深夜。

三　芳宁

“你还想到什么地方去转转？”许猴问我。他今天穿着一件藏青色的哔叽风衣，显得挺精神。

“去看看芳宁吧。”我说出了计划中的最后一件事。芳宁是我们插队的那个集体户中，唯一留在本县的女生。

“她在水泥厂工作，我先打电话给你联系一下。”他拨了号之后，官气十足地说了几句话，“去家里找吧，她今天歇班。”

“你不陪我去了？”我把装潢考究的本子放下——谁要是看过他这本“作品

剪贴集”,就会知道这个通讯组长不是好当的。要让我来挑:宁肯去写一百万字的佛经也不写十万字的这玩意儿。

“不去了。一会儿还得主持一个全县的通讯员联席会议。”他脱下风衣,小心翼翼地挂在衣架上。

十多年前她结婚的时候,我去过。可如今我只依稀记得大致方位了。但这没关系,到了城关镇上,只要报出她公公的大名,就不断有人给我指点。

“那一溜五间的砖房就是。”最后一个人告诉我。

“吓,好气派的房子。”我不禁脱口赞道。虽然同是砖房,但如果把它们比做立柜的话,元生那套只能算作杨木柜上钉三合板的低档货,而眼前这座却是真正的雕花硬木柜。只见三米高的院墙上插满了玻璃片;绿色的铁门缝中横着三道栓。

我边按门铃边想:真是“三年清知府,十万雪花银”。她的老公公,是一九四四年参加革命的老干部,宦辙从来没离本县,一直在各个公社书记任上转悠。在我临走那年,终于当上了县计委主任。据不可靠的消息说:他之所以挑上芳宁,是与儿子一起仔细地研究了在县属企业的一百多位北京女知青的相片与档案之后,才决定的。

“我是芳宁的同学。”我对开门的那条汉子说。他是她的丈夫,已经不认识我了。

“同学?!”

“嗯。”

“那进来吧。”他侧过身。

我小心地往院子里迈了两步,总觉得这样的堡垒中,该有一条纯种的德国狼狗才够味。

没有狗。有的只是含苞欲放的花。

“她去哪了?”坐定之后我问。

“去河里洗衣服了。”芳宁的丈夫自己掏出根烟吸着,同时用略含些敌意的眼光看着我。

虽然只是在他们的婚宴上与这个壮汉谈了五分钟,我就认定他是个粗俗不堪的人。并开始暗暗地为芳宁叫苦。

“你是她什么时候的同学?”

“插队时的。”

“这么说,你们该很熟啰?”他眼神里的敌意愈发浓重了。

“对。相当熟。”半辈子夫妻做过去了,可他对自己是否真正地占有了妻子,仍有很大的怀疑。

“开门来。”一句以土腔为基调,但仍含北京音的话,勉强穿过铁门,跨越走道,传了过来。

他不急不忙地迈着斯文步给妻子开门。

芳宁挑着一担衣服,迈着小步走进来,后面跟着两个女孩子。

“嗨,有个同学来看你。”

“你别胡说了。”芳宁用肩上搭着的毛巾擦擦汗。

“真的。”

“真的?”芳宁这才转过身,大步向屋内走来。

虽然我明知光阴的力量,并且对她容貌的改变度有着充分的估计,但还是相当吃惊。

她老了。而且老得一塌糊涂。双颊上布满了暗红色的斑记;眼角布满了成密集放射状的鱼尾纹,且条条深刻;眼圈是藏青色;嘴唇成了海绵状。可她当年却是我们集体户公认的“皇后”,一个光彩夺目的美人。

“你出差来了?”她既不给我倒水,也不给我递烟。

“不,专门回来看看。”

“前些日子演你写的电影,我本来想去看,可给误了。”她此刻的话之基调是北京的,尾音是本地的。

“烂电影，不看也罢。”我顺着她的话说。

“挺好的。我从图书馆借来剧本看过，故事很动人。”

芳宁的父母亲是一座著名大学里的右派中文教员，所以她的中文素养很不低。记得有一次，我跟她一起坐火车回北京，她曾在嘈杂、拥挤的车厢里，用充满感情的嗓音背了好几大段《哈姆雷特》给我听。那感觉，就好像有人把我这个不可救药的“火车惧怕症”患者请进了软席车厢一样。

“你有才气。”她喃喃地说，“不知维炎现在干什么？”

“在加拿大念完博士学位后，就留在使馆教育处作二秘。”说实在的，我很不愿意回答这个问题。

“他好谈吐、好风度，是干外交的料。”芳宁由衷地说。

“那姜铭呢？”

“在中学做教员。”

“一准是好教员？”她很肯定地问。

我点点头。

她丈夫在屋里坐了一会儿，自觉没趣，就坐到院里的板凳上，用余光跟踪扫描着我俩。

“你结婚了？”

“当然。”我突然觉得可以随便一些了。

“娶了个演员？”她露出少女式的笑容。

“既没那福气，也没有那胆量。是打字员。”

“这也合适：你写稿子她打字，效率一准高。”

“你有几个孩子？”我自觉也该问问家常。

她的脸涨红了。过了好半天，才用很低的声音说：“四个。”

“干吗生那么多？”如果能收回这话的话，哪怕少写个剧本，我也要将其收回。

“前面三个都是女孩。”她接着又说出一条理由，“他们家只有他一个儿子。”

我点点头，表示听懂了。可正想把话题扯开去时，她又说："我其实不想生。"

她的音调很低，但丝毫没有哀怨、反抗的味，有的只是顺从。

"可你也别一味听他们的。"我朝外努努嘴。

"你们搞文学的，一准懂得氛围这个词。"她不怕丈夫听见，声音挺高，但马上又低了下来，"女人嘛，嫁到哪说哪，也用不着后悔。"

知识青年的集体户，一开始的确有点"大家庭"的味道，可到了一九七二年，大家都开始各自为前程谋划。即使如此，她的订婚信息传来时，大家还是派我为代表，到她工作的水泥厂游说。

"我累了。"当时正是隆冬，可她没有戴围巾，跟我并排走出水泥厂的大门，"多少年来，我为自己为家庭操够了心，想找一个地方歇一歇。"她望着水泥厂喷着浓烟的烟囱，"再说一个女人，如果该结婚的时候不结婚，总受人欺负，尤其在这种地方。"她用脚使劲踢着洁白的雪。

"可人该有点远见，不能只顾眼前。"我自己也明白这是苍白的说教。

"世上能有几人可预知未来。我累了，想找个地方歇一歇。"她固执地重复着，"那几排房住满了民工，每天晚上都有人敲我的门窗。"她胡乱一指，"我害怕啊。"

C县虽是先进县，可愈先进愈没姑娘肯嫁到这来。因为劳动强度实在太大了，连本地的姑娘都拼命往外嫁，所以光棍极多。在聚集处常常形成一座座性欲的丛林。农民的理性是比较少的，性压抑久了，连物种的界限都能逾越，又如何能放过孤零零的一朵花呢。我不能再说什么了，也没有什么可说的了。

"你在想当初劝我别结婚的那桩事吧？"芳宁的感觉敏锐得很。

"是的。"

"想它干什么。"她挥挥手。

这时两个孩子跑进来。她们俩很有些母亲早年的动人风采。我赶快回身去取我的礼物：文武各一套的低幼读物。

谁知较大的那个姑娘正激动地对母亲讲述自己的体会，手里还拿着一本《伊索寓言集》。

“看来我过低地估计了令爱的文化水准。”我把小书放在了柜子上。“老大呢？”

“上学去了。从一年级到五年级,没有一回不被评上三好。”她的脸上放射出夺目的光彩。

“将来一准能上北大。”

“应该是的。”她很自豪地说,“人啊,总是前仆后继的。”

“我昨天回村去看了看。”为了不触及她的伤心处,我顺势又谈了几句感受。

“到底是文人,有些闲情逸致。”她打趣道,“十年来,我从未回去过。”她把脸扭向墙,“再说,我也无颜见江东父老。”她幽幽地说出这句原本很豪迈的话。

屋外台阶上传来很权威、很浓浊的咳嗽声,看来是计委前主任大人春睡已起。

“老爷子已经离休了？”我明知故问。

“离了。”她显得有些忙乱。

又是一阵咳嗽。这是封建式的咳嗽,故意的咳嗽。

“我该告辞了。”本人直到今天,才算真正搞懂了“氛围”这词的内涵与力量。

“我送送你。”她进了里屋,忙了一阵才出来。

“这点果子不好,”在巷尽头,她把一个网袋递给我:“又小又有虫,就像我一样。”她苦笑一声,“好的都归老爷子收藏。”

“该吃好果子的时候,也得争着吃,别总是让。”

“承蒙指教,不胜感谢。”她伸出手来,根本不顾在大门口站着的那尊黑塔。

“你还来吗？”

“暂时恐怕是不会来了。”

“有空写封信。”她的手潮乎乎的,就像刚哭过似地。

“一定。”

四　许猴

许猴送我去长途汽车站,一边走一边和人打招呼:有的握手,有的点头,有的主动趋前寒暄,分寸掌握得很得当。他的身手果然不凡,不过片刻工夫,就从长途汽车站拥挤的人丛中,把票取了出来。

“小城的人不多,几乎都认识。事情因此而好办,也因此而难办。”对我的夸奖,他作了如上的回答。

“别送了。”

“送佛送到西天。”他帮我提起包,走完C县的最后一段路。

“你跟省委宣传部的蒋部长熟吗?”在车门口他突然问我。

我不自觉地点了下头。

“我想也应该是。他原来是你们的剧本厂长嘛!”许猴装出一副漫不经心的样子,“有便的话你跟他说:几乎所有的县委宣传部的通讯组长都是正科级,独独C县是副科级。这似乎不太公平。”

“你觉得由我来说这事合适吗?”

“只要是熟人,没什么不合适的。”

“口说无凭,你最好写个报告,找机会我替你递上去。”我不无敷衍地说。

“你真是外行。”他不屑地挥挥手,“越级要官的帽子,有谁顶得住?小事一桩,顺便提提。”他把手伸向我。

“有空上我家玩。”我真心实意地说。他很有气派地点点头。

车开了。

《山西文学》　一九八六年第九期

经济风云

一

国际贸易大厦地处京东。与周围的挂着各色国旗的使馆群相比，它一点也不逊色。这位仁兄的衣着色彩素雅，线条冷峻，体形潇洒；就是门前的台阶有点太长，给攀登的人一种“高山仰止”的威慑感。

作为《经济导报》的记者，我接受了采访它的任务。

“国际贸易公司作为一个公私合营的经济实体，它显得过于庞大了。”伏在书案上爬了整整一辈子格子的副主编意味深长地对我说。“而且现在有一种倾向：所有的公司，似乎都不愿意公开它内部的秘密。”他扶了扶眼镜，“国外有一种流行的说法：不要问女士的年龄，也不要问先生的收入。”他在必要时，并不缺乏幽默感。

“多谢指教。”我嘴上虽这么说，心中却不以为然。

两个面貌清癯，制服辉煌的门卫拦住了我。

我报出了童泯的姓名。他是我从小的朋友，现任公司的银行部债券科科长。

“工作时间，概不会私客。”门卫极礼貌地对我说。这年头，礼貌是稀罕物，穿制服者的礼貌尤其价值连城。

“如果是公私兼顾呢？”我漫不经心地掏出《记者证》。在中国广袤的土地上，证件的作用是无比奇妙的。

“我请示一下。”门卫不卑不亢，扭身进了屋。在他打开茶色玻璃门的一瞬间，我看见一台荧光闪闪的计算机。

虽然有计算机，可办事速度却不见得快。我百无聊赖地斜靠在银光闪烁的铝制门框上，双臂交抱在胸前。

一辆放射着光芒的轿车轻盈地停在台阶下面——请注意，作为一个职业报人，我是从不滥用形容词儿的。但它的确是放射，而不是反射着光。这是一辆“罗尔斯——罗依斯”牌轿车，在“蓝鸟”群、“皇冠”丛中行走时，总给人一种“贵妇入乡”的感觉。

一位身材挺拔的老人下车后，极风度地一甩车门，将其恰如其分地关好——我敢保证：没有三十年的车龄，决练不出这个动作——然后健步登上台阶。

这是一双洋溢着力量的腿。它奔跑着截击网球，弯曲着撞击台球，它攀登过全部名山，踏遍五洲大地。

这是一张我熟悉的脸：与生俱来的优裕生活和高级文化的多年熏陶，使之神态造型都升华到凡人不可及的地步。他曾多次作为杂志的封面，无数次地在电视屏幕上闪现。

他就是这家公司的总经理林一木。

“这家伙的西装肯定是在英国定做的。”我望着他那将周身缺陷都掩盖住的衣服想道。“眼镜框最少也是十八K金的。”

林一木从西装的内口袋里掏出了一份暗蓝色的证件，竖起来亮给门卫看。那个站得笔挺的门卫给他打开了门。

他的这番仪式般的举动，首次由《企业家》杂志披露，然后许多家小报争相转载，传为美谈。可我总觉得有些“装蒜”的味道。记得小时候在大学作教授的家父，每天晚上都要携我西出校门去一片小树林散步。可某日却因忘带校徽而折回,虽然有这座大学时,他就在其中执教。这件事曾给我以很深的印象,并大大提高了他在我心目中的地位。可随着我阅历的增长,我渐渐从中悟出些道理来。由中国文化教育出来的人,当目的与仪式发生矛盾时,他们往往服从于后者。掉句哲学书袋:叫作规章制度的异化。试问:天下还有什么事比领导一群半点也不愈距的人容易呢?

林一木在临走进门时瞟了我一眼。这显然是对我这种不规不矩的站姿表示厌恶。

说实话,在他一瞟之际,如若不是身体的延迟机制起作用的话,我肯定会立正站好。在中国的衙门口,或者放庄严的华表,或者放狰狞的狮子,是容不得轻松的。有封建,方有门禁,破除它,愿从本人始。我再度放松肌肉。

"交际处的罗处长马上下来接你。"永不会笑的门卫把证件还给我,"请您坐到沙发上等。"他做了个请进的手势。

门厅极其开阔。靠墙放着一溜儿让你一看就想坐的沙发。我在其中一张上稍坐了片刻,估计门卫已经放松了对我的关照,就起身溜号了。如果有人"督"着,你就甭想弄到真货。

二

"你他妈的怎么来了?"虽然我们已有差不多四年没见面了,童泯仍循惯例,劈面给我来了这么一句。

"我以为你做了科长,会把'他妈的'这个语气助词去掉呢。"我顺手拉过一把椅子坐下,开始环顾他这间由八个巨型钢制文件柜构成的在大办公室中圈出的小办公室。

“有些东西可以去掉。可也有那么一些东西，倘若去掉的话，我便非我了。”童泯把腿翘到桌子上。他的办公桌很奇特，根本没有抽屉，且幅员广阔，活像半张乒乓球台。上面东西倒没多少，仅一盏老式台灯。一个破“景泰蓝”烟灰缸而已。

“看上去你的苦不重呵。”在我俩插队的陕西，农民们管“干活”叫作“受苦”。

“如果一个人无法使自己清闲起来，那他一准是个大笨蛋。”他放在桌子上的脚，很有节奏地晃动着。我断定此刻他的内心，一定在演奏一支极复杂的曲子。

“听说你大学毕业之后，有个教授想留你做研究生，可你不干？”我怀着敬仰的心情，欣赏着他那颗凹凸不平的头颅。在我的一班朋友中，他无疑是最大的天才。从小的高文化熏陶，玉成了他那智商极高的大脑。早在一九七四年，他就弄到全国围棋赛第三名。后来到了国家队，战绩也一直不错。可到了一九七七年，他却弃棋求学，考取了北大经济系。在尔后的四年中，每每有极富创见的论文问世。

“是的，我没念。中国不缺做学问的人。”

“可没个学位，你永远也吃不开。”我不禁为他惋惜。

“吃不开？”他指指文件柜的豁口。“你看，这外面坐着两位硕士、一位博士，全归咱哥们儿领导。咱玩的那套玩意儿，全中国也没几个人能闹懂的。”

“得了，别吹牛了。好像你是全中国最大的经济学家似的。”

“不是吹。”他一本正经地说：“中国的经济学家大体上可分为三类：一类是从国外搞回题目，然后没完没了地苦研，全然不顾中国的经济实践。他们为学问而学问。换言之，学问对他们来说是异化了的。异化，你懂吗？还有一类根本什么也不懂，今天说这，明天说那，甭说一个完整的理论体系，连个清晰的概念也没有。当然，他们之中不乏聪明人。另外还有一类，是有真知灼见的。他们人数不多，声势不大，但生命力却极强。本人，”童泯指指自己圆圆的鼻子，现身说法，

"就有幸站在这个行列的中部。"

"如果有机会的话,我也能弄几张股票玩玩。那东西不用专门学,看上一本巴尔扎克和一本茅盾的小说,就完全弄明白了。别说得那么玄。"我故意刺了他一句。

"一听就外行了不是!"他居高临下地笑了笑,"股票跟债券根本就是两种不同的东西。股票是所有权的标志,而债券只证明债权与债务之间的关系。我再重复一遍,咱哥儿们玩的东西,全中国也没有几个人能搞得懂的。"

"那你们老板呢?"

"他嘛?"童泯微微一顿,"早年据说也玩过股票、债券之类的。可他那一套,多少有点过时啰。"说罢,他站起来,在很小的范围里,用力活动着身体。

"你每天的工作除了吹牛以外还有什么别的内容吗?"我也跟着站起来。

"多少还有点别的。"他看看墙上的石英钟,"伦敦的证券交易市场说话就要开盘了,想不想开眼?"

我点点头,跟着他出了门。

在一条极长的走廊尽头,他推开一扇包着厚厚人造革的门。

迎面而来是空调器放出的冷气和一片幽幽蓝光。此地到底是商业场所,还是计算机中心?我不禁有些惊讶。

"调好了吗?"童泯问一位身材苗条的女职员。

"一切正常。"女职员起身给童泯让座。

"紧闭嘴巴,瞪大眼睛,你将经历你记者生涯最重要的时刻。"他很懒散地坐在转椅上,不紧不慢地说,"世界各大洲的经济风云,包括政治风云,都将浓缩到我这个二十英寸的荧光屏上,马科斯出逃,海地政变,两伊战争进入新阶段,石油输出国部长会议的某项决议。所有这一切,全都将出现在这儿。当然你得看得懂才行。"

蜂鸣器发出短暂而悦耳的音响,他把一副带话筒的耳机套上,猛地转过身去,在一秒钟内就把精神全部凝聚在荧光屏上,细长细长的左手在轻轻地抖动——这是他竭力思考的辅助动作。我是很熟悉的。

一幅英文字幕在荧光屏上停留了大约二十秒钟之久。我却连一个也没来得及认出。插队时,童泯就学开英文了。他先是复习中学课本,而后读许国璋的。他有着原始人般的记忆力,一天记二三十个单词根本就不费力。一年之后,就捧着原版《莎士比亚戏剧集》,有滋有味地读开了。再过一年,他便号称是"一个狄更斯,半个莎士比亚",并宣布停止英文的学习,改学法文。

"看来人不管有什么本事,都能找到用武之地。"我嘟囔了一句,可他连半点反应也没有。

屏幕动荡了起来:一行行英文字——估计是公司的名称,尾随着一串串数目字,开始从下往上迅速运动。

"这是伦敦各大公司发行的债券价格。"女职员俯在我耳边,轻轻地说。

"我很怀疑他能否读完上面的东西。"我盯住高速飘移的字幕。

女职员不置可否地笑了笑。

"他为什么连半点动静也没有?"我问。

"每次开盘,最少有上万宗债券买卖,我们不过是买卖其中的几十种而已。"女职员说话的声音更小了。

童泯开始发布信息了,他一面对着话机说英文,一面飞快地敲击着键盘,另一台小屏幕机立刻将其记录下来。

英文我是听不懂的,债券的买卖更如天书。可眼前的一切使我惊叹:他的巨型大脑在高速飞转,他的手指如同钢琴家,声音就像宋世雄。五彩缤纷的仙境中,他像一位银衣王子,操纵着冷峻的数目字,施展着点石成金的法术,完成一个又一个变抽象为具体的过程。这一切是如此之和谐。和谐就是美,一种罕见的技术美。美在传播,在弥漫。

童泯出汗了。一粒粒半径极小的汗珠从额角渗出。这是一桩极耗费体力的工作,就如同下围棋一样。一九七七年初,我曾在民族饭店目睹他与一位后来的八段棋手对弈。这盘棋历时四个钟头,在这期间,他也不断地渗着汗,并一边抽烟,一边吞着巧克力。“此时辛苦胜彼时。”我脱口说道。

十分钟的开盘时间，被这种高强度高技术的工作锻压成密度极大的一小段,很快就过去了。

“怎么样,开眼了吧。”他摘下耳机。

“没啥了不起,不过是买来卖去而已。我看你是靠瞎矇。”我故意轻描淡写地说。

“对。你说得很对！我就是靠瞎矇。”他接过女职员递过来的一杯咖啡,吩咐道,“给我这哥儿们也来一杯。”

“你去年盘结下来,手气如何？”我小口喝着又浓又香的咖啡。

“净赚八百四十二万五千美元。”他就像一般人说一块五毛钱一样,轻轻地读出这个大数目。

“好像不算太多。”我故意贬低道。

“是不算太多。”他把咖啡杯放在托盘里,“如果不是我的前任罗先生过于那个的话,” 他做了个含糊的手势,“那么开业以来的总纪录可望突破千万美元大关。一千万美元,就是四千万人民币啊！少挣了一千万！”他末一个“一千万”用的是很沉重的声调,听上去像在说自己的钱。

“像这样复元多变的买卖,谁也拿不准要赔几个。”

“赔一次是正常的。可从整个纪录来看就不能赔。谁会作赔钱的生意呢？”

“这要看运气。瞎买瞎卖,碰好了就能赚几个。”

“瞎买瞎卖?!”这次他没放过我,很不以为然地翻了一下白眼。“你小子大概从来不去自由市场吧？”

我点点头。所有的采购任务均由妻子承担,对此她颇有怨言。

“那么你就把你家所有的钱全带上,然后再提上最大的篮子,到随便哪个自由市场去碰运气好了。”他挥了一下手,“我敢保证你把所有价格最贵、质量最差的东西全买回来。”

“你放心好了,我们当家的是不会让我干的。”我知道刚才的话可能伤着他的职业自豪感了。

“这就对了。国外的一位经济学家曾经对世上所有的花钱方式作了如下概括:第一种是,我为我花我的钱,这是最经济的。第二种是:我为你花我的钱,这就多少差点劲儿了。第三种是,我为你花你的钱。第四种是,我为我花你的钱。是最不经济的一种。”

“那么你的前任可能是属于第三种了?”我费了好大劲才将他阐述的花钱方式理清。

“也许还有第四种的成分在内。嗳,你别没完没了,喝了!”他把托盘递了过来。

“你在为国际贸易公司节约每一个铜板。”我无可奈何地把杯子放了回去。

“这是我的咖啡。”

“我为我花我的钱。多么生动的一个经济实例呵。”我喷出一口充满咖啡香的气息,试图回味一下,“我原以为像这样一家名震全国的公司,会免费为职员们提供咖啡的。”

“它一方面在大笔大笔地虚掷钱财,另一方面又小气得很。这是中国企业的通病。”

“你们企业中,有林老板多少股份?

“这是掌握在公司首脑层的秘密,我不太清楚。但绝不会超过二十万。”

“可外界似乎都认为这家公司起码有一半股份是他的呢。”

“一半股份就是两亿人民币。他哪有这么多钱!上百万人省吃俭用,节约下每一个钢镚儿,然后再加上颗信任的心,才凑起这个摊子来。好了,待会儿再说。伦敦市场又他妈的开盘了。”他重新戴上耳机。

一切又重新开始。他的目光近乎贪婪,面部洋溢着无穷无尽的生命力和创造力。他那副容量极大的头脑,在极灵活的运转着。作为冷却液的汗水再度渗透了出来。智力工作的紧迫性、准确性、严肃性,在这儿达到了十分强烈的程度,思维的张力似乎接近了极限。与之相比,即使是很大型的科学实验,也像是儿戏。

十五分钟过去了。

这次我多少看出点眉目来，粗估一下，他大约成交了二十七笔买卖。

速度在不断地加快。

突然，小屏幕上的画面滞住了。大约一秒钟后，就浓缩成一个小点，跟着就是一片黑暗，与之同步的大屏幕也是如此。

“怎么回事？”他摘下耳机，问匆匆进来的女职员。

“维修部的电工说中继站出了毛病。”

“他们为什么不在中午和夜里检修好？”

“他们说，如果不批加班费，他们就永远在工作时间修。”女职员怯生生地回答。

“他妈的！”他狠狠地把耳机掼在工作台上，“你真是废物，连这么点工作都做不好。”说罢连我也不招呼，大步出了门。

“我为我花你的钱。”在走廊中我追上他。

“时间就是金钱呵。”他低声说，“在后来一个小时里，闹好了我说不定能赚它十万八万美元呢！”

“娶不上的姑娘总是最好的。”我为缓和开了句玩笑，可氛围依旧。

顶楼。公司职员餐厅。

这里说是公司职员餐厅，可一点也没有普通食堂的味道。它宽敞，明亮，铺有雪白台布的桌上，放着一盆又一盆品相各异的鲜花，全是真的。

“这个位置不错。”我顺手拉出一张椅子，注视着窗外。七点多钟的北京城已经脱下了工作服，换上了柔软的便衣。

“这儿不能坐。我的位置在那儿。”童泯指指没有窗户的一面墙壁。“这里的第一世界是那儿，”他指指一扇大屏风，“公司的首脑们全在那儿用餐，这边是第二世界，供持有外币、兑换券者使用的。我是第三世界的公民，不敢僭越。”

我只好转移阵地。

“给我来两瓶啤酒，一盘冷菜，两个热菜。拣最好的。”两个人相对坐下，他对服务员说。

“来四瓶啤酒吧。”

“只能要两瓶。要知道北京五星啤酒在外面是俏货呵。”他全身放松地坐在软椅上。

“中国人对付贫穷是极有办法的。首先是发行各式各样的准货币,然后就立各种各样的法规。”我小发段议论。

“抽一支好烟吧。”童泯从口袋里取出一只银烟盒,“要是一般客人来,它是从不出现的。”

“‘中华’牌!”我失声说道。“你从哪里搞来的?”

他用不很突出的下巴向第二世界努了努。

“你哪来的外汇?”

“上次我见他们那来了‘中华”烟,出于对它的喜爱,过去问了问价码儿,心想:弄好了没谁还能蹭上盒抽。可谁知我刚一张嘴,那个小丫头片子就没好气地说:‘中国人不卖’。我火了,就说:‘我不是中国人。’她的嘴也挺利,说,‘你为了抽盒烟,连中国人也不当了?’我只好再次强调‘我不是中国人。’就这样,她一句我一句地斗着。最后林老板出来了,才指示她卖我一条。”他给我点上烟,“说句良心话:我最讨厌两种币制了,因为两种币制就意味着两种不同的分配等级。”他笑了笑。

我也跟着笑了笑。他这个幽默的小故事,有着泛文化的背景。如果略过动乱与插队的话,谁也想象不出一个差点成了硕士的大学生,一个现职科长会说“我不是中国人。”同时我也深深为他悲哀。一个在几个小时内,能把上百万的各种外币在世界的各个大陆之间调来调去的人,口袋里竟然连买盒烟的外币都没有。

“你看见那位没有?”童泯指指我刚才相中的那个座位,“那位是美国‘福隆’债券公司的业务经理。他那套西装是罗尔兄弟公司出品的。那条法国领带,最少也值一百美元。脚上那双鳄鱼皮鞋,也够我花一年的。虽然我赚钱的本事比他要大许多倍。”

“陪他吃饭的人是谁？好像挺面熟的。”

“二十年前的‘八一八’，他曾佩带尺二袖章站在天安门城楼上，十六年前又是咱们插队所在县、专、省最大的先进人物，十年前的工农兵学员，两年前的经济硕士，我的前任，现任交际处长，大名鼎鼎的罗征南。”

“你看我这记性。”我敲敲脑袋，“记得在开知青大会时我还跟他大辩过一场呢。没想到这会儿成了处长了。”

“你没想到的事多着呢。”童泯满脸不屑一顾的神气。

罗征南显然发现了我俩在议论他，不一会儿就站起身走过来。

“老童，啤酒够不够？”他很亲热地问。

“够了。”

“我看不够。从那边搞几瓶来吧。老外的钱，不花白不花。”

“真的够了。”童泯不卑不亢地说。

“这位是？”他手心向上指着我。

“我的一个朋友。”

“贵姓？”

“陈平。”我只得站起身与之应酬。

“《经济导报》的记者，一个害我等了二十分钟的人。”他笑着向我伸出手。

我只好跟他握了握。

“他让你等二十分钟，你别让人家也等二十分钟。”童泯低着头说。

“那好。”罗征南不失风度地对我点点头，“明天咱们再好好聊。”临走时他意味深长地盯了我一眼。

“他好像认出我来了。十五年可是不短的岁月呵。”我喝了一大口啤酒，“莫非他的记性比我还要好？”

“你的记性，一个铜板也不值。”童泯把一大块牛排填进嘴里。看得出，他极需要补充热量。

三

罗征南的办公室一点也不像是搞接待的，倒像是一个智囊团的首脑所在地，四只高高的书架，上面堆满了各种外文书籍，可仅有一只的上层有一些中文书籍。

“请稍候。”他把我让到看上去不怎么样，但实际上很舒适的沙发上。然后继续埋头敲击微处理机的键盘。

我是个坐不住的人，才片刻工夫就又踱到书架“中文角”旁，开始浏览。这里面的书，除了货币学，股票学外，就是诸如《第三次浪潮》《控制论与社会》之类的时髦书。只有最边上有着一套牛皮纸包着的书。我信手抽出一看，发现是清刻本《历代名臣言行录》，就取出一册，颇有兴趣地读了起来。

“每次有记者采访，我总要向上苍祷告，希望来的是由一家没有名气的小报派出的一位不懂经济的记者。可每每事与愿违。”罗征南做了一个很夸张的手势后，给我斟上咖啡。

我放下书呷了一小口，一下就品出这是破功夫熬出来的真货，决非童泯的“速溶”可比。

“陈平，你还记得我吗？”罗征南解开西装的扣子。

“当然。早在十七、十八年前，你就具有很高的知名度了。”我看着他那张日趋丰美的面孔。

“知名度高与不高，姑且不论。但十五年前在县招待所里那场关于知识青年的前途与命运的辩论，却是你对了。历史已做出了裁判。”

“看来你的脑子的确好用。不过十几个钟头，就把该回忆的事情全都回忆起来了。”

“十五年呵。”他用手托住下巴，陷入了沉思。

他的模样很有感召力，使我也不知不觉地回忆起往事来。

“十五年后，咱们殊途同归。”罗征南猛地振作起来，“当时你我虽然对未来的看法不同，但有一点却是一样的：八十年代到九十年代，将是咱们‘老三届’大显身手的时候。”

“看来你是很善于在不同的事物中寻找共同点的人。”我抽出支香烟递给他。

“你在《经济导报》上发表的几篇论文我都读过了。尤其是那篇关于全国经济布局的文章，分析得透彻，也很有气派。看得出你是个有思想的人。”

他虽然做出一副老大哥的架势，可并不令人讨厌。

“这些书你都读过？”我把那本《历代名臣言行录》插回书架，指指《第三次浪潮》问道。

“当然。不仅读过，还认真圈点过一番呢。”

“观感如何？”

“如果不公开发表的话，我将告诉你真话。”

“行。”

“中国的文化，是个无限大的系统。再用句时髦点的话来说：是个超稳定系统。你看，不过一年多的时间，这些红极一时的书全成了明日黄花，已经很少有人把它摆在书架上了。中国人不喜欢新东西，如同身体不喜欢新的维生素一样。我告诉你一个小小的秘密：你知道我们林老板都在读什么书吗？”

“我见过他在市人大会上几次发言，觉得他还是个开放型的人。”

“可他每天读的不过是《史记》《资治通鉴》《读通鉴论》之类的书。”罗征南用不太高的声音说，“有一次他曾经对我说，司马光、王船山这些人是伟大的。因为只有他们才知道在中国这块土地上到底能长出什么样的粮食。换言之，别的全扯淡。”

“咱们不谈这玄学了。谈谈你对童泯干的那行的看法吧。”

“债券生意是桩很复杂、很微妙的买卖。千百万各种肤色、国家、民族的陌生人的欲望,在远离你万里之遥的地方,构成了一个奇妙的市场。要想在这中间站住脚,并且赚上钱,的确不是一件容易事,我就不行,干了几个月,还小小赔了点钱。”

“你赔钱的原因何在呢?”我追问。

“第一,我的英文不如他。虽然我的学位比他高一格,可英文这东西是真功夫,跟不上就是跟不上。第二,我的脑子也没有他的好。据说这小子在围棋队的时候,把一部《玄玄棋经》全都给背了下来。第三,他是那种大赔大赚型的。甭管多大的买卖,也从来不事先请示。”

“我看那玩意瞬息万变,一请示价钱也许就提了。”

“可那时不管提也罢,降也罢,责任已经不在你身上了。当然,如果童泯他能够一直赚下去,那当然好,可他万一要赔了呢?要知道:一次赔的记录,能够抵上你十次赚的记录。”

“依你估计,他有多少提升的希望?”我把话转到问题的中心。昨天晚上童泯曾对我讲,他有可能被提拔到银行部主任的位置上去,并说罗征南也在争取这个位置。因为,虽同是“处座”,银行部拥有极实在的权力,而交际处就虚多了。

“如果实话实说的话,我觉得他提升的希望不大,因为他太懂技术了。”

“太懂技术又有什么不好?”

“太懂技术,就是不太懂人事的同义词。举个例子:在银行的投资会议上,他不止一次地跟各个部的主任对抗,有一次甚至把林老板也弄得下不了台。而且他经常对手底下的人发火。我就不止一次地见到他训电传室的女职员。”

“训训他们也没有什么了不起的。再说干他那行的确太累了,一场下来,就和负重跑了十公里一样,脾气是不会好的。”

“作为朋友,你当然可以这样指挥。可你要知道:在电传室工作的几位女士,全是林老板在上海做生意时的老伙伴的后裔。她们成事不足,可坏事有余呵。”

“怎么,林老板也不能免俗?在我的印象里,资本家大都是不肯任用私人的。”

“你犯了个概念上的错误:这家公司里,林老板的股份不足百分之一。换言之,只是象征性的。再说他那些老伙伴大都没有活过“文革”来,剩下的子女他不照顾谁照顾。照顾友人后代是中国伦理一个很重要的组成部分。

“我不太同意你的分析,仅此一点,不足以说明问题。”我嘴上虽然这样说,可心里却默诵着。“花钱定律”第四款:我为我花你的钱。

“你同意也罢,不同意也罢,反正是如果不能深刻理解人与人之间的关系,对于一个领导来讲,是致命的。”

“可要是太懂关系了,这个人也就完蛋了。”我径自点上一支烟。

“不对。你说的不对。我敢断言:在今后一百年内,懂关系的人也要比懂技术的人吃香。在中国对每一个人的评价全是由他人定义的。当然,这并不等于说是所有的人都同等重要。最重要的人,还是你的上司。举例子说吧。在我们这家名曰‘民办’的公司里,所有的重要权力都操在林一木手里。什么董事会呵,监察组呵,统统都是虚设。孟德斯鸠说得好:一切权力合而为一,虽没有君主专制的外观,但人们却能时时感到君主的存在。换言之,如果他不把你当自己人看,那就决不会把信贷大权交给你。至于那些手下的人,也不可小看。小鬼有时能跌金刚哩!我有个朋友,本来提拔处长已成定局,可他那个单位的一个人在关键时刻,跑到他一九七五年读大学的地方,搞到他写的一份大字报的底稿,复印若干份分送各级纪委,这是一份充满套话,毫无创见的大字报。可有位领导,根本不从当时的历史背景考虑,提笔批道:提拔干部,慎之又慎。于是乎,他的处长就告吹了。我这后一个例子,从正反两方面,说明了人际关系的重要性。”

“到底是硕士,给关系学奠定了理论基础。你就不怕我这个当记者的给你披露出去?”

“不怕。”他看着我说,“如果我连一个一起插过队的人,有着共同泛文化背景的人也害怕的话，那我就活不成了。”

我相信他的话有着一定程度的真实性。插队，尤其是在一个县份里插过队，与同在一个连队中爬雪山过草地多少有点相像。

“这是最后审定稿。”罗征南从跟微机连在一起的打字机上撕下两页纸，递给刚进来的秘书，“你们再分头去找几个人核对一下，绝对不要有什么错误、遗漏。”

秘书很快退了出去。

“给林老板干活，就得认真点。据说在一九三五年他刚被提拔成银行襄理不到两个月，就把承包银行职员伙食的饭铺老板叫了来，声称要把费用砍去一半。理由是，经理与副经理每天中午都有饭局，根本不在行内吃饭，钱不能再付了。饭铺老板反驳说：‘即便如此，一半钱也不够。’于是林老板不看任何单据，从原料费用数起，一直数到加工费甚至把小费算上，也没到一半。最后饭铺老板只好咕咚给他跪下，口口声声求他给留条活路，可林老板还是没答应。他在钱上面，是从来不肯马虎的。”

“钱？什么钱？”

“会议费。”

“什么会？”

“一个例行的业务性会议。”罗征南闪烁其词地回答。

四

因为编辑部的一些事，我对国际贸易公司的采访中断了达五天之久。

第六天上午，我接到了一个电话。

“明天我们公司的一个会议，将由北京移至广州开。你去不去？”童泯声音听上去很清晰。

“你看我值得去吗？”

“如果不值得的话，我就不会通知你了，要知道，北京现在的电话，比京沪线上的火车还要挤。”

“你去不去？”

“如果他们让我去的话。”

“乘坐什么交通工具？”

“有一架专机。明天上午十点从首都机场起飞。”

“能给我搞个位子吗？”

“这要看你的神通了。不过有一点要奉告：他们好像并不欢迎记者随同。”

“那我就一定要去了。”我从他的话里品出一股神秘的味道，“谢谢你了。”

“当然应该谢谢我。要知道，如今我只要在电话里咳嗽声，就能筹到上百万美元。”永远不会忘记吹牛的童泯说罢就放下电话。

既然是专机，就不愁个位子，而且我作为《航空报》的特约记者，在空港也颇有几个熟人，基于上述理由，我到达机场已是九点二十分。

“那架‘波音七三七’就是。”值班员把我领进停机坪。

“能把我领上飞机吗？”遥望着舷梯旁边那几位穿制服的民航工作人员与公司职员，我多少有些敲鼓。尽管在很长时间，我都是个自由主义者，但在骨子里还是崇拜权威的，当然，我现在作为一家大报的记者，是有很大自由的。但要知道，这自由全是靠特权提供的。

“很对不起。”值班员拍拍我的肩膀，“我的权力到此为止了。专机一般都享受外国民航飞机的待遇，一上舷梯，就是人家的领地。”

“那好，我自己去试试运气，我提着极轻的提包，挺起胸朝飞机走去。

在机翼的巨大阴影里，我稍作了一下观察，发现来客大都是华侨模样的人，间或有几个黄发碧眼客。他们胸前都佩戴了绿色的会标。

忽然,我发现童泯从入口处走来。于是大步迎了上去。

"把你的会标借给我吧。"刚一见他我就伸出手去。

他敏捷地一闪:"你怎么能够提出这样无理的要求?"

"他们不都认识你吗?"

"他们只认会标不认人。"

"要不你先上飞机,找个熟人借个会标再下来。"

"你以为这是当年咱们扒火车吗?有本事就上,没本事自己去坐民航班机。"说罢,他头也不回地走了。

他走路的姿势极怪:永远低着头,步子却超过常规幅度。而且他那个小皮箱似乎很重,不过百十来米,就换了两次手。

童抿的预言很正确:他们根本就不欢迎记者采访,尽管满脸都是笑。

"罗处长在不在?"万般无奈,我只得这样问。

职员耸耸肩。

"童泯,"我看到他还站在舷梯旁,就大声喊,"给我叫一下罗征南。"

不过十秒钟功夫,罗征南就出现了。他今天穿着一身讲究的黑色西装,平头修得适中,很有点日本大藏大臣的派头。

"能给我找个位子吗"我有些着急地问。

"你要是早点告诉我就好了。现在机上的位置恐怕满了。"他面露难色。

"我随便找个地方坐坐就行。又不是去纽约,要飞十好几个钟头。

"乘务员恐怕会干涉的。"

"这个我有办法对付。"对一般人来讲,似乎飞机上的制度极其严格,多一个人也不行,可对我这种"飞行油子"来说,不过是小菜一道。

"我跟你实话实说了吧。"罗征南注视着向飞机走来的一行五人,"林老板事先就指示,此次会议不宜大肆宣扬。因为如果事先捅出去的话,将会有许多会外代表赴会,搅得什么也干不成。"

"如果你不让上的话,我将坐下午的民航班机去。而且我敢保证,明天,最迟不过后天，报纸上一定会出现这次会议的新闻，并且很可能在第二版上。”

“你虽然也做了五年报人，可仍不失无赖本色。”他笑了笑了，“我去请示一下林老板。”

他在舷梯旁拦住了林老板，低声嘀咕了两句，然后朝我摆摆手。

“欢迎你来采访。”林一木握住我的手。他的牙齿在中午的阳光下，闪烁着高级陶瓷的光芒。

飞机上的乘客至多只有五分之四，根本就没有满员。

“我从来就不相信在这九百六十万平方公里上，有什么能挡住咱哥儿们。”我坐到童泯身边后，舒适地把腿伸开。

他莫测高深地笑了笑，“在这里全是上等人，你说话注意点。别老哥儿们、哥儿们的，叫别人笑话。”

“上等人是什么样儿的？我怎么没见过？”我对着童泯的耳朵吼道。

这次他的笑是无可奈何式的。

飞机的发动机依次发出轰鸣，片刻之间就昂头直入云天。

“如果你心里有台计算机的话，那么从现在开始，你就可以输入费用值了。”童泯悄悄地说。

“包一架专机，至多两万块钱的样子吧？”我问

“五万块。小节目还得另算。”

“什么小节目？”

“那不是来了？”

两个空中小姐推着车子走过来。按说此刻还不到发纪念品的时候，因为飞机尚在爬高，走廊还有五度左右的坡。

“现在我们公司送给各位一套广东音乐的磁带。这是乡音。想必大家都喜欢。”坐在机头的罗征南站起来向大家宣布。

“怎么是乡音？“我不解地问。

童泯没有说话。

“你们这次会议的名称叫什么？”我又问。

“如果按照他们的叫法的话，叫作：研究与发展会议。”

“一个务虚的会议。”我把座位调到一个合适的角度，“我昨晚上干了一个通宵现在想睡一会儿。”

“我保证你睡不成。”童泯从提包里取出一部大得惊人的书，摊放在小桌上。

“你还记得不记得，一九六九年有次下大雨，把咱们院里那棵大树给劈了，你们几个都吓得一夜没睡，可本人却根本没醒。”已处在迷糊状态中的我喃喃地说。

雷劈我没醒，可这回的梦却被数番打搅。

“这些是广东著名的小吃，而且是现货。”站在机头的罗征南已经是第三次发布新闻了，“常言道：吃在广州嘛。”

“这小子的声音够多少分贝？”我揉揉眼睛。

“那要看在什么场合，对什么人了。吃吧，这全是广州最精华的早点，是飞机刚从广州拉来的。”童泯把盘子推过来，“别小看这些东西，一天之中就打了个来回。不知有多少中国老百姓没这个福气呢。”

飞机上开始演电影了。放的是最富有中国情调的片子《阿诗玛》。

飞机降落前十分钟，片子刚好演完。

“如果给这次旅行立块碑的话，那么碑文应该是，它的组织者是近代罕见的天才。”在出机场的路上，我对童泯说。

“高潮还在后面呢。”坐入大型“尼桑”轿车后，童泯探出头望着纯蓝的天空，“一年好景君须记，正是橙黄橘绿时。”

我们在广州花园酒家下榻。

如果你仅在北京饭店、长城饭店等处转悠过，而没到此一游，那你绝对不能领会“豪华”一词的真切含义。

此地门厅之辽阔，使你感觉到的，不是从外面到了某间房子里，而是进入一处更为宏大的自然景观中。对面的大壁画,如果不是稍欠立体感的话,那就与云冈石窟毫无二致。那一尊尊的佛,全是按一比一的比例绘制的。绕过壁画,沿一条通幽小径走去,不知不觉中就到了二楼,沿途流水潺潺,棕榈丛丛,全然是浓烈的南国夏日风光。再往前走,展现在你面前的就是古色古香的清式餐厅,富丽堂皇的法式餐厅。

“我真恨不得冲进去抢上一顿。”我使劲咽了口唾沫,“倘若有朝一日,老子发了财的话,一定带着老婆、孩子来这住上它一个月。”

“这话听上去多没出息!再说你手上如果没有一个单位的话,是绝不会来这儿住的。”午饭后,我俩步行从底楼爬向顶楼,试图把全楼所有的美全都搜刮走。

“一个单位是多少?”我问

“一亿美元。当然,如果你小子有本事开一家股份有限公司,能够用上别人的钱,那也就难说了。”童泯用毫无表情的目光,扫描着眼前的一切。

“如果你不是总讲别人不爱听的话,也许早就当上银行部长了。”

“连作官的抬头格式都不懂。不是部长,而是主任。”

“你懂!你是全球最大的官场专家。”

“那倒不敢当。”他谦虚地笑笑。

说话间来到顶楼的休息厅。这是个令人耳目一新的地方,所有的摆设、装饰都带有浓重的法国帝政时代风味。我一屁股坐到仿古沙发上,把困乏已极的腿伸出老远。

“你如果知道这些沙发的价格,也许就不是这个坐法了。”童泯轻轻地抚摸着扶手上的雕塑。

“就算它值一个单位,我也是这个坐法。”

“换个说法,如果它是你的,你就不会抡起来往下坐了。我观察过好多人,他们往自己桌上放烟时,总把燃着的一端向外,怕烧坏桌子,可如果桌子是公家的时,则反之,怕脏着过滤嘴。”

“你们要点什么?”没容我还嘴,脸上挂满东方式笑容的服务员就降临了。

“什么也不要，只是坐一会儿。”我多少有点不好意思地说。因为左右邻茶几上全放着法国名酒。甭问牌子，光看那暗绿色的，好像盛过多年油的瓶子，就知道不掏出一个月的工资拿不下来。

“你们是国贸公司的吧。”服务负看了一眼童泯胸前的会标，“昨天就接到通知了，凡是你们会上的，一切费用都可以记账。”

“谢谢。”童泯彬彬有礼地说，“我们如果要的话，会通知你的。”

“将来如果你手里有几个单位的话，打算干什么？”我耸动着鼻子，试图捕捉一些酒分子。

“我有个朋友，有一次偷偷在大型计算机上，用日本的最新程序给我算过命，结论是：官不过课长，财不过三千。看来这辈子是阔不了啰！”他径自掏出一支烟，在那个祖传的银烟盒上墩结实，“可如果有朝一日，我手上掌握着几个单位的使用权的话，就一定开一家比国贸还大的公司，而且我相信，一定比那些人，”他往脚下指指，“要经营得好。”

“看来我的志向确不如你宏大。”抽了口烟后我说。

“那当然。”他很得意地说，“不过你也别太丧气了。此会无我，卿当独秀。”

这的确是个务虚的会议。除了林子木做了个关于发展前景的报告外，就全是宴会和游览了。

“你们这个劳什子会，不过是珠江览胜，酒楼饕餮而已。咱哥儿们可陪不起。明天就打道回府了。否则也无法跟主编交代。”

“如果你不老跟着罗征南的安排转，真正沉下去，我想还是能搞出点东西来的。”童泯把那本大书翻得“哗哗”作响。

“可我的英文不行呵。”我脱掉外衣。

“我要是领导你这样的大傻瓜，保证成千上万也不成问题。”他回过头，用蓝幽幽的眼光盯着我，“只要你能听懂带广东、上海味的普通话，那就足够了。”

我稍想片刻，就套上唯一那件勉强说得过去的礼服上了路。

我手执那册印刷精美的《人名录》，从中任选几个，登门造访。

仅用了短短两个小时，我就发现了一桩极重要的事实。所有的采访对象中，除一个不愿谈经历外，几乎全都是广东人，而且大都是林姓。少数几个不姓林的也是林一木在上海时的“经济伙伴”。

我的职业热情一下子被点燃，继续起劲地作抽样调查。

回到宿舍时，童泯已经进入了“准睡眠”状态。但我仍把他叫醒。

“无须作太多的分析，我就发现他们所有这些人的命运轨迹线与林一木的是基本吻合的。”我大喝着真正的“君山茶”，“所以这次会议正确的叫法应该是‘同乡故友联谊会’。”

“命运轨迹线，这是多么不准确的词呵。现在你们这帮子舞文弄墨的，也满口自然科学名词。”童泯顾左右而言他，“有一次我老婆他们电影厂演内部片，我去凑了个份子。开演前，那帮子导演、编剧们起劲地讨论着电影结构：什么线性结构呵，金相结构呵；把我震得够呛。可谁知到头来，五本电影只放了四本，谁都没发现。”他咧开嘴，露出两排不太整齐，但极坚实的牙齿笑了起来。

“那是艺术家，跟我们记者是两回事，你外行了。”

“德莱赛作记者时，有一次报社派给他一篇剧评。可这小子为跟女友幽会，没去看就胡刷了一篇，第二天见报后，才知道剧团因为雪阻，根本就没来。哈……”

“可不管怎么说，我在这幢楼里，看见了一株繁茂的家族之树。”我望着他那颗不知都装着些什么东西的大脑袋，无可奈何地说。

“那么它的根在哪呢？它的根！”他拍拍枕头，极严肃地说。

五

为期六天的会议明天就要结束了。晚餐时我出于礼貌对罗征南讲了我准备写一篇有关国贸公司的分析文章。

他不动声色地听完之后,没有任何异常表示。

餐后我抚平棋盘,正欲与童泯"手谈"一局,服务员敲门进来,交给我一个淡蓝色布纹纸的大信封。

里面是林一木的名片,后面是两行遒劲的钢笔字:如八时左右有暇,请来舍下一叙。

"别他妈的和朝见皇帝似的。" 童泯用子敲着棋盘,"离八点还早着呢,快下!"

我原以为林一木一定住最讲究的"总统套间",可谁知他只占有一个中等水平的三套间。

他那位极有风度的夫人与我稍稍应酬一下,就退入里间去了。我知道按照交际场中的不成文法,这是很高规格的接待。

"我在上海的时候,与许多著名的报人有着很深的私交。"林一木用带有浓重回忆色彩的声音,接连报出若干个在中国新闻史上占有显赫地位的姓氏,"他们帮过我不少忙哩。"

他做了个请吸烟的手势,我从托盘中取出一支青色的"哈瓦那"雪茄,作出内行的样子,剥开锡纸,用小刀切去头。

“一九四八年六月十一日，我接到伪财政部的一个通知：让我把自己银行中的美金储备的三分之一买作国民政府的债券。我当时根本没有把它当回事。有“哈哈孔”作财长，至多不过破费几个钱罢了。可谁知一个星期后，两个青年军官，开一辆吉普车到我家，说是某经济特派员要见我。

“当时我无论在上海的金融界还是实业界，都有些实力。即使是吴国祯市长有事，也要用名片来请。可我见两位军官那副柔中有刚的样子，还是跟着去了。

“我在一间很简朴的屋子里，见到一位矮小的中年人。他没报姓氏，开篇就是金融政策。然后命令我必须在七天之内交出十万美元，随即挥挥手让我走了。”

“他是谁？”我问。

“我当时认为无须打听。在上海滩作生意，要是没点容事的肚量，一天也待不下去。可七天后，我从某渠道得知，那位特派员是赫赫有名的太子。据称他已经向上海前二十位民族资本家下了最后通牒，并将其中几位到期不付的人投入狱中

“可我还是不想给他。一九四八年四月，国民党发行金圆券，用和美金四比一的比率投入流通渠道。可仅两个月，就变成了百万比一。为了应付这，我业已损失了些钱。至于他们的债券，就更不值钱。孔博士只知道讨蒋的欢心。他先是用政府银行的钱去买政府的债券；要知道，这是一种财政上乱伦。当仍不能满足蒋的贪欲时，他就开始打我们这些人的主意。”

“你是怎么搪塞过去的？”我问。

“早在抗战结束时，我就想自己办张报，可总没如愿。要知道：新闻舆论的力量是极大的。”他顿了顿，“后来我就利用报界的朋友，把此事披露出去。一时间几乎传遍半个地球。”林一木用手掌组成一个空心的球。“后来估计老蒋出于政治上的考虑，只得将此事作罢。”

利用报界——这几个字听上去就别提有多不顺耳了。反正我是不会被利用的。

“最近我打算写几篇有关我经济生涯的回忆录,不知贵报可要?”

“如果写得好,我们自然是极欢迎的。”不知为什么,我总想刺他两句。

“我们国贸公司,成立的历史虽然短,但内中的结构却极其复杂。有些事情别说你,就连我自己也搞不清楚,所以公司希望在报道的时候要慎重一些。”

“我会对自己的文章负责的。”过了好几秒钟,我才沉静地回答。

“那就好。那就好。‘文章千古事’嘛。”

“您是否喜欢童泯?”虽然童泯再三告诫不要提起他,但我却没能忍住。

“我根本就没有想过这个问题。”他优雅地挥挥手,“我只有一点观感想告诉你:每当我看见他那副拼命工作的样子,就好像看见五十年前的自己。”林一木的口吻、表情,再配上他那头雪白的头发,全然是一派长者风度。“所不同的只是我当年是俯在一张写字台上,而他则面对着一台电子计算机。我可以明确地告诉你:他在我们公司里,将是极有前途的。”

“您对罗征南是如何看法?”我单刀直入。

“小罗吗,他也很有能力。当然,他比童泯要复杂一些。”

“他的能力,我个人认为:仅仅表现在活动方面。”我费了好大力,才没有用“讨好”来置换“活动”。因为我已从童泯外的渠道得知:这次会议的“始作俑者”就是他。

“有活动能力,未见得就是坏事。国家要用国务活动家,公司也应该有公司活动家。而且作为一个行政首脑,必须要团结各式各样的人一起工作。”

林一木语调中,既有粤音,也有吴音、京音。可所有这些,全被他恰如其分地糅合在一起,构成极和谐的交响。不禁令人想起一道由名厨烹出的上等菜。

“我老了。”林一木微微往后一仰,“今年末、明年初就打算隐退了。公司就要交到类似小童这样的人才手里。”林一木用语调在“小童”两字下,点上了着重点,然后用足量的余光瞟了一眼对面的石英钟。

我明白这是送客的表示。

“顺便问一个不该问的问题。”临起身前,我鼓鼓气说,“您本人至今还有多少资产？”

“没多少了。”林一木不动声色地说，“除拨出一小部分零用额度外，全部投放在‘国贸’里了。”

“我再顺便问一下，如果这次会议费，在‘零用额度’中开支，您会同意召开吗？”我知道这一炮发出，就永远得罪下他，可仍觉有必要。

“如果我觉得有必要的话，用谁的钱也会开的。”他扶扶眼镜。看来用贵金属制成的镜框，好看是好看，可有时对鼻梁来说、似乎重了点。“再说作为一个总经理，对一些具体的事情，没有必要细问。”

“我告辞了。”

“希望能常来公司玩。”他用清爽、细长的手跟我象征性地握了一下，“别忘了，在这家公司里，除了童泯外，你还有一个老年朋友。”

在笔直，狭窄的走道上，我突然想起一位在驻外使馆工作的朋友讲的故事：他那个使馆所在地，有着一百余个外交使团。每个使团每年至少有一次国庆招待会和一次元首来访招待会。这样算下来，每年要参加二百次宴会。他的心脏又不太好，于是每次宴会前，都要把一种特制的吸酒纸垫在舌头底下。每干完一杯，就悄悄地吐出去。完全是凭了这个，他的心脏才愉快地跳动至今。

像林老板这种在交际、应酬场中混了一生的主儿，心里也肯定有一张类似的吸酒纸。只要我一走，一准得吐出来。

罗征南的房门虚掩着，我顺势推开闯进去。

他正在专心致志地敲击微处理机，荧光屏上显示出一串又一串的数据。我凭直觉感到：这是会议的账单。

我不动声色地看至“三十七万七千二百元”的总数出现时，才微吭一声。

“请坐，请坐。”他赶快关闭机器，“这玩意儿真是不可思议的好东西。有它做助手，来劲极了。举个例子：用它来排晚餐，那么彼此不该认识的人，相互敌对的人，是绝不会坐到一张桌子上去的。”他脸上溢满熊猫式的笑容，“不知记者大人有何观感。”

“只有一点想告诉你，”我走到微机前，在键盘中寻找了好一阵，才找到“召回”键，我按了一下，荧光屏上立刻出现“三十七万七千二百”的数字。“将来我如果有钱的话，绝不会投放在你们这样的公司里的。”

“可你也应该知道：如果不搞交际，不广结友缘的话，那买卖就会愈做愈小。”他说这话的语调是经过考虑的，不带任何感情色彩。

“如果你的确是从公司买卖的角度出发，那自当别论。可我敢担保：这次绝对不是。”

六

外面正在下着很大的秋雨，冷意从敞开的窗户中蜂拥而入。童泯正俯身在写字台上读书：那盏宫式台灯把他面前一平方米左右的地盘照得雪亮。

“你在读什么玩意儿呢，如此专心？”我的英文只足以对付账单，根本看不了大部头。

“美国政府的财政年度预算书。”

“读这玩意儿有什么意思？”我信手翻动着长达一千三百页的数字式天书。

“美国政府如果把某项工程承包给某公司，就意味着该公司在一定程度上可靠。那么他又影响到一系列的公司。于是乎它们发行的债券就有上升的趋势。起码也不会蚀本。”他把书合上，“我敢断言：本人是整个地球上，少数几个读透这本书的人之一。”

“挺累人的吧？”我用手掂了掂分量。

"'在越过无边天际的旷野之后,我喝着国王的咖啡'。"童泯边诵诗,边捧起早已凉透的"速溶咖啡","可我必须读这类书,以便认出哪些公司是属于'行尸走肉'型的,哪些又正处在'青春过渡期'。干债券这行,其实就是思想界的装卸工。美国有个跟我差不多大的债券经济人,每干上半年,就得到马戏团去'客串'上一阵,否则神经受不了。"

"可你却整天闷在屋里,也不出去串串。"

"我又不想去拍谁的马屁。"

"可找那几个老外聊聊也是好的,他们当中有好几位都是搞债券、股票的。"

"因为身份,我不便与他们私下接触。我的关注,就意味着'国贸'有可能对他们投资。信息不是实体,又是实体。从这种意义上说,我是少数几个掌握中国财权的人物之一。当这样的大人物,可不是件轻松事呵!"他用耸人听闻的语气说。

在他吹牛之泉的喷发间歇中,我赶快把林一木的谈话纪要说了一遍。

"他林某人是极善玩这套的。他先是告诉罗点什么,然后又通过你,对我透点信息。这在梅特涅那个时代还差不多。可眼下已是信息时代。我一吭声,整个世界都知道。好了,不谈他了。"他走到窗前,我也跟了过去。

随着经济政策的放宽,羊城渐渐地变得"不夜"了。此时虽近午夜,又下着雨,但满街红绿仍遮掩不住。和它相比,北京倒像个边塞小县城。

"我如果写一篇有关公司内部情况的文章,会不会影响到你的前程?"我放出了试探性气球。

"我从来不爱管别人的事。"他头也不回地挥挥手,"当然,也许会暂时影响到我,但绝不会永远影响我。再说,作为一个人能够促使这个世界发生点什么事,并激励已经发生了的事,这本身就已经足够了。"

"你好像说过:将来要办一家比'国贸'还大的公司?"

"说过又怎么样?"

"那我将来如果有'闲钱'的话,除留下一小部分'零用额度'外,全部投放在你的公司里。”

“不是我的公司。而是你的公司,所有的股东都是我的老板,我不过是个经纪人而已。这是概念问题,请不要把他偷换或者搞混。”

瞧他说话时那份德行儿,好像那家“子虚乌有”的公司,已经在他的掌握之中了。

《火花》 一九八七年第四期
《作品与争鸣》 一九八七年第八期
《大争议小说·社会卷》 西北大学出版社 一九九三年十一月

“公爵”被困

一

“明天八点我去清凉山开会。”省教委主任叶冬心拿起电话。虽然史秘书就在他的外间办公，但电话能省掉不少麻烦。“请安排一下。”他对谁也不忘说“请”字。

“好的。”

“车的油泵有点毛病。”方棋用一块柔软的麂皮擦拭着锃亮的“公爵”牌轿车，“该检修一下。”

“去吧，日本车不用修。”车队队长说。

“日本汽车也是车呵。”机械最唯物，该坏就坏，这是绝对真理。方棋不满地说，“换个人去吧。”

“专车司机，你不去谁去?！”老黄把烟蒂狠狠地捻灭在“严禁吸烟”的广告牌下。他是车队的元老，资历极深，有开过全省首辆“解放”卡车的殊荣。据称当时怕把驾驶室弄脏，是光着脚进去的。此刻退休在即，可仍有一个孩子没安排。叶冬心半年前上任时，他就开始谋“专车司机”的位置，未成。于是就对方棋展开冷战。

方棋没有说话,接近领导是解决实际问题的最佳途径,这也是条真理。如果能让的话,他早就让了。

“头儿让往喜马拉雅山顶上开,咱也得去。”小李子靠在崭新的“伏尔加”车身上,“咱们是磨房的磨——听驴的。对吧?”他拍拍队长的肩膀。

“一边儿凉快去。”队长是前任主任的司机,在多年服务生涯中很积下些做官的心得,信奉的哲学是:行,我不用你,不服,我就收拾你。使手中小小一点权力发挥最大的效益。可这回却没生气,扭头走了。

“你是不是他亲戚?”老黄对所有冒犯领导的行为都抱着极大的兴趣,如同安于家室的人对不轨之人一般。

“我是他大爷!”小李掏出支“万宝路”递给老黄,“唐僧取经途中要在一寺庙求宿,主持和尚恶语相加,弄得老唐泪流满面。后来老孙进去,持棒威胁一阵,和尚就列队出来欢迎。八戒大发感慨。唐僧因之悟出个道理:神鬼怕恶人。”他又扔给方棋一支烟。抽洋烟如今是时髦不过的事情:“咱是无产者,除了身上的锁链,没啥可损失的。”

方棋把烟夹在耳朵上:“去清凉山的路不好走,尽是车,得开五个小时。”

“我告诉你:对面来车的时候,你占领中线靠左的地方,坚决不让,这是比意志的过程。”小李把烟叼在嘴上,可没有点。

“比意志?”方棋笑了,“朝战中志愿军飞行员或者日本的神风突击队才这么干。”

“我就是跟他们学的。上次我跟老黄一块从北京回来,他连屁都闻不上。”小李得意起来,“对不?”

老黄蹲在角落里,如鸦片烟鬼般吞食着那支“万宝路”。

“太快要出事的。”方棋把擦车所用的物件井井有条地收拾好。

“老天爷早把司机分了类。出事的和不出事的。不出事的怎么开也不出事,比方我;出事的就是停在那也出事,比方老黄。”小李开始宣讲他的理论。

“老天爷把人也分为两类:开车的和坐车的。你们开得再好,也是车夫一个。”老黄上月因违章停车,被交警队罚款十元,他至今耿耿于怀。

“喝啤酒去?”小李不再理老黄。

“孩子病了,我得回去。”

“我开车送你。”

“别,让头儿骂。”方棋提起小包。

“骂?头儿用私车最少是你我的一千倍。”小李把车发动着。

教育规划院的院长坐在叶冬心的对面:“我恳请你把他调走,要不就是我走。”

“好吧。”叶冬心重重地叹了一口气。

只能这么办了。天才人物有一个就够,两个天才之和小于一个天才,众多天才相加则等于零。

“我还得到会上研究一下。”调一个局长级的干部不是件轻而易举的事,说不定就触动某根敏感的神经。各人要行使各人的权力。这是民主。

夏时制的十八时半,太阳仍无私地奉献着光与热。

“看见前面那个穿绿色连衣裙的姑娘了吗?我能让她的裙子飘起来。”小李取出烟。

“我理解你对异性的热情,还是免了吧。”方棋按下点火器,“你哪来这么多钱?”他看着长支过滤嘴下方两条犹如大副衣袖上的金线。

“我有一个哥儿们,承包了一辆‘罗曼’大卡,有时就给他顶班,弄两个零钱花。”

“白天晚上连轴转,能顶得住?”

“你有思想我有劲儿,第二职业也就是第一职业。”小李在整个车队中就佩服方棋一人,“不过有时也迷糊,前天晚上从G县拉砖回来的路上,就过了回羊群。”

“过羊群？”方棋笑了，“轧死几只？”

“五只。回头上我那吃涮羊肉。”

“这么热的天，谁吃那东西，小心别把自个儿涮了。停车吧，我那胡同进不去车。”

“送佛送到西天。别人进不去，我进得去。”小李一加油一刹车，然后一打方向，居然在窄窄的胡同内转了过来。

“让你在教委开车可真是屈了材了。你该去巴黎参加汽车大赛才是。”

“如果你能去大学教书的话。”

“人逾三十，万念俱灰。”方棋关上车门。

“没事在车上跟老叶头使劲‘侃’，没准真能‘侃’出点什么来。”小李这段话是和排气管中的气一块飘过来的。

“明天得去清凉山。”方棋对妻子说。

“什么时候咱们全家能去清凉山避暑就好了。”妻子摸摸孩子的前额。

方棋脱去背心，露出四块坚实的腹肌：“如果你确有这心愿的话，我劝你趁还年轻，赶快改嫁。”

“赖也赖在你身上了。”妻子笑了，“三十五岁了，谁还要呵。”

“说也是。”方棋打开啤酒盖，“嫁过的女人就像开了封的啤酒，即使放在冰箱里，也保不了鲜。”

“就你们男人像贵州茅台，愈老愈值钱。”

“你这比喻很有些道理。”方棋权威地评判道，“结婚是性资本的一次性投放，必须慎重。”

“而家庭则是资金高度密集、技术高度密集的场所，必须经营管理好。”妻子模仿他的口吻说。

方棋笑了。

因为高大，叶宅颇凉爽。

“你怎么不说话？”叶冬心问儿子。

“跟您该说什么呢？”正在科技大学念天文物理的儿子说。

“什么都行。”叶冬心从来不认为自己是严父。

“我爱说的您不懂。您爱说的我没兴趣。”

“不懂可以学嘛。”叶冬心似笑非笑。

“自从您离开讲坛当了官后，唯一的参照物就是房子的面积和汽车的豪华度。除此而外，一切都相对保持静止了。”

“不见得。”叶冬心不服气地说，“你考考我好了。”

“您知道眼下最流行的舞蹈和音乐都是什么？”

“迪斯科和流行歌。”

“外行了不是。”儿子笑了，“应该说是霹雳舞和摇滚乐。”

“你再问一个。”

“我穿的这件运动衫是什么牌？值多少钱？”

叶冬心看着儿子鼓鼓的胸肌上那三片立起的枫叶，拼读着底下的字母。

“阿迪达斯。世界名牌。”

“值三十块。”叶冬心争取把最后一个问题回答正确。

“乘以三再加十。”

“一百块？贵得没道理。”

“世界上哪有那么多道理。”

“它的质量并不好，做工也未见得精细。”

“可它却是名牌。如今能否体会一件东西的价值，并不取决于它所占有的能源和劳动力，而是取决于你的知识。换句话说：你由客体变成了主体。”儿子仰脖把“可乐”全倒入嘴中，“我的话对您来讲不深奥吧？”

“对于一个 H 大学的优等生来讲，世界上是不存在深奥的。”叶冬心尽量板起面孔。

“是吗？我从来没听说过这条规律。再见。”儿子摆手。

“你去哪？”叶冬心今天很想和人聊聊天。

“如果您非要问，我就告诉您是去听一个新技术讲座。虽然我决不会去听。”

“我不问了。尊重他人的隐私。”

二

叶冬心一声不吭地拉开车门坐到后面。

他刚一坐稳，车就启动了。接着一阵带有茉莉香味的清凉从空调器中喷射出来，使人有四面来风之感。

我有一个哥儿们，早年在兰州部队某团开车，唯一的目标就是入党提干。可怎么也通不过汽车连长这一关。

有一次刚到任的兰州部队司令员要用他的车。他从某途径得知这位从战士、班长、排长、连长，直至大军区司令的首长有这样的习惯：他出门时，车就要发动，一上车就要启动。于是依法为之。

司令果然很高兴：“小伙子的战备观念很强嘛。几年军龄了？”“五年。”“几年党龄了？”“没入党。”“怎么？”司令问，“有家庭问题？历史问题？”“全没有，只是和连长不对付。”司令皱起眉想了一阵：“回去跟你们连长说：应该考虑你的入党问题。”

他如领圣旨，回去传达道：“司令批准我入党了。”连长找他要批件。“你自己找司令要去吧。”甭说连长，就是团长见回司令也不容易。即使见上了，正经事情都汇报不完，哪还顾得上对质。

这是一九七三年的事情。

方棋开始均匀的加速。

一九七三年时，信息就开始显示出它的独特价值。他利用了信息，并利用了信息渠道的堵塞。

光教委直属单位就有两千多职工干部，要领导这样一个机关绝非易事。必须与属下保持一定的距离。这是一位老领导告诉我的。

距离感产生神秘感。月亮已经不神秘，海王星最神秘。权威是建立在神秘感上的。

我不喜欢这种神秘感。

可我却需要权威，没有权威，令不行，禁不止。下级对付上级有一千种办法，只有权威才能保持渠道的畅通。

小方不爱说话。不爱说话的司机才是好司机。上次去T市老何处，老何的司机就不行，经常回过头来插话，包括对干部的任免之事。我与老何共事多年，知道他是个很有思想的人。这个司机是他从大学带过去的。人太熟则无权威。毛主席之所以伟大，就是因为他像太阳般遥远。

“今天似乎并不很热。”该说话的时候就要说话，否则司机的精神要松懈。

“唔。”方棋简短地回答。

他要的不是答案。今天对于我们俩人来说，的确不算热。以前人们总说：冷是自己的，热是大家的。当时生产力不发达，只有冬天，有钱才能拥裘围炉，显出优越来。可现在有空调机，冷因此也变成个体的了。

你只要摇下这扇窗，热气就立刻进来。

方棋点了下刹车，停在红灯前。

我已经预感到灯要变。可别在警察面前玩滑头，他已经在烈日下站了两个小时了。如果你触动他的愤怒，他起码要让你陪他在太阳底下站会儿。玻璃窗外是另一个世界。

“中午一点能到清凉山吗？”

“能。”

回答必须简短。我有个朋友是很好的司机，反应快，爱护车。可就是说话的欲望特别强，吃起饭来也特别实在，领导因此而不喜欢他，坐过他车的人也不喜欢他。于是乎：长工资没有份儿，分房子是最次的。他花了几乎整整两年的时间，才悟出了这个道理。于是一个好司机出现了，可一个有个性的人却泯灭了。

我的个性泯灭了吗？不知道。反正我在极力保持它。保持晚节，保持清洁，保持贞洁，保持个性。

方棋笑了一下。保持个性有什么用？

个性最有用。有了它，人才是人，社会才是社会。

一个人的思维可能影响另一个人的思维。中间是否有了“场”？

我是学工程的出身。严格地说是“控制论”专家。当时是一九六二年，维纳的《控制论》已经问世多年，可在中国却一直被当作伪科学道理，但我却出自本能地喜欢它。当然，我是在研究企业运行规律的名义下研究它的。

去年H大学校庆，我应邀去参加了。虽然多年来，我与母校只有精神上的联系，但“校友会”法力无边。

为了方便，我是乘汽车去的。当时好像是小李子开的车。为了谨慎起见，我专门挑了辆“伏尔加”。据说新上任的部长去国务院领车，就是一辆“公爵”。我不过是局级而已，文房四宝是读书人的脸，汽车是做官人的脸。清朝成例：三品以下的官是不能坐绿呢大轿的。越轨行为会引起不满的反馈。

我在校门口下了车。知识分子一向寒酸，不能给他们以富贵骄人的印象。何况与会者非友即师。

叶主任是不太讲究派头的,或者说派头是内在的。凡是大权在握的人都不太讲究派头。比方周恩来,就戴上海表,穿打过补丁的衬衫——他即使穿得再破,你也知道他是应有尽有的国务院总理。

只有小公司的经理,才拿着练习本大的名片到处乱送。赵紫阳一准不用名片,他的脸就是名片。

到了那座被视为H标志的圆顶大礼堂前一看,实可谓“冠盖满京华”,汽车最少有二百余辆,其中最讲究的是一辆“奔驰500型”轿车。它才是真正的“超豪华”,与日本车不在一个数量级上。

它的主人是我的同班同学P君。深圳技术开发集团首席执行总管。他的名片上赫然写着。

首席执行总管的英文缩写是CEO,这是企业的真正主人。

“‘学而优则仕’,‘而学优则商’,现在实行的是双轨制。”P君不无得意地对我说,“但是‘商’是附属在‘仕’身上的。”

他很会恭维人。在上学时我就讨厌他这一点。他太没有个性。换言之,可塑性太大。

“H光部长以上的官员就出了几十位,局长一级的就数不胜数了。难怪人们把它比作哈佛,称它为通往权力中心的一号公路。”P君在跟我说知心话:“但展望未来之社会,中心已由权向钱转移。我们公司的年经营额已达两亿人民币。”他迫不及待地告诉我。

“你们公司是靠干?还是靠倒?还是靠官?”我忍不住刺了他一句。

“三者兼有之:既干且倒亦靠官。记住:在中国没有一个企业是纯粹靠干起家的。世界上没有纯粹的东西。”他居高临下地说,“你能当上文教主任,是靠干?还是靠裙带,靠拍马屁?我敢说:三者兼有之。”

“肯定没有裙带一项。”

“我指的是广义裙带关系。H君不是在你们省做常务书记吗？”

“我跟他只是工作关系。”

“工作关系？”P君莫测高深地笑笑，“我也当过两天官。连毛泽东都说：干部来自熟悉。”

他不具备跟我对话的水平。

轿车很风度地刹住。

“怎么回事？”

“前面修路。”

“为什么不在晚上交通量小的时候修？”

方棋不置可否地耸肩。

“两位在这呢。”L君一拐一拐地走过来。

他是福建人。福建一地自古以出读书人著称。一进校门，他就显现出过人的才华。可这才气仅仅局限在学术方面。毕业分配的时候，导师王教授怜才，四处推荐，可终因档案中的某个污点，只好去了一家大工厂。当时H大学的学生，分配等级是这样的：留校、研究所、机关，根本没工厂这项。

“你的腿？”我问。

“‘文革’中闹的。”

“还在那个什么工厂？”P君问。

“还在。”L的回答很拘谨，“我想到你们省去工作。”他掏出盒皱巴巴的烟。

“我们省？”

“听说你们那有个搞人工智能的机关。多年来，我一直没间断研究。”

“计算机研究所，那归科委管。”话一出口，我就有点后悔。推诿似乎成了条件反射。教委也有类似单位。

“教委系统也好。”L君的脸微微有些发红，他很少求人，“多年来我一直在寻找一个能放张平静书桌的地方，可总也没找到。”

“一二九”学运的著名领导人蒋南翔有句名言：以华北之大，放不下一张平静的书桌了。可他找了三十年也没找到。他才是真正的学人。我没接着他的话说，因为很可能诱发出许多别的问题来。

如果单是一个研究位置或是一个教席，我肯定能解决。但他还要房子、职称、工资，这些都是相当敏感的。

“行吗？”L君艰难地问。

“研究一下告诉你。”又是条件反射。研究一词对领导干部来说，类似外交家的“无可奉告”，是万能的。

L君失望了。

“到我那去吧。”P君挺身而出，“五百块月工资，一百二十平方米房子，一个研究开发部的高级职务。”

“真的？”

“当然。”P君取出盒外国烟，“如果你下决心的话，下个月就能抽上等烟了。”

我很希望L君拒绝他。读书人要有读书人的气节。

“不用研究？”

“我的话就是终审判决。”P君很豪爽地说。施舍是项极大的快乐。

“那太谢谢你了。”L君推上一辆破旧的自行车走了。

读书人也需要物质支持。我又悟出个道理。

“允许科技人员合理流动，由谁来判定是否合理？市场。换言之，去掉合理，才能流动。”P君大发感慨，“如果你跟我展开人才争夺战的话，你输了一场。”

从上学起，他就渴望在任何一个方面都胜过我。从总体上来说，他没能成功。但今天确实赢了我一场。甭说我一个文教主任，即使是省长，也不能摆脱手下一整套办事机关。现在的办事机构的确是太庞大了。已经成了累赘：我批一件公文,到了最基层,能膨胀十倍。有什么办法呢?

一辆漆成蓝白色的警车呼啸而过。它堂而皇之地穿过戒严线,扬长而去。

一辆救护车依法行事。

一辆环境监测车逸出行列,鸣起信号,穿过禁区。

“他们凭什么过去?”

“他们的‘顶戴’不同,交通规则明确规定:特种车辆有优先权。”

“还要堵多久?”

“不知道。”

“下去凉快会儿吧。”

方棋立刻按动开门键,门的自动闭锁解除了。

叶冬心下去转了一圈。热气、飞扬的尘土立刻将他包围住。他只好返回。

我知道他在外面待不久。此刻地面温度最少够四十。听车轮的声音,我就知道沥青都融化了。可当领导说什么的时候,你最好执行。如果你反对的话,他就愈坚持要干。

他回来了。实践是教育人的最好方法。记住:玻璃窗外是另一个世界。

“你最多一次遇上塞车是多少时间?”叶冬心看看手表。

“三天。”

“三天?”

“对。整整七十小时。”

“我从来没遇到过。”

你没遇到过的事情多着呢!

那次是在山西省东南部,整整塞住四千辆车,美国的卫星都观测到了,以为中国有重大的军事行动。

沿途的鸡蛋贩子算是发了大财了。他们穿梭往返,一天最多的竟销出一百多斤熟鸡蛋,而且夜愈深,价愈高,峰值是一块钱两个,快他妈的赶上赌场的价钱了。赌徒们全是输主,那么钱上哪去了?全让有胆去卖吃的小贩给弄走了。

贵你也得吃。胃是全身最唯物的器官。

到第三天头上,我的钱全光了。一分钱难倒英雄汉。无奈何只得用一套精致的日本工具换了二十元钱。它原本能值五十块,此刻却只值二十。

每当你前面的车辆往前移动时,你都要欢呼着跟着前移。结果却导致更紧密的堵塞。一本介绍控制论的小册子上说:高层次的盲动将导致整个系统的崩溃。当你不知道目标是什么的时候,最好别动。

我时常能悟出一些道理,并用以指导我在其他方面的实践。好学生的标志就是:举一反十。

我是好学生,可惜插了队。到七十年代初,我边锄地边在心中高玉宝般地呐喊:我要读书。

可终究没能读成。

“能不能想个办法过去?”叶冬心着急了。明天的会议是个很重要的会议:研讨教育思想、方针及规划。可我的发言稿至今尚未完成全文,计划到清凉山上利用一个下午草成的。

“等个机会吧。”方棋没有任何行动。

等机会。既来之,则安之,着急是没有用的。叶冬心把身体调到一个舒适的角度。

校庆的活动结束后,全班同学都参加到聚餐的行列,唯独我没有去。食欲与我并不强烈,我对味道的鉴赏力很差。少儿时舌头上味蕾多时还勉强能凑合,一过四十岁吃什么都一个味了,似乎连性欲都减退了。

叶冬心的大脑迅速地驱逐了“性”之联想。

我去了王教授处。

王教授的一生经历着实复杂:早在大学读书时,他就是地下党,平素功课极好,可一遇考试就留级。原因是:为了保存学校的革命力量,不能毕业出去。“一二九”后,他身份暴露无遗,只好去了根据地。北京解放后,他以电力方面军代表的身份出现了。据称:要让他当市电业局副局长,可他偏偏要回 H 大学任教。

领导上满足了他的意愿,可只能是副教授——H 大学是最标准的论资排辈地。所有的教授几乎都留过学,除了哈佛、麻省理工,就是牛津、剑桥,而他却没留过学。但他的课讲得极好。说句不恭敬的话,特像单口相声,风趣且生动。

他那些没去根据地而去了美国的“同年”,此刻已都是教授了。这对他来讲不能不是件憾事。后来机会出现了:首批留苏进修者中有他,而且是作为苏联科学院院士科斯廖科的博士生。他兴高采烈地去了。

但他属于那种思想极不安分的人:一九五三年他上书中共中央,题为《苏联社会中的修正主义萌芽》。结果是被遣送回国,党籍也丢了,加入“控制使用人员”行列。

每当有人问及此事时,他总说:“我去了之后,院士先生递给我一本《电学原理》,让我仔细研读。这本书我连念带教共七遍半,一点滋味都没有了。于是把兴趣转到社会科学方面去了。没想到方向错了。”

我上学时,反修浪潮已升起,但并没有人给他平反。建国后就没有平反的先例。直到一九七九年底,他才收到一纸平反公文。“我五十年党龄,二十党内,三十党外呵!”他当时不无感慨地说。

“听说你做官啦?”我见到他时,他依旧双眼神采奕奕,声音洪亮地向我发问。

我点点头绕开话题:“您在著述?”

“区区一个教书匠,有何心得体会?就算写上本电学书,也不过抄来抄去,根本搭不起新框架。别说我，就是整个中国科学界，也没有几个有资格写书的人。中国历来不出思想家。没人能比得上爱因斯坦，连普朗克、玻尔也没人比得上。”他侃侃而论，“顶多都是些科技匠人而已。”

我静听。

“没有思想对于政府官员来讲倒是件好事情。只要毛泽东在思想，全党就不必要思想了，一个人有思想就够了。他是原动力，别人只是执行机构，能活动的余地是极有限的。”

“您教授的学问我现在也用不上了。”我把话题岔开。即令“文革”已十年过去，这也是犯忌的。

“学问没用了，可方法却极有用。”他在杂乱无章的书房里来回踱着步，“工程训练最有助于人当官。当你做题的时候，答案早就内定了，而且能走的路没几条。你如果要另辟蹊径，十有八九要倒霉。所以优秀的工科学生都极善于揣摩制题者的思路。揣摩，这是一个极生动，极形象的词儿。而且每遇困难，攻几次下不来，就换条路试行，知难而退的精神对工程学者来讲是最为可贵的。做官与其同构，H 大学之所以能出这许多部长，就证明了我的理论。”

我终于体会到为什么每次有运动，王先生都要“自动地跑到对立面上去”的原委。

他坚持送我到那个已经破败的院外，并附赠一则典故：诸新科进士谒选，齐往某高官处受教。教曰：做官无大难事，只莫作怪。

我相信他说的是反话。

又是一辆警车出现了。方棋立刻抓住时机跟了上去，成功地越过禁行线。

这辆警车是国产吉普改装的，车速远不如“公爵”。过去没五分钟，方棋就超过它，并行时向它鸣笛致谢。

“大人物出来时总是有开道车的。”方棋说。

“而你则利用了他们的错觉。”叶冬心笑了，“他们要是识别出来，咱们最少还要等两个小时。”

“也许还不止。”

“中国公路现在也是超载行驶。”

“不只是公路。”

“这辆车怎么翻在这了?”叶冬心指指窗外。

“如果不扩展公路,只是一味增加车辆的话,效率反而会降低。”方棋最忌讳看出事车辆,“千百万辆车的驾驶员出于对安全的企望,不断地播发信息,接受反馈,构成了运输系统最主要的部分。可这个系统的能力是有限的。如果你把它当成无限的,它必将先紊乱后崩溃。”

叶冬心很认真地听,当方棋发现这一点时,就不再说了。

“说下去。”叶很感兴趣。控制论并不是什么人都能懂的。

方棋不再说。

“你知道‘阿迪达斯’是什么吗?”叶冬心试图重新打开会谈局面。

“一种名牌运动衣的牌子。”方棋不假思索地回答。

“它好在哪?”

“好在是名牌。”

“它即使再有名,我看也值不了那许多钱。”

“那是您看。名牌产品有点像艺术品。艺术品是没价钱的。”方棋说。

三

汽车开上了著名的盘山道。道路两边是茂密的原始森林,属于国家特级保护区。空气因之变得清新,温度也开始降低。

“是不是方便一下？”叶冬心用的是征询的口吻。上路前他特意多喝了一杯清茶，早在半小时前膀胱就频频发出信号，可他不愿意主动提出。

方棋停车，待叶下车后，他又往前开了几米，然后侧过脸去。

我上小学一年级时，学校有两套厕所：教员的和学生的。我当时最佩服的人就是我们的班主任。他高个宽胸，什么都知道。在我心目中简直占有神一样的地位。

有一次，因上课铃响了，我只好溜进教员的厕所内行方便，发现班主任也在，他像所有的人一样在“方便”。

于是他在我的心目中又变成“人”了。

这是我世界观上的飞跃。人其实比神更伟大。

就是上帝也要小便。人是个开放的系统，有进就有出，这样才能维持平衡。你看我，干什么都要寻找理论根据。

世界上哪有那么多的理论？

有一次我陪一位挺重要的人员出巡，吃饭前突然找不着他了。四处搜寻，发现他原来在玉米地里方便。弄得我们俩都不好意思。

我们干吗非得装得像神一样？人就是人。

“能不能加快一点速度？”

“可以。”

方棋虽然这样回答，但叶冬心看着速度表上仍只有四十公里一小时。

有雾不能开快车。小李子总是自称雾里八十公里不出事。那是例外。有例外就是因为有正例在。一部交通法规是鲜血写出的。

“打开防雾灯吧。”叶冬心看着窗外白茫茫的一片。

“日本向中国出口的车辆都没有防雾灯，只有向欧洲出售的才有。”

日本人可真够精明的。据统计,中国每个工人的劳动生产率只有日本的百分之五。我参观过丰田公司的生产线,三菱、三井也都参观过。我发现日本的生产管理并不深奥,关键是他们条文上有什么就能做到什么。

可中国不行。条文和各种规章制度系统图是专门给上级检查的。你若往下传达点什么,在传输过程中命令会无限偏离原型。下级对抗上级一千种方法的总体精神是阳奉阴违。

什么叫好司机?不出事的就是好司机。换种说法:当你没出事的时候你是好司机,一出事就不是了。

他叫我快开,他领导我。可我领导车辆,车辆的性能我知道。关键是形不成反馈过程。这是一个长官意志的社会,是垂直的,僵硬的。

毛泽东"跃上葱茏四百旋"后,坐在庐山顶上"冷眼向洋看世界",那会儿他心里想着什么呢?试图夺回失去的权力?不,他从来没有失去过什么权力。他是个好大喜功,急功近利的人。他一生对稳定不满意,喜欢变动。"一万年太久,只争朝夕",要"大跃进"。

干任何事都不能用"只争朝夕"的精神。事物的发展只能由渐变过渡到突变,这个浅显的哲理我当时没能悟出来。那个时代他一个人的思想就代表了全国人民的思想。换言之:人们都在揣摩他的思想。据说在代表们参加"庐山会议"时,许多人口袋里都揣着两份发言稿。

他最大的错误就在于:破坏了八亿人的心理氛围,使他们不能够自由思想。这种影响是极其深远的。

萨哈罗夫曾经写过一篇《关于进步、和平、智力自由的思考》。他是位杰出的物理学家,是真正的知识分子。有关知识分子的真正定义是:精通专业并关心人类的问题。

我能算是知识分子吗?根据文件,我必是无疑。又是根据文件!可我有想说的话却没有说。做官不难,莫作怪。

车停了。

“干吗停车?”

“我听着机油泵的声音不太对头。”

“继续前开。”叶冬心不容置辩地说。

开就开。汽车又不是我的。头儿们常说:要教育职工有主人感。可主人感又岂是能教育出来的?只有当你是真正的主人时,才会自动地产生主人感。汽车不是我的,汽车也不是他的。那么汽车是谁的呢?

名义上的主人是我们大家,名义上的公仆也是我们大家。混乱的概念。

我怎么也像个知识分子一样思考起问题来?

警戒红灯亮了。停车。

“怎么啦?”

“机油泵的轴断了。”

“能修吗?”叶冬心下了车。

“恐怕不能。”

“出车前你为什么不检修?”叶冬心看了下手表:已经是下午两点钟。

“这轴以前就断过,后来又焊上凑合使。”跟他解释也是白搭。

“凑合、凑合!世界上的事就怕凑合二字。”叶冬心觉得很烦躁,“到清凉山宾馆还有多少公里?”

“一百二十公里。”

“到最近的村子还有多少公里?”

“四十公里。”

往哪边走也足够远。叶冬心望着郁郁葱葱的原始森林。在浓雾中他们只现出淡淡的绿色。

雾隔不断鸟鸣声,它们清新悦耳。

“你修修试试。

方棋不再说话,打开块两用雨布钻到车底下。

没有地沟,车底作业是很辛苦的。

三个小时后,方棋把断了的机油轴呈在叶冬心眼前。

“没有机油泵车不能开?”叶冬心自觉有点明知故问。

“不能。”如果能的话,当初就把机油泵省略了。

“那该怎么办?”

“山里太阳落得早,我看还是调头滑下坡去吧。”

“能滑下去?”

“我估计行。”

失去动力的车在向山下滑行。

“机油泵起什么作用?”

“润滑整个发动机系统。在高速行驶时,发动机的转速高达三千多转。”

“没有润滑的话,它将立刻烧掉。”

“是这样的。”

随着下滑,雾渐渐地消失了。

前面拐弯处突然现出两辆并行的拖拉机。方棋不断地鸣喇叭,可全被单缸工作的柴油发动机声给淹没了。他只好刹车。

这一刹车,就无法再继续滑行。

“你们懂不懂交通规则?”叶冬心愤怒地质问两位司机。

“山里人,什么规则也不懂。”他们满不在乎地回答。

“你们的驾驶执照呢?”

“没有。我们三照全无。”司机之一不无得意地说。他显然闯过一些大码头。

“那你们凭什么在公路上行驶？”

“我们祖祖辈辈就在这公路上走，这路还是我们开的呢！”司机用眼角瞟着那辆黑得放光的轿车。

所有步行者、骑车人和开大型车的人，都对轿车，尤其是高级轿车有种深刻的憎恶，这一点叶冬心是从未体验过的。

“两位师傅别生气。”方棋掏出香烟分赠。

“没生气、没生气。”山里人到底憨直。

“每天能收入多少钱？”方棋替他们点火。香烟一道，除沟通人际关系外，别的一无是处。

“这要看情况了。”司机之一狡猾地笑笑。

“能不能帮我们推推车？”

“行呵。”两司机不约而同地把半截香烟掐灭，夹在耳朵上。

失去动力的车，渐渐复苏。

惯性被克服了。

民族的惯性谁来克服？凭借外力？

“谢谢啦。”方棋大声说。

“这车有多大马力？”叶冬心挺佩服方棋的干练。如果没人帮忙的话，车子再也无法重新滑行。即使我去推，滑开后也上不了车。

“三十二马力。”

“跟解放车差不多。”毕业实习时，叶冬心曾在长春汽车厂干过一段。

“解放车的内耗过大，传到轴上大概只剩一半了。光它的气泵就要消耗两个马力。”

内耗。一个很生动的词儿。中国的产品，中国的运行机制都是内耗大，效率低的。“这么一辆小车要如此之大的功率做啥？”

“小马拉大车，蚂蚁啃骨头，这些都是万般无奈时才有的理论，应该有余量才是。”

叶冬心没再发出“说下去”的指令，只是在静听。

“这车与国产车最大的不同，就在于它处处体现出‘人第一’的思想。它的设计一切都以司乘人为中心，而国产车总是以设计人为中心。”

所以坐着才舒服。这小伙子挺有思想的。能体会到舒服后面的哲学。

“机油泵的轴能自己车一根吗？”

“恐怕不能。”

“为什么？”

“若论工艺，一个普通的二级车工就能干了。它不过是根六方棍而已。关键是材料。咱们的材料不行，看上去不过是辆汽车，可它却体现出一个国家的工业水平。”

他又在跟我讲哲学。叶冬心问：“你为什么不吸烟？”

“以前抽的。可当我从理论上认识到抽烟的危害时，就戒了。”

能从理论上认识到就执行的人，必定是成功者。

“前面有八公里平路，靠惯性大概只能滑 2 公里。”

“剩下的怎么办？”

“找辆车拖呗。”

等找来拖车时，已经是傍晚七点整。

那位拖拉机的司机张嘴就要四十元钱。

“你这也太贵了点。”方棋显然不愿意掏这许多钱。

“嫌贵你别拖嘛。”司机大模大样地说。

“用不着跟他讨价还价。”叶冬心看看手表。

“好。四十就四十。”在点钞票的时候，方棋略犹豫了一下。

“他就认识钱。山上那两位还存些古风。”叶冬心上车后说。

“就认识钱也未见得是什么坏事情。交易在人的交往中要比交情重要得多。因为在大部分时间里,人都要跟些不认识的人打交道。”

从理论上我也认识到商品经济比小农经济进步,可它总让我不舒服。

镇子到了。

“您身上还有多少钱?”方棋问。

“钱?”叶冬心上下搜翻着口袋;“我好像没带。”钱对他来讲,意义并不很大。每月发工资,他除了办公室内留下几十元外,尽数交给妻子,妻子又将一部分划拨给保姆。每次出门开会,总是由秘书或司机结算,然后再报销,更何况有许多会议都是不收钱的。这是从供给制时代遗留下来的——底下的干部工作辛苦了,召回来开个会,吃点好的,临走时再带上点。现在已演变成大吃大喝,发高档纪念品。

“我也只有二十元钱了。咱们得节约一点。”

“好。”

四

小镇的海拔比省城高得多。此刻虽十点才过,已是凉风习习。

叶冬心不由自主地哆嗦了一下。

“吃饭去吧。”

“好的。”

几家门面颇阔大的国营饭店已经打烊。他们只得拐进一家个体饭店。

“这里的卫生怎么样？”

“您知道什么叫干净？”

叶摇头。

“看不见就干净。”方棋招呼堂倌过来：“炒鸡蛋，炒豆腐，各要两份。”他征询地问叶：“喝点白酒怎么样？”

“你是咱们小集团中的大藏大臣，请自定。”叶冬心原以为自己开玩笑的功能已经消失尽了，不料还残存一点：“我记得你是不喝酒的。”

“跟您出去参加宴会，共进工作餐时不喝，绝对不喝。因为还要开车。可今天反正走不成了。我记得您也不喝酒？”

“我其实能喝一点，可以前那些饭局，多是为应酬而设的。人不对劲，所以不喝，故意不喝。”叶冬心最反对任何形式的公宴，可又不得不违心地参加、举办、主持众多的宴会。如果席面上你的职务最高还好说：你放杯，众人都放杯了。要是有上级在，事情就难办了。但难办也得办。可今天不同，“你为什么只要炒鸡蛋、炒豆腐？”他遥望着黑板上的菜谱。

“他们虽然各种名菜都有，但大都虚应故事，即使残存一点味儿，也是多年存货，待炒出来，色、香、味尽去矣。乡村小镇只有家常菜炒得好。”

“你的规划是有理论依据的。”叶冬心表示肯定。

方棋笑了一下。“我有个朋友，当了个不大不小的官儿。有一次他的二女儿放假到他工作的县里去，他立刻给她制定了一个学习、娱乐、休息的全面计划。过两天，他的大女儿也来了，他就在计划书上批示道：小芳参照小琳的计划执行，不另行文。”

叶冬心也笑了：“这个故事恐怕是被你艺术化了。”

“如果我是小说家的话，就要在后面加上：两个女儿在假期结束时，将总结和下学期的学习计划上书其父。其父阅毕，提笔批道：知道了。交其母督办。钦此。”

花生米上来了。

“吃吧，今天我做东。”

“我做东。”

“有个故事：众人抢球，必为美国人，众人洗澡是日本人；众人争着付账，是中国人。”

“你的故事还真多。依照不成文法。谁官大谁付钱。”

“官愈大就愈不爱带钱。”方棋说罢，自悔失言，一吐舌头做个顽皮相。

“你先暂付，回去我给你。”

“那您得写张借据才行，空口无凭。”

“是该写张字据。据说不久，中国将进入契约时代。”叶冬心学方棋，用手剥去花生的胎衣，送入嘴中。

“劝酒不是好习惯。”方棋举举酒盅：“您自便。”

“自便。”叶冬心尽数将酒倒入喉咙中，顿时觉出一股热量加入血液中。

“你喝我就喝。”邻座四条壮汉中的两个兴起“攀比”之风。

“你们划拳吧。”一个提议道。

“他一准是主席。”方棋低声说。

席，就是一定规模之上的饭局。主席就是领导人。革命不是请客吃饭。恨不得吃了你。饮食文化。

“划就划。”

两条粗壮的胳膊交织起来。

“一个螃蟹脚八个，两头尖尖这么大的个儿。”两人异口同声，边说边出示数字：“二好！二好！该谁喝。”

“四喜四喜该谁喝。”

“五魁五魁该你喝！”其中之一赢了一拳。

另一位心甘情愿地把酒喝下。

“一挂马车二马拉，上面坐着三枝花，大的叫金花，二的叫银花，三的就叫小翠花。二好，二好，小翠花！”

他们有腔有调地又行开另一个酒令。

“划拳有什么好处？”

“一是可以公平喝酒，二则可以呼出酒气，多喝点，三来可以消遣。”

“他们喝那么多酒干什么？”叶冬心问。

“他们不喝酒又干什么？”方棋用问题回答问题，“君不见一部《红楼》，实则是半部食谱十四分之一药谱十八分之一花谱十六分之一风筝谱十二分之一棋谱。”

“一个等比数列。你是头一个用数学表达《红楼》的专家。”叶冬心又起鸡蛋，斯文地转输到嘴里，“余项又是什么？”

“一个才子佳人没能团圆的普通故事。”

“你读过几遍《红楼》？”此书是叶冬心的枕边爱物，共有好几种版本。

“一两遍，而且只读前八十回。”

“为什么？”

“留点悬念呗。如果有人把维纳斯的胳膊找回来了，您说多没劲。与其让老高续，不如我自续。”

“读《红楼》能了解封建社会。”

“与其说了解封建社会，不如说能了解家庭中人际关系。家庭是中国的基本单元。中国就是个大家庭。”

深刻。

邻桌的汉子们又划开别的拳了。他们似乎在其中找到了极大的乐趣。”

“你会划拳吗？”

“以前开大车时也划过。”方棋伸开手比划道：“英明伟大党中央，一举粉碎‘四人帮’，全国人民喜洋洋，二好！二好！该谁喝。”他收拳，“一个时代有一个时代的特点。”

民俗学的研究范围。

“划拳表面上看是个随机过程，实际上要有心理学知识，还得有很好的肌肉调节能力。在我划拳的鼎盛时期,甚至可以像左右手同时写不同的字一样,划双拳呢!”

远处传来浅浅的雷声。

“晚来天欲雨,能饮一杯无?”叶冬心举起杯。

“古来圣贤皆寂寞,唯有饮者留其名。”方棋与他碰了一下,“不过咱们最好早投宿。娘嫁人可以不让,天要下雨可没辙。咱们的车又坏了。”

“对。结账。”

一共是十六块整。

“可真够贵的。”方棋掏出钱夹。

“你的话:千金散尽还复来。”

“可往往是:别时容易见时难呵!”

这小伙子智商还蛮高的。妙语最能够体现出一个人的智商水平了。

“咱们最好能找个电话,让清凉山派辆车来接咱们。”叶冬心用商量的口吻说。

“行。”方棋赞同道。

他们步行大约一公里左右到了邮局。可邮局大门紧锁,怎么也敲不开。

“去镇政府。”

“有必要吗?”叶冬心最不愿意打扰地方了。

“您认识这县里的人吗?”

人我倒认识一个。同班同学F君。

此公是上海人,从小伶俐透顶。早在“文革”前就出任省委管工交的苏书记的秘书。一九六六年外放,作了县委副书记。“文革”中,他写了份揭发材料,被编入“苏专案”。一九七八年,他已经做到地委副书记,可苏却调到中央去了。在清理其专案时,F君在“苏办”的一位熟人告诉他;你写的材料尚存。F大骇,左思右想，写了封道歉信，试图向苏解释。他不写还好，一写苏终于把他想起来了，在信上批示道：此人阴一套，阳一套，交中纪委办。

于是他官降两级，到这县里来做副书记。校庆时，他曾托我帮办此事，我婉拒了。

他自以为懂政治，可其实半点不懂：大人物若对你有个看法，是绝对解释不通的。你只能听其自然。

停电了，全镇一片漆黑。

电是公因子，抽掉它，世界立刻变了样。

"我谁也不认识。"

"咱们去试试，否则明天也是个麻烦事。"

镇政府的大院内也是一片漆黑。

"秘书室。商业干事室。农业干事室。纪律检查委员会书记。乡党委副书记。副镇长。"俨然一级政府；五脏俱全呵。他敲响"镇长办公室"门。

"谁呵？"良久，房间深处才传来一声微弱的反馈。

"我们找你有点事。"叶冬心很客气地说。

"有事明天办。"

叶冬心不再播发信息。这是标准的"闭门羹"。

"我们是省里来的。"方棋中气十足地说。

标准的多米诺反应。

他们虽然弄清楚了叶冬心只是邻省的教委主任，可仍然很客气。官员就是官员，他们之间有纵的联系，也有横的联系。山不动水流，石头不转磨转，三十河东四十河西。

可即使是一镇之长，也叫不通清凉山上的电话：中间环节没有一个是正常的。

"这样吧。你们今夜住我的房子,明天我负责用'双排座'送您上山。"镇长很是干练。

叶冬心只接受了后项。

"对不起,"镇长送他俩出了大门。"上边的人,一般都先有电话来。即使突然袭击,也能听到汽车响。"

"没关系,没关系。"叶冬心连声说。

一个醉汉躺在路边。叶认出他就是方才酒馆中酣饮呐喊的那位。他试图把他扶起。可此人醉得一塌糊涂,就像一块浸透奶汁的面包,怎么也提不起来。最后只得作罢。

这是一个社队办的旅馆——准确地说,是个大车店。

"咱们把车推到院子里来吧?"

"有这个必要?"

"丢一个反光镜,就得八百块。前面那块超豪华的标志牌要是丢了,就得花近千元。"

"谁要那牌子?"

"我有个朋友,专门收集各种车辆的标牌。从老式伏尔加的飞鹿到奔驰车的人字架全有。"

"他的精神恐怕不太正常。"叶冬心转到车后。

"他总对我说:咱这辈子恐怕坐不上车了,只好弄两块牌子过过瘾。"方棋说,"应用阶级观点,就不难分析出他的心态。"

"那咱们就推。"

"您来驾驶,我来推。"

"还是我来。领导是原动力呵。"

"很重的。"

"不怕。"

车的确很重。虽然只有几百米，叶冬心已觉甚远。落架的凤凰不如鸡，被困的“公爵”连辆自行车都不如。

街道上一片普希金笔下的目光。几个行人目睹这番景象，不禁笑出声来。

人性是属恶的。当你看见一个西装笔挺的人跌入泥潭中，头一个反应就是笑。所谓喜剧，不过是把人性中的“恶”发掘出来罢了。叶冬心掏出手帕擦着汗。坐车与推车的感觉绝对不同。

“这旅店干净吗？”“还是老话：眼不见为净。”方棋用打火机点燃煤油灯。

屋里洋溢起温暖的光。

洗漱完毕后，叶冬心使劲抖了阵被褥后，才和衣躺下。

方棋却从提包内取出绸睡衣，换上后才钻入被窝。

“你的起居很讲究哩。”叶冬心半点睡意也无。

“能舒服一分钟就舒服一分钟。人的一生就是由一分钟、一分钟积累起来的。”方棋取出一本书。

“能借给我一本吗？我不看两页就睡不着。”

方棋把书递过来：“我也是。有一次出门忘了带书了，活把旅店中的一本《知识台历》给读完了。”

“《无穷的探索》。”叶冬心读出书名。这是大科学家波普尔的思想自传，很出名，“这书……”他翻了两页，把话打住。

“凑合能看。咱出门时，总要挑几册深奥的书带上。就像大侠出门要佩把好剑一样。”方棋又取出一本，“这册不登大雅是本侦探。”

“如果能系统地学习，还是有希望的。”叶冬心侧过身来：“天生我材必有用。”

“我才无用亦天生！”方棋回答。

“你对唐诗挺熟？”

“插队时，整个集体户除毛选外，就有一本《唐诗三百首》，我全背下来了。”

"我最喜欢李白。喜欢他那股'天子呼来不上船'的劲儿。"每当叶冬心希望自己保持个性时,总用此诗自勉。

"他这种潇洒不彻底。如果不作'长安市上眠',也就没人来叫,无所谓上船与否。而且他同时为自己找了个理由:醉了。比方刚才路上躺着的那位,谁叫他也去不了。"

"你没有受过系统的教育,可对许多问题都有独到的看法。"

"也许正因为我没有受过系统教育的缘故。"

是的。中国的教育从某种意义上讲不过是套训练程序。叶冬心翻开书。一段被红笔标出来的话:"理智和理性的最好意义是对批判开放——准备接受批判,渴望自我批判。"

叶冬心渐渐地被书吸引住了。读波普尔的书,一点没有受教育的意味,完全是平等的对话。书中充满了探索精神、创造精神,正是人的精神。

"你读书的目的是什么?"屋里全暗下来后,叶冬心问。

"做一个聪明人。"说得对。叶冬心的话几乎脱口而出。读书在现代,很大程度被异化了,带有很浓重的功利色彩,成了做官与发财的手段。其实读了书,成了一个聪明人,一个有文化的人,才是目的。这危机,那危机,人口素质才是重大的危机。这是教育的根本任务。四周很静,叶冬心的心境也很平静。"公爵"被困,一路上担心的那个未完成的发言稿——在"教育的发展与规划研讨会"上的发言轮廓却渐渐地清晰起来。要做一个聪明的人,说难也难,说易也易。

这时候,方棋驾驶的那辆"公爵"牌超豪华轿车混杂在马车拖拉机中间,睡意蒙眬地回想起这一天的坎坷和遭遇。

《山西文学》 一九八九年第一期

不要去寻找

简羲沿着郊外一条废弃的河渠走了一个小时,居然找不到一块可以坐的地方。他只好倚着一棵矮化的树站定。

炎热。这是一个肮脏的城市:它十分成功地在地球这个大温室中又建立一个小温室。这是一个充满尔虞我诈精神的城市。没有一个可以交流思想的对象。不能"言谈"就"手谈"吧,他是一个围棋爱好者。可"手谈"也不容易。他想起下午的事:在他赢了一位勉强可以称为朋友的人一盘棋之后,对方说:"我的内弟刚刚从上海来,他的棋比我的要稍微好一些。你想不想和他来一盘?"他答应了。可与这位"内弟"没有走上二十步棋,他就推枰认输了:对方的棋实在是太高明。出门后他才知道这人根本不是"内弟",也不是从上海来,而是省围棋队的五段选手。这不是拿我当猴耍吗?他愤愤地想道:"幸亏我玩得是围棋不是拳击、散打什么的,否则非得被打熟了不可。"

回到家里是深夜三点。妻子发出均匀的睡眠呼吸。

"你昨天晚上干什么去了?"妻子问。

"什么也没有干。"简羲回答。不愿意暴露自己的思想,就像十八世纪的贵族妇女不愿意暴露自己身体的任何部位一样。他也不相信一个睡着的人能听到什么信息。

这种假设使他站在了悬崖边上。

"那为什么三点才回来?"在他回来时,她根本没有睡着。可她患有精神衰弱的母亲却睡着了。而现在她要出去买菜了。

“喝完酒又打了一会儿牌。”他抓住悬崖边上的一棵树。

“在谁那里？”妻子拼命把他往下推。她熟悉他的每个朋友和他们的家庭地址以及成员。

“渴望自由。我也知道没有获得真正自由的可能。”简羲翻动书页。他在生气时没有任何暴烈的行动。“可你哪怕给我一点点自由的幻觉也好啊!”

妻子不再说话。三十五岁是一个女子丧失自信的阶段,可同时也是成熟的阶段。知道维持家庭平衡的全部奥秘就在于任何事情都要适可而止。

他用剪刀剪开信件。他从来不撕。

几乎都是约稿信。从十年前他开始写作时计,大约有五年的时间,是专门收退稿信的。而后是约稿信。这就像诺曼底登陆一样:占领滩头阵地是最重要的,而后就要有源源不断的后续部队跟上,否则前面的部队就会被消灭掉。一旦有了基地,就能由点到面,顺理成章地铺开。

如今他已经由一个业余作家蜕变成一个职业作家。写作因而变成一件容易的事。他写呵写,直到写得自己都觉得有些枯竭了。可即使如此,这些稿件依然能够发表。这情况就像跳高运动员一样:你一旦创造了世界纪录,以后就是跳得低一些也没有关系。

他选中一张邀请他到S省的一个国家一级自然保护区参加笔会的请柬。把笔会作为稿费的附加物在如今是一件时髦的事。所有的需求都是供给制造出来的。他想起一个在税务局做局长的人给他讲的一个细节:每天早晨第一件事就是挑选午饭的请柬。挑中一张后,就把其余的拢在一起,然后对下属说:“你们把这分了吧!”如果他不知道午饭在什么地方吃,那又该是一副什么样子?

离开这个城市,他不禁有一些逃离沉船的感觉。

这个国家一级自然保护区,一点也不自然,居然有三个高级宾馆。到自然保护区来玩,就应该住“野店”。简羲感到十分扫兴。

“如果真是野店的话,我就不来了。”与他同室的是G省的作家刘。他少年得志,无论气度、风度还是深度都十分明星化。

“去年世界杯时,有不少球迷的钱,只够买门票和车票的,可他们还是去了意大利。看完球就睡在马路上。”简羲边收拾东西边说,“这才是真正的球迷”。

“我不是穷球迷。我是有工资、有稿费的作家。”刘说。

简羲不禁想起自己刚刚上初中的儿子:这个假期,他竟然申请费用,说要去上海玩。“你去上海干什么?”“我想去呗!”“你还想去美国呢!”“我不想去美国。我只想去上海。你这是概念的偷换。”儿子用不知从什么地方学来的哲学术语反驳道。哲学一旦被群众掌握,就会变成无穷无尽的力量。这是谁说的话!

宴会。

简羲在公开场合是从来不喝酒的。他并不是不会喝,在他的小集团,他素以能喝著称。可他的控制力格外差劲,一旦临界,别人给喝多少就喝多少。所以后来就只好在公开场合不喝。用他的话讲:“在写小说时,遇到克服不了的困难时,必须采用绕的办法。遇到自己不了解的背景知识时,就要换一个背景。要藏拙。”

鱿鱼。海参。大虾。

简羲只吃了些蘑菇和禽蛋。中国人请客一向以鱿鱼、海参为上菜。而实际上这些东西并不是什么高级物品。它们之所以不是家常菜的原因,是因为它们必须事先发好,不方便。

可待客之道,向以不方便的程度来衡量:如果是你的下属或小辈,你在他来时,可能连家门也不出,至多在沙发上欠欠屁股。而对同辈,你起码要在门外迎候;可倘若来的是上级、长辈,你就一定会到车站或者是机场去接。

简羲吃了一筷子大虾。很不新鲜。这种生物的出身,就注定了它一定不会新鲜。应该吃山珍才是上策。

作家刘从动作上看已经醉了。可在说话上表现得不显著。其原因完全是在于他平时说话和醉时说话没有本质的差别。

宴会结束时,主人取出一个宣纸册来让大家题字。

作家刘写的是“李白斗酒诗百篇”。字写得歪歪扭扭,看来在他的一生中使用毛笔不会超过一百次。而他就是敢写。“敢”字当头，一切“家”都能当上。

简羲只签了一个名。如果非得我写的话，我就写“化腐朽为神奇”。他品尝着嘴里的虾味。

简羲回到自己的房间里，洗了一个澡之后，就坐在地毯上摆围棋谱。

他的房间是上楼梯后的第一间。这是经过精心安排的：地位越高、名声越大的人，房间就越靠里。因为里面安静。他对这种安排倒无所谓。可作家刘却不止一次表示不满，并且发誓说：“早晚有一天，我要住到里面去。”

忽然，房门大开。首先进来的是当地政府的最高长官。而后是省、地的电视台记者。

“我代表S省人民欢迎你们。”最高长官大约五十岁的样子，说话沉稳，间隔得当。

两台摄像机，像枪一样地直指简羲，三只高强度的荧光灯，如日月星般地普照整个房间。

他一下子被镇住了，什么也没能说出来。只是笨拙地和最高长官握手。

最高长官的手干燥而柔软。

一行人退了出来。

“在我的印象中，作家们都是善于说话的。”一位与他比较熟悉的当地编辑说。

“要不是你的印象错了；要不然就是我不是作家。”

作家刘在外面应酬到很晚才回来。“这帮家伙，干什么都是例行公事，浅尝辄止。根本就没往里走。”他埋怨道。

这小子多少还有一点。起码浅尝辄止这个词用在这里相当恰当。简羲想道。

“电视是目前最有力的传播工具。我从来不放过任何一次上电视的机会。”作家刘说。“电视在某种程度上能够造就一个作家。”

“一个作家过于出名，不见得是好事。中央电视台在报道北京市公安局一位反扒窃能手时，给出的统统都是背影。他如果太出名了，就一个扒手也抓不住了。”简羲原来想说,“扒手太出名了,就一个钱包也掏不着了。”可转念一想,这样未免有伤忠厚,才作如是说。

“可我还是想出名。如果经常上电视,连名片也不用印了:你的脸就是名片。你什么时候看总理、主席印过名片。”

作家刘说着说着就进入了睡眠状态。接着就发出功率极大的鼾声,运行方式是四冲程。

“你的鼾声和你的作品一样有水平。”简羲一夜没有睡。

“鼾声好听不好听,要看问谁。如果你去问一个守寡十年以上的寡妇,她一定说好听。”作家刘冲了一个凉水澡后,扬长而去。

上午是S省一位著名的文艺理论家做报告。

作家刘当即表示反对:“不是讲好了是来参观自然保护区的吗?”

“有许多事情,明明是走形式,没有任何意义,可这个形式必须走。”简羲做工作。他是一个不愿意使任何人为难的谦谦君子。“否则他们也不好交代。”

理论家在一个小型会议室开讲。他今年大约有六十五岁的样子,身体保养得极好,面丰声润。“我的第一问题是文艺的方向问题。它共分三个大问题。每个大问题又分为两个小问题……”

他没有讲稿,但是极其熟练。从这个方面论述到另一个方面。方方面面照顾得极其周到。

这也难为他记得住。简羲在座位上小口吸着烟。他讲得非常正确。就语言而论,信息量越小,就越正确。信息量等于零的就绝对正确。打一个比方:你说明天上午十点,这个国家一级保护区要下雨,这话就很可能出错。如果说:“明天S省要下雨,这话的正确度起码达百分之五十,因为S省的面积几乎等于欧洲的一个国家。如果你说:明天上午在这个地球上,一定有一个地方会下雨,这话就绝对不会出错。可绝对正确,就绝对没有用。看来这个理论家是深明这个道理的。他的讲话实际上是由若干个部分组成的,而这若干个部分是若干个独立零件,经过许多年的锻炼、打磨,可以装配到任何地方。”

“下围棋的有国手，踢足球的有国脚。这个家伙就是国嘴。我从来没有见过他出错的。”组织这次笔会的东道主之一，悄悄地对简羲说。

突然，理论家停住了。

“即使是国嘴，也有说不出时。”简羲得意地笑了。

人性是属恶的：当看见一个西装革履的人，掉到一个泥潭里时，你的第一个感觉就是想笑。

“你不要着急。”东道主说。

果然，理论家扳起手指头，从第一个问题往下数，一下子就把这个卡住的第五个问题数出来。

“这就像咱们背唐诗一样：如果你背到‘欲穷千里目’时，把下一句忘了，你就从‘白日依山尽’往下背，一定能把‘更上一层楼’想出来。”东道主说。

“他要讲到什么时候才算完？”简羲看看表，已经是十一点半了。

“这很难说。要看他的兴致如何了。”

理论家把眼镜戴上又摘下，摘下又戴上。这个眼镜就像聂卫平下围棋时用的扇子一样：不在煽风，而是一种道具。简羲想道。

“现在还有最后一个问题，这个大问题又可以分为三个小问题，每个小问题，又可分为两个问题。”理论家也看看表。

“二三得六。”简羲说。

“如果没有余数的话。”东道主说。

十二点半，讲话结束。

“这个家伙讲话就像我喝酒一样，到了时候，就是自己想停也停不住。”作家刘说这话的声音大到足以使从他们身边经过的理论家听到。

他的文化准备不足，但是这小子的感觉还是相当不错的。看来“名声之下，必有才气”即使不是正才，也是歪才。简羲看着作家刘的背影。不过话也说回来，有正才的人，谁写小说呢？他们大概都去研究近代物理、法律经济，起码也去搞政治了。

出版单位既然组织笔会，就希望得到一批稿件。简羲因为一旦脱离了他熟悉的书桌、书籍、椅子、气味，就根本没有办法写作。因而他事先就写好一篇作品，到这里一交就算了事。所以当别人忙得不可开交时，他却闲得无聊。

于是他邀请作家刘和他一同上山去。

“我这个人有一个特点：不喜欢名山大川之类的自然风景。不瞒你说：上次在黄山开会，我连一次也没有上去过。别人动员我说：五岳归来不看山，黄山归来不看岳。我说：黄山有什么了不起，不就比别的山多一些云和松树吗？他们全都哑了。”

“我看你的皮肤颜色，以为你是一个喜欢野外活动的人呢？”

“它们全是舞场的霓虹灯晒出来的。”作家刘炫耀地耸动手臂上的肌肉，做出健美运动员式的造型。

“你怎么读这书？”简羲看见他手中拿着一本很旧的《圣经》，觉得奇怪。

“我父母都信基督教，所以他们非得叫我读。我本来不想读。可眼下没书，就读它。一读发现还是很有意思的。你要感兴趣，就拿去读吧。”他把书递过来。

“如果我晚上不回来，你不要去找我。”简羲把书放进背包里。

他没有走上次上山的汽车路，而是另挑一条勉强可以走人的小路。

野山无名景，但自然更动人。他时行时歇。不知不觉中，已经是日没西山。他不敢往前走了。记得在他和妻子蜜月旅行时，爬过一座无名山。他为了逞能，硬是爬上一座几乎是直立的山峰，没有想到上去就下不来了。于是他在上，妻在下，整整待一夜，才由一位樵夫把他给救下来。

在折返途中，他看见一座小庙，他拐了进去。

庙中只有两位和尚，一长一少。

“请问哪位是住持？”简羲自己以为对佛学还上略知一二的。所谓住持，就是一座庙宇的最高行政长官。

两个正在静坐的和尚没有回答。

“能给我一些水喝吗？”

和尚指指一个破旧的水瓮。

里面是雨水，味道苦涩。但是简羲还是喝了好几大口。

两个和尚面对落日，双手合十，既不诵经，也不礼拜。可就是这一片静然之中，显现出肃穆的力量。

简羲不由自主地坐到一个蒲团上，面向辉煌。

“施主请用。”入夜后，和尚才邀请简羲用餐。他们两个说的都是本地话。

“请问大和尚何时在何地出家？”简羲费力往下咽玉米饼子时，不由想起丰盛的宴会。人就是这样矛盾：在奢侈时思俭朴，俭朴时想奢华。

“八岁出家，就在此庙。”

“云游过何庙？”简羲希望遇到一个阅历丰富的和尚，这是难得的小说素材。

“六十年来，老僧不曾出过此庙。”

“大和尚所读何经？”大和尚就是住持的别称。不管他是不是，往高了称呼没有错。

“仅《华严经》一部。”

“经在何处？”简羲四顾。他希望发现一部血写的《华严经》。

“经在心中。”

“心在何方？”每当遇到一位智慧的对话者，简羲就会不由自主地兴奋起来。

“心含天地，天地含心。心在何方?！”

简羲对不上话了。过了许久才取出《圣经》对和尚说：“你读过此经吗？”

“老僧已不读经。”

“想必是经在心中了。”简羲说。

和尚没有回答。

“我读一段给你听如何？”

和尚还是不说话。

否定的选择。不回答就是肯定。简羲移用尘世的规则，开始从《马太福音》中任意选择一段读给和尚听。

没有任何反馈。

“此人佛不是？”寂静对人的干扰力，远远胜过鼾声，简羲忍不住了。

“此人非佛。但离佛不远。”

简羲不再问任何问题。

没有任何声音。圆寂一般的寂静。静的涅槃。

简羲似乎悟到了什么，又似乎什么都没有悟到。

一揖而别。别庙别和尚。

一顿吃的人不想吃，请的人不想请的午宴会。可它依然存在。凡是存在的就是合理的。菜单就像一篇几乎可以全部删除的劣质小说。你真想全部删除吗?这是计算机为了防备你无意识中删除的一道保险指令。大家全部厌倦了。可习惯就是一种制度，就是一种文化，你想逃都逃不掉。一个罪犯，在整个国际刑事警察的追捕下，生活了一辈子。但是你如果想逃出一种习惯、制度和文化的包围，那是根本不可能的。

简羲回到了家庭中，那是一个他十分熟悉的地方。

《都市》 一九九二年第五期

公鸡，蟹王和路易十三

今年春节，我客居广州——在我使用这个词时，妻子立刻反驳说："女婿不是客。"我说："怎么不是客？古书上就称女婿是'娇客'。"因为她的虚荣心得到满足，所以再不说什么了。而实际上二十年的老女婿，何娇之有？

客中无聊，除去读书以外，就是看电视。不过这里的电视也不容易看，因为使用的都是粤语：粤语目前大有弥漫全国取普通话而代之的阵势。不过我很不喜欢这种既不精确也不优美的语言。当时电视里正演一部英国的电视剧，让剧中十五世纪的英国国王说普通话已经很荒谬了，更何况让他说广东话了。不过广东得全国改革风气之先，有经济实力，有实力就有理。所以我一把这话往出说，就立刻遭到迎头痛击。我不服气地争辩了几句，终于寡不敌众，败了下来。但我实行战略退却之前，还是给他们以临别赠言："经济是经济，文化是文化。说广东人有文化，就和说屁股会思想一样。清朝一个两广总督的夫人死了，一些广东的富商纷纷给他送奠仪和唁文，奠仪除去多少不同外，都是实实在在的银子，而唁文除去落款外也是一样的：原来他们没有文化，都花大价钱雇佣同一个大知识分子写的。"

大约三天之后，我得到了报应。事情是这样的：我的岳父家是一个大家族，除夕之夜，大小姨子，大小舅子，以及他们的丈夫妻子和由此繁衍出来的后代，一共近二十名，齐聚岳父家，吃饭立刻成了问题，说不清是谁出了一个主意，到外面去吃。于是一行人高高兴兴地奔赴饭店。

不料饭店里人已经满了。但在海关当处长的大舅子给了不薄的一笔小费之后,立刻出来两张空桌子。真是“钱之所至,金石为开”,于是各种遗传密码,各种语言,各种饮料,各种菜肴交织在一起,演奏出一曲动人的“春节之歌”。幕落之前,他们达成了一个协议:干脆在初五前,家里不要动火,统统在饭店里吃。

这显然是一个不平等条约,如同治理世界范围内的环境污染问题一样,如果要求欠发达国家和美国等发达国家,出一样的钱,就是侵略。但我没有把这话说出来。中国人最要紧的就是面子。

不想在这个家庭之中,也兴起了攀比之风:饭店的级别越来越高,费用自然也就越来越高。初二已经达标,初三就超额。初四时妻子问我该怎么办?我说:“世界上合法的弄钱的方法不外乎三种:赚钱,和有钱人结婚,借钱。赚钱当然来不及了;至于和有钱人结婚呢,”我挤挤眼,“显然今生已经没有什么指望了,所以只好借钱。”“和谁借?”“我正准备问你呢!向你爸爸拆借如何?”“亏你想得出来。”她立刻把意见给否了。“你再拿个办法吧。”她使用典型官僚的语言把球踢回来后又说:“嫁汉嫁汉,穿衣吃饭嘛!”如今的中国妇女一会儿是:“嫁汉嫁汉,穿衣吃饭”。一会儿又是:“时代不同了,男女都一样。”真不知道该怎么对付她们。“饭总是要吃的。最多是一个标准问题嘛。”我这样回答她。

她走了之后,我打了一个电话。心里立刻有了底。然后在当日晚宴上我说:“如果我让一个人代表我请,你们能不能接受?”有人反对:“不行。你是作家,羊毛应该出在羊身上。”“不错,我确实是作家,但一个作家写一本和‘毛选’一样厚的书,所得的稿费吃一顿这样的饭有富裕,而吃两顿是绝对不够的。也就是说:作家这种羊身上的毛不够厚。”“行了,”岳父出来仲裁:“羊毛出在牛身上也算。”

当晚,寒流袭击广州,但我还是披上风衣出去为饭食计。“坐出租吧。”唯一关心我的是妻子。“我心领了。”出租确实是好东西,而且广州的出租是全国最方便的,招手即停。但它不让你白坐。“再说我消化不了你们广东的饭,安步当车吧。”

我在别墅区里,找到了沈君的房子。门铃响后,一个妖娆的小保姆来开门。

穿过一道长满植物的玻璃棚，我进入了客厅。沈君热情地招呼我。他是我小学和中学的同学，一个智商相当高的人。上学时，他整天看小说，荤的素的都看，而且能把好几本书的内容合在一起给大家讲述。但到了考试时，他总能毫不费力地弄个及格。他当时对我们说："如果我想考一百，就一定能考一百。不过考一百实在是不值得。"这话不管别人信不信，反正我信。后来他又和我一起到B县去插队。一到之后，他就买了一张B县地图，研究了两个小时后对我说："咱们不能到张庄去落户。"当时我对农村的知识几乎等于零，所以就问为什么。他说："那个地方太偏僻，进去不容易，出来就一定不容易。"我说："咱们不去，那叫谁去啊？"当时我颇有些"以天下为己任"的胸襟。"咱们不去就行了，管他谁去呢？"他拿着一些北京特产就出去了。我不知道他是怎么把东西给送出去的，反正他回来时双手一摊对我说；"咱们已经被改派到了C公社的所在地C大队。""你怎么知道C公社就设立在C大队呢？"我趴在地图上看了很久后问。"公社的所在地必然和村庄同名。"他说。"你怎么知道？""是我抽象出来的。"他使用了一个对于中学没毕业的人来说相当文的词。

后来我们就去了这个交通很方便，相比之下也富庶的村庄。在这个村庄里，他一而再，再而三地表现出他的才能，我曾经这样说过："如果在某年某月某日某时，某个好东西在某个特定的地方，那么沈君一定会出现在那里。"插队两年后，他作为第一批"工农兵学员"上了外语学院。我问他为什么选择外语，因为他原来被分配到清华大学机械系。"别的东西都可以糊弄，有人没有读过大学中文系，却能写很漂亮的文章；有人没有学过机械，比方咱们这儿的周师傅，但他不管水泵还是三相电机都会拆会装，唯独外语只有两种人：一种人会，一种人不会。"他大学毕业后，被选派到英国留学，费用出自查尔斯王子为联合国培养翻译人才的一笔基金，在给他送行的宴会上，我听完他的同学们的议论后问他："据说你的外语水平并不是第一流的。""是的，"他坦率地承认，"我的外语水平绝不是第一流的。但评价一个人，不能光看他的专业水平，而要看他的综合能力，如果论综合能力，我绝对是第一流的。""到了国外，恐怕凭关系就不行了。"

我多少有些酸溜溜的,因为我只读到中专。“在凡是有人的地方,关系就比你们所谓的真学问重要。”他和我干了一杯后,就去应酬别人了。

四年后,他以博士身份回国,先给一个首长当翻译,然后到外贸委员会当科长。没有两年,又当上处长。一九八八年后,他出任广东海洋公司经理。

“作家应无恙?”他寒暄道。

“当惊世界殊。”我环顾他在俭朴中显示出豪华的房间。俭朴的豪华是高级的豪华。“当处长来劲还是当经理来劲?”我没有问他的收入,在这个经济发达地区,不问太太岁数,不问先生收入,已经成了人人遵守的准则。

“这么跟你说吧,我在中央机关当了三年的处长,没有用嘴说过话。”他给我倒茶。“都是用鼻子说,可那时即使用鼻子说,别人也能听懂。而现在,我用我这张灵巧的嘴拼命地给别人解释,他们也假装听不懂。”

“治一经,损一经嘛。”

他没有更多的给我讲生意上的事,而是回忆起往事来。“上次咱们村的赵福小来深圳卖红枣,你还记得赵福小吗?”

“当然。”赵福小是我们两个的好朋友,当时他家里的成分很高,同时很穷。但他为人义气,对我们颇多照顾。沈君临行时把自己的行李几乎全部给了他,而且几乎掉下眼泪来,这也是我所见的唯一一次他大动感情。

“他以为深圳是一遍地黄金的地方,所以收购了两千斤红枣就来了。可他到深圳一个星期,不光没有卖出去,连门都没有找到。红枣这东西是鲜货,没有适当的保管,就会以很快的速度腐败下去。他没有办法就到广州来找我。”

“你给他指点了一条路?”

“能有什么路?我照他希望卖的价钱全部买了下来就是了。”沈君轻描淡写地说。

“买下干什么?”

“在它们还没有全部腐烂之前,雇人处理了。”

“这可能是你唯一一次赔本买卖吧?”

“绝对不是唯一一次,买卖人的基本要素就是要赔得起。或者说:只要赔小于赚就行。再说我和福小之间,如果以买卖论,那也不能叫赔,而只能叫偿还债务。”

“那你是不是把你我之间债务也清算一下?”我用开玩笑的口吻提出正题。

他静静地听我说完吃饭一事后仍然没有发言。又过了一分钟的样子,他才问:“就这些?”

“就这些。”我肯定地说。

“你如果是一个买卖人的话,就是一个蹩脚的买卖人。我愿意和这样的人发生往来。”他站起来,“随便你点任何地方,随便你点任何酒和任何菜,然后你把你在广州认识的任何人都请来。”

“你还没有说能让我吃多少顿呢?”

“当然是随便你吃多少顿了。”

“你显然知道我在广州不认识多少人,你也显然知道我不会没完没了地吃下去。”我说,“我真的应该气派一回,让你的账上红起来。”

“即使你请了很多的人,即使你没完没了地吃下去,只要我还在工作,我的账上就永远红不起来。”他看了看手表。

“一九七一年,毛泽东会见尼克松,时间一长,周恩来就不停地看手表。尼克松是一个聪明人,知道周恩来考虑到毛泽东的身体,就告辞了。”我站了起来。

“好像你一九七一年已经记事似地?”他笑着否定。

在送我出去的路上,他指着玻璃走道中的植物说:“你真应该看看它们。”

“我对植物的认识很有限,有一次我带我的孩子去北海公园,孩子问我,爸爸,这是什么花?我看了半天,也回答不出来,突然我灵机一动,从口袋里掏出烟盒一对,然后得意地告诉他:这是国花牡丹,孩子。”我话虽然这么说,但我还是留心地看了一下,发现这里栽种的都是桦树,松柏等,它们不光是北方种,还是北方形态。

“你的话里最少有一点错误;在你的孩子不认识牡丹花时,你绝对抽不起牡丹烟。或者换一句话说：在你抽得起牡丹烟时，你儿子已经认识了大部分花。”在走廊尽头，他忍不住再问：“你真的没有什么感想？”

“有的，我亲爱的朋友。”我清清喉咙，“让植物的生长地，生长期，自然形态都发生错乱，本来是上帝的本职工作。当然，这得有一个前提：他必须得像你一样的有钱。另外我顺便问一件事：明天下午五点半，我真的能在白孔雀宾馆找到你？”他答应在广州最好的白孔雀宾馆请客。

“人总是把正事放在顺便的地位，然后好像漫不经心地说出来。我这个人虽然很少重复说事，但我还是再次告诉你，你真的能在白孔雀宾馆找到我。”

我非常容易就在白孔雀找到了他。原因是宾馆前面的大厅里有一张金边大红榜，榜上第一款是：国家海关总署某特派员在兰厅，而第二款就是海洋公司沈经理在芍药厅。

沈君非常得体地招呼我这些他从来没有见过面的亲戚。亲戚们也很得体地答应招呼，然后似乎很随便地入座。我不知道他们是什么感想，反正我对这些过分热情的服务，和突然真的被提拔到上帝的地位感到有些不自然。看样子气派是上层建筑，没有经济基础而光凭努力学习是学不来的。这其中的道理就和你买上十本食谱，通读后再精读，但仍然成不了美食家是一回事。

“你说喝什么酒？”沈君在问完我岳父之后问我。

“不知道你的承受能力如何？”我翻阅着菜谱中的酒水栏。

“几乎是无限的。”

“那咱们就来一个平常不敢喝的。”

“还有你不敢喝的?！”他故作惊叹状。

“人头马路易十三这酒我很早就听说过，但从来就不敢起这个念头。”我把菜谱递给他，高级酒店里的东西几乎都不标价：“毛主席说：‘你如果想变革梨子，就得亲口尝尝梨子的滋味。’”

“毛主席还说过：假的就是假的，伪装应当剥去。”他根本没有看菜谱，就对侍者说：“来一瓶人头马路易十三。”然后他又问我妻子：“嫂子，你点一个菜吧。”

“有没有蟹?”妻子因为长期生活在北方,别的水货勉强还能吃到,唯独蟹这东西,一旦死亡,就“色香味尽去矣”。

“蟹当然有,不知您用什么蟹?”侍者问。

“如果有大闸蟹就要大闸蟹。”我代表妻子说,女人只有对自己的丈夫才会有什么说什么。

“大闸蟹有活的吗?”妻子问。

“如今别说蟹,就是人也能冷冻若干年后,再让他活过来。”我说。

“你的比喻真恶心。”小姨子说。小姨子从家庭学的角度讲,似乎永远是姐夫的天敌。

“要今天的蟹王。”沈君说。

大概是因为有人要人头马路易十三,所以领班出来了。他亲自给我们开酒。

我早在十年前就已经听说过这种酒,但亲眼看见还是头一次。它是晶莹透明的琥珀色,瓶体是水晶玻璃,有许多雕刻上去的饰物,其总体是法国皇帝路易十三的皇冠状。瓶盖和瓶体的吻合十分精确,所以它们都标有号码。一开瓶,香味立刻扑鼻而来。“真是‘开坛醉倒隔壁三家,洞宾留过宝剑,太白当过乌纱’。”我脱口赞道。“你常喝这种酒?”岳父问。“没有人能常喝这种酒。”沈君笑答。

“这酒是洋酒之王,酿造工艺十分复杂不说,还要窖藏五十年以上,也就是说,酿造师根本喝不上。”我说。

“这酒喝上去也平常。”内弟说,“并不给人以特别的愉悦感。”

如果真的能给人以特别的感觉,它就不是人头马路易十三,而是海洛因了。我虽然这样想,但我绝对不会把这话说出来。

大闸蟹上来了,领班介绍说:“这是蟹王,雄的重四百八十克,雌的重四百二十克。”

“这不能说是蟹王吧?”在审计署工作的小姨子的丈夫说:“上次我们在这里,吃过一次雄的重六百二十克,雌的重五百克。那才是蟹王呢。”

“那是王中王。”沈君大度地回答。

"'五百年必有王者兴。'这是今天的王。"我觉得自己必须得说点什么。

越是好的酒,往喉咙里流地就越是顺畅,即使是蟹王,也抗不住若干双灵巧的手再配上钳锤等专用工具的进攻。这个饭局按照既定的程序,和谐地进行着。

饭桌和人的胃就像物理上的连通器,其流动的速度取决两边的位差。渐渐地,筷子的频率开始明显地降低。看来人和大自然相比,确实非常渺小:大自然创造了那么多的好东西,而人只能享受其中非常小的一部分。

"有一个高级厨师告诉我,越往后的菜就应该越淡,因为人体的盐分摄入已经足够,再多就连菜一起排斥。"沈君用洁白的餐巾擦擦嘴。

"另外一个不那么高级的厨师告诉我,他们那里的一个高级厨师,就在自己临退休的前几天,杀了一个人。法院问其原因,他说,我什么肉都尝过了,就是没有尝过人肉。"不知为什么,我故意讲了一个肯定会让人觉得恶心的故事。

"这个人哪个饭店的?"

"北京饭店说是前门饭店的,而前门饭店说是北京饭店的。反正谁也说不清楚到底是哪个饭店的。"我觉得手指尖微微有些发麻,这显然是人头马路易十三的灵魂在起作用。

倒数第二道菜是鸡汤,里面稍微有几个栗子,上面有一张红色牌子,上书:吉利。显然取"鸡"和"栗"的谐音。"广东就是会作生意:鱼块不叫鱼块,而叫"新年愉快",发菜不叫发菜,而叫"恭喜发财"。不像咱们北方人,肘子就是肘子,根本没有给它起一个诗意的名字之概念。"我大发议论。已经没有任何人动手了。这其中包括我正在长身体的儿子。

突然之间,我和沈君的筷子一齐伸向这只金黄色的鸡。

"咱们应该吃。"我们两个一个用嘴巴,一个用眼神,异器同声。

没有人注意我们。

"你还记得那只鸡吗?"我问。

"你这家伙,难道你忘记了?"他马上反问。

一九六九年春节,我和沈君被迫在村里"农业学大寨",腊月二十九,我们偷偷地出去采办年货。目的地是原来准备把我们两个分配去的那个村庄。

整整走了三个小时,前面还有十里地。再走一个小时,前面仍然有十里地。农村的路程数是经不住考验的:你能从二十里走到三十里去。

我们已经定好:如果再转过这个山冈,还不到那个"无名村"的话,就往回走。

山冈后面就是无名村。

黄色的山,黄色的树,黄色的土地,黄色的房屋……一句话:蓝天之下,一切皆黄。我们走近一看,还有十来个黄色的大人和孩子。

"我从来没有见过这样穷的地方。"我们在"无名村"里转了一圈,一无所获。沈君刚一点头,突然发现一只五彩缤纷的公鸡,正堂而皇之地看着我们。"咱们总得买一点什么吧。""就买它吧。"我立刻附议。

我们一赶,公鸡就往回跑,我们也因之找到了它的主人。

公鸡的主人是一个大约有七十岁的老头。我之所以说他"大约有七十岁",就是因为农村人的年龄和农村的路程数一样,是很难估计的:他们三十岁像四十岁;四十岁又像五十岁;而在六十岁上下又会固定下来。

"你的鸡卖不卖?"我问。

老头犹豫了一下后,立刻说:"卖"。然后再问:"你们给多少钱?""先说你卖多少钱?"沈君问。"一块五。"老头说。

沈君不等我,扭头就走。依照通货膨胀的速度和收入之比计算,当时的一块五,大约是现在十五块的样子。

"慢着,慢着。"老头追了出来,"你们给多少钱?""八毛"。沈君说。我没有反对。沈君在当时已经对农村的物价有着深刻的了解。

"八毛,八毛。"显然是农耕社会中人的老头很计算了一会儿后,下了决心。"好吧,八毛就八毛。不过你们得算两斤半。"

我依照沈君的眼神从口袋掏出两元钱。

老头在接过钱的同时,招呼那只公鸡。

公鸡非常听话地进入了老头的怀抱中。

老头用粗糙的手摸了一下公鸡，就递给了我们。

公鸡到了我的手里，立刻从温度，握力上觉悟出不对劲，开始挣扎。

我用一根绳索，把它的腿给捆绑住，然后拎起它的翅膀，它显然无法挣扎，只是肌肉高频地哆嗦。

“绑得松一些。”老头说：“绑得紧了，肉就不好吃了。”我们没有理睬他的啰唆，提鸡出走。

就在这时，一个穿黑红色衣服——如果他穿的也叫衣服的话——长黑红色脸膛——如果中间不掺杂菜绿色的话——的男孩子冲了进来。“不卖，爷爷。爷爷，不卖。”他大声喊。爷爷一把把他搂进怀里。“卖吧，卖吧，孩子。”“不卖。大王跟我最好了。”孩子的声音已经带有哭腔。

我看见老头的眼泪从眼眶中涌出。十八岁姑娘的眼泪不值钱，说来就来。而一个七十岁的垂垂老翁的眼泪，轻易是不会出的。

“要卖你卖我好了。”孩子扑到我身上，开始夺公鸡，我本能地一闪，他扑了一个空。但他立刻又扑了上来，我再一闪，手上已经被他抓了几条很深的血痕。

老头一把把孩子给拎了过去：“想卖还卖不出去呢！卖了好给你娘买止疼片。”孩子拼命地在他爷爷的怀抱里挣扎。“你们快走吧！”老头怒吼道。

在往村口走的路上，我们俩谁也没说话。临到山岗前时，我问：“他们要止疼片干什么？”

“农村的人有了病，没有地方看，只好吃止疼片。”沈君解释道。“那这鸡？”我征询地看着他。“你看着办吧。”他显然已经克服了他血液中的商业本能。

“有鸡也过年，没鸡也过年。”我边说边给鸡松绑，然后轻轻地往前一送。

没有任何缓冲，鸡立刻奔向它的家园。

最后上来的是龟汤，然后领班拿一张纸和一支笔：“您是作家，给留个墨宝吧。”

“我不会用毛笔。”我虽然不知道“墨宝”的确切单位是什么，但我敢肯定它不是“个”。

“你就给他们留一个吧。”妻子说。

我推不过，就展纸蘸墨，写下了：动仿蟹意，静得龟年。

领班说：“字也好，意思也好。”

“作为交换，我想跟你们要一个锡包。”

他马上就把锡包拿了来。

我把那只不完整的鸡给装到包内。

“应该装龟。”妻子是从经济价值角度考虑的。

“我只要鸡。”我固执地说。

沈君在单上签了个字。

我不用看，也知道上了五位数。

临分手前，我问沈君：“你觉得我虚伪不虚伪，吃五位数的饭，却要把一只残鸡带走。”

“鸡是鸡，饭是饭。不是一回事，就不用往一起混。”沈君的思路一向非常清楚。“咱们虽然吃了五位数，但这个五位数并没有灰飞烟灭，它只不过从我的手里到了饭店的大师傅、捕蟹的渔民手里。”

不知道他是不是故意的，反正他没提起还有“养鸡的农民。”

《山西文学》 一九九三年第五期
《小说月报》 一九九三年第七期

电脑和电话

每当我打开电脑,准备写作时,总产生一种逃避的感觉;点烟,倒水,给纸张编号……

一句话,这会儿除去写,让我干什么都行。

但你是职业作家,不写靠什么吃饭?我从理论上把自己说服之后,开始了“键键千斤”的输入。

电脑啊电脑!你是好东西也是坏东西。我边写边想,以前没有你时,我总是说:“写稿子和做饭一样,还算愉快,因为总是一种创造。而抄稿子则和洗碗一样,则是简单的重复。没有意思透了。什么时候像美国人那样,有台机器就好了。”到了一九八八年,我狠狠心卖了些暂没用,但将来一定会有用的东西,买回了这台电脑。电脑到了家,我的喜欢劲就别提了,没过一个月,我就能熟练地使用它。当时我曾经这样对妻子形容用电脑写作时的感觉:“我的输入速度和思想速度现在已经达到同步的境界,写起来就像‘奔驰’轿车跑在一级高速公路上那样流畅无比。”妻子没有同感,她只告诉我一条经济学的原理:“高投入是为了高产出。”

一年又一年过去了,我统计了一下,发现自己的写作速度并没有提高。我大惑不解地向妻子咨询。她一言以蔽之:“你把节约下来的时间,都用来聊天、打牌了。”我虽然明知道她说得对,但还是不想承认:“聊天是我创作的第一源,至于打牌,是很好的休息方法的同时,还是观察人的一个绝好窗口。你别老地主似的,总强迫长工超额劳动。”妻子笑说:“我从来不强迫你,我只是告诉你电脑节约下来的时间都到哪里去了。”我还是不服——很少有人服妻子的,至多是心服口不服——“甲的节约就是乙的浪费。你没看到每天的报纸上都说;某单位节约开支若干万,某个发明为国家节约若干个亿。可到了财政年度末,财政部长做报告时,总是赤字若干。原因就是我刚说的。这道理就和你买了一台洗衣机,把洗衣服的时间节约了,但节约下的这时间干什么呢?你就把它用来研究菜谱,并挑几个费时费工却并不见得好吃的菜来做。”妻子什么也没有说,只是把眼睛睁成圆形……几何学云,在周长一定的情况下,面积最大的图形是圆。当天的晚饭,确为廉政的典型,一菜一汤。看来经济制裁不仅仅是国际政治手段,在家庭中也通用。

电脑的另外一个坏处就是来约稿的编辑总是说:“从您的电脑中往出输一篇不就行了。”殊不知输出的前提是输入。电脑是最唯物的东西,真正的量入为出:一点一滴都不会给你多出来。当然也有例外。一次我玩朋友一台 AST386 计算机,玩着玩着,屏幕上突然出现了很奇怪的现象,原来成行成队的信息,突然像“文化大革命”时期从高楼上往下撒传单一样,纷纷跌落,然后挤成一堆,再以后它开始逆转,并不停地繁殖。其中有几个字符就像中央‘文革’小组的成员一样,特别的活跃,忙碌。大概一分钟后,就使得我原来的文件的长度增加了两倍。长度虽然增加了,但内容已经不可辨认。我问朋友是怎么一回事?他告诉我:“这是电脑病毒。”我问他有办法防止吗?他说有,我竖起耳朵细听。但他却拉起大知识分子的臭架子说:“告诉你也没有用。“我又问这个病毒叫什么名字?他想了想说:“叫‘销毁伪劣小说元程序’。”并补充道:“你写的那个破小说,早晚也是个毁。早毁比晚毁强,早毁了,那美丽的白桦林,东北红松都能留下,地球好有一个肺。”

为了他这一段话(我很怀疑这个病毒程序是他针对我而设计的),我在还他机器时,故意把这台 AST 内部的一块板的联结部给弄短路了——这是一个很灵的招,我在电校读书时,教电子学的老师因为打牌时和我结下了不解之冤,所以只要他教的那门课，我就别想得好分。如果我出了一个小错误，他必然会在课堂上进行细致深入的分析，并竭尽讽刺挖苦之能事。我为了报复他，就偷偷地把他的‘牡丹’牌八管收音机功率放大器的输出端给焊短路了。于是这位自称大学毕业后，又在清华无线电系进修过的电子学大师，整整三天没能修好，最后差一点哭出来。要知道，在七十年代初，有一台‘牡丹’八管，比现在有一台镭射影碟机还要牛气，最后我出面了：“让学生给您修修吧！”他病急乱投医，只好让我干。——可我这位朋友在一个礼拜后见到我时仍然若无其事。我忍不住问他：“你的机器没问题？”他说有过。我问是如何排除的？他说：“我把板取出来，放到另外一台机器上，用‘故障程序’一测试，故障就找到了。”恨得我直咬牙。“程序，程序，这个世界上满是程序，就是没一个写小说的程序！”朋友不知我火从何来，就安慰我：“如果真的有了写小说的程序，那您这个作家不是不值钱了吗？”他这句话感动得我差一点就把‘短路’原因告诉他。

我正在机器前磨蹭着，电话响了。我凭空从椅子上拔起，向电话奔去。如果是个饭局当然更好，就是个牌局也可以问心无愧地浪费掉这个工作日了。

我拿起电话一听是忙音，我把它挂上，就赖在沙发上，不肯再回到电脑前去了。

这个动作被妻子看见了，不禁讥笑我：“是不是刘小姐的电话？”

她这么说是有因的，日前朋友之一买了一个‘大哥大’，就把他退役的文字传呼机给了我。我很是得意，就把传呼机的号码广而告之。这下可好，当晚六点，第一个传呼就来了：刘小姐说在楼下等你。我断定是有人在和我开玩笑，就开始搜寻。但因为面积比较大，半个小时也没结果。于是第二个传呼又来了：刘小姐请你去园园歌舞厅。妻子看完也笑了：“看不出你还有这两下子。”我赶紧解释：“园园歌舞厅哪里是咱们这等人去的地方？上次老栾请客，门票酒水加点歌，整整一本书钱。”我说的确实是事实：那次我看见两个人争着点一个歌手唱同一支歌，价钱从五十起价成倍地往上翻，数字这东西就怕成倍翻，一张报纸对折二十次，就比最高的楼房还要高。中国的十亿人口还不是就这么来的——最后到了四千，才有一个人败下阵来。四千块钱啊！一本像《毛选》四卷那么厚的书的全部稿费也就这么多，还得在税前，因为受到强烈的刺激，从那之后，我拒绝去任何级别的歌舞厅。这个传呼之后，大约有一个小时的平静，然后是第三个传呼，刘小姐说等不到你，很失望地回家去了。并说你如能溜出来，就去她家，如不能，就给 906696 打一个电话。我一拍脑袋，立刻拿起电话。这个 896686 是我一个好朋友，平常不苟言笑，所以我刚才怎么也没有想到他就是信息源。他在电话里得意地说："我文学才能比你如何？""比我强多了。故事有开头，有过渡，有结尾。而且很有穿透力。"从那以后我最少有一个礼拜没开机。

我的电话是单位给装的，但长话的费用得我自己出。记得拥有它的第一个月，全家人都非常高兴。经常与在北京或广州的亲友们通话。有时还讨论一些问题。颇有些"天涯若比邻"的感觉。但到了月底，机关的会计给我来了个电话："你来领工资吧。"我赶忙答应，世界上的句型中，除去"我能在什么地方请你吃饭"外，就数这个美丽了。她又补充道："你再带些钱来。"——这个月的电话费用消耗掉我工资的一又二分之一强——真是：信息就是金钱啊！

这个月后，我们全家不再往出发信息。根据信息学原理，不发布则无反馈。可我渐渐滋生出一种被排除出网的感觉。现在装电话是个时髦，人人都抢着装。如今我既然入"网"，绝对不能被淘汰。于是我重操故技，开始攀上"消费上等级"的台阶。

我有一眼没一眼地看着电视，里面正在演一出肥皂泡般空洞的电视剧。说实在的，要把所有的人物都刻画得这么糟糕，还真得有点本事才行。可妻子却看得非常专心，甚至一度眼泪汪汪。

电视现在真是确确实实进入了家庭，并且成了家庭中最重要的一员，在儿子那儿，它是家长，甚至比家长还专横，说什么他就信什么。有一次，电视里说：某人发明一种添加剂，把它放在水里时，水就能燃烧。他非让我试试，我说："如果我会干这个，还写这破小说干什么？"在妻子那儿，它是丈夫，就此我专门和她论证过。她不服，我说："起码你陪伴它的时间，要比陪我的时间长。"

看着看着，我就睡着了。正在作一个不可对人言的美梦时，电话又响了。妻子把电话递给我。“你接吧。”我想把梦作完。她不愿打断剧情。“肯定是你那帮烂哥儿们。”我只好振作精神，拿起电话，授话人是我的朋友老栾。他虽然不是艺术家，但却有艺术家的生活作风，执行的是美国的作息时间。我问他有什么事情？他说：“没事。只是想听听你的声音。”他刚刚离了婚，一个人守着一幢大房子。我没好气地告诉他：“以后没事不要在晚上十二点来电话。”“你虽然是一个蹩脚的作家，但你也应该知道这样一个真理：凡是在午夜和你电话聊天的人，一定是把你当好朋友看待的。”“那我情愿不要这个好朋友。”说完我就挂断了信息通道。

《火花》 一九九三年十二期

少年弟子江湖老

一

我居住的省份地面文物占全国文物总量的百分之七十。一开始我还非常高兴地用它们来招待朋友们，好像它们归我家里的摆设似的。但过犹不及，很快我就烦了：没有任何一项复杂系统工程会比接待人更复杂，这其中有着相当多的环节和无数不可测的因素。于是我就采取了躲避政策。虽然它不是很成功，但毕竟使我能残余一些时间来经营我惨淡的写作生涯：文学虽早已不再被教育赋予使命，也不再被政治看成工具，但它毕竟还是我安身立命、养家糊口的根本。

但"树欲静而风不止"：当我刚刚给一部长篇定了框架，开始真正的建筑时，电话响了——我的电话是单位里给装的，它的全部作用就是消耗我工资的十分之一：如果你在进门时听见它在响，那么冲到它跟前时，一定刚好听到对方挂机的声音，而且这还一定是一个重要的电话；而如果你想打一个重要的电话就一定会打错：记得上次给岳父定一张从北京去上海的飞机票，拨完号后，却是广州沙河收容所。"你是某省，那正好，你们那里有十一个来这里卖淫的妇女，到底要到什么时候才来领？"警察的声音很容易被听出来，除去他们，很少有什么人的声音里有那么多的命令份额。而且我是很怕警察的，因为在小时一不听话，保姆就威胁要把我送到“警察局”去。稍大以后,他们一旦出现,总也不会有什么好事情。于是我不由自主地开始解释,没等“说清楚”,对方就把电话放下了。于是,起码十元钱从账上被划走了。

“但愿是好事。”我嘟囔着从椅子上站起向电话磨蹭行去,希望它能及时停止。

“当然不是什么好事。”朋友老栾说。

“你说的对!”我拿起电话时说:“我们单位有一个司机,在别人抢着装电话时,他却推着不装,问及原因时他说:你们装电话,除去下乡、劳动、开会外,十次中还能有那么一两次是饭局、舞会之类的。而我分分钟是出车,我于是问他:没饭局还没个牌局呀?他说:和我在一起打牌的人,谁家里也没有电话。同理:我尽认识你这样的人,哪里会来什么好事? 喂,喂,”

电话里没有回答。

“一定是你妻子的情人。”老栾故意用我太太能听见的声音说。

妻子正在专心看电视。电视是我这个家庭中最重要的成员:在儿子那它是家长,甚至比家长还要专横,说什么他就信什么;在妻子那它是丈夫——有一次我专门和她论证这个问题,她不服气。我说:“起码你陪伴它的时间,要比陪我的时间长。”妻子说:“咱们不是在一张桌子上吃饭,一张床上睡觉吗?”“那正好应了中国一句古话:同床异梦。”我说。

“你真的应该调到广播电影电视部去当节目审查官。”老栾说。

“如果你再说这种缺德的话,明天的股票一定会跌。”妻子诅咒道。即使她全部身心都投入到电视中去时,仍然能听到她想听到的话。

“不敢再说,不敢再说。”老栾连连摆手:“你的嘴最毒。”

老栾是我大学的同学,和我是邻居。他在是一个相当有福气的人的同时,也是一个非常倒霉的人。说他有福气,是因为他先是从父亲那里继承来十多万块钱,于是乎很是风光了一阵,烟必中华,酒必茅台。倘若要洗澡,肯定不会去大众澡堂，而是去某个星级宾馆开一个房间，洗完小睡一会儿就开路。倘若请客，那就指令所有被请的人在家里等他一个一个用出租车来接，吃一顿盘子成立体结构的饭后再一个一个地送走。所以这些钱很像雪人搬进了锅炉房，瞬间销蚀光了。但他穷了不到一年的时间，一个和他妻子根本没有血缘关系的远房亲戚，不知什么原因又遗赠给他们相当多的珠宝——真正的无缘无故——其中别的不说，光一块镶钻的巴掌大的透绿玉，就把一个珠宝行给镇了。另外据他说还有什么明代瓷器、宋朝字画等——我估计这是吹牛：他太太来自一个边远山区，文物字画等在那里没有流通价值，所以那个土财主，顶多攒些金玉之类，再有就是大烟土了。

这次得钱，他花起来就谨慎多了，他先是以自己的资金为基础，再纠集一些闲散资金，开办了一个药厂，生产抗癌药品——他的父亲就是得癌症死的——但一年过去，研制的药品，一直还停留在往老鼠身上注射的阶段。他一看不行，就撤退了。可不过一个月，药品就通过了药政部门的鉴定，投入了批量生产。

我非常替他惋惜，说想替他把损失给寻找回来。他却很达观地说："千万不要去寻找什么失去的东西——如果能寻找回来，它也就没有失去；如果失去了也就寻找不回来了。这就和你不要旧地重游一样：如果你非要去，那么记忆中的院子一下子会变得很破、很小，旧情人也一定会变得很丑很老。最好的保存办法还是把它们留在记忆中。"

再以后他又开始搞运输业。我和他一起作了可行性研究，认定这次大概不会错：一个人总不会一错再错——就也入了一股。谁知三辆车一到位，就赶上了治理整顿。政策是个纲目，纲落目缩。于是乎百业萧条，运输业自然首当其冲，只好把车给卖了。一进一出中，六万块钱化为乌有。他请我原谅。我答应后说："每当步入歧途时，你总是带头人。"然后我又给他下了一结论："你什么都不干，恐怕是最便宜了。你把剩下的钱，请一个会计师给你计划一下，本加利，看看你的余生之中，怎么每年按定额悠着花。"——所谓的原谅，就是不直接说，而换个方法说。

他不服我的看法，在省城的股票市场又吸收新股民时，他就昂首入市了。

我当时就劝他不要干——我这样做除去为他好以外，还有为自己着想的目的：如果一个人有一个有钱的朋友，起码比有一个没钱的朋友要好：最少他在高兴的时候还会请你吃顿饭什么的，而不是来跟你借钱——“炒股票不是一个行当：十个炒股票的人，有六个赔钱的，三个不赔不赚的，真正赚钱的只有一个。关于这一点，你最好参看拙著《股票市场的迷走神经》。”

“比看书更愚蠢的就是写书。”老栾是一个很主观的人。人如果有权、钱、名三样中的任何一样，就有资格主观。

奇怪的是这次他的运气变得好了：他一入市，股票就开始由谷向峰高速攀登，在短短三个月的时间，就使他的资本翻了一番。我虽然明明白白知道这东西没有老往上走的，但还是以很大的热情参与意见。

但他根本不听我的意见，径自买卖，并得意地告诉我：“这东西就和跳舞一样，你只要踩对了步点，就可以顺畅地跳下去。”他当时正热衷于学跳舞，据说有些心得。

“我是股票方面的专家，”我气愤地告诉他：“我记得在干运输时，你是很相信我的。”

“所谓的专家，就是那些在出事之后能找出理由来的人。我不是不相信你的个人品质，”老栾诚恳地说：“如果你也入市，我一定采纳意见。作生意时，我只相信那些在失败后和我损失一样的人。”老栾俨然一个哲学家。

他虽然不听我的话，但我太太的话他却非常地听：她说估计要涨，他就买进。她说要跌，他就卖出。而且命中率相当地高。所以他经常地说：“你太太的嘴比上海那些股评家的还要毒。我估计他们很可能被某个公司给收买了。”

我对这点当然有比他更深的体会。

老栾谷进峰出，一年之中已经是数十万身价。再等他上了百万身价之后，离婚问题合乎逻辑地提上了日程，今天他就是因此来和我讨论的。

“是不是因为那个小妞？”我很低声地问他。

“哪个？”他装模作样地反问。

“行了吧。”我一下子把他给打回去：“上次你在吃进‘申能’的股票之后，为了和我一起分享胜利的喜悦，一起在‘家家乐’吃饭。你喝得有些多，那个小妞先是说：别喝了，然后又替你喝。”

“你说的虽然是事实，但这并不说明什么问题啊？”老栾双手一摊。

“咱们教电子学的吴教授曾经给咱们讲过‘黑匣子’理论：一个黑匣子。你根本不用知道里面是什么，看看输出和输入就行了。如果输入十伏电压，输出是一百伏，那么它一定是个变压器。如果输入是钱，输出是汽水，那它一定是自动售货机。人和人的关系同理可证：我一看你们的眼神和态度，就知道‘黑匣子’里是怎么一回事。”我们一起在电力学院上学时，他对控制理论最感兴趣。“你有钱有闲，且年富力强，外部条件全都具备，黑匣子里就不说了。”

既然里面的不用说，我就“黑匣子”外面的事情展开了演讲：“我喜欢在傍晚时分站在阳台上活动身体，这时候我总闻着别人家里的饭菜很香。这是为什么呢？其原因就是因为你吃自己家里的饭菜的时间太长了。熟悉毒化了你的想象力。”他的妻子是一个不美丽、也不聪明很内向的女人，但看上去还是贤惠的，所以我很想帮帮她——如果她美丽、聪明并且很张扬，那我巴不得她倒霉。

“我这就知道什么叫作家了。”我妻子在一部电视剧和另一部的空闲中攻击我：“就是那种能把根本不相干的事情联系在一起的人。”

“我为什么总骑一辆破自行车，娶一个不很漂亮的太太？”我开始现身说法：“就是因为骑好车总是容易丢，漂亮的太太总是有相好。”

“你骑破自行车，是因为你没有钱；你娶一个丑太太是因为你当时没有选择的余地。”我太太大声说。难听的话总是大声说出来的。

老栾看和我讨论不出什么来，就转向我太太讨论股票。为了预测股票行情，他专门买了一台 AST386 电脑，并用《易经》编辑了一套程序，可到头来还是得靠女人的直觉。

老栾说了一阵之后，看看手上的“雷蒙 V”手表，表示要回家。

我当然同意。

“你说他是回哪个家？”妻子竖起耳朵，没有听见楼下的声响，于是舍弃电视剧的珍贵镜头，来和我讨论这个问题。

“还能有哪个家？”虽然我早已经听说老栾在外面买了房子，还是故作惊诧状：一个问题如果处理不好，很可能诱发另外一个问题。

妻子把头扭向屏幕。

“虽然他有‘雷蒙V’手表，但他还是不幸福。”我这话是专门说给妻子听的。在决定和她一起生活之前，我有许多管理家庭治理妻子的理论。但二十年夫妻生活过下来，我什么理论也没有了，只剩下一条原则：尽量不要惹她生气，尤其是在言语上。

“不是心里话?！”妻子笑着问。

“是心里话。”我不很诚恳地说。老栾的“雷蒙V”手表，是我最羡慕的东西之一：这种表每年的产量是二百块，薄如纸不说，周围还镶着二十四颗钻石。所以号称“满天星”，价值在五万以上。每次吃饭时，只要老栾在场，我总让他摘下来给新到的朋友看看。有一次我甚至借戴了一天。知内情者笑我虚荣，我当时就反问：“你们当中有哪一个是不虚荣的？”没有人敢说他是。至于傍在他身上的那个小妞，我就没敢当妻子面说过羡慕。据说在海湾战争打得最紧张时，台湾的一个高级军事长官在见着一家正在连载大陆《妻妾成群》小说的报刊主编时，不问有什么新消息，而是问：“你们怎么停止了连载？我还等着看呢。”看来天下男人的心里都有这种愿望。愿望之所以叫愿望，就在于它的不可实现性。所以尽管让他们愿望去好了。

自动消失的麻烦一定会自动回来。在我就要去睡觉时，电话又响了。授话人是我少时好友王君。

“你的那个破电话是怎么搞的？一打就断，是不是你故意弄的？”王君是邻省人民银行的副行长，少年得志，说话很是“冲”。

“有屁就快些放。”我们虽然平均一年见不到一次，但就和没有分开过似地。

“我和老江并江太太一起去你那里待上三两天,你欢迎不欢迎?”他开门见山。

“对于你们两个人,我欢迎不欢迎有什么用?反正是要来的,什么时候到?”

“明天上午八点。”王君说完之后又问:“听上去你好像不高兴?是不是怕我们花你的钱?”

“即使不高兴,那也绝对不是钱的问题。”我说。

“经验告诉我:凡是一个人说不是钱的问题时,那就一定是钱的问题。接站并安排食宿。”他说完就放下了电话。

当我快入睡时,一辆来接人的汽车,在楼下不停地按喇叭。早上五点,就听见老栾太太在高声训孩子。

“她干吗那么大声训孩子?”妻子在朦胧中问。

“大概是因为没有丈夫可训吧。”说完我在等妻子的反应。可她却又睡着了。气得我只好起床。

我洗涮完毕后,一切就恢复了平静。

二

王君和老江夫妻并儿子来的第二天,我就陪同他们一起去了那个著名的佛教圣地。

这个佛教圣地以凉爽著称,所以在夏天来的人就特别的多。看着那么多熙熙攘攘的人群,我不禁有些替佛着急:这么多的人,每个人有每个人的愿望,你是用什么办法把它们分类管理的?你大概也得有一个庞大的机构吧?

我一说这个独特的想法，立刻遭到王君的制止："在这种地方胡说，佛要惩罚你的。"

"佛又不是法院、检察院、公安局，他老人家以慈悲为怀。不像你们这些当领导的，谁得罪你，你就给他们小鞋穿。"我当下反驳。

王君的嘴巴动了动，没有发出声音。以前他的嘴巴是很厉害的：在"文化大革命"中，他曾经和对立派的三个人，在学校的礼堂，进行了长达三个小时的辩论，最后还以胜利告终。但现在这种功能显然是衰退了。这肯定是做官做的时间太长的缘故：凡是做官的人，一定要遵守官场的规矩，不和比你大的官顶撞。那么比你小的官也自然不会顶撞你。如果有谁违反这个规矩，那他就会被淘汰出局。

一个老头和一个老太太由一个年轻人陪同，在我们前面走。从老头的气度上看，他当年不是朝堂司马，也是方面大员。老太太虽然显现老态，但身材和面部的轮廓线依然美丽。

"我不进去了。"老头在一个很小但很著名的寺院前站住。"我是一个无神论者，寺庙对我没有意义。"

"还是去吧，这里面的佛是很灵的。"年轻人手里拿着三张票说。

老头没有理他，神情很是执拗，官员们只要认为自己是对的，明明知道自己错了，也不会轻易改变。一个公社书记曾经对我说："如果什么事情你一说，我就改，那不成了你是我的领导了？有些事情就是确实错了，也要错到底。因为这不是错与对的问题，而是威信问题。"

"毛主席和党中央当年东渡黄河后，曾经在这里休息落脚，并和这里的和尚谈佛。"老太太口齿很清楚，标准的普通话中略带吴音。

"这也算理由？"老江说的声音不小。

他也是我从小的朋友，眼下是燕越画院的画家。准确地说，是书法家：他以画入院，但以字出名。在"文革"期间，他家订的两份报，不够他写的，还要来把我家的拿走。可现如今,却笔墨一动值千金,写出来的除进大领导家里的,剩余的都从“荣宝斋”之类的渠道,流向海外。就他的成名史,我曾如此定论:“你是‘一靠奸商,二靠官僚’定律的典型范例。”

虽然老江认为这儿不是理由,但对老头却是理由:他提起拐杖,迈过了高高的门槛。

“既然他们都说这的佛灵,那咱们也拜一拜。”江太太领儿子一同跪在一块垫上,拜了起来。

“你这孩子将来一定能考上好大学。”和尚撞了三下钟后朗声说。

江太太一听这个,继刚才的十元后,又往箱子里放了十元。

“这和尚的声音可够好的,看来是丹田气足。”我说。

“不是什么丹田气足不足的问题,而是他平常不怎么说话。‘日出千言,不损自伤。’”王君说。

“这损伤是指你话说的多,别人容易找到你的毛病。”我说。

“你怎么老是和我过不去?”王君笑着说。

“让你放松一下也好。”去年我为了一个银行题材的小说创作,在王君的领地里生活了一个月,他在办公室里那张绷得紧紧的脸和下来之后对我笑眯眯的脸形成了明显的对照。使我更奇怪的是没有一个他的下属来他家里串门。就我的咨询他说:“我读大量回忆毛主席的文章后,得出了这样一个感想:他老人家对待党内的干部从来就是一视同仁, 不管是刘少奇还是周恩来给他汇报工作,他该躺就躺,该看书就看书,说完就让他们走,也不送。如果是民主人士来了,他就会亲自送出门去,有时还给他们打开车门,这是为什么呢?就是因为如果对党内的干部不能一视同仁,而是亲此疏彼,那么被亲者,就会变得不听话,被疏者就会丧失积极性。至于民主人士,就和你一样,是朋友不说,还是外单位的人,放下架子也没有关系”——这真是“人人都读红宝书,个个体会不相同”。

“这和尚说考好大学,可没有说是清华还是北大。”江太太不尽兴地说。

“还耶鲁,哈佛呢!”老江把毛背心脱了下来。“求佛不能求太大的事:比方你想当美国总统或者名书法家之类的。这里面有一个能力的问题。”

“再说你一共才给了二十元。”王君说。

“你当是给官的贿赂？佛要的是心意。”江太太说。

“我的一个同事，没有什么文化，很想让自己的孩子成材，所以就给他起了一个奇怪的名字，哈佛。他老那么‘哈佛，哈佛’地叫，不知道的人还以为是叫狗呢。”

王君并没有正面回答江太太的攻击，他这样做是有道理的。江太太和我们三个是在同一个大院里成长起来。她长颈削肩，柳眉杏眼，皎齿绛唇，虽不能说是绝代佳人，却也相当稀少。自然是我们不少男生追求的目标。插队时，为了争取和她在一个村——根据爱情地理学“好女怕男磨”的原理，若不和她在一起，何磨之有——展开了激烈的战斗：匕首、弹簧刀、垒球棒……所有冷兵器都出现了。最后我和王君，老江成为得天独厚者。到村里不过一个月，我们就她的归属问题，专门在村里的磨坊开了著名的“磨坊会议”。与会者除去我们三个以外，还有另外两个顾问。记得我和王君还谦让了一番，最后决定我先上。既然先上，那么我当然第一个败了下来。然后是王君和两个顾问。唯独当时不动声色的老江，戡乱夺魁。可江太太虽然外表和谐，但内心却充满阴谋和战斗精神，更不幸运的是她还很有组织能力。举个例子，如果有一个十人参加的聚会，没有江太太，那么顶多能分成两派，而有了她，那么起码能分成十一派。我至今还怀疑她到村里前，就已经决定了和老江好。但不作任何透露，从而使得我们都成为以她为中心的同心圆周上的一点，一直旋转到她结婚为止。所以对她最好采取“敬而远之”的政策。当然岁月的磨炼，也许能使一个人改变一些，但这个指数最多也就是百分之十。人和水一样，看上去是流质，但在一万大气压下，也不过改变千分之一。

我们上车向佛母洞驶去。这台江湖人称“子弹头”的车，是省工商银行支援的。他们一到，我就说：“五个人是很尴尬的一个数目，小汽车坐不下，租大汽车不值当。”王君当时就说：“这个问题我早已经计划好了”——中国的官员，几乎无一例外的都是计划专家——于是出现了这台相当高级的车。

因为车的平衡性能好。所以王君就拿起我的一本书看。“这名字就是胡说八道,《数学危机》? 现在尽是危机,什么爱情危机、学术危机……这些东西能有什么危机? ”

“世界上最怕的事情有两件:‘庸医司性命,俗子议文章’。”我把书从他手里抢了回来:“你除去金融危机外,还能知道什么? 就会上车伊始。”

正说着车停了下来。司机下车去,打开了工具箱。

“车如果一停,你首先要试试电路,然后是油路。如果这两条路都通,那么这车你就修不了,必须进厂。”老江自己有一台二手国产车,至于驾驶技术,那一言以蔽之:买的执照。

大约三分钟后,司机就上来了。

“什么地方坏了? ”老江炫耀完了,还想积累一点经验。

“日本车就不会坏。您什么时候看见‘皇冠’‘尼桑’停在路边修? ”司机是一个二十出头的小伙子,车开得好不说,还没有脾气。

“那你修的是什么? ”每当有人贬低国产车时,老江总是很愤怒。

“换了一条轮胎。”司机说。

所谓的佛母洞,不过是一条狭长的缝。人云,如果你从中钻过去,你就获得了第二次生命。

老江的儿子没有费什么力气就钻了过去。江太太也依法为之,她虽然有些发福,但因为女人柔若无骨,也很顺利。

“你不钻? ”王君问司机。

“我出生这一次已经够了。下一次即使再生,也不生在中国了。”司机说。他不像许多人一样,口口声声热爱祖国,但一有机会,就“鳌鱼脱却金钩去,摇头摆尾再不回。”

“那咱们? ”老江看着我俩。

我俩也看着他。

三个人相视大笑,以我们的身材,大概没有一个人能钻过去。万一卡在中间，肯定不是一件愉快的事。

“胖子一般来说，都是奉公守法，安于现状的人。”我说：“当然他们以前也许是瘦子，但当奋斗、苦干乃至选择成功后，就一定会胖起来。”

晚饭我们是开在住所附近的一个寺庙。之所以能到这个庙里吃饭，完全是得益于栾太太。她是省佛教协的干部，也就是说是这里所有庙宇的上级机关的一员——而且是很重要的一员，专司图章。也就是说，是“掌玺”大臣。诸位不要认为这不过是一个一般职员而已，一方玺就是一个机关权力的象征。戏曲中古人想坑哪个官，最简单的办法，就是把他的“印”偷走——一条信息通过第二渠道传过来，虽然没盖图章，但绝对比盖了管用。

庙宇的斋饭谢绝妇女。为了平衡，我们让司机和江公子和江太太一起去了圣地最好的饭店。

斋饭前我们拜会了庙宇的住持。

住持是一个三十出头的年轻人，佛学院毕业。他住庙里最大的房间，并配备有电话和电视。院里还有一台东欧车。客气了几句后，他把我们让进饭堂。

饭堂里的气氛很是肃穆，两条长长的板凳前，是一原木条案，餐具都是白瓷大碗。饭是白米饭，一吃就知是本地产的米：此处因无霜期短，所以只种一季，正因此，单季的生长期长，受的日月精华就多。所以粒粒晶莹。菜是普通的蔬菜，但制作很精致。

没有任何声音。因为《佛经》示：食不语。

如果有人吃的饭菜不够，就把碗往前一伸，巡视的和尚自然会过来给你添上。

我的饭量大，所以就加了一次。

这顿斋饭大约历时二十分钟。

出来时，我们三个不约而同地站在饭堂前，看着那牌匾：

匾曰：当思来处。

步出庙宇很远，才由我第一个说：“匾上的话就深了去了。”

三

回到省城后，老栾在我回答“完全没有必要”后，仍然坚持要请一顿饭。

“你是想显一下你的经济实力？”我刻薄地说。

他双手一摊：“富人是一种很不好当的职业，如果你大方，会被认为是挥霍、炫耀；如果你仔细，就会被认为是斤斤计较、小气。你自己定吧。”

“你就让他请吧。”他走后妻子说：“他没有正式的职业，所以也没有什么朋友。”

“不是号称有十万股民吗？”

“你没有去过股票市场，那里人的素质都不算高。”

“大户室里的股民也是如此？”我反问。在证券交易所里，凡是入资在二十万以上的，被命名为“大户”，他们有专门的房间、信息设备、特殊的服务。

“越是大户，素质就越低。你想想，每天和那些人泡在一起，再加上股票价格瞬息万变，精神上能好受吗？”妻子说。

“如果你能把同情心撒给我一些就好了。”说完之后，我拿起了电话，接受了老栾的邀请。

饭局开在省城最大的饭店，最大在一般意义上都会被认为是最好。它号称四星级，由一班本省的厨师操刀勺作法国大菜和粤菜、川菜。

座位由老栾来安排，上座自然是老江夫妻和孩子，其次是王君，最后是太太和我。

“你是一个吃饭的老油子，怎么今天挑了一个最不好的座？”老江说。

我所坐的位子,从餐桌地理上说是“菜口”,也就是所有的菜都是从这里上。“舍我其谁?”我老练地把餐巾放在膝盖上。“咱穿的衣服也不值钱,就是撒上一些汤汤水水也没有什么关系。”

“上个月我陪总行的副行长,宴请一个日本鬼子。服务员不知道根据什么习惯,轮流从每个人身边上菜。副行长极不高兴。在饭毕后说:‘你们以后不要从外宾的身边上,万一撒在人家衣服上怎么办?’”王君点燃一根烟,他是一个节制的吸烟者,从来不越出安全范围一步:“一个领导者,尤其是高级领导,是不应该关心这些具体事务的。关心的太具体,全局就看不见了。再说服务员都是专业人员,在上菜方面是训练有素的,怎么会把汤水洒在客人的身上?”

“你把这话说出来了?”我故意问。

“如果我把心想的话都说出来了,今天一定还在储蓄所里点钞票。”他回答。

王君的仕途并不是一帆风顺的:他从插队的地方病退回北京后,先是被安排在一个街道工厂当工人,然后通过不知什么关系调到一个小小的储蓄所里当出纳员,算是转入文职。他刻苦钻研,所以早在七十年代末,就以“点钞能手”闻名全市。一开始改革开放,他就集合了几个人,办开了“民间银行”——也就是城市信用社。开办时,非常艰难,他们几个不管刮风下雨,都奔忙于各个单位。即使如此,也有好几次濒临倒闭。但他挺了过来——他不管干什么事情,“挺”劲都特别的大——因为信用好,再加上贷款条件宽厚,方法灵活,很快他们那个小小信用社,就变成了一个颇具规模的企业。再以后,他没有朝着这个方向往下发展,而是去金融管理学院上了两年学,然后去北京市银行当处长。再以后申请下放,到省里当副行长。当时我问他:“如今手里有钱,就有权。干你的信用社有多好。”他笑我鼠目寸光:“在中国最好的职业就是做官。”“你开始时不是口口声声地要做事吗?什么时候又改成做官了?再说如今政府的权力在慢慢向企业转移。”“作官和做事不矛盾,既做官又做事。不做大官焉能办大事?至于政府的权力向企业转移,目前还只是一个说法,一个号召。你还记得咱们去插队时,毛主席说:各地同志要欢迎他们去。他老人家为何这么说?还不是因为有很多地方的人不欢迎咱们这些城里人。”他到职之后，也没有闲着，在金融改革方向很干出些成绩。

“吃什么菜？”老栾问。

“客人们定。”我说。

没有人愿意承担这个任务，最后菜谱还是转回我的手里。我拿着它久久没说话：在有疑问时，你就含糊；有麻烦时，你就派别人去干；在掌权时你就沉默。这是我处理事的原则。你别看点菜事小，但中国人有一句古话：众口难调。弄不好伤财生气。

“把单拿过来吧！你们还男子汉呢！”我太太一把把菜谱拿了过去，和江太太一起商量起来。

很多人都过来和老栾打招呼。

“他为什么没有把他的小相好带来？”在老栾和众人应酬时太太低声问我。

“在有你们这些正式太太参加的场合，带她来是很不礼貌的。”我在低声回答的同时，踢了她一下。和她一起吃饭，与参加战斗没有什么不同，她总是能拿到有指纹的玻璃杯，吃到有馊味的豆腐，有钉子的是烧焦的鸭子。所以有必要警告她一下，否则肯定饭无宁时。

“我真的想杀了你！”她这样回答我的警告。

我很平静地接受了这条信息，在这个世界上恐怕没有几个妻子不曾起过杀害丈夫的念头，并设计出各种各样的方式、方法。

因为菜单是一部肤浅平庸的鸿篇巨制——我所在的省份，向以封闭著称，任何东西到这里，都会被同化，甭管它川鲁粤菜，还是法德意俄，上了桌统统本地土味——所以宴会的气氛并不热烈。

“你认识的人真不少。”出门时王君对老栾说。

“他们也是经常换的，每次股票行情下跌，在这吃饭的人就换一批。我算是元老了。”老栾回答。

“沧海横流，方显出英雄本色。”王君说。你吃了别人的饭，如果不给他办事的话，就有义务说一些恭维话。

“你们先回我家,我们到老栾那里转转。”我把太太和孩子塞入一辆出租车。

妻子满腹狐疑地看着我。

“我们想说一些体己话。”老江解释。

“什么叫体己话?”江太太问。

“我们聊完天后,常常互相嘱咐,这话你可别对你嫂子说。久而久之,它就变成了一句术语。”王君因为没有家室之累,所以最超脱。“所以凡是冠以此术语的,均是体己话。”

老栾把我们带到他的新家。在门口,他掏了半天也没有能掏出钥匙来。

“你是不是怕我们把她给拐走?”老江是一个见面熟,很随便地就开起玩笑来。

“不是,不是。”老栾连连解释。“确实忘了带钥匙了。”

“娇不在金屋内?”因为饭前已作“前期准备”,故王君有此问。

“她很久不来这里了。”老栾说话喃喃。

“如果是这样,我把门开开如何?”王君说。

“你有钥匙?”我惊讶地问。

“钥匙这东西的概念是伟大的。”王君从他的真皮钥匙包里拿出一个钢丝作的钩子,然后把它插入钥匙孔,侧过身子,用心地转动了一气。那扇所谓的防盗门就听话地开了。

里面那道普通门更和日本式的纸门一样,一拉就开。

全部过程历时三分钟。

“我记得你是一个副局级的行长?”进屋好半天,老栾还在惊奇地看着王君。他从来没有在官场上混过,所以直到今日,还对级别怀有敬意。

“了解一个人,不但要看他的现在,还要看他的历史。”老江说。

这话老栾不明白,但我是明白的:“文革”初期,王君的父母就先后去世。他没有生活资料,除去东讨西要外,就是靠“溜门撬锁”。他很少偷值钱的东西,因为这些东西你即使拿了,也很难销掉。所以他一般只是拿些吃的东西而已。但一个人家如果被撬了，不管丢没丢东西，都要报案。派出所很快就盯上他了。一次在现场被拿获。在派出所被关了一天之后，审问他的是一个年轻的警察，他非要他交代出同伙来，而他确实没有。这时来了一个老警察，他拿着一把很复杂的锁对王君说："你如果能把这锁撬开，就放你走。"王君拿起这把黄铜的德国锁，观察了一阵，就用一根铁丝把它给撬开了，然后申请走。"你小子连这锁都能撬开，还能放你走。"警察改口了。"不走就不走，反正我到哪里也只是混口饭吃。"王君说。那次他整整在里面待了两个星期。

拘留所是小偷们召开学术会议的固定会址。各种流派，各个级别的高手们，分期分批在这里云集。他的技艺在那里得到很大的提高。可自从形势稍一好转，我就再没有看过他再操故技。

"你现在还干这事。"老江问。

王君摇头。

"那你还时刻准备着？"

"有的时候司机会把钥匙锁在车里，或者自己忘记带办公室的钥匙什么的。"王君含糊地说："反正艺多不压身。"

我们喝了一阵咖啡后，我就让老江给写幅字。

"写什么？"他问我。

"随您的便。"我说。

他思索了一下，就提笔给我写道：你让我办事，能办而不办，我不够意思。你让我办事，我不能办非让办，你不是东西。

他这么写是有道理的，因为我由于职业关系，接触的人相当多，同时因为我非常的好说话，所以他们经常来找我办各种各样的事。其中大部分都是超出我的能力的。而我又实在没有说"不"的能力。老江题了上下款之后，又对王君说："我也给你写一个。"

他给王君写的是"小耗子，上灯台。偷油吃，下不来。"并随手画了一盏灯，和一只颇得王君神韵的小耗子。然后题小款：王君宦游十年祭。

先不说他的字体如何，光是布局搭配，就给人一种美的感觉。

“如果你不写这行字，我还能拿去卖几个钱。”王君说。

“我就怕你操这个心。”

“你的画能值几何？”“这东西说个值，就价值连城；说个不值，就一分不值。”老江说。

“给我也写一个吧。”老栾说。

“当然，当然。”老江答应后，很思索了一刻后又问：“要严肃的，还是活泼的？”

“活泼的。”老栾给他铺平纸。

“自家的狗不用拴，别人的狗拴不住。”他用的是草体，很是龙飞凤舞，而且还边写边念。

这一刻我真的怕老栾翻了脸。

没想到他却连声说：“有道理，有道理。”

“你已经是著名的美术家了，可就是没有个正经。”王君说。

“人活在这个世界为什么这么累，还不是因为正经的东西太多了？”老江说着从口袋里拿出一个图章，哈哈气后，给每幅字盖了一个。

“你怎么还随身带着戳子？”王君问。

“这不叫戳子，叫玉玺。”老江把章收了起来。“它就和你那钢丝一样，带在身边，有备无患呀。”

我们很随便地坐在地毯上，一直聊到天亮。

尾　声

第二天,王君和老江一家人启程回家。

第三天,上海交易所的证券指数巨幅下跌,我算了算,老栾大约三分之一的资金化为乌有,但我晚上遇到回家的他,仍很平静。

连接几天,我都看见他在他家的阳台上做操,一天晚饭时,我还闻到从他家里传出的“涮羊肉”的香味。栾太太烹调无手艺,最高就是原汁原味的涮羊肉了。

我真恨不得冲下去一涮。

《太原晚报》　一九九三年十月八日
《金潮》　一九九四年第一期
《北京观察》　一九九四年第四期

搬家的前前后后以及购买桌子

我一年之中搬了两回家。俗话曰:“搬三回家,顶着回火。”东西的损失就不用说了,光辛苦就无与伦比。当然首当其冲的是妻子:整个搬家的过程和房间布置的整体设计统统由她负责。在我的生活中有这样一条准则:如果一件事,能够由别人来干,你就千万不要干。所以乐得当一个旁观者。旁观自然是有代价的——即使在中国这个半商业化的社会里,也没有什么事情,什么人是没有价格的。当然有很多人羞羞答答地不承认这一点,好像他们是无价的。而实际上不过是价格不同而已——妻子受累后,就像富裕的游资要寻找出路一样,必然要个理由发火。我当然是最好的“投资”对象。不过既然不用干活,发火就让她发去好了。再说她不朝你发,你让她朝谁发?唠叨和啰唆是妇女维持生理平衡的唯一方法。你如果非要让她变,就会变成酗酒、吸毒和第三者插足之类的。儿害相权,只有取其轻。

大量的前期工作作完之后的一天,皇历说:宜搬家。于是来了一帮哥儿们,帮我把大件归位。当初我想雇搬家公司。但顶不住哥儿们洋溢的热情。他们当中有穿名牌西装的,有穿几百元一双皮鞋的,要是拿出名片来,不是处长就是什么“总经理”——从理论上讲,没有两个分公司的公司,不能称“总”的,但如今官衔的膨胀率比软通货还要高,叫就让他们叫去好了——但仍然很卖力。让他们卖力好了,反正他们在单位里都是动嘴的主,活动活动有好处。三天后终于完成了。我在正式宴请会上发言说:“用你们这帮家伙搬家,喝了我六瓶好酒,抽了三条好烟，其价值远远高于雇搬家公司的费用。”他们哈哈一笑，依然大吃大喝大说。他们吃了很多的东西——只要有足够的时间，那不管有多少东西都会被吃掉——最后在他们把我家里除去自来水外所有的饮料都喝光后，宴会才算勉强结束。在收拾狼藉的杯盘时，我突然明白了为什么农村在婚丧嫁娶时，会有那么多的人。其原因不完全在吃喝，而是给熟人社交提供一个机会和藉口。

既然设计师是妻子，那就不管是儿子还是女儿的房间，还是客厅和卧室，一切的一切都是她来决定。当她向我咨询时，我总是说：“是。是。”这道理就和你的领导在一件事已经形成决议后，再问你一样：他们要的都不是真正的意见，而是反应。

女人的逻辑和男人的完全不同：当她们买了一个手提包后，就会说：“我应该买一件某种颜色的衣服，否则配不上这个提包。”然后就会配出一串来。布置房间当然不会例外：先决定的窗帘，再是和它“配”的床单、地毯等等。最后终于配的我忍无可忍：“你这简直是在乱花纳税人的钱！”这句话马上遭到妻子的猛烈反击：“你是纳税人，难道我不在为这个家庭纳税？如果你非要分多少的话，那我每天干的活该值多少？”这个成本分析我当然做不来。我相信这个世界上也没有任何一个经济学家能作来。所以我就换了一个话题：“你就一直这么配啊配，配到最后你就会发现睡在你身边的这个人不配了。”不知为什么，妻子听了这话反而笑了：“我早就发现你不配了。不过现在是‘改也难’。”

我没有再接着说什么。一个家庭的历史远比国家和党派的历史要复杂得多。中国共产党的历史够复杂了吧，但作了一个《关于×××××××决议》起码在一段时间内，有了一个统一的说法，不会再纠缠。而一个家庭却有两个党，两个历史学家——如果你想改变历史，最好的办法就是去作历史学家——所以根本没有能力作这样伟大的决议。为了把战争消弭于无形，我就咽下了这口气。

新家最使我满意的就是有一间真正属于我的书房。在以前我的住宅里，卧室以外的房间都被女儿和儿子占据了，我只有在走廊里写作的份儿。对此，妻子是这样说的：“你这辈子也就这了，把好的条件留给孩子们吧。”她的话虽然对，但让人听上去有多不舒服。虽然不舒服,你也得听。如果反驳,一定会得到这样的回答:“有本事,你再多弄几间房来。”我显然没这样的本事:一个家庭的形式,在很大程度上是由房间的格局、面积和经济条件决定的:比方你只有两室一厅的房子,却娶了个姨太太,那你一定活不过五十岁去。想娶姨太太最少也得有像电影《大红灯笼高高挂》中那样的宅院。再比方你想离婚,第一个问题还是房子。其次还有你离婚之后到什么地方去吃饭。我曾经对朋友中的“离婚族”做过分析,发现其中不是老板,就是经理。只有他们才能买房子、租房子,或者干脆住进饭店,那里连吃的都有。而真正的工薪阶级,即使有再大的矛盾,也只好坚持“一夫一妻”制。所以仿照毛主席“民族问题,说到底是阶级问题”的语式,完全可以说“家庭问题,说到底是经济问题。”

书房的主权当然要属于我——一个人在这个纷纭复杂的世界上,必须得有一个属于自己的地方。这个地方既是地理的,也是心理的。你如果在外面受了伤,就到这个地方去独自抚平伤口。我有一个朋友,在一个合资企业里当中级职员,他唯一的嗜好就是吃苹果和听音乐。当手里的钱到一定水准后,他就投资到音响设备上。他先是买了一套“山水”牌套装机,然后换成组合机。玩音响的人都知道,套装机就像买来的成衣,而组合机是根据自己的喜好选择的,像量体裁衣。再以后就是日本的换美国的,沿着音质完美主义的路线,一个档次一个档次地往上爬。最后了买了一对“聆诗”的喇叭,竟花了三万元,为此还负了债。非常遗憾的是他的老婆特别讨厌音乐,弄得他空将设备闲置。但他还是有办法:把一个壁柜里面垫上海绵,门改成铝合金,封闭得严严实实的。改造后我第一次去,他老婆指指壁柜说在里面。我还以为他犯了什么错误,因为我小的时候,每当惹大祸,父亲总是把我关在厕所、柜子或什么更黑暗的地方。他老婆没好气地告诉我:“他是自己关自己。”我让她给我打开门,她说:“不敢。不敢。”我自己打开后,好半天,他才从天碟“蓝雨衣”中回过来:“你听,它的低频丰满有弹性,好像潜入地毯,高频玲珑剔透……”他用了一大堆文学中用来形容美女的词汇,表达自己的感受。“不是用 LUXMAN 合并放大器推这对‘聆诗’,组成专业系统,哪能有这么好。真是:此曲只应天上有,人间哪得几回闻'。""你是不是吸了毒?"一时间我很有些为他担心。

我提出买一张新桌子,妻子立刻同意了:她对国际政治虽然不很精通,但也知道"有限裁军"这种妥协原则。一部家庭的历史,就是一部妥协的历史。妻子携我去了家具商店。在一家以豪华著称的店铺,我当下看中了一张钢琴漆的桌子。但一见五位数价格牌,我立刻转身走了,怕再受到诱惑。再后来,我在一家普通一些的店里,相中一张也是钢琴漆的桌子,价格不到三千元。妻子说:"这桌子是不是有些大?"我说:"不怕的就是大。遥想闻一多当年总是用案板当书桌。""钢琴漆的桌子很怕磨。"妻子又说。"你是不是怕花钱?"我问。"不是钱的问题。""那就算了吧。"我把投向桌子的目光收回:当一个人说不是钱的问题那么一定是钱的问题。"鲁迅先生说过:生活太舒适了,工作就被生活所累了。"妻子搬出大师来。"我不记得鲁迅说过这话。"人们往往有这样一种错误的观念:只有大企业家和官员们才是追求财富、喜欢讲究排场和外表形式的,而艺术家们却厌恶生活的舒适,希望在一间乡村的小房子里没日没夜地写作。但事实起码不完全如此:我在上海的"希尔顿"饭店里写出了我一篇获奖作品。在深圳的高级住宅区"台湾花园",我又写出了我第三部长篇小说——从构思到完稿都在那里:辽阔的房间放纵思想;大功率低噪音的空调机培养激情;派克笔落在道林纸上。那份流畅劲,就像"奔驰"车跑在一级公路上……当然这些不足以反掉鲁迅的话,但至少证明一点:要不然我不是艺术家,要不然就是艺术家也喜欢舒适。我从来没有见过——我不敢说没有——什么人是不喜欢舒适,而喜欢艰苦的。

当然这些话我没说:当话没用时最好不要出于气愤去说。这和过去的官被远贬江湖或被抄家时还谢皇恩道:"雷霆雨露,皆是君恩",是同一个道理。

但有些话是不用说的。"你就把它买下来吧。"妻子起码对我的内心还是具备洞察力的。

我立刻把早已经准备好的钱付了出去。这就和你的上级批了你的申请后,你马上就应该去办一样。因为中国总是一会儿一个政策,夜长梦多。

店铺的人提议把桌子给我送回家去，条件是在原来的基础上再加百分之十三。我没有同意，说是应该自己搬。妻子说："算了吧。买得起马，就配得起鞍：用这种桌子的人，哪个是自己搬的？"我当然同意她的意见。

到家之后，我给桌子以最显著的地位。妻子读完发票上的"豪华大班台"和后面的阿拉伯数字后说："这东西听上去不是你用的。""天赋人权。那帮小老板能用，我为什么不能用？论智力我不比他们哪个强？"我家的朋友中也有若干个真正意义上的老板，他们在改革初期就动手干，如今哪个人手上也有"十万"——不是十万人民币，而是十万"绿的"(美元)。"评价一个人，不能光看他的文化和智力，而要看他的综合能力。"妻子说。"论综合能力，我也不比他们差。就是胆量小一些。""一个男子汉没了胆量，不就和我们一样了？"妻子不再和我一起欣赏桌子，进屋休息去了。

我独自坐在桌子前面，抚摸着它——感觉在很多时候都是通过触觉培养起来的，周身顿时洋溢起一片幸福的感觉。所谓的幸福，从化学的角度说，是体内一种叫肽的物质分泌的后果。只有这种东西析出，那这人准会有幸福感。所以从这个意义上说，一个农民获得了好收成，和一个亿万富翁赢利一千万，或一个独裁者吃掉下一个国家后的感觉没有任何差别。

第二天几个帮我搬家的朋友来给我"暖房"——其实这不过是再吃一顿的别名。我迫不及待地把他们领到我的桌子前，仔细给他们阐述其性能和优点。朋友一说："这种桌子按说只有像郁达夫那样的大作家才能用。"我说："郁达夫是谁？我怎么没有听说过？你们单位的？"并补充道："大作家也许能用小桌子，而小作家却必须用大桌子。这就是辩证法。"朋友二说："你这破椅子和你的桌子很不相配，应该去买一把意大利真皮的转椅。那种椅子真好：冬暖夏凉。"我看一眼在旁边的妻子，想起了自己关于"配"的理论，就转而讽刺朋友："那不成了窑洞了？只有在龙椅上坐了六十个寒暑的乾隆皇帝才有资格评论龙椅，因为他在上面坐了六十个寒暑！"他刚从一个坐人造革转椅的位子上，升到坐真皮椅子的位子上去才几个月，不会有这么深刻的体会。

晚上妻子给了我一块很软的布:“你以后用它来擦桌子。硬的会划伤。”我赶紧用双手接过布:一个东西的所有权属于你,那么它的最终经营权也应该属于你。妻子临走时又说:“你应该写出更好的作品,否则对不起它。”

几天后妻子要添置一台很复杂的家庭设备。我根本没有问她是厨房用的还是客厅或卧室用的,就爽快地说:“同意。”一个高级的领导是不应该过问过多的细节的,如果知道的细节太多,全局反而看不见了。换句话说:如果一个人有能力对根本不知道具体细节的情况做出决策,那么他就是一个好的高级领导。

《山西文学》 一九九四年第七八期合刊

非部级和博士前

大约十多年前的一天，我突然有一种“一道闪电裂长空”的顿悟感。于是我马上伏案奋笔疾书。就这样我的第一本书问世了。当时我住在一间勉强不被秋风所破的条形房间里，我除去像冲胶卷一样地洗尿布——尿布是婴儿国度里的通货，必须高速周转，稍有滞纳，危机顿生——就是在这些淌水的“联合国的旗帜”下的一个摇摇晃晃的包装箱上写书。直写得像鞋匠一样中指和食指上隆起两个大茧子。

就这样第二本书出来。以此为底，生活就步入了良性循环。那是一本还不坏的书，用经济学术语描述：是本一直卖个不停的书。有人说：在中国就算你卖个不停，也没多大经济收益，只能使你出名。对此我不能苟同：钱、权、名都是一种东西的不同叫法。这种东西就叫好处。

就靠这本书，我获得了一套宽大的住宅，并拥有一间属于我的书房，和一张很大的写字台——这是所有文人都向往的——记得在买这张桌子时，妻子不太同意，说这是大班用的。而我估计大概是经济原因。因为这张台子大约要一千五百元。但我坚持要买。她用前辈的事迹来教育我。我根本不买账，“作家小了，台子就必须大。就和官小了，汽车就必须好一样。”她勉强同意后说：“你要对得起这张桌子。”我又告诉她：“记得在一九七三年，我作为工农兵学员在电力学校上学。那时说是上学，其实每天劳动。一次在学校挖了一个月教学楼的基础，校长开恩，给大家弄了些猪下水吃。即使如此，校长还口口声声地教导：你们要对得起这些猪下水。”妻子看了我好一阵后说:“我真没想到,你还上过学。”

就在这间书房里,我穿着宽松的睡衣,喝着一百元一斤的茶,抽着十元一包的香烟用电脑写作。很多人都说:电脑是很现代化的写作工具,使人的手和脑获得很大的解放。但我认为它还不够解放。最好它能自动思想。一个和我一起插队,现在在读博士后的朋友A曾经对外宣布发明了一套只要输入足够的数据它就能把它们分析组合的程序。我获知后,立刻奔赴北京,怀着极大的兴趣看他表演。当时我们共同的朋友B正在为是否离婚而犹豫。于是就把他当作“被解剖的麻雀”,把对外的说法和实际的隐私统统都输进去,然后像问算命先生一样问:是否离婚。那台摆出君临一切架势的计算机煞有介事地“嗡嗡”地响了一阵后,荧光屏上出现三种文字是:是的。“是什么?”B一副“病急乱投医”的样子。A又狠敲了一阵键盘。计算机再次“嗡”了起来,时间要比前次长很多。最后它终于说:是的,先生们和女士们。实验室内顿时一片笑声。“不要灰心。你设计的玩意儿别的不会,礼貌还是懂得。”我拍着满脸通红的A的肩膀说。“离婚这问题是太大。比星球大战计划、信息高速公路计划还要庞杂。”A掏出一块内涵很大的手绢擦着汗解释。“我认识不少博学的大学教授,发现他们有一个通用的手法:你如果问一个他们解释不了的物理问题,他们就会在自己懂的上面说‘这其实是一个数学问题’。然后给你们大讲一番你根本不想知道的数学。”A无言以对,默默地把计算机关闭。

书房周遭是我只读过一小部分的书——我始终相信,如果把它们都读完,也就没办法写了。一个从事写作的人第一要事,就是摆脱书本诱惑而独立思想。要“党指挥枪”,绝不允许“枪指挥党”。半部《论语》治天下就是这个道理——书本们当然不甘心这种地位,无时无刻不在向我施加压力。有时把我逼急了,就把“压力源”抽出来,使用A私下相授的“博士读书法”照顾它们:先看序言,然后翻翻中间,再把结论读一读,有收获就把它加工后卖出去,没就自认倒霉。

书柜的旁边是一张我自己写的条幅:俸去书来。朋友C说:“你的字俗在骨,但道理却是对的:俸不去书就不来。”我马上告诉他:“世界上最可怕的事情就是两件:一是‘庸医司性命’,二是‘俗子议文章’。”

墙壁的正中,是一把大扇屏。上面是《文心雕龙》中的《神思》篇。这是我们家的一位世交,清华大学教授,著名的建筑学家给我写的。在末尾他写道:希能对道新世侄的写作有所帮助。可实际上它刚来时,我一连三天,每天一个小时,都没能把教授写的草书读出来。草字没了格,神仙认不得。没办法我只好找来一本《文心雕龙》的印刷本,把个《神思》给背了下来。否则有人问起我说不出,那不就像问一个县长:贵县有多少人口、多少土地而他说不出一样,实在太掉价了。但背是背,好多地方我还是像在皮尔·卡丹开的马克西姆饭店点法国菜一样,单子上的和桌子上的根本统一不起来。

看不懂归看不懂,但老头的字写得确实好:好就好在看上去“顺”。老头早年留学法国,曾经和梁思成先生一起设计过国徽。关于国徽的设计,现在起码有两种说法:一说是由梁思成先生领导清华大学建筑系师生设计的;另说是中央美术学院设计的。两派最近还各自撰文在报上笔战。但我相信是梁思成先生设计一说,因为我在很小的时候就听说过这件事。再者老头告诉我:所有的会议他都亲自参加了,包括周恩来总理主持的若干次。老头一辈子唯实、求真,不像会说谎的人。但另一派就是不服。对此我不禁感慨道:“不过几十年功夫,当事人不少还健在,国徽这么大的一件事情,都已经说不清了。真是有多少个历史学家,就有多少种历史。”老头不同意,说:“谁设计的就是谁设计的。这是科学。”其实“什么就是什么”这种说法,在哲学上就叫“机械唯物论”,以人民英雄纪念碑为例:这碑也是梁思成先生和他才华横溢的太太林徽因教授一起设计的。但碑文却是主席和总理写的。碑基座上的浮雕却是另外一个人设计的。那么到底该说是谁?这话我没说,因后来老头正在他的客厅兼书房里,挥汗如雨地给我写扇子。如果他一气,很可能不往下写了。

要说老头的待遇也确实不高:工资五百不挂零,房间七十平方不到。但他从不抱怨。在清华这种历史悠久的大学当学生是不错的,因为这里生源的质量就高。生源的质量高,就像原油质量高一样:科威特的原油,喷出来就灌桶,根本不用脱蜡。而很多地方的石油,要脱若干次腊。在这种学校里读书,学了学问还结下了关系。比方你的同班同学出了一个部长,你就很容易弄个局长当当。如果出了个大科学家,你也有机会进入他的实验小组,从而名垂青史。“二百个将军同一个故乡”,“无湘不带兵”“无绍不成衙”就是这个道理。可在这个地方当老师就不行了:人才实在是太多了。已经多到不值钱的地步。我曾经亲眼见在一个原来的学生宿舍改建的住宅里,起码有十个博士、二十个硕士在公共楼道里那三十个分别是煤炉、汽炉、液化石油炉上炒菜。炊烟缭绕,恋栈不去,再接做下顿饭。据说在这个地方,当上教授根本没用,只有当上校长或中国科学院院士,才能分到比老头这也大不到哪去的房子。

B上次来我这里骚扰,看了很久这扇面说:“这老头的字写得真不赖。”我马上就告诉他:“废话,就是给你把扇子,你也不敢往上写啊!”他表示没什么不敢的:“不就是把扇子嘛!”“别的不说,谋篇布局你就来不了。不是写了一半没话了,就是放不下后只好写:请看扇后。”B很有钱,因此非常自以为是。所以我以打击之、歼灭之为已任。B摆出一副大师风度,不理我的茬:“想办法请老先生也给我写一张。咱给他弄点润笔。你发现了没有,润笔这个词既形象又生动:没钱不光买卖转不开,连笔都跟着涩。”“给你写什么?”“什么都行。”他说。“那我就请他给你写:老婆是别人的好。”我朗朗诵道,“再画上几株桃花。”“你这个人啊,你这个人啊!”B用很复杂的句法说:“把不多的聪明都用在了不该用的地方。”

我就在这样安逸、文雅的房间里待着写小说。小说是什么?不过是一种两个人玩的游戏。它没有什么规矩,怎么玩都行。也就是说你发出一个球后,便可扭身走。根本不用管对方接与不接,更不用管他如何接。

还是因为那些书,使我最近获得了一个纯粹是概念上的职务。这是一个终身的职务,而不是期限职务。知道任命之后,我对要去联合国教科文组织任职的朋友D说:“我就像明太祖对刘伯温说的那样:本来不过是沿途打劫,没想到弄假成真。”“你这职务的级别是什么?”D问。他是一个典型的官僚——我这里的官僚用的是它的原始意义,大致相当于干部——非常注重这些细节。级别对他,就像光年对天文学家,高斯、赫兹对电学家一样,是他这一行中的量纲。我也说不清,只好给他来个“模糊官学”:“反正比处长大,比部长小,但又不是局长。”“那咱们就叫它‘非部级’好了。这样听上去也好听些。”他说。我说:“没有想到你的想象力还没被多年的官场生涯毒化。”D做学生工作出身——学生是最难管理的,因为你没什么工种、级别、工资、房子、子女这些外在的深刻东西来束缚他们——很多年前,他就是局级干部了,联合国给的位置是高级专员。据说这位置有百十个人竞争,最后只留下六个人。其中有一个西德人。西德政府私下透露:如果任命了他,将捐献一座教育中心。但最后入选的还是D。高级专员是一个不小的官,仅次于副秘书长。而中国、美国这样的大国的人是永远当不成秘书长的。他反驳道:“你们这些艺术家,总以为只有你们才有想象力,殊不知官员更有想象力:别的不说,看看中山先生的《建国大纲》就知道了。”

我和D整整聊了一夜,第二天一早,他就走了。临别时他借唐诗抒怀:“明日巴陵道,秋山又几重。”我说:“好酸,好酸。”再过一天,我也出门旅行去了。读报下酒,单元房子里听雨的平静日子过久了,我就渴望过另外一种生活。一种快乐和危险、自由和限制统统融合在一起的生活。再说我的这个新职务鼓励我到各个地方去旅行和思考——如果我想思考的话。

妻子对我说:“旅行会耽误写作的。”我明白她的意思不在此:她愿意我在家,一次她非常生动地说:“你在我旁边坐着,哪怕不和我说话都行。我喜欢一个活的,出气的东西在我身旁。”但家庭里的事情是很奇怪的:她喜欢的,往往是我不喜欢的。话又说回来:如果两个人的意见总是一样,那就证明有一个人是多余的。于是我对她说:“旅行根本不会耽误写作的:如今你有一部电话,一笔钱和一台电脑,那么在‘地球村’任何一个角落里都有活儿:文章在旅馆里写、买卖饭馆里做、课程向电视机学、股票用电话炒……”

我去了火车站。只要有可能,我从来不坐飞机。因为一次在广州到海南的飞机上,空姐把录音带给放错了,喇叭里立刻响起“我们将在非机场的地方强行降落,请各位不要慌张”的声音。于是有的哭,有的笑,有的奋笔疾书,有的把现金和信用卡身份证捆绑在一起。而心里害怕极了的我却假装镇静，叼着一支香烟，闭上了眼睛。把一个人推到极限状态，他的本质就纤维毕露了。牛顿就是由这种方法得出了物理世界的最大定律："假如没有摩擦，动者的恒动，静者的恒静。"虽然摩擦是不可能消灭的。

火车站的售票员是一个三十岁左右的妇女，这个工作很少有男子干的。我给她钱，她仔细地数着。这时我想：每天从她手下过的人是数不胜数的。她肯定知道其中绝大部分人，一生之中再也遇不到了。但为了实现手中的权力的价值，她还是很认真的分配着票。我前面一个长得比较漂亮的二十岁左右的男子，就获得了一张靠窗户的票，而且是顺着火车前进方向的——二十年前，我的一个朋友娶了一个列车员，我从这个"铁路家属"手里，得到了一张国内各种列车座位排列组合表，从此我成了这方面的专家，经常被咨询——我这时希望她能把年龄放宽到四十岁，也就是我的岁数。男人的四十岁等于女人的三十岁。

我要的是软卧。她给了我一张上铺。软卧是火车中的特区，她的权力因之受到限制。所以即使在不能报销的情况下，我也是选择软卧。相当权威的书本和相当多人都说穷和富是一样的。但我认为与其穷一些，还不如富一些的好。富可以给人以尊严及自由。一个人如果想又穷又有尊严和自由的话，那他非得有过人的天赋不可，靠后天学习是不行的。

拿到票后，我进行下一步的观察。这时来了一个美丽但被颐指气使味道笼罩着的女人。她戴着一个和前清王爷射箭用的板指一样大的金戒指。就是因为这金戒和她那张如同工笔画一般的脸，使得售票员特地给她挑了一张靠厕所的票。女人和女人总是天敌。不信你们有谁听到过一个女人真心地称赞另外一个女人？我想售票员对火车上的位置肯定比我要清楚，因为这是她的专业。

发完票之后，她非常愉快地喝了一大口水。应用是权力的生命：如果别人向你要求什么，你就给什么，那就和你有一片土地而不往外租赁，谁想种谁就种一样的没意义。

拿票出走时，我突然觉得她这个工作和组织部门的分配干部很相像：比方你我是同学,毕业时我留在了国家教育委员会,而你去了外省一个山区中学当了老师。就算我这辈子一动不动,而你拼命努力,你的位置也超不过我去。不同的是组织部门能影响你一辈子,而她只能影响你十几个小时。

穿越人挨着人,膝盖顶着膝盖大大超员的硬席车厢,就像穿越大沙漠。我想他们的屁股起了坐疮,相互看得也已经厌烦得不得了。但他们依然平静:中国有最好的旅客,因此就一定有最坏的铁路公司。

软卧是火车的绿洲,人和人因为距离的变远,相对显得和谐。他们在喝酒,聊天,创造谣言,养育阴谋。另外还进行着赌博和交易。赌博其实就是交易,野蛮一些罢了。

一个穿意大利杰尼亚西装的男人在读一本《女人》。而我认为穿这种衣服最起码也应该读《证券时报》或者是他亲手编造的账簿。

深夜,我看见“杰尼亚”爬到我对面女人的铺上。我希望听到挣扎,他们互通名姓时我亲耳听到。但没能如愿。一切都顺理成章。他们相知很深。我不禁感叹世风不古:以前即使是嫖妓,也要“小红低唱我吹箫”,不这么直接,添加些情趣。

事毕之后,两个人又下来吃东西。还开了一瓶酒,我立刻分辨出是法国酒,大约产于一九八八年,不会再晚了。吃完东西之后,他给她数钱:如果你知道货币的流向,你就知道人的行为和性质。

下了火车,朋友 E 开着自己的车来接我。汽车在国道上飞驰。各种各样高级的、不那么高级的汽车,还有拖拉机、马车迎面而来,并肩而过。当一辆四十吨的货柜车发出尖锐的啸叫,战斗机一般从我们头顶上掠过时,我透过窗户,看见对方司机脸上的红色——这红色肯定源自酒。否则没有如此鲜艳——人的生命是多么脆弱啊!你的生与死,完全取决于这个家伙在午饭时到底喝了多少的酒。如果他多喝了一盎司——这即使是对于首饰也不是很大的单位——你就会求得生命唯一的解。

下榻处是一个很现代化的四星级宾馆。这里的房间很小,但里面应有尽有:柔软的地毯上弃放着各种更柔软的枕头类东西,一张白天可以折叠起来的床,美国的电冰箱,日本微波炉和德国的大屏幕电视。为了节约能源,唯一通往外面的窗户是用双层铝合金封闭起来的。形状像飞机上的舷窗。空气靠空调机和空气清洁机来供应和维持。

E 提议和我玩牌。我当然同意:“傻瓜和他的钱到处受欢迎。”我们玩的是一种叫“锄大地”的牌戏。这种牌戏很中国,甲先和乙联合起来弄丙丁,丙一旦出了包围圈,立刻弄丁。当然甲如果有机会,就会把乙丙丁一起装进去。牌戏是很能显现民族性的,以桥牌为例,一看就是玩市场经济多年且是立法国家的产物。

当朋友和他的两个马崽把我能输的钱都赢走之后,我就示意他们“跪安”。临走前 E 告诉我:“我和他们两个合作,确实是战无不胜。只有 A 赢过我们一次。他不得了,能记住所有的牌,你不行。”我说:“我当然不行。A 是博士后,而我是博士前。”

我拿起电话,和家里并朋友 A、B、C 分别通了话。最后一个电话,我是通过太平洋卫星,直接抵达纽约的。这颗卫星坚定地站在它的岗位上,已经很多年。它为无数分散的人提供信息的渠道。为阴谋提供方便。没有人知道它到底过手了多少秘密。那根本不是人的脑袋能放下的。

然后我打开了电视:有了资源,你就应该“有水快流”,否则就是浪费。电视里一个高级领导人正在宣布某项工程提前完成:往往越是好的消息,宣布它的领导人的级别就越高。我换了一个频道。这里是一个教授模样的人正讲“政企分开”的第一章“政府和企业的区别”。我听了几句,就又换了频道。因为这个问题我一句话就说得清:政府就是企业,或者说企业是政府的第三产业。不同的只是政府永远不会破产罢了。

在这个频道里正上演一出如肥皂泡一样空洞的电视剧。它很快把我送入“准睡眠”状态。

我醒来时,中央电视台预告时间是二十一点整。这时 A、B、C 们都在干什么?A 在为了“博士后”这个莫名其妙的学位读书。学位,一种异化的东西,本身毫无意义。但却能驱使无数高智商的人,终生乐此不疲。B 正从情妇家开着车,抢在红灯闪亮之前飞向自己的家。同时想着如何向妻子解释这两个小时的空白。我想他大概从答案库里挑出这样一个:“大哥大”忘在车上了,而BP机正好没电了。C正在福建的一个蛇餐馆里,吃着油煎小耗子,和一个真皮包里装假信用证的香港商人,用广东味儿的普通话在谈判一笔买卖。儿子正在假装学习。坐在电视机前的妻子睡醒一觉后这样评估刚才的电视剧:“人物还不错,就是情节不连续。”而在地球的另外一端,在纽约联合国大厦里混洋大锅饭吃的D,正迎着朝阳,一边打太极拳,一边在为自己刚刚测量出的体重操心。联合国大概是这个星球上最松散的组织,而松散就轻松。

吃完早饭,我下去开会。在这个宾馆,有许多会议在召开:低温超导、光纤通信、计划生育、关贸协定……我信步进入一个会议厅,听了大约十分钟后,才发现这是一个环境保护会议。但我不后悔:任何一个专业人员最不愿意开的就是自己专业的会议了。当然这必须在他不是主持人,也不是论文宣读者的前提下。

散会后,我在门后听见一个环境保护干部正对一个计划生育干部强调自己部门的重要性:“我们是‘上管天,下管地,中间管空气’。”计划生育干部不服气地说:“我们是‘不管天,不管地,专管你的生殖器。’”

回到房间后,我赶紧把这个小笑话记录在黑色本子上。它是我创作的源泉。

E提议到我们插队的村庄里去寻找失去的东西。我没同意:失去的东西是寻找不回来的,如果寻找回来了,它就没有失去。旧地重游就更傻了:旧貌一定变新颜。旧情人也一定成了老太太。最好的办法就是把它们都保存在记忆里。

E说:“能在没道理的地方找出道理来的人,就可以申请作家执照了。”

当天晚上我睡得很香:如果我不知道物质是什么组成的、世界上有多少个国家、病毒是以什么方式传播的,以及爱情、政治之类的,我就能睡得更香。

《金潮》首发时标题为《小说的来源》 一九九四年第三期

《长城》 一九九四年第五期

《小说月报》 一九九五年第一期

规范市场

晚秋时节，少时好友傅君从北京方面来。接风宴前，我才发现酒柜的储备已经降至零。于是向妻子申请立项，获得款项后，就下楼去了。若在平时，妻子是从不让我去自由市场，因为如果我去，就一定会用最昂贵的价格，把市场上最不好的东西买来。道理很简单：我从来不讨价还价，还停留在计划经济时代。虽然我从理论上承认：不能小看提着菜篮子的妇女，真正的市场，就是在她们的讨价还价声中发展成熟起来的——但到时还是拉不下脸来。

在街口小店里，我递给售货员一张百元大钞票，点了最贵的陈年汾酒。在国与国之间如果人家是国家元首来了，这边就由国家元首来接待；如果是政府首脑来了，就由政府首脑出面；如果是部长来了，也就由部长去应付。这个对等接待的原则也同样适用人与人之间：最好的朋友用最好的酒，一般意义上朋友，就用“大路货”。

售货员接过我的百元大钞票后，递过一瓶陈年汾酒。我一反昔日马虎作法，认真审查酒的封口、包装。酒不是名牌皮带、钱包等，假就假上一回。酒是进肚的东西，进去就出不来。倘若是劣质酒，认倒霉也就罢了，要是工业酒精之类的，一两下去眼就瞎，那有多冤？！

这并不是神经过敏，本人在一个著名的“假乡”亲眼看过制造假酒的全过程。那是一个到处是酒厂的地段。我们取其中一家门脸壮观的参观。一进去就发现它仅仅是门脸壮观而已，里面根本没有什么车间之类的工业设施，只有几口大锅,若干个塑料桶和一大堆酒瓶子。几个家庭妇女模样、文化不会高过小学、肯定不知道比例的人,用一个大勺子从锅里往瓶子里舀酒,然后再拿起塑料桶往瓶子里添香料——这种有糊味的东西有一个复杂的化学名字,他们说了我没记住,只记住它如果加上毒药的话,就是“敌敌畏”——再以后就用一个手工钳把口封住。于是一瓶“茅台”或一瓶“五粮液”就问世了——至于它们到底是“茅台”还是“五粮液”或别的什么名酒,那就要看他们信手拈来的瓶子原来是什么牌子了。按“眼不见为净”的原理逆之,晚宴时,我软硬饮料都不敢沾唇。一个在外事部门的朋友见“无酒不成宴席”,便捐献了一瓶法国酒,并说:“这东西可是真的。”我喝了喝,味道的确不错,就下决心以后有条件就喝法国酒,没有条件就喝茶,茶是最安全的饮料,中国人已经喝了好几千年了。

可第二天,事实把我的规划给否定了:我们在盛产“慷慨悲歌之士”的地方参观完一个砚台厂后,厂长宴请我们。他是一个个体户,所谓宴请,不过是鸡蛋和猪肉,格调不高,但他向我们保证这些都是真的。我们提议能不能弄点狗肉吃,他递给我一支他们村出的“555”烟后说:“如果你们早来,这不成问题。但前几天村里来了一个北京人,转了一圈就走了。第二天,村里的狗都死了。然后还是这个北京人来收购狗肉。据说北京的大饭店里,狗肉特别好销。”席间我问他砚台的销路如何?他说不好。我再问他以后如何打算?他说:“把这块世界之最的大砚台做好之后,就不干这个了。”他主持制作了一块重达十二吨,但对外号称十五吨的大砚台。我问他:“那你干什么?”他说:“我作法国酒。”我说:“内容好办,形式上怎么处理?”他说:“我已经印了一些法国酒的盒子和商标。”他拿来给我们看,真是比真的还要真。他骄傲地宣布:“这是我弟弟工厂印的。美国几个有名大学的证书、美国军队军官的委任状都是来他们的厂订的货。”我又问瓶子。他们已经收购了一千个。为了捍卫法国酒的声誉,我又问:“你就不怕商检局和工商局来查?”不是说天网恢恢,疏而不漏吗?他说:“我自有万全之策。”我生气地说:“万全之策这种词不是你用的。”他自负地反问:“那是谁用的?”我恶狠狠地说:“是诸葛亮用的。”他得意地告诉我:“村里人就称我小诸葛,因为我带领他们致富。”“既是诸葛,锦囊妙计何在?”朋友帮腔。厂长振振有词地宣布:“锦囊妙计一:我的生产规模不大,而且就在这个小村庄里,所有的人员都是经过我精心挑选的。锦囊妙计二:我在工商税务部门都有内线。锦囊妙计三:我有钱。”

视之,听之,嗜酒但又毛骨悚然的我,起码有一个月滴酒不沾。

我从种种迹象判断出眼前这酒是真的,于是等着找钱。但售货员正在不紧不慢地察看我的钱,她先是对灯光看水印,因为钱旧了,水印模糊,她又从柜台下取出一台伪钞票识别器。当钞票顺利通过之后,才找钱。钱到手后,我开玩笑说:“这钱不用识别一下?”她也笑了:“这您放心,作假的人不做这种十元,一元的,因为那做一张就得花一张。他们要做就做百元钞票,那一张假的能找回几张真的。”

成本低了效益自然就高。看来经济学的真理和哲学真理不一样,人人都能懂。

回到家里,全体人都已嗷嗷待哺。一阵埋怨后,我以故事作答:“A 先生的儿子想娶邻居 B 太太的女儿,他就此咨询父亲。A 先生一听大惊失色,说‘万万不能’。儿问原因。A 先生被逼不过就说‘她实际上的父亲是我’。儿子闻言,长久愁眉不展。其母发现亦问原因。听完儿子诉说后,A 太太大笑说‘你尽管结你的婚’。儿子仍怕乱伦。A 太太坚定地解释道‘放心吧,A 先生根本就不是你父亲。’”

听完这个寓言故事后,只有从来不进市场的孩子说了句:“真恶心。”

傅君是北京一个计算机公司的代表,来此是推销美国 ACI 公司的 486 微机的。他说明天还有工作,不肯多喝。但他表示要在走之前,一定要把我和他之间没了的三笔账了一了。这三笔账分别是:围棋、诗词和摔跤。十五年前他去美国读书时,这三项都没决出胜负。这次他表示诗词算了,因为我是个职业作家,如比,属“不公平竞争”。但围棋他定比我强,理由是他在美国时,此乃他排遣乡愁的主要渠道。至于摔跤,两人都同意因年事已高,改成喝酒。

虽说主随客便,但我仍强调我有相当多的关系,可以帮他推销。他将信将疑地又喝了一杯后，就封杯。无论我怎么说，也不肯再摄入一克了。

次日我动用全部关系，把熟悉的计算机公司老板和大的用户都找来了。计算机公司老板看了傅君的486微机的主板后，异口同声地说："这东西真地道，一看就只有IBM的生产线才能干出来。"赞叹后，他们又说："但此地的消费水平还在286，386刚刚开始，486恐怕不会有销路。"

一看这情形，我的一个好朋友，某工业局的科技处长就说："如果你怕回去不好交差，带来几台就给我放下几台。"

我很被处长感动，我虽非生意人，与他无经济往来，但听一个和他做过买卖的人说，他是很难对付的：在那次买卖中，他处处设置障碍，请客、吃饭、送礼……几乎让对方把所有的利润都消耗干净。可这回他却没有任何要求。"你不是说权力这东西和土地一样，如果谁想来种谁就种，地主就没任何利益了。所以就必须给权力定一个价，相当于给土地定租金吗？"

处长连声说："友谊使然。友谊使然。"当晚，我再次要求和傅君决第三项，傅君不肯，说："明天我还要自己跑跑。"我不以为然地说："我请来的都是这个行业的专家。他们说不行，就是不行。"傅君见我不高兴，就解释道："我不是怀疑你的能力，而是认为你的做法不是我所习惯的专业做法。"

我质问他所谓的专业做法是什么？他说："商业要靠关系，但更重要的是你的货物的质量和你服务的质量。"话一到这，显然上了他的轨道，他大讲开他的ACI486微机是如何的好，他们公司的服务又是如何的完善。一直讲到我要求去睡觉为止。

第二天一早，傅君就背着他的ACI486出去了。晚上回来累得连话都不想说，只是告诉我："我是一个店、一个店地走过来的。见一个店铺，进去就问。""他们要了几台？"我问。"目前一台也没推出。"我得意地笑了。所有的人，在他的理论被证实后都会像我这样笑的。

傅君就这样转了两天之后对我说："我已经把这里《计算机公司名录》上所有存在的公司都跑了。"我问结果。傅君说："有人预定一台。"

我再次笑了。

傅君正色对我说:“你别笑,我虽然没卖出几台机器,但我向他们介绍了我们公司的情况,并留下了名片。也就是说,我向你们这里的计算机界发布了消息。等有一天,他们想买 486 微机了,就会记起我们的 ACI。”我告诉他:“我和你一样盼着这一天。”他又对我说:“你们这里的市场发育还不完全:靠关系推销,把权力蜕变成金钱……这是过渡阶段不可避免的。但总有一天它会完善起来。变成规范化的市场,也就是靠质量第一,服务第一的市场。”

我虽然在内心承认他说得有道理,但嘴巴上还是不服:“反正你一台也没卖出。”

傅君也给我讲了一个故事;“两个意大利皮鞋公司的推销员到一个非洲国家去推销皮鞋,到那里才知道这个国家的人根本就不穿鞋,更甭说皮鞋了。于是其中一个给公司发回电报:这里根本没有皮鞋的市场。而另外一个也给公司发回了电报:这里没人穿皮鞋,所以我们能占领整个市场。他们两个谁优谁劣,你用你那可怜的判断力自己判断去。”

我不再和他辩论,而开始和他“清账”。其结果是围棋我输了:酒把两个都喝得微醺。喝时天风撼树,冷雨敲窗。屋里暖融融。

《环球企业家》 一九九四年第六期

哈佛学不到

渊潮在海外银行底层储蓄部的沙发上等新历。新历是这家中国最大的外汇银行的研究室主任，答应给他提供一些“很有意思的材料”，让他来取。可他到其办公室时，只见门上别着一张龙飞凤舞的字条子：底层大厅等我，四点准来。

而此刻刚刚三点。如果有一本书，这一个钟点也好熬。渊潮把双手来回揉搓着。每次出门旅行，他都如武侠挑剑、公子选扇一般，为带什么书而犹豫再三。一次他回插队的地方去看望老房东，竟然忘带书。他去小卖部买，可根本没有。于是只好摘下墙上挂的日历读。谁知日历是“易经”作底，无基础知识的他就和看梵文《佛经》一样，只得作罢。缺了程序，他在床铺上就翻来覆去睡不着。没办法只得弄来瓶“高粱白”，买了个一醉方休。

平心说，渊潮是喜欢银行、股票交易的。因为在这类地方滞留，就像在海边散步一样，能嗅着经济大潮涌来时的那股咸腥味儿。可惜现在是星期六的下午三点，正是一周中的最低点。他把电子布告上的美元、日元、英镑、马克和人民币之间的兑换率，各种期限存款的利率都读完，并验证了好几遍后，就剩下看人了。

一个脸上纹理如电子网络图的中年男人和一个面色鲜艳，相当年轻的女人，从银行中取出三千美元。那个年轻的女人很愉快地把钱放进她的澳大利亚袋鼠皮包内。

这钱进去了就很难出来。渊潮开始对他俩作分析：这肯定不是一对夫妻，如果是夫妻的话,那个女的把钱放进包时,表现出来的应该是痛苦——对任何家庭女主管来说,支出都是痛苦的,无论这支出有多大的回报率。他们是情人,或者顶多是“准夫妻”。他目送着那个女的在挽着男人的胳膊出门时,又为自己的结论找到了一个旁证:如果你在饭店里,看见一男一女在吃饭时亲密地说话,那他们就一定不是夫妻,如果是夫妻,就没有那么多话说:夫妻之间的交流,往往是以争吵的方式表现出来。

做完了这个课题后,他开始寻找下一个。谁能永不停息地思考,谁就是学者。

渊潮作为粉碎“四人帮”后第一批经济学院毕业生中的佼佼者,留校作了教员,并于一九八八年到哈佛大学的经理学院读工商管理,毕业时黄袍加身,获工商管理学硕士的头衔。也就是在世界各地都吃香得很厉害的 MBA。眼下他已在经济研究所弄到个高级研究职位。

又有两个穿名牌西服的人,来到存款窗口。其中一个从口袋里取出一叠钱,像扔盒香烟一样把它扔进窗口:“一万美金,活期。”另外一个斜靠在墙上,掏出移动电话就打,完全旁若无人。

一万美金即使对于美国中产阶级也是笔财富, 可这两个小子却如此不在乎。渊潮开始使用“由表及里”法分析:从相貌上看,他们没有“福相”——他绝不认为自己是个唯心论者,没有一个科学工作者会这样承认。但他仍确信某些“相术”是人类观察的总结——也就是说,这些钱不会是他们继承来的。其根据是:大户人家,尤其是世家的子女一般来说是相貌堂堂的,因为他们祖上有钱,也就有能力挑选美丽的女子。美就会一代代地积淀下来,决不会这样五官都不在公认的位置上。他们不会有多少文化。文化——这里指的不是学历——是能从脸上看出来的:“修身可以补相”就是这个道理。不信你看一个文化人,即使他衣衫褴褛,也照样风流潇洒,光彩照人。否则古书中的风尘女子,凭什么识别出一个又一个宰相根苗。

那他们的钱是从什么地方来的呢?渊潮进入了思考。对,是抢来的。他得出了结论。当然这个抢,是广义的:过去人们心目中的抢,是刀枪剑戟,绳索毒药;而现代的抢,是用公司。在目前中国这个不规范的市场上,办一个公司的准许证甚至比开一张结婚证还来得容易。在某些人眼里,公司就变成了一件得心应手的武器,就像外科医生的手术刀、恐怖分子的核弹,可以用来切割、抢劫公众。更可怕的是,公司不是一个人,而是法律的产物,它既不能被起诉,又不能被判刑。啊,公司,有多少罪恶假汝之名而行!

他正想到这,一个和这两个人样子差不多的人走了过来,三个人在一起嘀咕。

存款柜台里的小姐正在一张一张地检验美钞。

渊潮很想过去教一下这位小姐:真币的底色是浅绿色的,而假币是黄色或暗绿色的。另外真币中的人物肖像十分精致,如国画中的工笔,尤其是头发,丝丝缕缕清晰可见。而假币的头发则如多少年没洗一样,一团团的。更主要的是真币中有 100US100US……的防伪线。刚到美国时,他曾经买了一本《如何识别美元》的手册,仔细读透了它不说,还作了详细的心得笔记。要不然好不容易弄来的几个奖学金就会在顷刻之间化为乌有。从此他在自认为掌握了其中的精髓的同时,还为美国政府担心:幸亏我不是一个伪币制造者,要不然光凭这本书,我就能制造出惟妙惟肖的美元来,可后来他发现这担心是多余的,美国根本没有大宗的现金流通,他们靠的是信用卡。据说假美元都在国外。

“小姐,你快一点好不好?我这些钱是绝对没有问题的。”三人中的一个用带有明显北方味道的粤语说。

如今你在中国会侃几句粤语,就像在英语世界里操口牛津调一样,颇能把街头无赖绅士化,渊潮想。广东人得改革之先,富了起来。钱一多,语言亦挟其之威流通起来。一种真正的文化帝国主义。

小姐好不容易地识别完再填写好单据。

那两个人和第三个人互相交换单据:“我这是八万八。”“我这是一万。”然后他们握完手分别从两个门出去。

原来他们是炒外汇的。渊潮得出了最后的结论。现在世界的金融市场上，三角套汇、多头套汇，美元换成日元，日元换成马克，马克再换成港币，港币再换成美元。在这交换中美元怕贬，日元怕升……而凡夫俗子在这些大背景的笼罩下，蚂蚁觅食般地换来换去，也能多出不少钱来。

落地窗外高且晴朗的天空，几片飘飘扬扬的树叶，在强调着秋天。

在这慈母般的天气里，我干吗像傻瓜一样待在屋子里研究没用的人生题目？渊潮起身往外走去。

途中他路过“贵宾室”时，不禁鄙视了它一眼：天下熙熙，皆为利来，天下攘攘，皆为利往？哪有他妈的什么贵宾?！他想起前一阶段的一篇文章说：“以前用财产来给别人划分阶级是不科学的：你有钱就是坏人，要不然就是坏人的儿子。否则你的钱怎么会比别人多？”其实这篇文章没有说到根子上：在这个星球上，有哪个国度不是用财产来给人划分阶级的？当然有的地方是用权力，而权力从实质上说也是财产。关键不是分类的方法，而是分类后的定义：是不是有钱的就一定是坏人？

他站在海外银行大门口高高的台阶上，俯视着街道上的无边过客，应用气象学理论加以观察：如果把人流像风流一样分成十级的话，此刻大概是六级转七级，故而此地形成了一个低压槽。高压排斥，低压吸引，很多的人带着他们的辛苦所得，跑到这里来交换。他下意识地掸掸毛料风衣上根本不存在的灰尘，然后看看腕子上的“劳力士”手表。

已经是四点钟了。如果说新历是商品的话，姗姗来迟就是商标。他和新历是插队的伙伴，大学同学，对其是再了解不过了：如果你和他约好四点，那么他就会五点来。但如果你五点来，他来的时间不会早过五点半。反正他总要滞后于你。他曾套用样板戏《海港》里的词表达自己的愤怒：“靠你这样的人怎么能管好码头！”新历满不在乎地说：“在银行里只有低级的工作人员才操作数字。我研究的是金融政策，投资方向。这道理就像小学教员教四则，大学教授教模糊数学一样。”

渊潮踱下台阶，站在一辆“林肯”车前。他很喜欢汽车，尤其是豪华汽车。这种东西不要说你往里边坐，就是看着也舒服。记得去年他刚回来过第一个新年时，妻子拿回一本挂历，他问是什么内容？妻子笑着说：“两样你最喜欢的东西。”他打开一看发现是汽车和美女，一张一张看完后说：“你的结论是错的，我只喜欢其中一样。”“汽车？”妻子一副洞察他内心的样子。“不，是美女。”他一本正经地说。“德行。”妻子给了他一句后，就进了厨房。喜欢是一回事，占有又是一回事。“比方你在街道上看见一辆奔驰车或者卡迪拉克之类的好车，你多看了两眼，并不等于说你想把它偷走。”等妻子做好饭后他说——每当他的意见和妻子不一致时，他总是等她做好饭后才说，否则她生气一罢工，饭就吹了。“但还是少看的好，观察提供机会，而机会造就贼。”妻子是一个计算机专家，颇有些文化。“中国有句谚语：金钱如粪土。西方也有句谚语：朋友是金钱。那么你是不是可以认为：朋友如粪土呢？不是一个逻辑系统的事，不要往一起混。”他大口吃着妻子做的饭说。

他斜靠着“林肯车”，在秋阳下眯起了眼睛。

突然一个瘦小枯干穿皮夹克的人，似跑非跑地疾行着。边走边往四周看。

“你小子站住。”他后面的一个长满络腮胡的大个子严厉地命令。

皮夹克根本不听，继续潜行。就在渊潮的面前，络腮胡追上并抓住了皮夹克。

“你把那个熊猫金币卖给我吧！”络腮胡的声音低但很有穿透力。

“给多少钱？”皮夹克操着东北口音。

“一千块。”“去你个小妈妈的吧！”皮夹克摔跤手般地抖动了一下，摆脱了络腮胡的束缚。“刚才有个老头开两千块钱我都没卖。”“两千就两千。”络腮胡打开钱包。“我这只有一千一。”

“两千，少一分我也不卖。”皮夹克又要走。

“你在这里等着，我开车去取钱。”络腮胡挥动着车钥匙。

皮夹克像只进入陷阱的兔子一样，用红红的眼睛东张西望了一下：“我不能在这等你，门口见。”说完就溜了。

“怎么回事？“渊潮问络腮胡。

“有一男一女刚买了一个熊猫金币，就被这小子用刮胡子刀片，”络腮胡比划出一个很形象的动作，“把那个女的黄皮包给划了这么长一条口子。”

渊潮看见他手指上闪闪发光的钻石戒指。书本告诉他：这种光芒的闪动，来自钻石无疑。

“那金币最少值五千块钱。我得给他取钱去。”络腮胡说完就匆匆地发动一辆“夏利”车，然后像职业车手一样，猛地一拐弯驶出了车场。

大约五分钟的样子，皮夹克又回来了，他恰恰站在渊潮的旁边：“那人呢？”——指络腮胡，他问。

“开车走了。”渊潮回答。

皮夹克点点头。

“你的熊猫金币是偷谁的？”渊潮无目的地问。

“一个男的和一个女的。”皮夹克回答：“那个女的是个‘鸡’”。

“你怎么知道那个女的是‘鸡’？”渊潮来了兴趣。

“男的有四十多，而女的才二十。不是‘鸡’能凑合在一起？不是‘鸡’他能给她买那么贵的东西？”皮夹克接连反问。

“这熊猫金币值多少钱？”渊潮作随便的样子问。

“我不太清楚。反正他们用八九张外国钱买的。”皮夹克说。

渊潮又问了几句那一男一女的外貌，随着皮夹克的回答渐渐地和他在储蓄部里见的那两个人吻合起来。

“怎么，你想买？”皮夹克问。

渊潮没有回答。

“我赌钱赌输了。”

“输了多少？”

“一千多。”

“那你一千就卖。”

“怎么也得卖到两千。好给今天晚上再弄点赌本。”皮夹克说。

渊潮不再和他对话。

“不过你想买,就给一千五吧。”皮夹克向络腮胡逝去的方向看了看后说:“谁叫这小子老也不来。”

“我没有那么多钱。”渊潮说。

“你有多少?”

“几百。”

“那把你的眼镜给我搭上。”

渊潮没有回答,这眼睛是十八 K 金的,价值二百多美元。在普通情况下,就是别人想戴戴,他也不让。为此他专门想出了一个说法:我有眼部传染病。

“那把你的手表给搭配上?”皮夹克很快就在渊潮身上找出了值钱的东西。

渊潮看着手表想道:作为一个知识分子,我起码应该懂得并遵守人类最古老的戒律:不要偷盗。但如果我不知道这东西是偷盗来的话,那从法律上说,就不是偷盗。那我就什么责任也没了。

渊潮潜意识深处最卑鄙的部分被发动起来了——有些东西是不能发动的,一旦发动便不可遏止——我用身上的几百元钱外加我的手表和他交换。这手表是我在美国一次有奖义卖时中奖得来的。牌子是“劳力士”,但发奖的人明白宣布:这不过是个玩笑。

渊潮把他的想法说出来后,皮夹克做出一副忍痛割爱的样子,成交了。

渊潮没敢在阳光下看那熊猫金币,很快放进风衣内兜里。

几乎就在这场交易刚一结束,一只手就重重地拍一下他的肩膀。

渊潮被吓了一大跳。回头一看才发现是新历。“我还以为是警察呢。”

“我知道你怕老婆,怕丈母娘。还从不知道你怕警察。”新历把他让进自己的车里。

“你不知道的事情多着呢!”渊潮喃喃地说。

车刚开出不久,渊潮就忍耐不住把刚才的事情说了一遍。

新历刚听完就哈哈大笑起来。

“你笑什么?”渊潮不解地问。“看完金币再笑不迟。”他硬把它塞到新历面前。

“不看,不看。”新历扭头避开。

“你凭什么不看?”渊潮已经觉出不祥之兆。

新历熟练地穿过一条小巷后说:“抗日期间,沈元屈清华大学教授之尊在避难地的福建教中学时,曾经给学生们讲:如果说数学是全体科学的皇后的话,数论就是皇后的皇冠,而哥德巴赫猜想就是皇冠上的大宝石。然后他把这个简单的命题给学生们讲了讲。第二天许多学生,这其中也包括陈景润,都对他讲:老师,您看看,我把哥德巴赫猜想给证出来了。沈元教授也像我这样大笑着说:不看!不看!他为什么不看?因为这就和一个人骑着自行车上月亮一样地荒唐。”

渊潮也觉得手中的熊猫金币好像变轻了,变薄了,变质了。

“我在美国上学时,买过一本中国钱币的书,看得非常仔细。”

“你还上过学?!”新历又笑了起来。“你的老师是谁?我告诉你,你遇到‘托’了。”

“‘托’?”渊潮重复着这个词。他知道所谓的“托”在北京话中就是要把戏骗人的意思。“可他说的一男一女和我观察到的一样。”

“戏剧大师契诃夫说得好:如果你在第一幕里墙壁上挂着一支枪,那么第二幕就得放。一个成功的骗局中必须有一些真的东西。再说观察并不是你们这些学者的专利。”

渊潮想了一会儿,发现新历说得对。他再想一会儿,也不由自主地哈哈大笑起来。笑完之后他说:“还是陆放翁说得棒:纸上得来终觉浅,绝知此事要躬行。”他顿了一下,“毛主席也说过:你如果想知道梨子的滋味,最好的方法就是亲口尝一尝。”

“毛主席的另外一段语录,不知道你知道不知道。”新历把车开得更快。

“当然知道。”渊潮回答。

“那咱们一起背。”

“好的。”

两个人不用别人指挥就一起背了起来。

“错误和挫折教育了我们,使我们比较地聪明起来。”

大凡是“文革”过来人都知道,这话一般是“检查书”的序言,非常容易使人联想起这两个人不那么光辉的过去。

《环球企业家》 一九九五年第一期

古钱币买卖和假说

天空中布满锈蚀的星星，月亮也涂上层厚厚的荤油。前半夜隔壁传来一阵颇富颠覆性的音乐，后半夜又是两只据说是血亲的猫用脱了力的声音隔着各自的家门叫春。好不容易睡进了低效高耗的浅睡眠状态，远处又传来一阵警车啸叫，它的频率由低到高，从物理学的角度讲，这是著名的“多普勒”效应。被惊醒的我只好庆幸它的目的地暂时还不是这儿。

“作为一个控制论学者，严格地说作为一个数学家，本人也无法再待在这座省城里进行研究了。”我对妻子说。

“如果把不知道从哪儿拎来的几条曲线胡乱用数学公式分析一番，然后再拼命强加给它们一些你也不知所云它的物理意义的工作也叫研究的话。”妻子不屑地说。

妻子是省城一所重点中学的高级教师，这是一个能带来很大的收益的职位。她的工资几乎是我的一倍。对此我曾经这样评价过：“歌星‘猫王’的岳父是个上校。他知道女儿和‘猫王’恋爱后，并没有表示不同意，虽然他很看不起这个职业。但当他得知‘猫王’的收入后，顿时气愤地说：‘实在是太荒唐了；一个歌手唱回小调赚的钱，比一个资深上校十年的工资还多’。”“有本事你也赚嘛！”妻子说。我没有反驳她，虽说在家庭中经济地位并不决定一切。

“我准备出去把文章写完。”我说。

“又是去北京？”妻子飞动两条很像是画的，但确实是天生的眉毛问。

“虽然咱们已经结婚二十年,但你仍然怀疑我和北京的老相好藕断丝连。”我是二十多年前从北京插队来这个省的,而妻子却在此城生此城长。因为我乡情难舍,常回北京,所以她就杜撰“老相好”之说。这一开始显然是一个“假说”但因为使用得多了,就变成了依据。“我只是想找一个安静的地方。”

“我认识一个作家,以前他在一个亭子间的一张案板上,写出了一些很漂亮的小说。但这些年,他动不动就说要找个地方写。可不管他是到美女如云的西湖,还是蒋介石常住的庐山,还是什么也写不出来。”妻子看都不看我继续说:“地方好找,但失去的才能是找不回来的。”她是语文教员,所以总能组织出一些很复杂的句子,并同时创造出一些言之凿凿的论据来和你辩论。这种情况下最好的办法就是不理她。

第二天我打了电话后,就去了机场。我这个人出差从来不预先订机票,而是到机场靠运气碰退票。这个方法我屡试不爽——不知为什么,我认为所有的数学家、物理学家都是相信运气的:牛顿在发现三定律后,自信世界就是按照他的定律运行的。而到了爱因斯坦就认为是相对的了。至于现代的新物理学,一切都是在“测不准”的原理上建立的,“测不准”是什么意思,还不就是“说不清”,怎么办?只好碰运气。

这次运气依然不坏。

飞机上的乘客个个摆出高级官员和世界级经理模样,一副和我没共同语言的架势。所以我只好闭上眼,一路睡到目的地。

卢君准时来接我。他是我插队时的难友,一个相知甚深的人。他只是简单地和我打了个招呼,就把我让进他那辆北京202吉普车。

“你的官如果不是让人撤了,就是越做越小了。”卢君在插队时就表现出干练的工业家丰姿:遇事能拿出办法来,然后再制定一个详细的计划,并严格地按照计划去执行。他大学毕业后,就在这个露天煤矿从普通技术员做起,一直做到采掘部主任。这在矿上是个不小的职位,前年见他时,他坐的还是辆“尼桑”车。如同字是读书人的脸一样,汽车是做官人的脸:为什么全世界最好的汽车都集中在中国？就是因为中国有着全世界最富有的人。

“虽然我现在已经是常务副总经理，但我们的老规矩不能坏：根据客人级别而不是根据主人的级别来定接待规格。比方来的是重要客人，吃饭时就上‘茅台’。如果是像你这样的普通人，上瓶‘二锅头’了事。这样做，不是因为舍不得‘茅台’，只是为了区别对待。”

我们两人虽然已经三年没有见面，但一见面就和没分开过一样。

他把这辆没顶篷，并在顶上装有四只大灯的吉普开得飞快。

速度能给人极大的快感，我不由自主地站起来，并向四周的庄稼挥手。

“你看我像不像巴顿将军？”我见他没反应，就拍拍他的肩膀。

“干扰司机是很危险的事。”等车速减慢后他说。“人们管巴顿叫‘血胆将军’，但士兵们却这样说：‘是我们的血，他的胆’。”

因为发现了件很奇怪的事，我就没回击他：一路我们都依河而行，但在十公里前，河突然就没有了，到这个村庄前又出现了。

车最后停到村头的一座寺庙前，河水在这里又没有了。

卢君推开寺庙沉重的大门，对迎上来的一个中年人说：“这是我的朋友。”然后又对我介绍道：“这是马馆长。”

马馆长和我握手。他的形象猥琐，手柔软且湿润。

卢君对着移动电话说完“等我到了再开会”后，就重新上了车。

“我可不会做饭。”我一把抓住他。

“一切他们会安排的。”他指指马馆长的背影。

我一副不相信的样子。

“因为我们的矿，使得河水改了道，并影响了这寺庙。而这寺庙是省级保护单位，所以要搬迁。而这笔搬迁的费用，”卢君捻动两个手指，“在我这里。”

我这就放心了：在这个星球上，没有实力就没有外交。或者说：你有实力不会外交也行。

果然一切都如卢君所说:他们都安排了。我这里所说的他们,除去马馆长外,还有两人。

其一是孙成。他是一个典型的乡村民办教员模样的人——在目前的农村,小学教员是很没有地位的。要不然报纸上就不会总是出现“某某地殴打民办教员”“某某地长期拖欠民办教员工资”的报道。再者也不会有专门为他们所设的“教师节”。不信你们有谁听说过“书记节”、“县长节”——他终日不吭一声,不是在这个殿堂里临摹壁画,就是在大院里拓碑和摆弄瓶瓶罐罐。

要说他临的画,确实扯淡。顶多能算是有些画匠笔意而已。但是他很投入,一次我站在后面看他画,整整一个小时,他竟浑然不觉。但有些东西,光凭用功是学不好的。比方唱歌,任凭你如何刻苦,也成不了帕瓦罗蒂,顶多是帕瓦罗“啼”。

其二是李姑娘。她职务是讲解员,至于名字马馆长给我介绍了一次,我没能记住。大约是李翠兰之类。这小庙建立于北魏,通体木质,很是玲珑。可惜的是它的名字不好:崇福寺。

一天我对孙成评价道:“名字庸俗。”

孙成一听不禁大惊失色:“快不要这样说。快不要这样说。”我问为什么?

“佛如果听见了,会惩罚你的。”孙成双手合十,低下了头。

“佛又不是检察院、公安局之类专司惩罚的机构。佛以慈悲为怀,宽容天下芸芸众生。”人是群居动物,虽然其中的大部分口口声声说喜欢安静,但太安静了他们也受不了。可这几天来,卢君一去不返,马馆长又阴森森的,李姑娘更是好像严厉老父在旁监督一样,见到我不透一点点信息,所以只好和孙成交流。“再说佛也有一个管辖范围的问题:我的户口不在这里。”

“佛的法力无边,凡事‘如我是闻,如我是听’。”孙成越发虔诚。

“听说你们这里的佛很灵,你没把你的心事讲给他听听?”我逗孙成:他是这里的副馆长。而马馆长在庙宇搬迁之前就要调走。而马之后,是不是能轮他当,是他目前的大事。

孙成没有回答。

我一直怀疑他当过右派之类的,因为没有受到过“大制”是不会把自己包裹得如此之严的。“你有什么事情,就和他说。但这事不要太大,比方想当美国总统之类的。他的溯及力就不能达到。”说完我就出门赏景,搁下他一人在那里发呆。

庙的大门上有副对联:物埠人熙小都会,河声月色大文章。

“这对联写得挺棒。”我仔细辨认着上面的落款,但是还是没认出来。

“是翁同龢写的。”马馆长对我说。“翁同龢你知道吗?”

“翁同龢?”我摇摇头,本人虽然不读历史,但清末大学者,因常在南书房行走,故而能教光绪皇帝变法的翁尚书还是知道的。他的这种问法和我们刚插队时,老乡们经常指着地里的老玉米等植物考我们,如同此乃大学问似的,有异曲同工之妙。“他是你们县的?”我故意这样问。这也是我的习惯做法:比方一个朋友的太太,某次饭的味道不对,我就会问:“他是不是你插队时房东的女儿?”虽然我明明知道她是他大学时的同学。

马馆长否认了翁同龢是这里的人以后,又给我讲了他和这庙宇的关系。

“我儿子六岁时看到挂历上画的一匹马后,仔细看了好半天作者名字后对我说:这个姓徐的画的马像也不像,真棒!我看了看后说:当然要棒,因为这是徐悲鸿画的。他赶紧问:为什么徐悲鸿画的就棒。一下子就把我给问住了。”我边活动身体边说。

不知马馆长是否听出我的话外音,还是不和我一般见识,径自给我讲起小镇的历史来:从前这里的河水宽大,而此地是几十里唯一的码头,所有的人来往都要经过这里,所以很是繁荣。

“就和深圳一样。”吃人家的嘴短,我只好附和。进退有度是掌握人际关系平衡的要诀。

“如果不是这几十年来,河水突然跑到地下流去了。这个庙宇的香火会很盛的。”

“香火盛就收入多,你们就什么事情都好办了。”我递给马馆长一支烟。“人这东西其实是宿命的:同样是个农民,你生在深山深处是一回事,生在深圳当渔民又是一回事。不信你看那里的渔民,哪个不是百万富翁?”

马馆长没去过深圳,所以不肯转换话题:“人一多,饮食业就会发达起来。”他咂咂嘴巴。此公很讲究“吃”,每天讲解员兼厨师的李姑娘都得给他单独炒一两个酒菜。“这里有很多名菜:比方‘莜面栲栳栳’、‘荞面鱼鱼’、‘羊杂割’。”

他另外还说出一大堆我根本没听说过的菜食。“莜面、荞面你都吃过吗?”他扬起头骄傲地看着我。

人骄傲是一件很没道理的事:比方你有一个学位、一个职务、一辆好汽车甚至有一条别人没有的裤子,都能成为理由,我想。马馆长像吟诗一样朗诵着:“‘三十里莜面四十里糕,二十里荞面饿断腰’。”

“按照你的逻辑,那么一只香酥鸡,还不得走上他五百里、一千里的?”出门时我看见李姑娘在作“香酥鸡”,而且据估计是没有我和孙成的份。

“吃什么也走不了一千里。”马馆长听出我在讽刺他。

“我说的是吃完香酥鸡,坐在汽车里走一千里。”我很为自己的比喻得意。“饮食业一发达,娼妓业也会跟着发达起来。对妓女来说,床上功夫其实不是主要的,更重要的是调笑功夫。因此此地的民歌很发达,出了不少民歌手。”孙成曾这样评价马馆长:“他能有什么文化,一个唱歌的而已。”故而我有此语。马馆长不再理我,扭头进了庙。

我的论文进展的很顺利。在写给妻子的信里我这样说:“没有道理不顺利,因为这里既没有你的唠叨,也没有‘老相好’煽情……看样子我的才华用一句北京土话说叫:‘二小放鸽子——又回来了’。”

一天晚上,我写着写着突然觉出一阵饥饿感。这种感觉一直可以上溯到插队时期:那是我们正在“半大小子,吃死老子”之阶段,任凭如何吃也吃不饱。一次晚饭后,聊了一阵天,我突然说饿。饥饿这种东西就和传染病一样,一人说饿,大家也就跟着饿了。于是统统跑到伙房里找吃的。可那里没有任何能直接下肚子的东西。最后只好由我来掌勺，做玉米粥。第一锅粥没有完全凉，就被瓜分了。在吃第二锅时，有人批评道：没有味道。“淡而无味”这条烹调基本原理我还是知道的，于是我往里面放盐。因为盐的作用，又出现了第三锅粥。等把这些都吃完之后，我终于深刻体会了和“淡而无味”相对的另外一条烹调基本原理，那就是“咸要喝水”。

可这种饥饿已经多年没有了：自从成了家后，每天吃完饭，就躺在沙发上看电视，跟巩俐、张艺谋之流一起悲欢离合，和大球星马拉多纳一起奔跑追逐。肚子里有的只是膨胀感。

我一副“梅开二度”青春回复的劲头，跑到院子里去活动身体。刚到了经楼下，即见一明一灭的烟火。凭飘来的天然劣质香，我就知道必出自孙成的烟锅无疑。

我也跟着蹲了下去。“您也喜欢喝酒？”我从来没见过他有这个嗜好。“拓了一天的碑，这把老骨头累了。喝两口解解乏。”他把酒缸递给我。我虽然不喜欢喝酒，但知道这必须接。“你在何方拓碑？”孙成喜欢用“文话”，为了和他接轨，我也用。“这两天来，一直没见你。”

“老百姓在露天矿的山上，发现了一通宋碑。如果不去拓，过些日子，碑就没了。碑没如人没，一去再不返啊！”孙成在地上小心地磕磕烟锅，然后把它递给我。在他的语系中，凡是不吃官饭拿工资的人，都是“老百姓”。

烟锅即使在“老百姓”中，也是一种几乎已经绝迹的东西，它不方便、不卫生。但我还是接了过来。“拓一通碑要花多少钱？“我随便地问。

“总得几十块钱。“他说。

“你能从中间提多少？”眼下在城市任何行业中，“提成”已经是通用术语，是“灰色收入”的内核。

“提？”孙成喝了一大口酒。“连本钱都得我垫。”

“这庙里不是有经费吗？”我惊诧目前还有如此高尚的人。

“修庙要钱、工资要钱。他们吃喝也要钱。”孙成用下巴往马馆长的住宿处一指。通过这些日子的接触,我已经发现马馆长是这一亩三分地的总统兼大藏大臣:他自己批钱自己做账,包括工资在内的各个项目都是浮动的。至于如何浮动,其“运用之妙”完全存乎他的心中。

“我从来没见过你进这座经楼。”我往后指指。“这里面有什么宝贝?”

“宝贝多了:宋版的经书、翁同龢的字、春秋战国时的布币、刀币、明朝官窑的瓷器……”孙成如数家珍。

“你都研究了?”

“文物是研究不完的。君不见几窟敦煌卷子,多少有才之士贡献了毕生的精力?”他喝了一大口酒后说:“研究了一大半,老马就来了。”

“他不让你研究了?”

“他没说。只是把钥匙给拿走了。每次要都不肯好好给。”孙成的脸在烟火的辉映下变得通红。

作为过客,我不想介入他们内部的矛盾,我变了个话题:“你都有什么研究成果?”

“你听说过这首诗吗?‘敕勒川,阴山下。天苍苍,野茫茫,风吹草低见牛羊。’”孙成的语调昂扬顿挫,一听就是私塾老夫子教出来的。

我点点头。

“别人都说这诗描写的是内蒙古的风光,但我考证出来是描写此地的。”孙成开始给我列举许许多多理由。

他的证据很专业,我大都听不懂。但我仍作专心听状。渐渐地我蹲不住了,只好坐了下去——蹲是一种功夫。

随着孙成的叙述,我刚刚消失的饥饿感又开始涌动。“能不能搞点吃的?”

“没吃饭?”他问。

“吃了。”

“那为何不饱?”

我很难回答他的问题。

“我是吃点就饱。”他把缸里的酒一口喝完。

可能是因饥火中烧，我就给他来了一句：“我和您不一样。”

“你如何，我又当如何？”他锐利地反问。

“我是俗人一个，而您和高僧似地。”他显然把我的话当成恭维话了，很高兴。“和尚也得吃饱？”

“但求一饱，便是和尚。”他说完就站起来，踱回他的房里去了。

孙成的浓茶烈酒，就像微波穿过食品，使其内部分子振荡一样，我的胃越发空得难受。只得睡下去又爬起来，一个人在院子里转悠。

这座庙确实是古庙，松柏森森，院阔墙高。沉重的大门一锁，就像升空的飞机一样，成了一个孤立的封闭系统。任你有天大的本事，也变不出一点点吃的来。这时我才体会出毛主席为什么说：这个世界上什么事情最大？吃饭事情最大。

大约在凌晨两点的样子，正在经楼台阶上小坐的我，突然看见马馆长的门无声地开了。出来的不是马，而是李姑娘。

李姑娘手里拿着她那套看上去就令人想入非非的红色连衣裙，轻装简从，旁若无人地回到了自己的屋子。

不用问我也知道是怎么回事：李姑娘是从农村找来的临时工，在工资表上列支时，她是讲解员，而实际上她还得管做饭。可我没想到她还得做这个。我无法想象她这样一个美丽的姑娘和马在一起时是什么感觉。

也许她并不知道自己是个美丽的女人吧。这是我临睡前最后一个想法。

妻子从北京给卢君打了一个电话，让我赶紧回到省城去参加一个全国性的学术会议。卢君的秘书又把这个消息传达到镇政府。镇政府又通知到马馆长。这个系统虽然是不稳定的临时系统，但消息还是准时到了。

全国性的学术会议是非参加不可的，虽然我在这种会议上只是个听报告的。这其中的道理就像一个小买卖人吃不起大餐，但仍得手捧一杯“可口可乐”

在大饭店里转悠一样，因为消息在这里发布，买卖在这里形成。

我把消息通报给庙宇里的所有人。马馆长很高兴，孙成无动于衷，正在做饭的李姑娘则很奇怪地瞟了我一眼。我立刻想起一句古诗来：当炉少妇知留客，不动朱唇动翠眉。当然这极可能是我自作多情。

我把一个皮筋帆布的旅行包送给了孙成。让他出门拓碑时用。他很感激我，就回送给我他刚刚拓下的宋碑。他告诉我："这碑如果裱一裱，送给任何一个有身份的人，都是好礼物。"我告诉他："我这个人有一个特点：东西进了我家门就再也不会出去。"

当晚，李姑娘来屋子坐了一阵，我想了半天也没个送她的东西，最后只好把我的上面有香港马会会员标记的皮笔记本送给了她，虽然我知道她一定会走这样的路：解决了工作后，找一个"吃官饭"的人结婚，然后生孩子。大概没机会使用任何文具了。

她正和我说得热乎，院子里传来一声重重地咳嗽声，她如同战士听见号角般告辞走了。

深夜，孙成来访。他提着一瓶酒、一盘豆腐。一碟花生，说是给我饯行。我不胜酒力，没过三巡，就有醉意。

孙成有一句没一句地和我闲聊。当他问及我的收入时，我据实相告。他一听我们夫妻收入一千元时，不禁瞪大了眼睛："一千块钱！一千块钱！"他连续重复着，一副不相信的样子。"大款！大款！"

我赶紧给他解释：这在城市里不过是中等收入而已，绝非大款之辈。更何况城市里的消费水平高，其物价指数与工资之比，和他也差不多。他不想听我的解释，起身出去。

很快他就又回来，胳膊下夹着一个梳妆盒。"你懂得古钱币吗？"他问。"比完全不懂要好一点，但又不是真懂。"我是一个在能说实话的时候，尽量说实话的人。如今是一个通货膨胀速度惊人的时代，凡是手里有几个闲钱的人，不是作了再投资，就是加入了收藏大军。如果把这支收藏大军分类的话，不外乎一为邮票,二为古董。而我因为意识到目前的邮票发行量太大,增值的速度较慢,所以加入了后者之队伍:这个世界上什么都能生产,唯独古董钱币不能——虽然随着出土的情况之不同,古董的数量会发生一些变化,但几十年来,它已经形成比较稳定的格局——而在“古董”这一总类下,古钱币是我的专业。

当然我所谓的专业, 和那些真正从事考古的专业人员是不可同日而语的。不过是略知一二而已,而且价值取向不一样:比方一座坟墓中出土一枚“汉半两”,其价值在考古学家们是绝对珍贵的,因为仅凭此便可断定墓的主人是汉之前的了。可这种钱币的铸造量太大,如果上面没有传形、星月等记号,也就值个五毛一块的。所以我仅仅收一两枚。

一般来说春秋战国时的布币刀币比较值钱:多的几千几万,少的也在几百元。其主要原因就是因为它比圆形钱古老——秦朝统一货币后,一直到民国初年都在用圆形方孔钱——但这种“大尤物”一来超出我的财力,二来也不常见,所以我没有收藏。

另外值钱的是“母钱”——所谓母钱,就是翻铸大量钱币时,中央财政当局提供的样板钱。这些钱都是由著名的工匠雕刻的,文字特别清晰,笔划毫无拖泥带水之处,币材也十分优良。这种钱也叫“部颁样钱”。它们当中品相好的,大都属于上等级的国家文物。我仅有一枚普通的。

那么构成我的收藏的主部是什么呢?大都是一些品相好、书体精美的钱。如北宋徽宗写的瘦金体“崇宁通宝”当五、“大观通宝”当十币钱……它们都有一个共同的特点:字漂亮,钱体也大。虽然每枚也就值个几十块钱。所以我给自己命的名为“美学收藏家”——这显然有些吃不着葡萄就说葡萄是酸的味道儿。

孙成打开他的梳妆盒:盒内是一版一版的钱币。它们都用绒布精心包裹着。“能拿到手里仔细看看吗? ”我这样问不是没有道理的:一次我去北京大学的一个学者家里,看他的一本宋版书,我刚要伸手,立刻被他制止了。我说我来一回不容易,怎么也得看看内容。他被逼不过,洗完手后,执一根竹签,给我翻了不几页,就又收了回去。

“我来给你拿。我来给你拿。”孙成用颤巍巍的手一枚枚地打开给我看。这些钱币主要是“万选钱”——也就是铸完钱币后,拿来孝敬皇帝的最好的钱。

“你怎么会有这么多的这种钱?”我惊讶了。

“我们这里出过一个户部主事,他专门负责挑选‘万选钱’进贡到宫里。大河流水小河满,千古一理。”

“能卖给我一枚吗?”

孙成很痛快地答应了。于是我们以一百元成交。

接着我又选购了一枚辽国的“大安元宝”,价格也很合理:八十元。

最后是一枚“端平通宝”。我立刻意识到这是枚罕见的钱——本人的收藏虽然很有限,但我读的钱谱却不少,隐约记得某本谱上有过这种钱。其注解中有“罕”这类的字样——我把它拿到手里仔细看。其币质为铜,背面刻的是“折十环”,其锈色和文字气息都很像。

“这钱你卖吗?”我没什么信心地问:一来他很可能不卖,二来我也不一定买得起。

孙成犹豫了一下后说:“我正等钱用。你开个价吧。”

我开价五百。

他摇摇头:“这可是枚‘出谱’的钱啊!”

“也不能说它完全‘出谱’。”所谓“出谱”,就是在钱币谱中没有记载:“《历代古钱图说》中好像就有。七百如何?”

“给个整数吧。”他低下头说。

“八百。不能再多了。”我来的时候,一共带有一千五块钱,他们只收了我一些象征性地伙食费,所以再给千把是给得起的。可既然做买卖,就得有个做买卖的样子:我的朋友是个电器商人,一次我亲眼见他为一批不间断电源买卖的四百块钱差价,和买主整整磨了一下午。他胜利后,高兴地在省城最大的宾馆请了一千块钱的客。我问他这么干是何苦?他说:“买卖和下棋一样,在过程中一步也不能让。而请客是请客,多些少些没关系。”孙成好半天才下了决心:“就这样吧！”

说完他把钱从我手里拿回去，抚摸了很久，一副“别时容易见时难”的样子。

第二天一早，卢君就开了一辆“尼桑”车来接我。

马馆长只在伙房里跟我道了道别，而孙成根本没有出现。只有李姑娘把我送到大门口，并招呼道：“以后常来。”我也让她有机会去我的城市。她愉快地答应了。

车一开，卢君就笑着问我：“是不是在这有什么遗爱？”

我没有理他。

“你的用语有错误：那不是你的城市，你不过在那里居住罢了。”卢君说完这话后，又返回原命题：“要不要把她安排在我的矿上？”

“你的用语也有错误：那不是你的矿，你不过在那里干活罢了。”

卢君把身体往直伸了伸：“你的话也对也不对。从某种意义上说，也是我的矿：从昨天开始，我已经是总经理了。”

“总经理也是雇员，董事长才是法人。”我知道露天矿是中外合资的矿，法人是煤炭部。所以就用这话堵他。

因为钱已变成了古币，所以只好坐火车回去。在车站旁边的地摊上，我又遇到几个卖古钱币的。虽然兜里已经空空如也，但习惯还是把我赶了过去。

在一小摊上，我看见一枚“大齐通宝”。这钱是黄巢起义时建立的“大齐”政权所铸，据古谱云：仅见品。

我问他卖多少钱？

“一枚三十。”他说“如果你多要点，还可以便宜。”他又从一个布口袋里倒出一大堆。

我理也没理他就走了：车站卖的东西，除去窗口的车票外，很少有真的。

回到省城后，我就三枚钱请教一位资深的“泉友”——玩古钱币直接叫不好听，所以就叫玩古泉——他看了我的前两枚后，都说是真的，我买的也不贵。至于第三枚,“泉友”很看了一会儿后说:“赝品。”

我问他何以见得？并说我在《历代古钱图说》中见过。

“我和你不一样,我靠的是实践经验。实践经验你懂吗?也就是看得多,一眼就能看出真假来。这和北京车站的那个警察之所以一年中能抓上千个小偷,是同一个道理。”泉友说完就把钱扔还给我.

“可我看像真的。“

泉友看我执迷不悟,就给我上开课了,告诉我作假一共有三种办法:一曰说翻铸——用真钱做模子,翻砂后来铸造钱。当然还要把它“作旧”,弄上些锈之类的。这种钱一般加工都比较粗糙,铜质明亮陋劣,好辨认。你这显然不属于此类。二曰:臆造钱——造出一些字改成别的,或把其中的一些字挖掉,再用胶、焊等法把别的东西弄上去。这枚“端平通宝折十环”大概是二三法的结合。

“不过以你这枚假钱的做工和你出的价钱而论,倒也不算贵。”最后他说。“真的不贵？”我问。因为我知道有些假钱,如同光绪年间陕西两兄弟作的,艺术价值很高,被人称之为“大名赝品。”

“我之所以说他不贵,绝没有说它是‘大名赝品’的意思。而是把教训给加了上去。”他似乎洞察了我的内心活动。“世界上这贵那贵,错误最贵。不过花了钱获得个教训也值！”

大约十多天后,我在图书馆查资料时,顺便重读了《历代古钱图说》。上面“端平通宝折十环”的图形和我手中的分毫不差,只是底下有这样注:“见端平通宝读折十环大铁钱,罕。”

我这才懂得这钱应该是铁而不是铜的。

我虽然搞不清孙成把我的钱拿去干什么用了，但我仍然相信如下假说:反正他不赌不嫖不大吃大喝的,一定是用到该用的地方去了。

《金潮》 一九九五年第一期

指令非法

当欧成威的“保时捷”车停在了名人俱乐部前时，于叶在心里纳闷，原定会议不是在香山饭店开吗？怎么跑这里来了？

欧成威并没有解释这是为什么，只是让她把提包从车上拿下。

于叶也没问。

她和欧成威的关系是非常奇特的：她和他从小学到中学都是同学不说，在“文革”期间，他还是她的追求者之一——当时的男孩子们，很喜欢给女孩子打分。他给她打的是“一百二十分”。并评价说，典型的大家闺秀——后来，因为他的父亲——一个立下过赫赫战功的老将军——不愿和一个反动学术权威结为亲家，才告吹。再后来，她到山西去插队，而他则去了军队。等她三年前，经过千辛万苦挣扎回北京时，他已经是灵感公司的大老板了。

他毫不犹豫地收留了她，并给她以很高的工资。当然，他并不是完全出于怜悯或者别的什么理由。因为她是他的同学和旧日恋人的同时，还是一个优秀的程序专家。

她成为程序专家的路是非常曲折复杂的：一九七六年，一个相当偶然的机会——县革委会主任和县委副书记争一个指标，相执不下，最后只好把她给平衡上来了——被南京电子学院录取。在那里，她又遇到了一个父亲以前的学生，于是就分到了计算机数学系。

这真是天遂人愿，她父亲就是一个数学专家。因此她认为数学是最纯粹的科学,搞数学是最高享受。并认为,别的不说,光是在二十世纪开始的那一年,希尔伯特在巴黎举行的国际数学家大会上提出的二十三个著名的问题中的任何一个的任何一个分支,就足够一个人贡献毕生的。

当然,她学的并不是像父亲那么纯粹的数学,而是计算机数学。也正因为这个修饰限制数学的词,她才有了今天的地位。现在她想都不敢想,自己如果真的成了希尔伯特的信徒,专攻数论的话,能不能在这个北京城里找到一碗饭吃。

“你应该告诉我,会是在城区而不是在郊区开。”进了名人俱乐部的大门后,她终于忍耐不住了——可能没有任何一个女人能真的把自己的不满埋起来,在自己亲近的人跟前,更是如此。

“这有什么不同吗?”欧成威的身姿、步伐依然是标准的军人风度。

“倒也没什么不同。”于叶嘴上虽然这么说,但心想,如果早知会在这里开,就不会对刚从广州回来的丈夫说不回去住。因为这里离她的家只有几公里。但这话不能往出说。说了就没“派”。

“会议改了,我也是刚刚知道。”欧成威脸上又露出著名的宽厚、爽朗的笑容。

于叶根本不相信他是刚知道,但还是没表示。她一向是遵守他的指令的,这可以追溯到中小学:在他当大队长时,她只是个普通一兵;而他当上了团支部书记时,她还是“布衣”;她进公司时,这家民营公司已经被他统治得和军队一模一样。在一次她和他比较深入的谈话时,她曾经问:“我为什么总是听你的?”而他说:“你最好不要总是问为什么?这是一种很不好的习惯。”但她还是追问。最后他说:“在这个世界上有两种人;一种是创造发明规矩的。比方说:政治家、将军、大公司的总经理,他们是原动力;而另一种人是遵守规矩的,像工人、农民、技术工作者,他们是从动装置。”她听后虽然不大服气,但也讲不出更好的理由来。

名人俱乐部是一个封闭式的俱乐部。如今参加这种贵族俱乐部,已经成为北京地区成功人士的标志。“你是哪个俱乐部的成员?”这句话已经渐渐地代替了“你坐什么车”,“你在什么地方吃饭?”之类很俗气的应酬话。

但这种俱乐部于叶却是第一次来，以前只是听说过。所以她看到欧成威一亮会员卡就进第二道戒备森严的门后，然后再看迎面那张一个英俊潇洒的男士挥动高尔夫球杆的大型油画和它底下“您可以凭卡在世界五大洲的十个球场逍遥挥杆”的英文说明时，不禁问道：“这个俱乐部的会员卡要多少钱一张？”

“四千块钱。”欧成威回答。

“也不算太贵。”于叶说。

“如果你知道这‘四千块’不是人民币，而是美元，大概就不会这样认为了。”欧成威说。

他和这里的不少人都认识，不停地打着招呼。其中甚至还包括一男一女两个俄国人。

这两个俄国人用蹩脚的英文对他说：“你和女朋友来这里好好地玩。”

欧成威一笑一点头就过去了。

“他们是干什么的。”于叶问。

“以前是苏联驻美国大使馆的低级商务官员，苏联解体之后，就在中苏之间做机械和食品买卖，在中美之间作纺织品和电子产品买卖……至于在苏美之间作什么，我就不大清楚了，反正是发了大财，确立了地位。”

有了钱，是不是就该有地位呢？于叶想起在一篇论述科举制度的文章中的一句话：以知识水平来决定一个人的社会地位，就是现在想起来，仍不无温暖。

“他们有了钱，就和他们的前辈贵族一样，到世界各地游玩享受。”

“他们和罗曼诺夫王朝的贵族可不一样：他们的前辈们，能操流利的法语，有着优雅的举止，而他们只能说这种糟糕透顶的英文，瘪三式的举止。”于叶看着两个俄国人扔在离痰盂很远，还在冒着烟的烟头，“有钱归有钱，贵族是贵族，不是一个概念。”

“你这话也对。”欧成威非常善于掌握人的心态平稳，这是重要的驭人之道。“我以前在军队一个理论机关工作时，单位里有一个山西大学历史系毕业的老大学生，他极端瞧不起你我这样的工农兵学员，一有机会总是说：‘你们这些大学生，顶多能算是个举人。'后来我在一个高级政治学院学习两年后，再回单位，他在旧理论中，又添加了新理论：'举人就是举人，从了良的妓女，也还是妓女。'这回我可是真急了，于是便问：'如此说来，您这老大学生该算是进士了？'他酸文假醋地说：'然也'。我又问：'你知道进士都是从什么地方出的吗？'我不等他回答就说：'我看你不一定知道，还是让我告诉你这个山西历史学进士一个再普通不过的历史常识：从有科举的那一天起，所有的进士都出在京城。'从此他就再也不提这事。"

"你也够损的！"于叶虽然有些讨厌欧成威自以为是的作风，但还是喜欢他的机智、幽默和杰出的联想能力。

"你梳洗一下，然后咱们去吃饭。"欧成威给她打开房门后又发布了一条指令。

晚饭是欧成威和于叶两个人吃的。地点就在名人俱乐部。

"其他开会的人呢？"于叶觉得"格局"不太对。

"今天晚上他们会陆续地来。"欧成威给她斟上酒。"这其实是一个带有联谊性质的会议。当然啦，也有一些具体事情要商量。"

于叶本来想说：既然明天才正式开会，那为什么今天就叫我来？但想想欧成威肯定会有一百个理由来对付她，就把这个问题给否了。

欧成威把酒推到她面前，然后不等她拒绝，就举起酒杯："为灵感公司有你这样杰出的软件大师而干杯。"

于叶从来没尝试过真正的白酒，记得一次在南方喝了一碗糯米酒，她都有些晕乎。但这个提议她没办法推辞——她也确实认为自己是灵感公司里最优秀的软件工程师。因为几个不算小的专业软件系统，都是在她的指导下开发出来的——只好拿起杯象征性地喝了一点点。

欧成威示意她吃菜。

"你觉得基围虾和大虾哪个好吃？"欧成威问。

"这是一个很让人难堪的话题，我从来没有吃过基围虾，所以根本就无从比较。”于叶从来就不是一个装腔作势的人。

“和你在一起工作之所以让人觉得愉快，除去你的能力之外，坦率、诚实更重要。”欧成威再次举起杯。

她也举了起来：“坦率、诚实在现代几乎是个贬义词了，说一个人老实就等于说她傻。”

“我使用的是这个词的原始意思。”欧成威把酒一口都喝了，“当然也有人对我说过‘男人一老实就没钱，女人一不老实就有钱’这样的话。”

于叶没接着他的话往下说，她是一个掌握“度”很好的人。

欧成威和刚进来的一个穿着做工精良的西服，但面色苍老，行为拘谨的人打了个招呼，看他坐下去后，又对服务员说：“给他上一瓶茅台酒，就说是我送的。”

于叶很少见他对人如此客气，就想知道个究竟。

“一个优秀的学者，著名的软件大师，徐林先生。我想你是知道他的。”

于叶点点头：几乎没有一个软件工作人员不知道徐林的。他是最早把现代程序语言翻译介绍过来的人，也是最早把西文软件汉化的人。可以不夸大的说：凡是五十岁以下，在中国学计算机语言的人，不同程度都是他的学生。因为他在一九七五年出的《计算机语言基础》这本书，发行了上千万册，当时被称之为“软件工程师的《圣经》”。

“我没想到他是这样的苍老。”于叶回头看了一眼徐林先生颤巍巍的头和手。

欧成威于是给她讲了一个故事：“徐林先生一九八一年去英国参加一个计算机方面的会，回来时带了一架佳能照相机。因为他的指标都已经用完，又实在不想上一百多块钱的税，所以他就把照相机放在大衣里，试图闯关。但当报关员问他有没有需要报关的物品时，他的知识分子本性一下子就出来了——知识分子撒起谎来，总是很不专业——脸涨得通红。你想想海关的检查人员一天要见多少人，怎能看不出来？于是照相机被搜了出来，你能想象到他当时的难受劲吗？”

于叶当然能想象出来：“还不如杀了他呢！”

“确实如此。他当时就说：我所有的指标都不要了，你们要罚我多少钱我都认，只要不通知我的单位。但海关有海关的规定，还是把他私带违禁物品的信息和罚款的数目输入了计算机。这东西进了计算机后就出不来。它先从终端进入主机，然后再进入另外一个网络。最后变成了一份硬拷贝，到了徐林先生所供职的大学校长的写字台上——在这个过程中所使用的语言都是他传播到中国来的。”

于叶关键想知道校长是如何说的，因为徐先生写的每一本书，她都仔细读过，有几本读了十多遍还不止。

“校长是个通人情的人，只是：下不为例。但校长不说，不等于就没事。这事被徐先生的系主任知道了——这个系主任原来是和徐先生在一个教研组工作，并参加了中文软件开发的工作。但徐先生在写《计算机语言基础》这本书时，没有把他的名字署上，只是在‘致谢’中提到了他。当时就有人提醒徐先生，但徐先生说，‘如果把参加此书从开始到完成的人都署上名，岂不是印刷工人，书店的售货员……都要署上了？’这话自然会反馈回去。从此系主任就成了他的死敌——他于是找到校长说：‘如果你不处理他，我将无法管理我的系。’校长知道这事虽然情有可原，但法不能恕，只好批给了系主任处理。有这个原始材料和校长的批件在手，徐林先生就开始了他一生中最惨淡的岁月：房子没分上；教授职称没评上；出国参加会议的资格被取消。”

于叶非常专注地在听。

“一度他甚至产生了轻生的念头——我绝没有贬低你的意思——几乎所有的高级知识分子的人际关系都很差，这是因为他们有专业的缘故。他们也都有自毁的倾向。这是因为他们的头脑太复杂，属于非稳定结构。在文学家中，诗人最容易自杀，而软件工程师从某种程度上说，就是科学家中的诗人。”

于叶觉得他的这个比喻不那么像，起码逻辑上说不通。我是软件设计师，但我是很实际的人，生活中一点点诗情画意也没有。甚至于真正令人激动的事都没有。但她没有打断他的故事。

“后来他只好借酒消愁。这当然是越消越愁。直到他遇到了我的一个朋友，也就是你明天就会见到的华文软件公司的谢总经理。谢总对徐林先生说：你到我们华软公司来干，我保证你想买什么就买什么！当时徐先生的精神已经濒临崩溃，可即使如此，他还是问：你们能给我评上职称吗？谢总马上回答：区区一个职称算什么？我可以让你当上世界计算机协会的会员。你知道这个机构吗？”

于叶这回说话了：“当然知道，这几乎是每个软件工程师的理想。”

“但徐老先生还是想着他的职称：我就想当中国的教授。谢总回答他：我有能力给你评上，实在不行就给你买一个。徐先生不相信职称是可以买的，你什么时候买到，我什么时候投到你的名下。”

于叶也不相信职称是可以买的。

“蛇有蛇路，鼠有鼠路。你不要找清华、北大这样视名誉为生命的大学，只要找一个普通的大学，给他们三十万四十万的赞助，别说教授，就是名誉校长也买得来。某某有什么文化？某某又有什么文化？”他连举出几个世界著名富翁，“可他们不都有国内若干个大学的名誉职务吗？”

于叶想想也对。

“一个月后，徐先生把职称搞到手，谢总也把他给搞到手了。从此徐林先生不光在北京，在广州、上海都有了自己的房子，另外还有汽车和一大帮子助手。华软也因他而成了中国软件市场的‘天皇巨星’。真是得人才者得天下啊！”

“我听完你的这个故事之后先是悲哀，然后又受到启发。”于叶说。

“悲哀者何？又受到什么启发？”

“悲哀的是像徐先生这样伟大的学者，要为一台照相机闯关，并因此受到如此不公平的待遇。被启发的则是我的自我意识，从此我觉醒了，知道了自己的价值。”

“虽然我认为你对我的故事做出了非凡的理解，但我还是有‘请君入瓮’之感。”

于叶笑了起来。

“可惜的是,徐林先生前年被美国微软公司给挖走了。”

“微软公司给的钱多?”于叶知道美国微软公司是世界上最大的软件公司,是美国人比尔创建的。此人在哈佛大学学了两年法律之后,毅然退学,创办了微软公司。当时人们并不认识软件的价值,任意拷贝别人的软件是常见的事。甚至有的公司把他撰写的软件拷在机器上随便送人,他对此感到非常愤怒,强调软件是艰苦脑力劳动的结果,不能白白送人。他的创议渐渐得到人们的赞同,于是他也成了世界上最早提出必须保护软件知识产权的人之一。

“倒也不全是钱,可能更关键的是那里的研究条件,学术气氛,资金等。这些对他更有吸引力。他到了那里就参加了 WINDOWS(窗口)软件的开发。”

于叶非常清楚这个软件,它是世界上最别出心裁的绝妙构思之一,非常好用。据说目前用户已达到八九千万。徐林先生到那里供职,一定能最大限度地发挥自己的才能。“他也来参加咱们的会?”她非常希望是这样的,因为和徐先生这样的大师开一次会,收益不会小。

“不是,微软的办事处就设在这里。”欧成威说完就提议干杯。“咱们不要用这些乱七八糟的事干扰了如此美好的夜晚。”于叶也喝了一点。

就这么一点一点的,她被推向了极限。

正因如此,欧成威邀请她跳舞时,她爽快地答应了。虽然她只是在中学时跳过《我们是毛主席的红卫兵》之类的“革命舞蹈”。

在舞会快要结束时,欧成威悄悄地说了一句话:“你知道我这一生中犯的最大错误是什么吗?”

她当然知道,但却没接茬儿——用计算机术语说,这叫:文件中有非法字符——只是把身体往远挪了挪。

次日早饭后,会议在俱乐部顶层的会议室里开幕了。

这是于叶见过的最高级的会议室:桌子、椅子都是一色的紫檀木,博古阁上摆的也是真的古玩。另外还有空气清洁器,光学黑板。

“我看就是开中央会议的会议室,也没有这么高级吧?”她问。

“这是很自然的。我之所以放弃在国家机关一个相当不错的位置,而到民营公司来,就是为了这个。”欧成威原来在一个重要的部门里,有一个还算不错的位置,但当一个比他还年轻,还有背景的人,当上他的顶头上司后,他毅然“下海”了。

“为哪个?”她问。

他在说这话时,就没打算让她听懂。这话的意思是“经济也是一种权力,而他是一个喜欢权力的人”。权力在国家机关里已经不太好追求,因为那里有许多既定的关系,需要论资排辈。而新兴的民营单位,一样拥有大量的资源、权力,在这广阔的空间里,他已经成长为一个成功的掌权人。

会议室虽然豪华,但会议并非于叶想象的那样是学术会议,而是香港的一个软件销售商开的联谊会。

这个软件销售商给大家赠送了一些类似高级文具——真皮提包等价值不菲的纪念品之后,会议就宣布结束了。

“就为这些东西浪费了两天时间,也确实不太值得。”于叶说。她不是不喜欢这些东西,别的不说,就是那个真皮包,就是她希望但永远不会去买的物品。但光为某些纯物质的东西,耗费如此之多的精力,和她的价值观不符。

欧成威神秘地笑了笑,把她让进一间更小,但豪华程度并不差的会议室。“许许多多真正会议都是在表面的会议开完之后,再在更小范围里秘密召开的。”

这个会议室里连她一共才六个人。

那个软件销售商一改刚才的广东话,而用很纯正北京方言说:“现在来的都是咱们销售网的骨干、精华,也就是说是真正的哥儿们。”他看了一眼于叶又补充道:“和姐儿们。”他判断不出她的年龄来。“所以我准备了一点点小意思。”他发给一人一个信封。

她刚准备打开,但见别人都没动,就又缩了回去。丈夫曾经告诉她一个经验:如果吃西餐时,遇到一道菜你不会吃,只要看别人怎么吃,你就怎么吃就行了。

明察秋毫的欧成威告诉她是二百美金。

“他是不是北京人?”她想知道一下此软件销售商的底细。

“纯粹的北京人。但他有一张——如果不是两张或三张的话——外国护照。”

“他给咱们钱干什么?”

“反正不会白给。”欧成威含糊地回答。

果然不出一会儿,软件销售商就打开皮箱,取出若干软盘。“我请各位来,主要就是为了这套台湾松海公司新近研究出来的软件。这套软件是他们针对大陆和港台地区发行的教学软件,题目叫《我的青少年时代》。”他把磁盘中的一张插入膝上电脑中。“其实就是中小学语文、数学、地理、历史的全部课程的总汇。”

于叶想过去看看内容,但见别人又没动,也只好不动。

软件销售商继续说:“我想这套软件如果删除其中的历史、地理、语文中的不合大陆口味的部分,是完全可以在大陆发行的。”他动了几下键盘,屏幕上出现各种各样的题目。“松海公司为了撰写这套软件,动用了近千名专业人员,在三十座中小学反复试验,取得数据后,再进行修改。这是第一个版本。其实各位都是这个行业的专家,不用我多介绍。”他发给一人一份有关此软件的说明。

大约过了一分钟后,软件销售商又说:“既然都是哥儿们,姐儿们,我就来个明人不说暗话:松海公司的一个内线告诉我,这套程序分为十个部分,每个部分的密码都是不一样的。希望各位都承担上一部分。至于价格嘛,我一定会让大家满意的。”

“和以往的规矩一样,提百分之十的版税吧。”一个与会者问。

别人也基本表示同意。只有一个人提出应该先预付百分之二十。

“如果我破译了密码,然后自己拷贝发行,他又能如何呢?”坐在于叶旁边的一个人问欧成威。

“他之所以要分若干个人来搞，就是因为这个原因，如果只有你一个搞出来了，并拷贝了去卖，因为不成套，销路一定不会好。等大家都搞出来，再联合起来和他对着卖，他早已在大陆市场上卖得差不多了。再说，他更看重的是在香港、东南亚等地的市场。”欧成威解释完了之后，也上去认了一份来。

“大家还有什么问题？”软件销售商估计不会有什么，所以在提问时，已经开始收拾东西。

“像这样私自拷贝软件出售，是不是非法的？”于叶本来想说，松海公司为研究这套软件，投入了那么大的人力，物力，现在就这样被人盗版，于情于法说不过去。但从“情”的方面，她因为一步又一步地收了软件销售商这么许多东西，已经无法提了，只好从法的角度说。

“这个问题吗？”软件销售商顿了一下后说，“松海公司的这套软件，已经在深圳，上海等地试销售过了。他们出于商业利润方面的考虑，没有进行登记。而根据大陆《计算机软件保护条例》，国内不登记的软件是不受保护的。也就是说咱们这样做不是非法的。”

于叶没想到这个软件销售商的法律知识还挺丰富。思考了一下她又问：“如果以后他们登记了怎么办？或者加入了某个国际公约又怎么办？”公约国的软件均无须登记便可以享受保护。

“你这个问题提得很有些水平。”软件销售商很轻松地回答。“大陆坚持台湾是中国的一部分，所以绝对不会和台湾在同一个公约上签字。所以台湾人就处在两难地步：一方面他们想像美国人一样，不登记就享受保护。但另外一方面，它作为中国领土的一部分，必须登记才能享受保护。”

于叶显然被他给说服了。

吃晚饭时，她问欧成威：“这个软件销售商还有些法律知识。”

“不是有些，而是很有些。他以前是北京大学的法律学硕士，专攻知识产权法。”

“有意思，本来是警察的，结果却成了小偷。”她笑着说。

“好警察如果想当小偷，那么就一定是个好小偷。”欧成威喝了一口酒后又说：“有人对我说：十九世纪和二十世纪初，想深造的小偷都去学制锁工艺，而现在的小偷，都要学程序。”他看出她不想听，马上又说：“当然他们这样做，并不是为了拷贝软盘，而是为了从银行的计算机系统里把钱弄出来。”

于叶不想再和他谈论这个问题，就找了理由回房间里去了。

就在她快要把一出像肥皂泡一样空洞的电视剧看完时，欧成威推门进来了。手里还提着一个纸箱。“你把它打开。”

于叶把纸箱打开后，不禁呆了：里面是一台IBM486便携式电脑。它是现代工业的精华，昂贵、华丽。

“这是公司发给你的。”欧成威很随便地说。

“它的内存是多少？”于叶几乎不相信这是真的。这是她梦寐以求的东西，但同时她也知道自己是永远也买不起的。

“大概是一百二十兆。”

“不少了，不少了。”电脑的内存是操作系统、程序和数据的活动空间，是主要的技术指标。

“不少？”欧成威笑笑。“一个和你一样的电脑专家告诉我，计算机的内存不管多大，也不够用，就像一个人永远也不会觉得自己的财富太多，权力太大一样。”

“但对我来说，已经足够了。”于叶小心地把计算机打开，看着它高清晰度的彩色荧光屏。“你怎么舍得把这样好的机器发给我用？”

“我刚刚接了笔大买卖。”欧成威坐到沙发上，把长长的腿翘了起来。

“真为你高兴。”她看着屏幕上跃动的字符，真心地说。

“你还不知道是什么买卖，就为我高兴了？”

“有买卖就有收入。”她说。

“那么你就该为自己高兴高兴了。”

"我一定争取把软件破译搞好。"这样说虽然有些违心——她原来是不打算真的干的。但现在已经受到了这台 486 便携式电脑的诱惑。

"我不会再让你干那种低级工作了。"欧成威把皮鞋脱下,踢到一边,"你当然知道计算机病毒吧。"

她当然知道。

"自从一九八八年,美国电脑天才莫里斯编制了'蠕虫'病毒,并于十一月运行之后,仅几个小时,就感染了美国 APPANET 军事电脑系统的六千台计算机,损失达九千六百万美元。他开了先河之后,各类计算机病毒越来越多。"

"这好像应该我来给你讲才对。"于叶指指床头小的《计算机病毒概论》一书。"这是我的专业。"

"我现在正需要你的这个专业。你会设计防毒卡吗?"

"如果我了解了病毒的特征值,就应该能行。"她显然已经做了大量这方面的工作,收集了不少素材。

"现在的计算机,实际上是很脆弱,很容易被感染的。如果咱们公司能出一种集严密性、高效性、兼容性、方便性为一体的防毒卡,那么这生意就大了去了。"

"从理论上讲没错。但实际上很难做到,因为你很难完全得到病毒的特征值,再说你的防毒卡如果太全面了,检查的时间长是一方面,占的内存也过大。从而要影响计算机的速度。"她说。

"如果现在有一种很普通,感染力特别大的病毒,你又完全了解它的特征值,那么你能不能编制出防毒卡来?"欧成威把身体探过了茶几。

"没有问题。"她简单地回答:"不过不太可能全部知道。"

"现在就有这样一种病毒。"欧成威拿出一个信封。"它的全部特征值都在里面了。"

于叶打开信封一看,发现里面都是面值一百的美元,起码也有一两千。"你这是什么意思?"她虽然已经基本明白了,但还是要落实一下。

“这难道还不清楚吗？”欧成威避而不答。

“我还是不清楚。”她坚持要明确的答案。

“那我就来给你说清楚：你自己设计一种病毒，这种病毒必须符合感染力强的唯一要求。然后我让他们拿到香港，台湾等地去传播。等感染的面积大了之后，我们立刻就推出防毒卡来。”

听了欧成威这话，于叶非常震惊，美国电脑天才莫里斯编制出“蠕虫”病毒，多少还带有一些孩子淘气的游戏性质，而像欧成威等人的如此行为，简直就是赤裸裸的犯罪。

欧成威显然错误地认为她是嫌钱少，就补充道：“这里仅仅是预付款，老鼠拉木锨——大头还在后面呢！”

“你能想象出一个正常的人，在瘟疫到来之前，囤积疫苗来获利吗？”她的眼睛瞪得很大。

“如果这个人是个商人的话，我想我是能理解的。”欧成威脸上的笑容不见了。“我多次和别人针对现在很多医院所谓的‘见死不救’的问题展开讨论。中心就是医院到底是一个赢利机构还是慈善机构？如果说它是赢利机构的话，它就有权对付不出钱来的病人见死也不救；如果说它是慈善机构的话，那政府就应该付给它相应的款项。”

“如果说这种瘟疫就是这个囤积疫苗的人为了一己私利而制造出来的，您还能想象吗？”

“计算机病毒并不是瘟疫，再说我只想让它在香港、台湾等地传播。”欧成威的调子低了下去。

“计算机病毒从某种程度上说，比一场小规模的瘟疫造成的伤害还要大。至于你的在港台地区传播的理论，更是自欺欺人。如今有了光纤通讯、信息高速公路，整个地球就是一张网。网络里的一切都是可以共享的。”她对欧成威的虚伪和蔑视她的智力的说法感到很愤怒，声音不由自主地高了起来。

“你应该为灵感公司的利益考虑。”欧成威站起身。

“我正是为了灵感公司的利益，才拒绝了你这种犯罪的要求。”

欧成威走过去，把鞋胡乱套上：“如此说来，你不在乎你在公司的位置啦？”

“位置我当然是在乎的，但我不在乎威胁。”

“我从来不威胁人，”欧成威把门打开，“你好好考虑一下去留问题，明天早晨答复我。”说完他就走了。

于叶使自己平静了一下后，给欧成威写了一封短笺：让我解密别人的软件，已经有违我的道德感。可你还要下达同时发明病毒和防毒卡的非法指令，看来我只能走了。

然后她把信和那台 IBM486 交给楼层服务员，就提着包回家了。

出大门时，警卫显然把她当成从事另外一种秘密职业的人了，但看看装备又不太像，于是没向她要小费，不很情愿地给她开了门。

《环球企业家》 一九九五年第二期
《小说月报》 一九九五年第五期
《一九九五年中国短篇小说精选》 长江文艺出版社 一九九七年七月
《最精彩小说六十八篇》 九州出版社 二〇〇〇年十月

天下没有免费的晚餐

我的岳父是南下的干部，把根扎在了广州，所以就和中央电视台的春节晚会一样，我家年年候鸟般的南迁，已成固定节目。作为被动的一方，我在羊城真是百无聊赖，每天躺在床上看书，长知识、长体重而已。正因为如此，所以我在大年初三接到商然请我去海南的邀请时，立刻就携儿子飞去，把太太留在穗市，让她独享天伦之乐。

到机场接我的是商然的秘书，他一眼就认出了我。替我们提上包后，再把我们让进“奔驰”车内。

我和儿子都是第一次坐“奔驰”，但我装出常坐的样子。“这不是汽车，而是一个活动的客厅。”上初三的儿子却是想什么说什么，同时还把他的腿伸得长长的。

秘书说他是从商然办公室里一张我、他还有万宁的大相片上认住我的。接着又说：“商总在宴请北京开发银行来的一个局长。”同时还解释道：“新组建的开发银行是国家的政策性银行，拥有很大的权力。”“那万宁为什么不来？”我心里多少有些不平衡。秘书迟疑了一下后说：“他出差了。”

秘书请我们在大酒店里吃晚饭，然后又乘车到了度假村。开门、奉茶、放洗澡水后，秘书就告辞了——最好的接待就是这个样子的：人到车开，一到住地，立刻上饭，笼头一拧，热水就流……一句话：让你觉不出是接待来，就像你根本感觉不到一颗好牙齿的存在一样。

一过十二点,过年过累的儿子去睡觉了。我翻着港台报纸等商然。我相信他一定会来的:以前他在北京做官时,每次我去,都作竟夜谈。这个规律别说他的太太,就是他家的保姆都知道。

香港的报纸实在是没意思:正刊除去经济消息外,一点看头都没有,他们的专栏作家对大陆的政治之理解几乎等于零。副刊也没法看:一堆文化垃圾而已。没看多少,我就进入"准睡眠"状态。就在这时,商然来了。

我已经三年没见他了,可他一点也不显老。"三年重相见,两鬓已成霜。"我摸摸自己的头发说:"老天爷真是欺负人:你的头发怎么那么黑?"我和他还有万宁是小学、中学的同学不说,还在一起插队,然后又一同作为工农兵学员,被推荐到北京的大学上学。"咱们同年生,一起长,我原来以为会保持相对的静止。可只要一分道,就老少判然。看来钱确实能通神。"

"我的头发是染的。"他把价值千元以上的鳄鱼皮鞋踢到不知什么地方后,一屁股坐到沙发上。然后拼命地活动着脚趾。"而且还是一个星期就染一次,好让别人看不出白根来。"他躺好后,开始在沙发做健美操中的一节。

"交际、应酬特别累人吧?"我问。

"你这是明知故问。"

"如果不用交际、应酬就好了。"我看着他眼睛下面的黑青说。

"如果你不用这些,电脑自己就给你往出流文章就好了。"他嘲讽地看着我:"交际、应酬本身就是买卖的一部分。你必须在这个过程中让对方了解你。我之所以穿名牌、坐奔驰车、开法国酒,就是这个原因:非如此对方就不会相信你的经济实力。"

"说也是。"我看看自己裤线呈螺旋状的裤子、与古籍同色的白衬衣、右胳膊上破了一个大窟窿的羊毛衫。"别人就是有钱,也不敢往我这身打扮的人的账上打。"

他没接我的话,而是问我最近在写什么?

我告诉他我正在写经济方面的书。

他笑了:“我之所以自己不买、同时还告诫我的同事们不要买任何关于如何发财的书,就是因为这些东西都是那些渴望发财,但又不知如何发财,所以根本就发不了财的人写的。你们最引以为骄傲的资本,就是你们有才气。但我告诉你:才气是最不值钱的东西!谁没点才气呢?”

我根本就不生他的气:我们有着一个共同的语言系统。互相攻击就是我们友谊的一种交流方式。虽然我们三年不见,但一见这个系统就能开通。

“我们这个公司的产权是很不明晰的:有国家股,也有集体股、个人股。”他这样回答我的提问:“我只是总经理而已。就是这个总经理,经过董事会认可后,还要到上级主管部门去批。”

我问他主管部门是哪里?他说是国务院难民署。“这听上去像个福利机构。”

“我要的就是国务院三个字。这就和过去买卖的金字招牌一样。”

“海南得改革风气之先,不应该政企不分。”

“任何事情都要有一个过程。”他这下露出他的领导本色。“任何人、任何地方都不能愈越。这就如同一九七八年先要在务虚会上进行‘实践是检验真理的唯一标准’的讨论,然后再在安徽实行承包制的实验,最后才能形成政策,在全国推广一样。不能着急,慢慢来。”

“你们公司的闲钱不少吧?”我从阳台上看着楼下那辆银灰色的“宝马”车说:“真可谓好车如云。”

“没有一个公司会有闲钱,就如同没有一个作家会有闲时间一样:你要是有了时间,就会自己出个题目再写个什么东西。而我如果有了钱,就会开一个新项目。”商然把领带拉松。“我再给你说得通俗一些:如果你有了一辆车,一个原来坐公共汽车要三个小时才能见上面的朋友,现在只要四十分钟就能实现,于是你去的次数就多了起来。换言之,你并没有节约出时间来,只是效率变得高了。再举例:一个城市原来只有十个宾馆,现在又建了五个,但仍然是不够用,其原因就是会议多了。为什么会议会多起来呢?因为会议是根据宾馆的多少而定的:如果有经费、有宾馆,自然就会有会议。”

“我对你举的这种蔑视我的智力的例子表示极大的愤怒。”我象征性地抗议了一下后，又问他公司的收入如何？

他立刻就受到了激励，开始给我讲在贸易方面收入了若干、房地产上又是若干、借贷又是若干。

“我原来以为你的公司仅仅是作贸易的呢？”

“贸易确实是回收快，但它非常的不稳定。公司发展到一定的程度，都会不同程度的往实业上投资。比方你做房地产，只要你能寻求到资金，建好房，然后再把它销出去，就能有比较可靠的收入。”

“那你怎么又把借贷也算成收入呢？”我问。

“借贷在账目上显示时，当时就是收入，只有还钱才是支出。”他一言以蔽之。

我问万宁的情况如何？

他的脸色一下子就阴沉下来：“他目前在广州。”

“他还是给你当副总经理？”我感觉出其中一定有点什么问题：两年前商然当了“老总”之后，就把在广州纺织品进出口公司当人事处副处长的万宁请了来给他当副手。当时他征求我的意见，我告诉他：“想控制一个单位，最好的方法就是有几个自己人。”他同意我的说法，于是万宁就欣然上任了。

“他给我当副总经理时，负责办公室和接待等工作，确实是非常胜任的。但他不甘寂寞，说这和在机关里混事没什么差别，要求到具体的经销部门去干。我虽然明知道他不是干这个的料，但心一软还是同意了。没想到他把事搞得非常糟糕。”

“他是不是吃了回扣？”在我的印象中，万宁不是一个很喜欢钱的人。

“那倒没有。只是在一笔生意上就赔了一百多万。”

“做生意有赔有赚是很正常的。”我有些不以为然。

“确实是很正常。我恨的是他的作风：当时他从兰州进了一批价值百万的铝板。这么大的生意，他作为负责人都不亲自去，凭借电话和电传就想定。这事被我知道了后，责令他必须去。于是他带着几个人，飞抵兰州，住在那里最好的饭店里，光是宴请和差旅费就是若干万。”

“你讲过，交际和应酬本身就构成买卖。”我以其矛攻其盾。

“但这必须在该请的时候才请。”他点燃了一支烟。“问题是他在酒酣耳热之际，一下子就付给了对方高达百分之八十的钱。一派阔少作风！”

我知道这确实不符合做买卖的程序：在一般情况下，只需要付对方百分之十左右的定金就可以了。如果一下子给足了，以后有了什么问题也无法调整。

“后来因为国家又进入控制基本建设投资的阶段，铝板的价格下降。这时别人都劝他把这批铝板抛出去。但他就是不肯，硬是拖了三个月。在这三个月当中，铝板的价格下降了百分之十六。最后我出面跟他说。但他还是振振有词地说：‘你怎么就知道铝板的价格不会反弹呢？我相信它一定会再度上扬的。’我告诉他两条买卖的基本道理：‘第一，买卖不是赌博，不能押在什么上面。第二，就算铝板的价格会反弹，那也要看反弹的时间。如果时间长到利润赶不上银行的利息，那就不如早早卸包袱。’可就是这样说，他还是不听，说是有职就要有权。”

“后来又是如何善后的？”万宁的脾气我是知道的：他是一个想好什么，就不再改的人。用他自己的话来说：我有从老爷子那遗传来的军人素质。

“铝板的价格一跌再跌，最后我下令把它抛出去时，一共损失了三十七万。当我把这个数字报给他时，他不以为然地说：我以后赚钱还给你就是了。”

“后来他赚了钱没有？”

“倒是真的赚了一笔。”

“那也算。”我松了一口气。

“你知道他是怎么赚的？他用公司贸易部的流动资金作香港的期货。你懂什么叫期货吗？”

我当然懂得：期货就是和现货相对应的、到期才交付的货。严格地说，股票就是一种期货：一般人买它都不是指望它分红，而是期望它的价格上涨。也就是说你在买它的时候,是就这种东西在今后某个特定的时间的价格打赌——如果它涨了,你就挣了。反之,你就赔了。“万宁是赚还是赔?”我着急地问。

“赚了。而且还不少,有二十万的样子。”

我听到回答长长地松了一口气。

“但赚了也不行:我开的是公司,不是赌场。它赚得越多,就证明他动用的资金多,换言之,就可能赔得很多。我是从来不相信这种‘泡沫利润’的。所以我在征求了他的意见后,在去年早些时候,把他调到实业部当经理去了。”

我赶紧问其业绩如何?

“我们公司的实业主要是房地产,他说他不愿意盖房子,非要自己搞一个项目。我只好同意。他很快就选定螺旋藻养殖场。”

螺旋藻是一种新型的绿色食品,据说在欧美市场非常时髦。但养殖业可不是好干的,北京人有句老话:家有千贯,带毛的不算。以养鸡为例:今天鸡场里还有几万只鸡,但明天鸡瘟一来,就一只也不剩了。

“他一个月后,就把《螺旋藻养殖场可行性报告》拿给我看。他笔下确实来得,文章写得的确很漂亮。但他在这个报告上只是写了螺旋藻是如何、如何的好,又如何、如何的能赚钱。严格地说,完全不符合可行性报告的规范。”

我问道:“规范应该是什么样的?”

“第一要说资金的来源;其次要说产品的前景;三就要说技术能力;四就要说能不能通过政府部门的批准;然后是流动资金情况、销售渠道、能不能形成规模……”他扳动手指数着。

“我原来以为像你们这样的公司是很灵活的,没想到也像政府部门那样烦琐。”我不以为然。

“你没干过实业,所以不懂这其中的门道:如果没有基本建设的资金,一切都无从谈起;有了资金但前景不好,这个项目就不值得投资;技术跟不上去,生产就没有保障;通过政府部门的批准也很关键。万宁在给我报告时,甚至连螺旋藻是食品还是药品都没搞清楚。”他顿了一下继续说:“形不成规模,就没有效益。销售渠道不畅、流动资金不到位……反正实业这东西,和你们写文章不一样,缺少任何一环都得死。所以我把报告发还给他,让重新搞一个来。第二次来的报告,依然很空洞。于是我又发还给他。这次他就比较认真了,或者说起码把螺旋藻是食品这一点弄清楚了。但还有许多地方是含糊的。”

“差不多就行了。都是哥儿们嘛!”我说。

“当时就是你这个思想在控制我,所以把到嘴的话也给咽了回去。”他长长喷出一口烟,“我本来起码想指出两点:一是为什么把养殖场选在吉镇?是不是因为这里是他太太的家乡?”

“他太太不是上海人吗?”我问。

商然笑了一下——里面显然有“苦”的成分:“我给你讲个故事:一个人夜里给他的家庭医生打电话说:我太太得了盲肠炎。家庭医生说:不可能。我去年刚给你太太把盲肠切了,一个人不可能有两条盲肠。这个人立刻说:但一个可能有两个太太啊!”

我不再说话。

“吉镇属昌江水系下游,附近又是海南的农业生产基地,所以不管是上游的某个地方,还是附近的农民施用化肥,都可能污染养殖场。螺旋藻是种很娇气的东西,一个朋友曾经给我讲过:螺旋藻虽然看不见,但它活在水里时,水就是绿的,如果它死了,水立刻就变成白的了。水一变白,我的脸也就白了。”

“任何买卖、实业都有一定的风险。如果怕冒险,什么也就干不成了。”

“之所以要做可行性研究,就是为了把风险降低到最低值。”他把烟掐灭。“当时我最担心的就是那个以技术入百分之三十股的南京大学生物系吕教授。此人据说是国内最大的螺旋藻专家。但依我的思路:股东和技术人员最好不要是一个人。”

“为什么?”

“如果生产情况良好,钞票滚滚而来,那么这个兼有股东和专家身份的人,就会以自己撤股相要挟。因为只有他一个人掌握技术，你就只好同意他的要求。”他摆摆手，制止想反对的我，“我这不是低估知识分子的觉悟：成千上万的钱从面前流过来、流过去的，思想中卑微的部分是极容易被激励。再说就算他是一个理想的知识分子，你也要考虑到他万一生了病或者是他家里的人生了病，那又该怎么办？所以宁肯多花些钱，也要成立一个专家小组。”

“你怎么尽往坏里想？”

“做事就要从最坏处着想。”

我没有接他的话，而是要求继续万宁的“故事”。

“我因为‘哥儿们’这个最不清晰的概念作怪，居然批了他的项目。当时我想：不就是几十万块钱吗？”他给我和他自己倒了一杯酒：“可事物的规律不容违反：先是几十万投下去，然后随着材料的涨价，又是两次十几万。但最后坏事还是发生了：吕教授出了交通事故。”

“那可怎么办？”我的脸也“白”了。

“因为饲料的配方问题、水的含氧量问题……反正是因为种种技术问题，螺旋藻十去七八。”他一口就把酒喝干。

我们两个相对无言，大约有十分钟没说话。

“你打算怎么处理万宁？”最后我来打破僵局。

“这事我要负领导责任。”他又重新倒酒。“我之所以把你请来，一是为了让你好好休息一下，二来也要请你完成一个艰巨的任务。”

我静听下文。

“让万宁上路。”

“你想听我的真心话吗？”我问。

他点头。

“我非常痛恨你这种无情无义的做法！”

“我已经给他找好了一个位置：开发银行驻海南的特派员办事处副特派员。”

“为几个钱就伤害一个好朋友，怎么说也不是一件地道事。”我虽然也认为“特派员”这个词不但听上去很响亮，做起来也一定挺风光的，但还是这么说。

“不是几个钱，而是一百万块钱。更何况这一百万不是我个人的钱，而是股东们的钱。而此刻如果不‘壮士断腕’，将来我也没办法向董事们交代。”他双手抱拳，“拜托了。”

“你就容下他吧！万宁是个性格刚烈的人，我一对他说，他肯定会上路，但他一定不会接受你给他的特派员的位置。”

“正因为此，我才把你给搬来。”他很顺利的把我的问题给化解了。“我不是容不下他一个人，主要问题是：如果我给他以实际的职务，他干不了。如果我不给，那不是害他吗？再往深里说：是哥儿们最好不要在一个单位共事。因为任何单位，尤其是军队、工业、商业这样的单位，从根本上说，是靠等级运行的。而‘哥儿们作风’会破坏这种等级制度，干扰运行渠道。”

我已经被他给说服，于是环顾了一下这豪华的内部装饰，然后说：“真是应了西方一句谚语：天下没有免费的晚饭。吃人家的嘴短，拿人家的手短。只好给你去当这个倒霉差使。”

他满脸含笑的再度抱拳。

在广州下了飞机之后，我们打了一辆“桑塔纳”的出租车。儿子立刻就说：“这车可比奔驰差远了。”我说：“我宁愿坐这种车，或者宁愿走路，也不愿意为坐奔驰车而操那么大的心。”

儿子看了我一眼后说：“你真是一只吃不着葡萄的狐狸。”

《环球企业家》 一九九五年第三期

老木下海

和老木在饭店分手一年多后，我的人生道路就出现了转机。换言之，就是能成为一个职业的写作者。为此，我开始努力。我原本是一个很被动的人，非常相信“心安处是吾乡”一说。所以有生以来，就不停地被人分配来，分配去的：中国是一个讲究计划的国度，人自然也和物资一样，被纳入了不知道由什么人制定的计划。而人也和东西一样，丧失了主动精神。幸亏八十年代的我，多少有点主动精神，知道凡是好事，非努力不能获得——说也是，就算那些计划者心地坦荡，无私奉献，他也不能面面俱道。你不努力，谁替你想。

“努”这个词，起码在北京话中，有“拼了”，“豁出去”的意思，所以在“努”了一段后，钱和力都疲尽的我，就到了老木家，企图“喝一杯”。

老木没在家，木太太非常热情地接待了我。我望着这个容貌，智力，文化比她数个前任都差很多的女人，心中不禁生出一些好感：人总是喜欢那些条件比自己差的人，因为非如此不能居高临下，非如此不能施舍——现代人都喜欢讲索取，认为这才是愉快。殊不知，施舍(或叫奉献也罢)是一种更高级的愉快。

木太太和我谈话没有太多的支撑点，所以话题很快就转移到老木身上，说到此，她珠泪涟涟。

情况大致是这样的：老木在家赋闲年长，精力没处发泄，就开始喝酒。喝酒不要紧，用木太太的话讲“男人没有不喝酒的，不打老婆的”。但他喝起来没有节制，喝得手抖不说，有时拿着酒杯就睡着了，尿都撒在裤子上。后来在木太太的严厉控制下，他也只做到少喝而已。

听到这里，我松了一口气。

但谁知波澜又生，少喝酒的老木，每天睡到日上三竿不说，起来就上街。到街上他不干别的，专门看女人。“他看女人看的那个细！”木太太醋意横生地形容：“一次他和我说；你看咱们楼下的某某，脸长得好不说，脚脖子和腿的比例都棒的没法说。”

我打断木太太的话：“古语云‘百行孝当先，论心不论迹，论迹贫家无孝子。万恶淫为首，论迹不论心，论心天下无完人。”

木太太不一定确切知道“心与迹”的含义，接着往下说：“他光看不说，还有行动。”

我一听便觉得坏了：老木在女人方面从数量上讲，是很有收获的。当然，这不是说他的手段有多高明，而是说他的胆量大，见谁的面也敢试试。所以即使只有百分之十的成功率，从总数上说，也已经很可观了。

但木太太说得并没多严重：“具体的人倒没有，但他先是花了八百多，买了一个日本的助听器，一到半夜就各个楼道转着听房，后来又花了好几千块钱，买了一架望远镜，支起来远远近近往人家窗户里看个不停。你说老这么下去，能不出事吗？”

我“当然会出事”这话正准备出口，老木进来了。

木太太一见老木，顿时如同冰棍进了烤箱，赶紧去了厨房。很快，一桌子丰盛但不可口也不可观的菜就出现在桌子上。

酒杯一碰，我就问老木是如何把个太太管教得如此驯服的——木太太循她的乡俗，是不上桌子的。

老木一口一杯酒给干了：“她是乡下人，所以在和我认识之前，根本就不知道钱是干什么的。我第一次领她进饭店，她看见别人吃虾，就问我：咱们能不能吃？上了火车，我买的软卧票，我说什么她也不敢进。这其中的道理，就和在没有内燃机之前，石油不光不是什么财富，甚至连资源也算不上。”

老木的思路总是很奇特,表达亦很得力。是我写作的源泉之一,所以我听得很仔细。

“家庭生活开始后,这种先天的差别就不太容易维持了。许多伟人的老婆都不服他们不说,还尽给他们添乱。这是因为她们见过他们脱光衣服的时候,见过他们剥去职务带给他们的威严面具、软弱地哭泣的时候。这时候,你如果想巩固自己的地位,方法就是不停地打击她。她说任何话,你都说不得体;她出任何主意,你都说愚蠢;她干任何事,你都挑一个比她干得好的人来和她比。”老木又喝了一杯。“要知道,没人能和一大群人比,你的篮球不如钱澄海,跳高不如倪志钦,数学不如华罗庚。”

“如果是我的话,就和钱澄海比数学,和华罗庚比篮球,或者和他们当中的任何一个全面的比。”

“她哪有你那么聪明!”老木重重地拍了一下我的肩膀。“当然,她也有不服的时候,一次她提出和我离婚。我考虑孩子的问题,就没有往回碰。后来她一看这招灵,就又使。于是我给他讲了一个故事:一个人要把一只王八放到火上去烤。王八说:我才不怕火呢。人问:你怕什么?王八说:怕水。这人一听,就把王八放进水里,王八便得意地游走了。”

我笑着问:“她听懂了你这个寓言?”

“是不是真的懂了,我不知道,反正她再也没提过离婚的事。生气时,顶多说:‘我还给你生过一个儿子呢。’但就是这,我也给顶了回去:‘是女人就会生儿子,如果你能给我生出一匹马来,那才算本事。’”

我把话题转到“助听器”和“望远镜”上,不再向老木讨教家庭问题:家庭和家庭,就和社会主义和资本主义国家一样,不是一回事,就不能放到一起去比。加之管理方法也没法学:管理是上层建筑,是意识形态,而经济基础就不一样——如果你不信,找一个大型国营企业,开除上十个不干活的工人试试?

老木并不回避这些,至于原因,他三个字以蔽之:“没事干。”

“没事干也不能干这个啊!以后你儿子长大了,听到这些,你说他该有多难受？”我借着酒训斥一大顿。

老木是个有文化的人，所以能听进道理。更何况我触及到“儿子”这个他最要命的痛根。临走时，我还给老木留墨宝曰：心术不可得罪于天地，言行要留好样于儿孙。

老木也信誓旦旦地表示要用他现在的钱作资本，干些事出来。

再见老木，已是四个月后，这时他已经完成了计划的制定。

我冒充内行地看完这个题目为《某巷建立奶站计划》的文本后，很想了一会，也没能想出赞美来，最后只得用纯正官腔应付道：“还不错。”

老木得意地把计划收起来：“岂止还不错！这计划是我花大力气搞出来的。为了落实计划提出的各个方面，我最少脱了两层皮。”

我一看果然，他是一个白皮肤的人，这种人和黑皮肤的人不一样，不会越晒越黑，只会越晒越红，然后脱皮。

“除去资金是我自己的外，从落实地点开始，到准备奶源，申报批准，没一件事是容易的。”老木像小孩子给家长汇报一样，一五一十地说：“某巷你是知道的。那是太原最热闹的地方，在这块宝地上，你别说卖奶，就是卖狗屎也能卖出去。我在那里实地考察过，你知道一个卖冰棍的一天能卖多少？”

“赚几十块钱吧。”我胡乱估计道。

“每天流水就是一千多。利润率大约在百分之三十之上。”

我看着他奋发的样子，心里很高兴，认为是一件积德的事，所以戏剧性地伸伸舌头。

“咱们都是高智商的人，也有文化。以前认为干什么就能成什么。但一办起事来就不是那么一回事了。”老木给我倒了杯茶。

我申请喝啤酒。他说：“要喝你喝。我从开始办事那天起，就滴酒不沾了。”

为了功德圆满，我只好随便了。

“一开始我太太娘家的人来，说他们那里有一片很好的草场，可以养羊。我去看了看，草和水都理想。于是回来调查市场，制定计划，但我怎么算，养羊也赚不了钱。你知道我是用的是什么公式？”

我摇头。

“我认为养一百只羊，其中五十只公的，五十只母的。就算是每年三胎，也是赔钱。”老木看着我。

我拼命地开动大脑，然后大笑起来：“你把羊的社会当成人的社会了：它们不是一夫一妻制，一群羊中，顶多有两三只公羊就行了。”

“所以我改了计划。”

“改得好，己所不欲勿施于羊。”我补充道。

“你这话什么意思？”他装出不高兴的样子，“要知道一夫一妻制，不是人本身的需要，而是社会的需要：如果是一夫多妻，或一妻多夫，那么势必要出现一些人找不到先生或太太，一些孩子将没人抚养。所以我经常对我老婆说：你看旧社会，哪个男人不是三妻四妾？”

“我要是你太太，就这样反驳你，那会儿的人娶三妻四妾，都是用男人自己赚的钱，让他用用他大太太的陪嫁的钱娶个试试？”我听着就不服。

“用不了多久，我就会有自己的钱。”老木信心十足地说。

“俗话说：男人一有钱就不老实，女人一不老实就有钱。你可要注意啊！”我开始为他那些没赚到的钱担心。

老木终究没能赚到钱：虽然他认识农委星火计划实施办公室的副主任——诸位不要小看这个听上去不起眼的官，他是拥有很大的实际权力，因为星火计划是国家专门投资到农业方面的钱。专款专用。这个办公室的主任是厅长兼的，所以实际权力都掌握在这个副主任手里——可以得到价廉物美的奶。虽然他想尽各种办法，甚至在开中学生运动会时，买通运动场的人，把另外三个门都关了，只开那个向着他店铺的门；虽然他和他太太日夜监督着店员，使他们任何中饱私囊的企图都成为泡影……

可他这个开在省城最繁华的某巷的奶店就是不停地赔钱。我几次到他家，都是和他太太、店员们一起吃面包，喝牛奶——奶店总是要卖面包的。

最后一次吃,是在老木开店一年之后。老木嚼着已经发硬的面包说:"以前我赌钱时,成千上万地输,根本不心疼。可用自己的钱。"他又喝了一口微酸的牛奶。"一分是一分。"

我问他奶店经营状况,他告诉我已经关了门。

我问他"花落知多少?"他说:"如果不算我取得的经验的话,多少赔了一些。"

我问他:"所谓的经验是什么?"

老木说:"买卖一道,一是人气,二是地气。某巷的人气,地气都足够,就是我卖的东西不对:你说我当初怎么不想想,到某巷去的人,全是买东西、逛商场的,他们渴了喝饮料,饿了吃饭馆,谁买奶和面包。"

他一说,我也恍然大悟:"要开奶店,也不能在某巷,而应该在医院和居民区一带。"

"你为什么不早说?"老木质问我。

"这个错误和我们党犯的一样:从五六十年代一直到"文革",从普通党员到高级干部都认为,既然毛泽东在思想,别人就不用思想了。"我牵强附会地比喻。

老木不再讨论这个问题,说开他把奶店改成服装店的计划来。

卖服装老木还是没赚上钱。问及原因时,他说:"卖服装是自己人,也就是说,如果看某种衣服好卖,就立刻涨价,看某种衣服不好卖,就立刻处理。可我雇来的人,往往是把好卖的衣服处理给他的熟人,把不好卖的留了下来。这样我的库存加大,流动资金严重不足,没办法只好关门。"

对于"以后干什么呢?"老木是这样回答的:"我请一个算命先生看过。他说我干静的不行,要干动的。"我又问:"何谓之动?"他说:"搞运输。"

老木说干就干,买了两辆东风牌卡车,到我们一起工作过的电厂搞煤炭运输。

往电厂运煤是件利润很大的买卖,因为电厂结算很快。这时三角债已横行全国,许多单位要货可算不了账。可电力却和自来水、煤气、电信一样,属于那种你不给钱，我立刻就能不给你商品的部门。资金周转是不成问题的——正因为如此，许多人都想尽办法往电厂送煤。在这方面，他托了不少人不说，连我也帮了他一把。正所谓“枯木朽株齐努力”。

份额拿到手之后，老木工作勤奋自不待言。我随便举两个小例子：他每次从煤矿往出拉煤过磅时，总是人下来，油箱里也只装半箱油。等到电厂煤过磅时，他坐在驾驶室里不说，把油箱和副油箱都加满了油。这样一里一外，就能差出一二百公斤。另外，他为了和电厂的煤管人员和煤矿的矿长们搞好关系，曾经一连五天，顿顿都吃涮羊肉，喝塞外老白酒。弄得满嘴大血泡。

但老木还是没能赚上钱。

这其中的原因他没对我说，而我是从自己的渠道得来的：一是他的车辆不对：东风车确实是好车，载重量也足够，但它的车身长，轴距大，所以非常不适合拉煤堆，只适合在公路上拉百货之类的。另外它的“马槽”低，装煤装不了多少，致使成本增高。二是老木急于求成，拼命提高司机的提成比例，遵“重赏之下必有勇夫”原理，司机拉煤的趟数，由三到四，然后到五，再遵墨菲“该出事的就一定出事”的原理，在一个月中，就发生了两次大事故。运输这种行业，在计算利润时，不能按“一趟赚若干两趟便是若干”这种“鸡生蛋，蛋又生鸡”的简单乘法来计算，事故必然要考虑进去。三是老木虽然勤劳，但他多年养尊处优，生活上不能吃苦。比如他和司机一起吃“工作餐‘时，原本应该一人一菜一面足矣，但他却吃不下去，要四冷四热，再加啤酒若干；再说住宿，本来他和三个司机住一间房就行，可他为了保证每天洗澡，就又自己开了个单间；所有这些，都使他的“费用”大大增加——如果是国营企业，费用增加不一定是坏事，因为能少上所得税不说，还能少给上级缴纳利润——但老木的钱，不管是成本还是费用，分分都是自己的。

我合家迁到了省城后，再一次见到老木时，他正站在楼下看街景，眼神很有些茫然，以致我从他眼前过，他都没发现。

“又看见符合‘黄金分割’的脚脖子啦。”我戏道。

“我现在是眼空无物。”他把我拉进一个小饭馆，要了些颜色很可疑的菜和几瓶不起沫的啤酒。

“真是‘人间几回伤往事，英雄一去豪华尽’啊！”我黯然道。

“我看我这个人，什么都不干，在家里老老实实地待着，是最便宜的做法。”老木已不胜酒力，两瓶啤酒下肚，便露醉态。

《环球企业家》 一九九五年第五期

老木炒股

老木在电厂“倒煤”——我以为这个字的正确读法应该是“倒霉”——没有挣到钱后,就“金盆洗手”了。之后的一九九〇、一九九一、一九九二年,正是中国经济非常萧条的阶段:中央政府在压缩基本建设规模,中央银行也在不断往紧抽“银根”——“银根”一词,因为最不金融,所以就是最形象的一个词:根如果没了,哪来的木——钱对于人,就像热能对于分子一样,如果没了热,分子就没了动能,一定要渐渐地归于静止。

大环境如此,老木自不能免。不过他这次在家“赋闲”,不再像以前一样,拿着钱乱花,拿着望远镜乱照,而是整天待在家里研究围棋谱、看金庸的武侠小说。有空就来和我“手谈”一局和讨论一下老金的小说艺术。一次他对我说:“金庸的书我都看完了,他的路数我也研究得差不多了。你看我能不能写上它一两本?”被挫伤了职业自豪感的我,当时就把他这个胆敢进犯我们文学领地的人给打了回去:“如果兔子能驾辕,谁还养活马?我在七十年代就喜欢读日本的三岛由纪夫的书,可总也找不到。某次我在一个日本问题的专家的家里,看到了这书的原版。翻了几页,我见有不少熟头熟脸的字,就顺口问道:我没学过日文,能不能看懂这书?那个老头拼命地摇头。后来我想想也是:如果没学过日文,就能看三岛,那老头的一辈子不就白干了!”老木听了我的话,表示不服,说要:“先写上几章给我看。”

几天后,他就把一打手稿拿来了。我翻了三页,就给他扔了回去:“技巧、结构之类的东西对你根本就谈不上。先给你说说语言问题吧。”我摆出一副教授的架势——老实说,这种机会在我是不多的:波澜壮阔的经济大潮、五花八门的视觉文化,已经把个作家一行完全弄成了没落的职业——给他作结论:“你别看你说话挺生动的,可那东西一落在纸上,就鸟味儿也没了。你根本就没感觉,绝对不是干这个的料! ”他不服,让我继续看下去,我又给他来了个比喻:“如果一条上了桌子的鱼的眼睛已经突出来了, 那问也别问, 一定是一条死了很久的鱼。”老木只好把稿子收了起来,摆开棋盘,来了一局。这一局他输得比往常要惨。临走时,他说:“后天,我太太家的一个在香港的亲戚,要来和我下围棋。据说他的棋下得不错,你能不能教我几招,让我露露脸?”我问这人是干什么的?多大岁数。老木说是医生,六十多了,棋力比他要好。“冰冻三尺,非一日之寒。你平时不烧香,临时抱佛脚也没用。”我边吹边根据他提供的资料想出对策来:“他既然不抽烟,那你就买上一盒味最臭的雪茄,下棋时不住地抽,然后向他的脸上喷上一些烟。另外,”我制止想反驳的老木,“他既然是一个喜欢静的人,那你就在他‘长考’的时候,起来不停地走,在坐下来的时候,你的手里一定要拿些东西,不是晃动,就是让它发出不大,但噪音度要高的声响。这样,就把他的习惯和思维全都破坏了。”

在智力活动方面,老木还是相信我的。老木什么也没说就走了。

一个星期之后,捷报传来,并附加一顿饭。在饭局上,老木高兴地说:“功夫在棋外!功夫在棋外!以后咱们多合作:我有钱,你有头脑,在商业上是最佳的结合。”“可你粗心我懒惰,这在商业上是最可怕的结合。”我反驳道。饭后一个月,经济开始迅速的复苏。老木兴冲冲地来找我,说是省城也开了股票市场。“咱们一起昂首入市,一定会大有收获。”我不同意。“你是在股票方面有著作的人,你不干谁干? ”老木惊讶地反问。

老木说的是实情:早在八十年代,我就对证券和股票等发生了极大的兴趣。而在一九九一年,我在深圳考查了那里的股票市场后,就发表了一部长篇小说。但小说毕竟只是小说。

“你知道股票是怎么一回事,上场没错。”老木在说服我。

“我还知道怎么杀人、怎么勾引别人的老婆呢,但这完全不等于我就敢干。”别的国家的股票市场我不知道,对中国的股票市场还是了解的:以深圳的股市为例:在别的国家,只要经济有复苏的迹象,股价就牛气哄哄。可这中国的股市就是不上楼。在别的国家,年终一分红配股,股票价总要往上蹿蹿,可中国的股市没准就往下泄。总而言之,中国的股票市场与实际的经济现实运行没太大的关系。用经济学家的话, 就是“股市虚化”。“虚化”了的股市谁敢玩?

我话虽这么说,但老木玩股,我还是要去看看的。

省城的股票市场热闹非凡,成千上万的人,在一个面积只有几百个平方米的厅堂里进进出出。滞纳在里面的也最少有千人。他们当中男女老少都有,时值夏日,个个大汗淋漓。别的不说,光那股味道,就足以使一般人望而却步。但这些股民们个个聚精会神地盯着墙壁上那八个二十一英寸的电视机看:他们有的站在板凳上、有的使劲站在屏幕侧前,生把个上仰脖子拧成九十度、左转三十度。我身边的一个人还在不停地往嘴巴里抛药片,我仔细一看,竟是心血管方面的药。我多少有些可怜地看看这个年过半百的老翁,喃喃自语道:“很快这些药就会成为这里时髦的药。”

过了好一会儿,我才在一个角落里找到了老木。他正拿着那个好几千块钱的望远镜,在扫描。我重重地拍了一下他的肩膀:“你在股票市场挣不挣得到钱不说,起码给这台望远镜派上了正经用场。”这台望远镜是他以前没事时用来窥视别人家窗内的女性形象的。

老木根本没理我,俨然一尊枪林弹雨中岿然不动瞭望敌人阵地的指挥员雕像。

我被他这种忘我工作的精神所感染,可一声没吭:见到一个喜欢的运动员踢进一个漂亮的球,你会大声欢呼,但在看见辉煌的日落时,你只能肃穆。

到了股票市场中午休市时,老木才得空和我说话:“我想你也会来的。”

“原来你也是人而不是神!”我在调侃中发泄我的怒气。

“现在是信息时代，一点点信息也不能放过。”老木说到这，突然浑身哆嗦起来，随之他急不可待地说：“你稍微等一下。”然后就跑步走了。

大约十分钟后，老木一身轻松地回来了。“你来之前，我刚刚填了一张买进一千股华电的单子，连尿也顾不上撒。”

“该撒尿就撒，一泡尿也就用不了几分钟。”

“你没玩过股票，就不知道其中的奥妙：整个屏幕循环一遍大概需要五分钟。有的股票在屏幕上时是一个价位，等它第二次从屏幕后面转出来，就是另一个价位了。所以你少看一条都是损失。”老木说。

他一说，我就想起了他赌博的时候，也是没工夫撒尿。轮到别人坐庄时，出去赶紧撒。往往撒不完就回来，弄的裤子上满是尿碱。我帮他回忆完这段历史后说：“这里大概没一个人有你憋尿的本事。这是咱们的优势，你一定要用好、用足。”

老木不接我的话，坚持请我吃饭。

我们只吃了顿相当简单的饭。老木说什么也不喝酒，说：“下午还要工作。”

“我听见你用工作这个词汇别扭：玩股票算是球的工作！我的一个同学在国防大学上学的时候，写了一篇题为《诸兵种联合作战》的论文，被他们的教官狠狠地教训了一顿，最后告诉他：记住，大军区司令以下的军官，是没资格讨论兵种之间的问题的。”

老木宽大地笑笑：“你以为只有会在纸上写几个破字才算工作？炒股票是脑力劳动和体力劳动的高度结合。”

“小偷的工作也是脑力劳动和体力劳动的高度结合：他既需要寻找机会，又要动作敏捷。”

“等一会儿你看见我创造出财富来时，你就不这么说了。”老木一口气喝下三大杯茶后，就拉着我再度进入那个气温和欲望交织的“大火炉”里。

这里的股票市场和深圳、上海的不好比，自动化程度相当的低：显示屏幕非液晶大屏幕就不说了，关键是买进、卖出需要填单子。你填完单子送到收单的窗口，由窗口里面的人检验了你的账户，确认你有能力操作，方才给你盖上一个图章。更慢的是，他并不马上把单子送到楼上的电子传送室，而是要积到一定的数量才送上去。由楼上的报务员用电传发送到上海证券交易场里那个由这边派去的“红马甲”手里，“红马甲”再根据指令买进或卖出。

如此这般，方能完成一个交易。这和在上海、深圳等地，在家里凭借股票显示器和电话、电子计算机联成的网络的操作速度相比，确实有天壤之别。

可老木却有办法加快这个过程：他捕捉到一定量的信息后，决定把上午买进的股票卖出去。他填完单子递进去时，里面夹带了一张五十元的钞票。窗口内的那个人自然会心照不宣地收下，然后马上就把单子送到楼上去。

“这是不是属于不公平竞争之列？”我想不出更好的理论：贿赂是世界经济运行最好的润滑剂。

“楼上就有大户室：凡是在这里以二十万元以上的钱开户的人，就有权利进到那里去。那里有空调、单独的闭路电视和单独的电话通道。他们有大钱，就有大方便；我有小钱，就有小方便。”老木振振有词。

“小方便也起不了什么大作用。”

“那可难说：假设你看中一种股票，认为一定要涨，于是决定买。在你填好单子送进之后，这种股票果然涨了起来，而且速度越来越快。这时你早把单子传到红马甲手里一分钟，就是一分钟的收入。”老木耐心地给我解释：“反过来一种股票跌价时，你要卖出也是这样：早卖出一分钟就可能减少很大一笔损失。”老木清清嗓子：“总而言之一句话：该赚的少赚一分便是赔，该赔的少赔一分便是赚。”

操作完这一笔后，老木又操作了一笔，然后就拉着我到市场外面的树荫里乘凉。

“你为什么不再买卖？”我说：“难道你也怕钱咬手？”

“我的全部资本五万块钱，再加上借别人的三万块，已经全押上了。现在账户上是空空如也。再说一个人的精力也是有限的，所以只能在一定的阶段里办一定的事。”老木把汗湿的“T恤”脱了下来，当毛巾擦着汗。

股票市场外面的热闹程度不亚于里面。这里有卖饮料、食品的，有卖板凳和简易望远镜的，但更多的是卖与股票有关的资料的。

我在资料堆里翻了翻，发现几乎全都是《股票实用战术》《快速炒股法则》等鼓吹快速致富、技巧性极强的书。而这些书的价格与页码比，简直是个天文数字。在这些股票书的写作者中，有一个还是我认识的，就狠狠心买了一本。

坐回老木处没几分钟，我就把这书读完了。“大失水准！大失水准！”在我创作我的股票小说时，曾经和此书的作者谈了好几个夜晚。当时他刚刚从日本留学回来，在金融研究所搞研究。深圳方面的好几个证券公司以高薪聘他，他都没去，说是要搞些“实实在在的研究”，为“我国还在襁褓阶段的金融市场建设作些贡献”。没想到不过三年功夫，他就以经邦济世之学，干此雕虫小技。

“不足为奇！不足为奇！”老木仿照我刚才的语气说：“我相信他和你说这话时是真诚的。但在这三年之中，他肯定会结婚。要知道婚姻是埋葬一个人理想的坟墓。结婚之后，他也许依然志向高远，但他的太太肯定不满足只有‘书香’的‘陋室’，她可能要真皮沙发、楠木家具、电视机、空调机等一系列东西。而这些东西是你有再大学问但是没钱弄不来的。再以后，他有了孩子。孩子要仿照邻居的孩子吃美国奶粉、用一次性的尿布。而这些依然是没钱来不了的。于是他写了这本书。”老木说完又用严肃的口吻宣布：“我告诉你：没人能顶住生活的压力和金钱的诱惑。”

我在心里承认他的话不错：当年的知识分子之所以能清高，就是因为他们的薪水高。据我的一个在解放前当小学教员的远房亲戚说：他一个月的薪水是六块大洋，而县长也不过是这个数。没有相应的经济实力，对国家来说，就没有外交；而对个人来说，就没有清高。当然，经济改革，是应该让一部分和实际紧密的知识分子“下海”，可与此同时，还应该有一部分知识分子留在书斋里，搞他们的纯理论研究。这些纯理论研究，虽然眼前不会产生什么经济效益，但却是将来不可缺的。

我把我的担心对老木说了。他很不以为然:"我一个在北京的老姐姐,一辈子都没结婚。我最发愁的就是和她一起上街。因为她不是说这里的路应该修修了,就是那里应该建一座公共厕所,居民小区里应该有托儿所、敬老院。最后我忍无可忍,就告诉她:您操这么多心干吗?这些都是北京市市长管的事。"

"国家兴亡,匹夫有责。"我边气不壮地说着边和老木一起去看成交结果。

在等结果的时候,老木有些沉不住气了,就像一个等化验结果的病人。因为股票这东西,在涨的时候,你想买,别人也想买,更重要的是:得有人卖才行。反过来说:一种股票你想卖,也得有人想买才行。而他刚才操作的是若干种股票卖出,若干种股票买进。如果今天不能成交,明天一开盘,鬼知道是什么价了。

非常幸运的是,老木今天的买卖全都做成了。

"三,三,三",老木嘴唇哆嗦着说不出话来。

"三什么?"我真怕他来一个范进中举。

"我赚了三万块钱啊!"他大声喊道。

我看左右的人都在看他,就拉拉他的胳膊:"三万块钱就把你高兴成这样!"

"我当然高兴。我当然高兴。"他的声音多少小了些。

为了让我分享他的胜利喜悦,他硬要请我全家吃饭。

在饭局上,我认为吃人家的嘴短,应该给他些回报,就说:"十个玩股票的人,有六个赔钱的,三个不赔不赚的,真正赚钱的人只有一个。"

"我就是那一个!"老木掷地有声地回答。

"我指的是统计上的概率。也就是说:赔钱的、不赔不赚的和赚钱的之间,是相互转换的。"

"不管怎么说,那个人也是我。"老木举杯。

我看他已经不可理喻,就不再说什么了。

大概人的命运确实像正弦波一样,有正有负:老木在后来的三个月里,一共进行了二十三次大的交易，其成功率在百分之九十强。换句话说：老木在三个月里赚了三十万块钱，而且还是免税的——据老木说，税务局来股票市场征过税，说是所得就要征。但大家说："我们赚了钱，你们征我们的税；我们如果赔了，你们补不补？"他们一看我们说的也有道理，更何况股票在中国是个新东西，他们无法可依，只好走了。

老木有了钱，就天天请人吃饭，饭局中大部分有我。有时他高兴了，会把邻桌的、只有一面之交的人的账也算了。一次他的太太表示不满。他怒斥道："这是我自己赚来的钱，我想怎么花就怎么花！"

我看不过去，就说："钱虽然是你赚来的，但也应该省一点花。"

老木趾高气扬地教导我："钱这东西就是一种应该赶快花掉的东西。再者说：钱就不是攒下的，而是挣来的。你见过哪个人靠攒钱发了财？"

因为没有经济实力，我不再正面和老木对话，只是在一次某个书法家来我们单位时，我让他给老木写了张条幅：千里搭长棚，没有不散的席。

老书法家看了我好一会儿后说："我操笔墨生涯已经几十年，这样的字还是头一次写。"但他还是写了。

老木见了这条幅很高兴，请人裱了，挂在墙上："前些天我去买大哥大，电信局的人让我多出五百块钱，就能挑一个好号。我告诉他们：我虽然有钱，但不是冤大头。后来他们就给了我一个最不好的号：901914。说让我'就要死'。可就在我拿到这个号的那一天，我就赚了一万八。我这个人，特别善于逢凶化吉。"

"我听说过人特别善于学习、特别善于经营，从来没听说过有人特别善于逢凶化吉。"

"你没听说过的事多着呢！"老木居高临下。

"你有钱，不等于你就有真理。"我把这话给他扔下就走了。

不管我怎么说，事情还是依照自己的规律发展：在后来的几个月里，老木的成功率依然在百分七十以上。其钱的总数我没问，但已足够他买一幢小别墅了。

他乔迁之时，又把我请了去。这次他谦虚地对我说："老兄的话，我从来都是听的。等我的钱再多一些,我就要投到房地产上:股票和不动产相结合,就能永远立于不败之地。”

“但愿如此。”我衷心地祝愿。

《环球企业家》 一九九五年第六期

暂时的结局

我对老木的那个衣服陈旧、皮鞋磨损,还号称是为“人类谋取福利”的证券顾问的感觉不好,并把我的怀疑对老木说了。老木不相信,让我分析给他听。我告诉他仅仅是感觉,而感觉是不能分析的,一分析就没了。老木不以为然地说:“不能来不来就怀疑这个人是罪犯,那个人是罪犯。一个人在被证明有罪之前,他是无罪的。这就是西方法学的精华,著名的无罪推定。”

我拿不出像样的论据,就含糊地说:“对于像你这样智力的人来说,有太多的知识不是一件好事情。再说,与其把一个人想得过好,不如把他想坏一些:如果他是一个好人,就算你估计不准,损失也不大。而如果像“大跃进”时,把粮食产量估计过高那样,把一个人估计过高,那可是要死人的。”

老木还是不以为然。我也就不再说什么了。人如果有了一定的支配力——权力和钱都是一种支配力——就会变得主观起来。我有个朋友,在一年前被提拔为某个单位的“一把手”,我眼见他日新月异地变成主观主义者。为探讨成因,就在他的办公室里待了两天。结论很快就出来了:为官者每天都有很多人向他请示,往往部下甲和部下乙持两种很不同的方案。这就需要他当机立断。他也确实能当机立断。而结果都还不坏。久而久之,他就会认为自己英明得不得了。而实际上无论部下甲的方案,还是部下乙的方案都是不错的,用哪个都行。所以我给这个朋友的临别赠言是:“一把手是滋生领袖至上,个人至上的最好的温床。”对老木亦可作如是观:他因为运气碰巧在这个世界上捞到了一些钱,再加若干次投资、投机的成功，就认为自己无往而不胜。其实一切都不过是机会而已，个人素质只占很小的部分。

我再举个有趣的实例：某公学历甚佳，在一个县里当环保局长，工作没太大的成绩，但也没错。后来省里的环保局选拔干部，就把他给选上了。于是他从一个科长，一下子就成了大气处的处长。他还没有把处长的位置捂热，就当上了副局长。起因就是这个副局长的位子，局里的两大派都想推举自己的代表上，相持不下，就把他平衡了上去。再当了一年，局长得了心脏病，不能工作了。他就顺理成章地成了局长。因为在省里的局级干部里，他算是年轻的。所以再过三年，省里的班子调整时，为了使结构合理，又把他给平衡了上去。所以我开玩笑道："曾国藩五年十迁，在清朝的官场上被认为是破天荒的。其实他的速度哪如你?！运气实在是好到家了！"此公不服我的"运气说"，开始讲他的政绩。我听完后说："你的政绩确凿。但我认为其中大部分都是例行公务而已，不能算是杰出。就像我写的小说一样：只要我写，就有作品，但它们是不是算得上真正的艺术品呢?很值得怀疑。"

我参加了老木公司的几次形势分析会，发现顾问的看家本事不过是他绘制的若干张"股票走势图"。我很快就把这些不比麻将复杂多少的东西给搞懂了。本人从来不相信有什么股票专家，就如同不会有赌博专家一样。虽然有些人是在股票市场得了很好的成绩，但没有一个能贯穿始终。

我决定开他一个玩笑。

某日我在股票市场的大户室里找到了顾问和老木后，就把一张我绘制的股票走势图给顾问看。

顾问仿佛受到极大的侮辱，手也不往出伸。老木知道我的"难缠度"，就接过去递给了顾问。

顾问对这些电传来后放大的图看着看着就来了兴趣，边看还边给我们两个解释："这是著名的头肩图形，这是三重顶峰。实在是太漂亮了。"说着他的眼睛突然大了起来。"这是一个典型的上升突破。"他简直有些欣喜若狂了。"也就是一个极佳的行情看涨的图形,是哪一只股票?我们必须立即买进。”他朝着老木说:“这张图实在是太典型了。毫无疑问,这只股票下周将上涨八十到一百点。”然后郑重地问我是什么股票?

我故意地微笑着沉默不语。

“你倒是快说啊!”老木也急了。

“我在深圳有一个朋友,在一个证券研究所里做研究工作。这张图是他和他的学生们绘制的。”我仍然在卖关子。

“你每拖延一分钟,就损失十年的交情。”老木也急了。

“你果真认为这张图表现的股票很典型吗?”我认真地问顾问。

顾问点头。

“在看了你的图后,我给刚才说的那个朋友打了个电话。让他以一只我随便挑出的股票的价格为基点,然后让他在每个连接的交易日,股票的收盘价由掷硬币来决定:如果是正面,就比上一个交易日高一块钱,反之则低一块钱,如此这般,你所谓的典型上涨的股票走势图就出来了。”

“这不可能,这不可能。”顾问的脸涨得通红。

“没规律就是规律。”我得意地说:“再送你一句话,你可以当成座右铭挂在你书房的墙上:有的时候,错就是对。而在另一些时候,对就是错。”

说完我就笑着走了。

在我这个玩笑后的两个星期,老木的顾问就给他来了个措手不及,卷着老木的钱和老木的小情人跑到不知道什么地方去了。

我问老木是不是全部的钱?

老木看着股票市场送来的清单说:“比全部还要多。”

我认为没什么东西会比全部还要多。

老木给我解释道:“他是透支了一大笔后,再把它们都给卖了,转入自己的户头,然后再转到别的账户上。”

我不懂股票市场如何能透支。

老木说："买股票这东西和买别的不一样，假设你填一张买单，标明是现价。也就是什么价你都买。这时你的账上有十万块钱，按此时的牌价，是足够的。但股票的价格是时时刻刻变化着的，买到手后，也许价格已经超过了你账上的钱。这属于善意透支。"

"而你亲爱的顾问的所作所为，就应该属于恶意的透支了？"人的预言一旦被实践，总是要得意一下的。"好在他带走了你的小情人，这样就减少了一些损失，用会计学上的话说：收支相抵了。"

"把自己的欢乐建筑在别人的痛苦上，是最不道德的。"老木倒也"绷得住"。"幸亏我没有把鸡蛋都放在股票这一只篮子里。"他在给自己吃"定心丸"。

"鸡蛋在多少只篮子里和放在一只篮子里没多大区别，关键是你能不能看住这些篮子。"我在给他上课。

又过了一个礼拜，老木受到了第二次打击：被人给抢了。

我赶紧去慰问。

"我一有灾难，你总是第一个赶来祝贺。"老木的手上缠着纱布。

我抗辩后问："现在的城市治安情况不好，这我是知道。但他们如何能进入你的堡垒？"我看着他办公室窗户上的防盗网和新式的防盗门。

"我约了个人十一点来，谁知我一开门，竟是三个强盗。"

"慢着，"我打断了老木的叙述。"半夜十一点约人？约的是什么人？是不是'鸡'？"

"是谁不重要，关键是他们三个手里都拿着枪和刀。"老木灵巧地转了一个弯。"而且没有蒙面。"

我不理解蒙面和不蒙面之间的差别。

"如果蒙面，那不过是抢些东西而已，而没蒙面就很可能会杀人灭口。"老木哆嗦了一下。"进来之后，他们就向我要二十万块钱，而当时我的办公室里总共只有一万多块钱。"

"你把这些钱给他们不就得了。"我也替他着急。

“你以为他们是像你一样彬彬有礼的书生？他们一个把刀架在我的脖子上，一个拿着枪对着我的太阳穴。你要知道，那枪是他们自己制造的，每一个环节都很马虎。很可能不用扣扳机便自动发火。”

我也哆嗦了一下。

“我这个人是‘每逢大事有静气’，立刻开动我这比 586 还要强大的大脑，制定出一个完整的计划。第一，我必须把钱都给他们。第二，我不能一次给。第三，也就是最关键的，那就是我要给他们一些额外的东西。也就是要给他们一个惊喜。”

老木详细地给我讲解计划的基础：如果你隐瞒一些钱，而被他们搜查出来，那肯定会有杀身之祸。如果你一下就全给了他们，那他们还会认为你有隐藏。所以只能一点一点地给，在这个过程中，他们会修改自己的欲望。最后，在他们的欲望满足之后，你再拿出一些额外的东西来，那他们就很可能和你成为朋友。

“你知道我那会儿最担心的是什么？”老木问。

我说不知道。

“我最担心的就是我约的那个人来。”

“你放一百个心好了。你约的那只鸡和他们是一伙的，根本不会来的。”我抓住机会以向他布道：“一个人对自己身体上的器官真正能管住的不多：你管不住血管的口径，管不住胃何时把食物移到肠，更管不住细胞之间传递的信息。能参与管理的就是思维系统和生殖系统。可惜的是你都没有管好。尤其是你的生殖器官的自主权实在是太大了一些。”

“我绝对没约什么‘鸡’。”老木断然否认。“可那个人也始终没有出现。在这个过程中，我先开保险柜，把里面的钱全给了他们。然后我又主动把抽屉里的一百多美元，两百多港币也给了他们。他们当中的一个问我：这些钱在中国能不能花？就凭他这一句话，我就确定了他们的档次。然后我又把我积攒的钱币给了他们。”

我知道老木是一个狂热的集币者。

“诚之所至，金石为开。气氛逐渐地缓和了下来，除去当中的一个小个子还拿着枪对着我之外,另外两个都坐下来。于是我问他们为什么这么急需钱?他们告诉我说是因为赌钱输了。我又问是什么赌?他们说是牌九和麻将。”

“这正好是你的专业,这下你有得说了。”

老木得意地说:“赌博确实把我们之间的距离给缩短了。可说了没一会儿,那个小个子就说:看样子他已经没什么油水了,把他宰了算了。”

进入境界的我跟着紧张起来。

“就数小个子难对付。这是有生理根据的:人就像是汽车,同样的发动机,你拉的货越多,速度就越慢。大家心脏的功率差不多,咱们这些大个,负荷就大,于是心眼就少。而小个子反之。所以我就慢吞吞地说:如果你们还想多要一些钱的话,最好不要把我杀了。他们一听我还有钱,立刻精神就来了。我问他们一共有多少债务?他们说有二十万,我把这二十万都给你们还了,换我一条命。他们问如何还?我从抽屉里拿出支票本,给你们开一张现金支票就全有了。这一招真管用,连那个小个子也放下了手中的枪。我一笔一画地给他们开了一张二十万的支票,还小心翼翼地,很正规地把各种印鉴全盖齐。然后给了他们。这时他们中的大个问:拿这东西到银行就能取出钱来?我指着现金支票几个字说:那当然,这就是钱。”

“就算你的账上真的有那么多的钱,没有像样的理由,在银行没有熟人,也领不出这许多现金来。”我在他的话里找到了漏洞。

“刚才我给你讲过:我已经确定了他们的档次。再说,我知道他们没有你那么聪明,要不,他们也成了作家,不用刀枪而用笔墨来掠夺大众了。”老木不无得意地说。“他们认为我说的是真的,就把支票收起来,准备走了。可那个小个子仍然举着枪问我:‘你为什么给我们那么多钱?’我说:我是个做买卖的,黑白两道上的人都用得着。咱们交个朋友也没什么不好。再说这些钱对我来说,也不算太多。他们当中的大个子向我翘翘拇指说:够意思!然后就带头往出走,临出门时,那个小个子还拿枪对我说:如果你去报案,那我就宰了你。”

我问他去报案了没有?

他说当然。

“他们去取了没有？”

“去了。”

我问结果如何？

“当然被逮住了。”

我彻底地松了一口气。

“在公安局让我去对证时，那个大个子还对我说，老木你真不够意思。我说：你才不够意思呢！你知道二十万块钱是多少吗？一百块钱一张的也得有两千张，以正反两面计，就是印也要印四千下，那能随随便便让你们给拿走。”

我问那个小个子说什么？

“他阴森森地盯住我，什么也没说。在我临走时，他说：就是把我枪毙了，下辈子也会找你算账。”

“你得小心点。”

“小心什么？他们抢了这么多的钱，难道还能出来？至于来生，那我根本不相信。”老木轻松地说。

我认为他还是警惕一些好。

大约一个月后，我在省城拍卖会上见到了老木。他作为一个竞买者，对字画等艺术品没兴趣，而是和另外一人，就一副旧网球拍子展开了角逐。最后他以一万元的高价买下了这拍子。出门后我对他说：“这些钱都够买一个桑普拉斯的‘王子’拍子了。”

老木伸出胳膊，让一个妖娆的女人挎好，然后对我说：“我之所以买这旧拍子，是它和我父亲当年常用的那副一模一样。”他挥挥拍子。“我拿着它，似乎感觉到他老人家的体温。”

因为有女人在场，我没有拆穿他的把戏：第一，以他父亲农民出身的老革命身份，大概是不会打网球的。第二，就算会打，当年的网球拍子和现在的拍子无论从式样还是材料上，都有很大的不同：以前是木质牛筋的，而现在是碳素合金钢和尼龙的。正因为这,发球的速度提高得太多,以至于国际网联提议增加球的体积,否则温布尔登就会变成发球比赛,失去它的魅力。

老木被抢似乎是一个预兆,从此他的买卖进入了大衰退期。

首先是股票市场熊气沉沉,一落再落,回春无望。

其次是房地产业的极度萧条。

一天晚上,他独自一个人来找我。喝了两杯酒后,他问我:“我确实从国家建委的文件上看到,咱们市的人均住房面积是最低的之一,别墅卖不出去还有的说,可为什么公寓也卖不出去呢?”

我也给他讲了一个故事:“法国高档酒去年一年就在中国销售了一千六百万瓶,成为世界第一。因此法国方面的总裁认为中国人是真正懂得法国酒的。可你如果仔细分析一下,就会发现其实有三百二十万瓶是被作为酒柜中的装饰品而没喝:每年中国有三千二百万对新婚夫妇,我是以百分之十计算的。还有五百万瓶在寻找出路,也就是说你送给我,我送给你。另外最少还有七百万瓶是被公款消费掉的。至于剩余下的,用中国的人口一摊,就微乎其微了。”

“法国酒我倒是常喝,但和我的物业有什么关系?”老木从来不把房地产叫房地产,而学日本说法叫物业。

我给他仔细分析了一番:本城的人均面积确实很低,但论其主要原因不是没房,而是没钱。

“我建了房还可以卖给有钱的单位。只要他缺房。”老木不服气。

“你刚才引用的人均住房面积的数字,其中的大部分被有钱的单位给占了。比方省市党政机关,比方煤炭电力电讯。”

老木被我说得愣了好大一阵才说:“看来我的投资方向选错了。”

我刚想引用我以前说过的话:你什么都不干,待在家里最便宜。但一看老木的样子,没忍心。

后来老木把他的“物业”都给低价卖了——因为利息就压得他喘不过气来——再以后他又把汽车和别墅给卖了。我再见到他时,他双手一摊,肩膀一耸说:“《红楼梦》里说得好,赤条条来去无牵挂。”

我说:“你倒想有牵挂呢!”然后我又告诉他:“不管是贸易还是实业,都需要特定的人来干。人不能看见什么挣钱就去干什么。如果你以后有什么想坑的人,你就劝他去做买卖。”

“你不让我做买卖干实业,那我只好去写小说了。”老木笑着说。

我同意了他的申请,老木别的不行,但幽默感还是很有一些的。

《环球企业家》 一九九六年第二期

关于经济学的文学札记

通货膨胀

经济其实并不神秘，不过是用最小的成本获得最大的利益。但经过若干学家们久而久之的包装，它就成了一种“形而上”的东西。可我偏偏不信这个邪，好和别人谈经济。

去年夏天，姐姐来我家里度假，在闲谈中，我和她谈起人的出生年代和成才之间的关系：“凡是在本世纪二十年代初、三十年代初、四十年代初和像我这样五十年代初出生的人，在自然科学领域里，没有一个有建树的。究其原因，就是因为在二十年代初出生的人，在他们的中学阶段会遇上抗日战争，大学阶段遇上内战。三四十年代初出生的人同理可证。至于像我这样五十年代初出生的人，那就更惨了：在长身体的时候赶上自然灾害，在求学的时候赶上“文化大革命”，然后就去插队。你说让我上什么地方成材去？”

姐姐微笑地看着我不说话。

我继续权威地论述：“而在二、三、四、五十年代中间出生的人，就插了个空子，什么好事都能赶上。人这个东西，就和打麻将一样，十三张牌，客观规律不容易搞清楚，关键就在于运气。也就是说在该干什么的时候就得干什么：在该读书的时候你没读书,就和在该结婚的时候没结婚一样,必定不会找到好对象。”

姐姐不同意我的看法,举了两个例子。

“你这是例外。而有例外就是因为有正例在。”

姐姐宽宏大量地继续举例她的一个女同学,在四十岁读完博士后,仍然嫁给了一个科学院的院士。

“这院士如果不是二婚,就是有别的毛病。”我武断地下结论,“人的性资本是随着年龄的递增而递减的。当然,如果你别的方面的资本的上升能弥补性资本的减少,那就是另外一回事。要用理性来思维,而不要用女人的直觉来思维。”

假设这次谈话的对象是我太太,我是绝对不会用这种语式来说话的。日前在和姐姐、姐夫吃饭时我就对姐夫说:“从严格的意义上讲,你我并不是什么正经亲戚,因为只要你和我姐姐一离婚,咱们就什么关系也没有了,所以在科学上,咱们这种关系叫不稳定结构。而我和姐姐有着血缘方面的关系,怎么弄也弄不没。”与太太之关系,当然也属于“不稳定结构”。

闲谈是没有定义域的,姐姐说起一九六二年的我:“你那时候特别地能吃,好像永远也没个饱似的。正所谓‘半大小子,吃死老子。”’

她这么一说,我立刻想起一件往事:“妈妈那会儿煮粥,我总是喝不够。后来我建议她多加些水,这样我就可以喝两碗了。她同意了。于是我每天都有一倍的粥喝,这道理就和通货膨胀一样,如果把现有的钱平均地增加一倍,那就没有人会变得更穷或更富。”

姐姐意味深长地笑了一下:“你的经济学我不太懂,但那粥可和你说的通货膨胀不一样,妈是加了一倍的水,但每次她都先给你盛,直到所有的人盛完了,她才盛她自己的那碗。也就是说,她吃的比以前更少了。”

姐姐这么一说,母亲的音容笑貌立刻凸现在我面前,我已经有很多年没有想起她老人家了——有什么动物会比人更健忘、更薄情呢——我的眼睛潮湿了。

第二天,我把妈的事记在札记本上的时候,我突然想起现在的经济形势:目前几乎没有一个行业的人不认为自己工资低,于是纷纷提出长工资的要求。就这样你攀我附,工资的水平大大超过五年前。从表面上看,应该没有人受到损失,但这就像盛粥一样,先盛的那个人——在这里应该是利益集团——把稠的都捞走了,显然是占了便宜。

成本和收益

在一个漆黑的夜晚,我和一个通讯专家一同坐在一座郊外别墅的阳台上喝饭后酒。我看着时明时灭的烟头,而他看着夜空。过了一会儿,喜欢说话耐不住寂寞的我说:"假烟、假酒、假名牌,数假深沉可恶,黑了吧叽的,你果真能看见什么?"

"我看见了信息,你知道在这空中有多少电波在涌动吗?它们当中有重大的政治、军事的谈判过程,有请示和汇报,有最后的决议。另外还有股票的信息,期货和现货的合同文本,当然还有体育比赛、文艺节目。"说完他回过头来。

"另外还有人把中东某个领导人的行踪报告给一个冷面杀手,还有一个瑞士银行家趁他妻子洗澡的机会,给他的亚洲情人打电话。"我的想象也被刺激起来了。

"一部《红楼梦》,道学家说淫,革命家说排满,真是不同的角度有不同的观察结果。"

"你居然还看过《红楼梦》。"为了保卫文学领地的完整,我凡见到有入侵者,必痛击之。"一次我问一个工程师,看没看过《三国演义》。他反问我:是不是一盘带子?"

通讯专家的反应很快:“文学和经济一样,算不上是一个独立专业。”

我当然不同意他的说法:“文学有着自己的理论基础、自己的体系,为什么就不算专业?”

“问题是文学有太多的基础、太多的体系。多中心即无中心。更重要的是它没有统一的语言。而我们就不同。”通讯专家充满职业自豪地说,

“前些日子我到印度和那里的电信专家讨论网络间的大型数据交换问题。我根本不懂梵文,他们也不会中文,但我们相互之间起码在学术交流方面是没有障碍的。”

“那你写本小说来给我看看?”我拿出我的看家本领。

“等我老了退休了,也许真的会写本小说。”

“等我老了之后,写不了小说,我去设计通讯网络。”我很肯定地说。

通讯专家居高临下地笑了笑,没再说话。

我嘴虽然硬,但内心承认和专家们聊天是很有收获的。某次太原的一条地下水管破了,使得我们三天没水用。没事我到施工现场看进度时,遇到一个水网专家。他如数家珍地给我描绘出这座古城的地下迷宫图:某地到某地的管道是阎锡山建的,质量如何,承受压力若干;某地到某地的管道是日本人建的,各种参数若干;某地到某地的是“文革”时建的……也就是说,整个城市在他的眼中,不过是张地下管道图。但这些专家的知识范围很是有限,记得谈到后来,我问到我家的抽水马桶为什么老是漏水?他立刻说:“我只管网络,至于终端以后的事,我就不清楚了。”

另外一次一个控制论的专家对我说:“我以为你们小说家在两个方面要注意:第一,要把人物关系复杂化。因为用两个人物和四个人物间是指数关系,关系一复杂,就出戏。第二,要学会换个角度看世界,也就是说,你必须能在农业博物馆里看到历史,在历史博物馆里看到农业。非如此不能吸引人。”

这话给我的启发很深。所以在和通讯专家谈话后,我非常注意信息方面的素材积累。

一次我读李锐写的《庐山会议记实》一书，读到李在和毛主席个别谈话后，当时的电力部长刘澜波、上海市委书记柯庆施都来他的住地探问信息。因为知道信息就知道了方向。但李没有说。因为在毛没有正式宣布某项政策之前，随时都有改变的可能，如果由他泄露了，就会付出很高的代价。用经济学术语来说，就是成本大于收益——我这里指的是风险成本。

信息的收益主要是由掌握它的人多少、早晚来确定。记得林彪事件一出，人们都奔走相告，我也是其中极活跃的一分子。因为这种消息稍微一晚，就和上个星期的天气预报一样，没有任何价值了。

我有一个好朋友，在他从一个小单位调到一个大单位时，几乎每一个知道这个消息的人，都用各种信息载体向他传达。而在前些时候他遭贬时，几乎在临宣布前，我们两个才得知。事后我很有感触地说："降职这种事，当事人就和被戴绿帽子的丈夫一样，总是最后一个才知道。"究其原因，就是因为发布这种消息，几乎不会有任何收益：宣布坏消息，本身就是坏事。不信大家仔细观察一下，在这个星球上的任何一个国度里，越是好的信息——比方大工程竣工、卫星发射成功——宣布它的官员的级别就越高。

信息几乎能从任何渠道泄露，目前给许多单位的领导人当司机都有相当的地位，其原因就在于他掌握着信息渠道：领导人在车上和另外一个领导人谈到某些事——尤其是人事方面的问题。毛泽东说过：治理国家两件事，出主意、用干部。周恩来说的就更简单了：用人行政——他都能听到。如果他合适地转达，当事人就可以采取相应的对策。如果这个司机对某个人有意见，也可以用各种方法来影响领导人的意见。即使是再英明的领导人，也只能在一定的信息基础上做出决策。还有一个重要的原因，就是司机掌握领导者本身的信息：他什么时候和什么人吃饭，在什么地方又去拜访了谁……这些对于处于高级政治生活中的人来说，都是需要严格保密的。所以套用经济学术语：对于领导人的司机来说，车和领导人是他的固定资产，而他最有价值的通货就是信息。

某日饭后，我对上高中的儿子说了这些小发现。他不屑地哼了一声后说：

“信息对于人当然重要,因为人从本质上说就是一种以交流为必需的动物。对重犯的惩罚之所以是单独监禁,就是中断他的交流渠道。”

我惊叹孩子的直觉,但表现出来的却是斥责:“你这个人太锋芒毕露、自以为是了!”

“你们这些人才自以为是得厉害呢!发现或发明了一点点东西,就以为发明了放之四海而皆准的真理。如果有什么不符合它,那就绝对不是你们,而是世界出了错!”

我不知道该如何回答,所以就用“你父亲我认为……”开头,给了他一顿教训。这是很灵的招。据说罗斯福在和下属讨论问题时,一旦越过了界限,他就不说:“我认为如何、如何”,而说:“总统认为如何、如何。”

《环球企业家》 一九九六年第三期

非规范场

初识 L 君是在山西南端的一个城市。当时我受命去写一个报告文学——凡是受命写的报告文学，都是“歌德”性质的。而且这种事应该新闻记者来干。不过我欠发起者 H 君一个人情：天大地大不如人情大。所以我只好违心、降格地去写——H 君正在陪我采访，突然电话通知 L 君驾临此地，要他去汇报。他让我一起走。我不肯：L 君是他们这个高度垄断行业的最高领导。此行中人，个个都牛哄哄的。但他不想冷落我，硬把我拉去了。

酒席一开始，我就感觉到 L 君是自己人：人往往在见面的几分钟甚至几秒钟内，就能感觉出对方是否能够深入交往。这可能是一种原始本能。宴会散后，其他人都唱歌去了。我因不善此道，故而在房间里面看书。电话响，L 君问我：“你会下棋吗？”我连什么棋都没有问，就说：“太会了！”然后就到他下榻的、比我所住要大一倍的套间中下围棋。

不过十余手棋，我就觉出他的棋力不行：有一次，我与 F 君下棋，他输了我两盘之后就说：“我小舅子棋下得不错，你和他来一盘？”我当仁不让。但和“小舅子”过了没两招，我就投子问道：“你是专业棋手？”他笑着点头：“专业六段。”专业棋手与业余棋手有天壤之别。我因此指责 F 君：“你这人也太不厚道了，幸亏这是下围棋，要是柔道，还不把我打死？”

既然他的棋力不行，我就尽力发挥“追穷寇”和“痛打落水狗”的精神。第三盘，他中盘认输后说：“你这个人怎么这么没意思：我都成这样了，你还没完没了地吃？”我坦白道：“我们那里的人下棋，赢一个子就是一块钱。所以必须尽力扩大战果。”L 君批评我说“玷污高雅”。我却认为不过是白玉微瑕，无伤大雅。

随后，我们两个就海阔天空地聊了起来。越聊就越觉得距离拉近：他和我一样，也是“文革”前老初二，也就是说是“同年进士”。也插队、也当过工人。有了这些支撑点，我们就成了朋友。

但凡身居高位之人，均有很强的戒备心理，生怕别人算计他。L 君自然也不能例外。但本人一来与其不在一个单位工作，二来非但不求他，反而经常“打击”他，遂成莫逆——总结这些年来的交往史，我总觉得第二点更为重要。巴结他的人实在太多了，比方他一抽烟，最少会有三个打火机同时点燃、迅速集合在他面前。但这就跟谭家菜中的甜品杏仁茶的制作，要在大量的甜杏仁中，加上一两粒苦杏仁，方达极境。

不过 L 君仍然会时不时地露出他的官僚本性来。我和他经常一起去涮“肥牛火锅”。这正是他的高尚处所在：他有充分条件“消费职务”，想吃什么就吃什么。但他从来不吃鱼翅，据他说：一来是从费用角度考虑，更重要的是为了拯救鲨鱼这种濒危动物。我却认为第一点更重要：“反正你们也吃不上真的鲨鱼翅，因为根本就没有那么多的鲨鱼。这道理就和很少能抽上真的中华烟一样：中华烟的烟叶，只有云南一小块地方产，而且每株烟草，只有顶端的一两片叶子可以卷中华烟。可市场上那么多，不是假的是什么？”L 君听完点头说：“我同意你的看法。”我忍了忍，没有说话：他就和网虫一样，见到任何下面画横线的东西，哪怕是别人衣服的商标，也要用手去点一下。更何况，我此刻内急：“我去撒泡尿。”L 君郑重地点点头：“你去吧！”这下我忍不住了：“我不过是告诉你一声，谁用你同意！”本人从来就是“小叩而发大鸣”，接着阐述：“又不是出差。”我言犹未尽：“如果我要是你的部下，自当别论，必会虔诚地说：我一定会尽快撒完、撒好，保证每秒若干流量等等。可惜我不是。”L 君居高临下地笑着说：“也幸亏你不是！”某次我与 L 君一同陪一位比他还要大的官员吃饭。此公好风雅，喜欢引经据典。席间说：“这座城市的市民，交通素养太差，喜欢抢道。我在德国的时候，发现那里的狗见着红绿灯都会停下。”我不假思索地说：“您这是瞎说：狗的世界是黑白的。换言之：狗是色盲。”此言一出，众皆默然。L 君只好千方百计地缓和局面。过一会儿，此公又以明朝清官海瑞为例，说此人极为清廉，“举家食粥酒常赊”。有一次过年买了半扇猪肉，全村哗然。此刻我已到微醺状态，随口说：“一犬吠影，百犬吠声：海瑞是回民！”全席立刻活力顿失，陷入“热寂”状态。到终局也未能恢复。

归途中，L 君批评我：“他是远道来的客人，我们招待他，是为了让他高兴。”我虽明知自己有点过分，但还是强辩道：“千士之诺诺，不如一士之谔谔！”L 君说：“谔谔没错，但不应该是‘恶毒’‘恶劣’的恶吧。”我依旧强辩：“你们这些当官的，想听一句恶毒的真话，怕也不容易：除去你们的太太，还有像我这样的挚友外，花钱都没人跟你们说！”——道理都是辩出来的。换言之，并没有一个绝对的真理放在那里。比方布什要打伊拉克，就说那里有“大规模杀伤武器”。结果没找着。随后他又说：“如果我们不去，也不能知道那里没有啊？”——沉默片刻后，L 君说：“无论如何，你那句‘一犬吠影，百犬吠声’还是有失忠厚。”我于是生气道：“我不跟你说了，没文化。”然后就强行下车走了——这是辩论的最高境界：当实例对你不利的时候，你就强调理论；当理论对你不利的时候，你就强调实例；当实例和理论都对你不利的时候，你就勃然大怒！

去年，L 君奉调回京。我奉献出家藏三十年的茅台——家藏非窖藏，藏多少年也没用。心意罢了——为其送行。其地点在他官邸的大凉台上。默默喝来，并无闲杂人打扰——他人品贵重，虽孤身在此，下班后从无访客。他曾经解释说：“公事在办公室谈。至于私事，本人无私事。”——就这样，我一杯、他一杯，瞬间一瓶酒见底。我说，“咱俩总不能像哑巴卖菜刀一样吧？”L 君问此话何意？我说：“哑巴不会吆喝，只好比画，菜刀砍菜刀！”L 君：“侃大山是你的专利，你找题目吧。”我也不知道说什么好，于是就改为“手谈”。

这局棋，我本想让他来着。结果在不知不觉中，又赢了他。他点燃一支烟，用拇指和食指捏着烟抽——典型的农民吸纸烟法——狠抽一大口后说：“这些日子交接工作，事情不多。我把《聂卫平围棋教程》的光盘都看完了。原本以为能够赢你的。”L 君指点着我说：“你啊你，小说写得不好，也没有多少文化。本来就不多的聪明、才智都用在下棋和侃大山上了。”最后一役，我自然不能输给他：“我从上幼稚园开始，就每天路过王国维的墓碑。上面的碑文是著名学者陈寅恪写的。”我朗声诵道：“先生之著述，或有时而不彰；先生之学说，或有时而可商，唯此独立之精神，自由之思想，历千万祀，与天壤而同久，共三光而永光。”

他边收棋子，边看着我说：“跟天地一样长久？和日月星一样地发光？就你？”

《检察日报》 二〇〇六年十月二十日